U0458328

徐忱

一著

北洋风云

上海三联书店

目 录

前　言

25 集电视剧本《北洋风云》是我的即兴之作。

我在先后出版了《张学良》《张学良图传》《黎元洪全传》《黎元洪画传》《袁世凯画传》《袁世凯全传》等书之后，北洋故事始终萦绕心头，无法散去。政客间的明争暗斗之巧妙、尔虞我诈之离奇、面和心离之荒唐、勾心斗角之残酷，千丝万缕，纠纠缠缠。必须把它们写出来。但怎么写呢？

我在天津南开大学读博士期间，喜欢逛名人故居。有一天，路过天津著名买办雍剑秋故居，紧闭的大门突然大开，有一个人推着自行车从里面走出来。那一刻，我突然对比起雍氏故居曾经的车水马龙与如今的安静落寞，灵感如泉涌。雍剑秋是民初著名买办，与很多北洋高官都有接触往来。何不以他为原型，经过艺术加工，把北洋故事串联起来？

大约用了三个月时间，《北洋风云》初稿便完成了。初稿名为《大军火商》。2018 年，江西省文化艺术基金成立。我把这部电视剧本正式易名为《北洋风云》，并申请基金资助。很快，江西省文化艺术基金批准《北洋风云》作为文学一类项目立项并提供经费支持。2021 年，江西省文化艺术基金通过《北洋风云》结项申请，并颁发结项证书。

故事就不剧透了。虽然说是即兴之作，但它内涵了我在近代史、民俗文化、政治理论等方面多年的学术积累，故更是我最心爱之作。

徐忱于赣州师专

第 1 集 《翡翠手枪》

时间：1911 年夏

地点：汉口

1-1 汉口英国领事馆对面楼 日内

　　一个 30 岁左右，身高 1.7 米，穿黑色西装的男人，手提一个棕色牛皮箱，快步走向 3 楼。木制的楼梯发出吱吱的响声，楼内时而传来女人呵斥不听话孩子的声音。在 3 楼，黑衣人停了一会儿，确认无人跟踪自己后，向右边走去。在 305 房间门口，黑衣人取出钥匙，熟练且轻轻地打开房门。房门与门框间露出一条 1 厘米宽、2 寸长的白纸。这张小纸条是特意粘在房门与门框之间，如果损坏了，那一定是有人进入过房间。还好，小纸条还完好地粘在那里。黑衣人走进来关上门，屋里有些昏暗，原来厚厚的窗帘还没有拉起。黑衣人拉开窗帘，对面就是英国驻汉口领事馆的三层办公楼。

　　黑衣人把牛皮箱放在屋子中间的圆桌上，打开，取出一个德国蔡司最新款的 Silvamar 望远镜。他并没有走近窗户，而是在屋子中间拿着望远镜向对面领事馆的三层会议室望去。当他从望远镜里看到英国驻天津总领事德芮肯男爵时，他停住了。

1-2 汉口英国领事馆会议室 日内

　　英国驻华公使朱尔典与英国驻汉口、天津、上海、广州等地的领事开会，讨论天津英租界的土地开发问题。朱尔典坐在长条会议桌的一头，其他人分坐两旁。会议室里几个人在抽雪茄，烟气缭绕。会议室的窗户是开着的。

英国驻华公使朱尔典仪态威严："我已经向英王陛下和外交大臣格雷爵士做了汇报，陛下和爵士对鄙人提出的重点开发天津英租界的提议非常重视。天津距离北京不到100英里，是大清帝国都城北京的出海口。天津就是中国古语里的咽喉要道，我们开发天津租界就好比是在咽喉上加了把锁，钥匙在我们手里。"

众人大笑。

朱尔典转头向英国驻天津总领事德芮肯男爵说："德芮肯男爵先生，您作为天津总领事，一定深谙其中利害。"

众人的目光纷纷转向坐在朱尔典右手旁的一位50多岁的英国绅士。他的背后还坐着一位年轻的英国人。

德芮肯男爵站起来说："诸位，首先请允许我介绍一下坐在我身后的年轻人。"德芮肯男爵转身向后，年轻人把手中的笔和记录本放在身边的小桌上，礼貌地站起。

德芮肯男爵回过头来，朗声说："他是史蒂文·德芮肯。他的父亲，也就是家兄……"

朱尔典插话道："恕我冒昧，打断男爵的话。他的父亲爱德华·德芮肯就是牛津大学法律学教授，《地方政府法》的起草人。"

众人发出赞叹声，向年轻人鼓掌，有人说："那是索尔兹伯里内阁对大英帝国的唯一贡献。"

史蒂文微微低头行礼，表示感谢，说："本人到大清帝国来，是想追随各位前辈的脚步为大英帝国服务。"

德芮肯男爵笑着看到侄子史蒂文说完，接着道："史蒂文刚刚毕业于伦敦大学法学院，我已把史蒂文安排在天津英国工部局，希望他能够继承德芮肯家族的衣钵，为大英帝国在古老东方的事业鞠躬尽瘁。"

众人表示赞赏。

史蒂文向众人微笑。

德芮肯男爵话锋一转，说道："感谢历任天津总领事，正是他们的努力，使大英帝国的租界面积不断扩大。1897年我们在天津有租界1630亩，1902年并入美租界数百亩，1903年通过墙外推广界政策占地近4000亩，短短6年，我大英帝国天津租界总面积已达6149亩。现在，我们打算通过'吹泥垫地'的办法，继续扩大租界的面积……"

众人的表情非常感兴趣。

有人问："什么是'吹泥垫地'？"

1-3　汉口英国领事馆对面楼　日内

黑衣人的望远镜紧盯着天津英国领事德芮肯男爵和史蒂文。

1-4　汉口英国领事馆会议室　日内

德芮肯男爵说："请史蒂文·德芮肯先生为大家说明。"

史蒂文站起来说："什么是'吹泥垫地'？就是通过管道把海河的泥吹到租界内低洼地里，这样低洼地被填平，我们租界的面积就扩大了。"

座位上有人反对："这事听起来像天方夜谭、空中楼阁。"

德芮肯男爵转向反对者："我们已经在海河沿岸做了 1000 亩地的实验，效果非常好。朱尔典公使之前曾专程到天津看过。"

朱尔典公使："是的。我看到那块地上建的英式住宅，已经有 3 年房龄。墙体没有裂缝和错位，街道路面平整，没有塌陷。大英帝国建筑学会的报告已经从伦敦邮寄到了北京公使馆，他们也肯定了这种做法。"

众人默默点头。

朱尔典看到众人同意，示意秘书把文件拿来，分给在座的每人一份，说："请先生们在文件上签名，我们全体同意开发天津英租界。"

众人纷纷签名。

朱尔典继续说："这次开发天津英租界，各国都想分一杯羹。据情报部门报告，日本等国已经派出商业间谍，想要取得天津英租界的开发图纸，大家一定要注意保密。"

众人点头。

朱尔典最后说："好，会议到此为止。晚上庆祝会，我们英国赛马场俱乐部见。"朱尔典起身离开。其他人也先后离开。

1-5　汉口英国领事馆对面楼　日内

黑衣人的望远镜紧盯着天津英国领事德芮肯男爵和史蒂文，叔侄俩还留在会议室里。

3

1-6　汉口英国领事馆会议室隔壁房间　日内

天津英国领事德芮肯男爵让侄儿史蒂文把佩枪拿出来。这把佩枪是领事送给侄儿24岁的生日礼物，枪把是翡翠的，非常名贵。

德芮肯男爵好像有些眼花看不清，特意走到窗前。领事把子弹夹取出，拿出另一个东西放入枪中，把枪交还给史蒂文。

德芮肯男爵说："今晚的酒会你就不要参加了。我已经给你买了今天下午回北京的火车票（拿出车票），到北京后，不要离开车站，务必坐最早的车回天津。"

史蒂文接过火车票，不解地问："枪里装的是什么？"

1-7　汉口英国领事馆对面楼　日内

黑衣人的望远镜停留在史蒂文手里的火车票上。火车票总体颜色是土黄色，上下有橙色边，边的中间有打口。

1-8　汉口英国领事馆会议室隔壁房间　日内

德芮肯男爵说："里面是公使交代的一份机密文件。事实上这是一个天津英租界规划图的胶片，谁得到它就会发大财。现在很多国家的商业间谍都想得到它。"

史蒂文接着问："叔叔何时回津？"

德芮肯男爵说："我明天到上海，然后坐客轮回天津。"

史蒂文向男爵告别："叔叔你保重，我们天津再见。"

1-9　汉口英国领事馆对面楼　日内

黑衣人的望远镜对准史蒂文的脸看了半天，像是要记住史蒂文的模样。他看到史蒂文和男爵拥抱告别后，放下望远镜。把望远镜放入手提箱，转身离开。锁门时，黑衣人依然把小纸条粘在门与门框之间。黑衣人在楼梯口听听楼下没有异样的动静，快步下楼，走出了这栋建筑。

1-10　汉口英国领事馆对面楼外　日内

几个人看到黑衣人出来，暗暗跟了上去。

1-11　汉口刘家庙火车站　日外

　　火车站前，乘客们排成两队，等待检票上车。雍天成和仆人八十六也站在队伍中。雍天成身高适中，气质高贵，穿着一身浅灰色西服。仆人八十六个头偏矮，一身中式衣裳。

　　八十六高兴地说："少爷，我还没坐过火车呢，更没去过北京。我们能看到皇宫吗？"

　　雍天成淡然地说："当然能。舅舅家住的翠花胡同离皇宫也就一刻钟的路程。不过我们进不去。"

　　八十六好奇地问："舅舅在北京是大官吧？"

　　雍天成淡淡地说："民政部右侍郎，是我们家族里最大的官。"

　　八十六突然说："少爷，那边一个姑娘在往这边看。"

　　雍天成回过头，看到一位美丽的姑娘，雍天成好像一下子被她吸引了。姑娘身材修长，气质文雅，透着江南女子才有的柔美。姑娘身边还站着一个白人姑娘。

　　看到雍天成在看自己，姑娘腼腆地低下了头，嘴角挂着笑意。

　　队伍在有序地朝前走。

1-12　汉口刘家庙火车站　日外

　　史蒂文坐车赶到火车站，车上送行的人交给他一张照片。史蒂文一看，仅是一个黑衣人的背影照片。

　　送行人说："我们很遗憾，只拍到此人的背影。我们从上海跟踪此人到汉口，这人非常狡猾，但又似乎很高傲。因为他一直穿黑色衣服。这也是他唯一的特点。"

　　史蒂文问："亚洲人还是欧洲人？"

　　送信人说："亚洲人，很有可能是日本人。"

　　史蒂文问："没有人见过他？"

　　送信人答："当然有，不过都死了。"

　　史蒂文镇定地说："我明白了。谢谢你来送行，希望你今天愉快！"

　　史蒂文下车，关上车门，直奔火车站外交通道。

1-13 史蒂文下车时，一阵风吹开了史蒂文的外套，翡翠枪把露了出来。这一幕恰巧被在站台等车的两个面相凶恶的人看到，其中一个人右手没有尾指。

那个黑衣人手持与史蒂文颜色相同的火车票上了火车。

1-14 京汉路火车餐车　日内

雍天成正坐在北上列车的餐车中悠闲地一边喝着咖啡，一边阅读一本英文书。餐台上还有一张本次列车的座位图。仆人八十六时而看看窗外，时而看看前后的客人，显得十分好奇。

八十六问："少爷，你早餐吃什么?"

雍天成答："面包、煎蛋和一杯黑咖啡。你吃什么?"

八十六答："我还是喝豆浆吃油条吧。昨天偷喝一口你的咖啡，还没板蓝根好喝呢。"

雍天成大笑。

雍天成的斜对面餐台坐着英国人史蒂文·德芮肯。餐台上有一杯咖啡和一份英文报纸。他眼睛看着窗外，不时抚摸一下别在腰间的手枪，看得出他非常喜欢。这把手枪是翡翠枪把，是他那位任天津英国领事的叔叔德芮肯男爵送给他的 24 岁生日礼物。重要的是子弹夹里藏了一份天津英租界开发规划图的胶片，如果这份图纸外泄，英租界的地价将会飙升，进而影响租界开发成本。

雍天成的前面不远的餐台上，坐着一位风流倜傥的青年，正和几位同龄女性说笑，打牌。他是陈元礼，清军第 20 镇统制陈宦的侄子。陈宦看到侄子年近 20，功名全无，把他招来北京，准备给他在营务处安插个帮办的职位。可以看出陈元礼很聪明和机警，打牌时还不断观察周围，表面上说笑如常。陈元礼有些得理不饶人，对刚才出错牌的姑娘一直抱怨。

陈元礼对坐在对面的姑娘说："姑娘是哪里人啊?"

姑娘很天真，不加思考地说："苏州人。"

陈元礼继续问："那姑娘到哪里去?"

姑娘边出牌边说："红桃 7，保定。"

陈元礼揶揄道："姑娘你这样打，怕是我们能输一周，却无法保那啥啊。"

姑娘这时听明白了，脸一红，说："那公子是哪里人?"

陈元礼随口答道："湖北。"

姑娘抓到报仇机会，立即说："失敬，失敬，原来是鄂（恶）人啊。"

几个姑娘都笑了，陈元礼显得很尴尬。

八十六听到陈元礼那边传来的笑声，站起来张望。

雍天成坐在那里说："那个公子住7号包厢，3个姑娘住6号。"

八十六坐下来，小声问："那个白人呢?"

雍天成用笔指着座位图回答："他住在1号。"

八十六并不感到奇怪，好像少爷知道这些是理所当然的。

这时，餐车中匆匆走过有长辫的两个中年人，其中一个右手没有尾指，另一个梳个分头。无尾指利用火车的颠簸瞬间偷走了史蒂文的手枪。雍天成和陈元礼同时发现了这一情况。

雍天成不动声色，用铅笔在餐桌上的座位图做了记号。然后掏出怀表看了看，又在北京站上做了记号。站起来，准备告诉对丢枪事还一无所知的史蒂文。

陈元礼也看到了偷枪，他笑着对同伴说去方便方便，准备尾随那俩人而去。陈元礼看到站起来的雍天成，俩人心照不宣地笑了一下。陈元礼走后，雍天成坐在了史蒂文的对面。用英语和史蒂文寒暄，谁知史蒂文竟然能说汉语。

雍天成："How are you, sir?"

史蒂文友善地用中文说："我很好。只是旅途有些漫长。"

雍天成说："没想到您的中文这么好。恕我冒昧，您看看丢了什么东西没有?"

史蒂文笑着摸了摸身上的口袋，说："没……"

"没"字还没说完，史蒂文马上就止住了笑容，慌张地说："丢了!我的枪!"

雍天成沉静地说："不要担心，一个朋友已经去讨要了。"

雍天成转身对八十六说："去把随车的警察叫来。"

八十六答应一声，向后跑去。

不一会儿，警察来了。

史蒂文向警察表明身份，说："我是大英帝国驻大清帝国的外交人士，我的枪刚才被偷了，希望你能尽快给我找回来。"

警察紧张地答应道："我马上去安排，请您放心。能告诉我是什么样的枪吗？"

1－15　京汉路火车包厢车　日内

陈元礼看到那俩人进入一个包厢后，就在不远处徘徊了一会儿，又上前侧耳听听里面的动静。

包厢的门上写着"3"，里面传来一阵阵的笑声，看来两个毛贼非常得意。陈元礼正要转身离开，4 号包厢的门开了，出来一个中国姑娘和一个白人姑娘。正是雍天成在站台排队时看到的那位姑娘。

中国姑娘说："爱茉莉，你又睡懒觉了。"

白人姑娘爱茉莉答："这车轰隆隆的声音，我到早餐时才勉强睡着。素萱，半夜里看到你睡得香，我羡慕得直向上帝祷告给我你一样的睡眠。"

中国姑娘素萱说："我小时候家住码头边，汽笛声越大我睡得越香。"

两位姑娘边说边往餐车走去。

陈元礼被中国姑娘的气质和美丽吸引了，也跟着回到餐车。

1－16　京汉路火车包厢车　日内

陈元礼走后，黑衣人出现在 3 号包厢门外。他侧耳听着里面的动静，然后也向餐车走去。

1－17　京汉路火车警察包厢　日内

刚才与史蒂文对话的警察是个头目，他正在向两个手下布置任务。

警察头目说："下一站到保定。我们的车上有四个人下车，每个人都要搜身。丢枪的是英国人，惹出外交问题我们可担当不起。"

两名手下答应着："是。"

1-18　京汉路火车餐车　日内

正在和史蒂文说话的雍天成抬头看到走进来的中国姑娘，愣了一会，完全被她的美貌迷住了。这是他第二次看到她。姑娘好像也在关注他。第一次是在汉口刘家庙站。

两位姑娘坐下，服务生在一旁等待俩人点餐。

素萱问："爱茉莉，你想吃什么？"

爱茉莉："我就爱喝豆浆，就要一杯豆浆。"

素萱对服务生说："两杯豆浆，两根油条。"

服务生答应"是"，转身去厨房。

陈元礼看到雍天成和史蒂文在聊天，就想对雍天成说出包厢号。

陈元礼说："那两个人在……"

雍天成不等陈元礼说完，接着说："3号包厢。"

陈元礼一脸惊讶，雍天成忙把座位图拿来给陈元礼看。原来座位图上面已经标注了每个包厢住的乘客数目和特征。陈元礼佩服地看着雍天成，这时，史蒂文站起来，握住陈元礼的手说："多谢这位义士。"

陈元礼愣了，笑着说："你汉语说得太好了！"

雍天成说："大家都坐下来聊吧。"

史蒂文和陈元礼落座。

1-19　京汉路火车　日内

三名警察在火车上大喊："英国外交人员在本车上丢失手枪一把，有拾到者尽快交与警察。如果找不到，每到一站，我们就对下车人员搜身搜行李。如果找不到，每到一站，我们就对下车人员搜身搜行李。"

1-20　京汉路火车3号包厢　日内

听到外面警察的喊声，包厢里的两个人略显紧张。

无尾指拿着史蒂文的枪说："本来想送给大哥的见面礼，看来又泡汤了。三熊，我看还是扔了算了。"

说完，无尾指向窗户那边走去。可以看出他舍不得把枪扔掉。

三熊："四中，使不得啊。你忘了我们行李里带的是什么了？如果被警察翻出来，那就无法向大哥交代了。"

四中："那怎么办？"

三熊："我看这么办吧。把枪给我，我给它找个好地方。"

1－21　京汉路火车餐车　日内

餐车中，雍天成、史蒂文、陈元礼三人在愉快地交谈，时而大笑。

史蒂文："那把枪是美国产的萨维奇 1907 型，枪把镶嵌中国翡翠，是叔叔给我的生日礼物。这把枪是在美国定制的，上面有铭刻我名字的首字母。枪把上的翡翠是找上海的玉雕大师镶嵌上去的。这把枪应该是一个艺术品，而不是武器。"

雍天成："我更喜欢萨维奇的商标，那个印第安人的头像。"

陈元礼："它的锯齿花纹套筒也很漂亮，很像艺术品。"

史蒂文："原来我们都是喜欢枪的人啊。"

三人哈哈大笑。

1－22　京汉路火车 3 号包厢　日内

三熊把枪拿一块白帆布包好，说："四中，你在这里别动，我去把它处理掉。"

说完把白帆布包藏在怀里，打开房门，刚想迈步。

1－23　京汉路火车包厢车　日内

三名警察的声音由远及近，已经到了包厢车里了，"英国外交人员在本车上丢失手枪一把，有拾到者尽快交与警察。如果找不到，每到一站，我们就对下车人员搜身搜行李。如果找不到，每到一站，我们就对下车人员搜身搜行李。"

1－24　京汉路火车 3 号包厢　日内

听到警察的声音，三熊吓得赶紧掩上门。把耳朵贴在门上，听警察走过后，擦擦冷汗。

四中："现在出去太危险。"

三熊："马上要到保定了，看看情况再说。"

1－25　京汉路火车餐车　日内

史蒂文:"谈得这么热闹,我还没自我介绍呢。我是史蒂文·德芮肯,我在天津英国工部局当秘书,你们叫我史蒂文好了。"

雍天成:"史蒂文,不知天津总领事德芮肯男爵和你是什么关系?"

史蒂文:"他是我的叔叔,就是送枪给我的那个叔叔。"

雍天成:"那爱德华·德芮肯是你家族的人吗?就是起草《地方政府法》的那位。"

史蒂文:"那是我的父亲。你也知道《地方政府法》?"

雍天成:"那么著名的法律谁能不知道?我也自我介绍一下吧,我叫雍天成,雍是北京雍和宫的雍,天是天下的天,成是成功的成。我年初从英国伦敦归来,在那里学习了五年的建筑。这次去北京是投奔在京的舅舅找份工作。"

陈元礼:"那我也说说吧。我叫陈元礼,湖北安陆人。这次去北京是投靠叔叔,希望找个事做。"

史蒂文:"两位有中国人的侠义,我非常想和两位结交。不如我们效仿《三国演义》里的刘关张结拜吧。"

雍天成、陈元礼:"好啊。"

与陈元礼打牌的几个姑娘走了过来,向陈元礼告别,她们要在保定下车。

1－26　京汉路火车餐车　日内

素萱不时地往雍天成那边看,说:"那边几个人好热闹啊。"

爱茉莉:"那小伙子真帅,我想认识他。"

素萱:"哪个?"

爱茉莉:"就是那个白人,外国人。"

素萱:"你也是外国人啊,爱茉莉。"

爱茉莉:"我不是。(举起油条)有外国人吃这个吗?"

两人大笑。

1－27　京汉路火车车内　日内

列车停靠在保定站。大批军人冲上站台。对下车的旅客既搜身又搜行李。

1-28 京汉路火车3号包厢 日内

四中和三熊看到军人在搜查行李，吓坏了。

四中："三熊啊，那东西还是扔掉吧。"

三熊："你吓傻了，刚才不是说了不能扔嘛，要让他们捡到。"

四中："对对，捡到捡到。我看到当兵的就怕。"

三熊："天津的警察你怎么不怕？"

四中："警察住哪我都知道，再说我们不是给钱嘛，怕啥。这些当兵的都一个模样，天南地北的，打了你，杀了你，上哪儿找人去？上回拿了我的钱，（摸着自己无尾指的手）还把我小手指头剁了下来，我到现在也不知道是哪里的军队，妈的。"

1-29 京汉路火车餐车 日内

雍天成："我虚长两岁，我是大哥。史蒂文行二，陈元礼最小，是三弟。"

雍天成转向八十六："八十六，把给舅舅带的那坛50年的绍兴酒打开。"

八十六回答一声"是"，急忙拿酒过来。

雍天成："八十六，见过二哥和三哥。"

八十六向史蒂文和陈元礼问好，然后拿出三个瓷碗给三人倒满酒。

雍天成："二弟、三弟，我平时是烟酒不沾，今天高兴，咱们一饮而尽，就此结为兄弟。从此有福同享，有难同当。"

三人饮完这碗酒，哈哈大笑。

雍天成看着窗外："看来军警对外交还真在乎。"

陈元礼："连皇上都怕外国人。"

史蒂文："我只想要回我的枪。"

1-30 保定车站 日外

3个女乘客顺利过关，1个男乘客被发现随身携带鸦片，被几个军人推搡着带走了。这些都被四中、三熊看在眼里。

1-31 京汉路火车3号包厢内 日内

四中："他们搜到的是什么？鸦片？"

三熊："我看像，那人完了。"

四中："三熊啊，我们可不能让他们翻行李啊，一翻就全翻出来了。"

三熊："放心吧，一会儿开车后，就让他们找到枪。"

1-32 京汉路火车餐车 日内

爱茉莉："他们怎么还喝酒了？"

素萱："我看他们好像是在结拜。"

爱茉莉："结拜？夫妻结拜？"

素萱乐了，说："那是夫妻对拜。结拜是人们志趣相投，觉得做朋友还不过瘾，要像兄弟姐妹一样亲，这才是结拜。"

1-33 京汉路火车 日内

火车徐徐开动，警察依然在车内喊："英国外交人员在本车上丢失手枪一把，有捡拾到者尽快交与警察。如果找不到，每到一站，我们就对下车人员搜身搜行李。如果找不到，每到一站，我们就对下车人员搜身搜行李。"

1-34 京汉路火车厕所外 日内

三熊从厕所出来，在门口站了一会儿，看到没人跟踪他，才向包厢车走去。

1-35 京汉路火车厕所外 日内

黑衣人在隐蔽处看到三熊从厕所里出来，走远。便快步冲入厕所内。

1-36 京汉路火车餐车 日内

警察走到餐车仍然继续喊话。"英国外交人员在本车上丢失手枪一把，有捡拾到者尽快交与警察。如果找不到，每到一站，我们就对下车人员搜身搜行李。如果找不到，每到一站，我们就对下车人员搜身搜行李。"

素萱："我吃好了。"

爱茉莉："我也吃好了，我们回去吧。"

素萱："好。"

两人起身向包厢车方向走去。

1－37　京汉路火车厕所外　日内

素萱和爱茉莉快到厕所外时，黑衣人从里面快速出来，夺身而走。爱茉莉和素萱都被吓了一跳，"啊"的一声喊了一下。黑衣人也不管身后发生了什么，径直离开。

爱茉莉："那人太没礼貌了。"

素萱："你没被吓着吧？"

爱茉莉："那倒没有。素萱，你真体贴，谁要是嫁给你会很幸福。"

素萱："我也是这么想的。"

两人大笑。

1－38　京汉路火车厕所外　日内

三位警察走到厕所外，一个警察说："我得进去方便一下。"

两个警察继续往前走。

突然，厕所里的警察大喊："等等，等等！"

1－39　京汉路火车餐车　日内

史蒂文："大哥，三弟，不如你们也到天津来吧。天津最近会有好机会。"

雍天成："我很想和二弟三弟在一起。到北京见过舅舅之后，我就去天津会二弟。"

陈元礼："到时候我和大哥一起去。"

这时，警察拿着白帆布包走了过来。

警察头向史蒂文："先生的枪有什么特征？"

史蒂文："最大的特征就是翡翠枪把，枪身还有 SD24 的铭文。"

警察仔细看看枪，发现特征和史蒂文说的完全一样，就把枪还给史蒂文。

警察头："对于发生的一切，我表示抱歉。"

史蒂文："谢谢你们。"

三个警察转身走了。

史蒂文拿到枪后，看到子弹夹里的文件不见了，没敢声张。他知道自己丢了图纸胶片，犯了大错误，坐在那里感到不安。

1-40　京汉路火车 3 号包厢　日内

四中："外面的警察好像不喊了。"

三熊："估计是找到了。北京快到了，只要不搜查行李就好。"

1-41　京汉路火车 4 号包厢　日内

爱茉莉："素萱，到北京后你大哥会来接你吗？"

素萱："他会派人来。"

爱茉莉："你大哥是做什么的？他帅吗？"

素萱："他在码头工作，有很多工人。帅不帅就那么回事吧，我的侄子贯一都 12 岁了。"

1-42　北京站　日外

京汉路火车徐徐进站。站台上并没有荷枪实弹的军人和警察，一片安静。

1-43　京汉路火车 3 号包厢　日内

四中："好像没有军人和警察啊，看来不会有事。"

三熊："最好能平安到天津。"

1-44　京汉路火车餐车　日内

雍天成："八十六去拿我们的行李了。"

史蒂文拿出手枪，从箱子里拿出一个备用子弹夹装上，对雍天成说："大哥，这把枪是我最心爱的生日礼物。今天我们结为兄弟，我把它送给您。"

雍天成郑重地说："我接受二弟的礼物，我把它当作我们兄弟之情的信物。"

陈元礼："到北京了，我们该下车了。"

八十六拿着几件行李在车外敲窗户，大喊"少爷，少爷"。

雍天成："看来我们是该走了。"

1-45　北京站　日外

十几个彪形大汉在迎接素萱，领头的是个壮实的小个子男人。

小个子男人走向素萱："大小姐，我是赵世勇，大家都叫我勇弟。兴哥派我们来北京迎接大小姐和大小姐的客人。"

素萱："我听哥哥说起过你。不过你的年纪似乎比我哥哥还大，我怎么能叫你勇弟呢？"

勇弟："没什么，就是一个江湖称呼而已。这位是大小姐的客人吧？"

素萱："哦，她是爱茉莉，我的同学。"

勇弟："爱茉莉小姐好，欢迎到北京，您会说中国话吗？"

爱茉莉："勇弟，很高兴认识你。"

勇弟："中国话说得真好啊。大小姐，到天津的火车下午3点发车，这段时间您想去哪里？"

素萱看着爱茉莉："带我们去前门玩玩吧，勇弟。"

素萱和爱茉莉回头向雍天成他们三人那里看去，又很快转过身，随勇弟等人走出了北京站。

1-46　北京站　日外

雍天成："二弟三弟的电话和地址我都已经记下了，我们先在这里分开，几天后我们就会在天津见面的。"

史蒂文："希望早日在天津看到大哥和三弟。"

史蒂文和雍天成拥抱告别，又和陈元礼拥抱。

陈元礼："这个礼节我还真不习惯。"

史蒂文突然看到一个黑背影，感到非常熟悉。愣了一下。

雍天成非常仔细地观察到了史蒂文的变化，忙问："二弟怎么了？"

史蒂文指着黑背影，说："好像在哪里见过那个人。"

四中和三熊看到众人下车都平安无事没有受到搜查，最后下了车。两人紧紧盯着史蒂文三人好像他们坏了自己的好事。

当看到勇弟等人时，四中说："勇弟，那不是码头帮的勇弟吗，他也来北京了。"

三熊："好像来接人，那女的是谁？不会是兴哥的妹妹吧？"

1－47　北京站站外　日外

雍天成："有人来接你吗，三弟？"

陈元礼："有，叔叔会派人来。"

雍天成："我们明天中午在六国饭店见面，好好聊聊，怎么样？"

陈元礼："太好了。大哥，那边接我的人来了，我们明天中午见。"

1－48　北京站站外　日外

雍天成："八十六，叫个车，我们去翠花胡同 2 号。"

八十六："舅舅没派人接我们？"

雍天成："没想麻烦他老人家。"

1－49　北京翠花胡同 2 号大门外　日外

人力车很快把两人拉到了舅舅家。雍天成让八十六上前敲门，舅舅家的仆人好像知道雍天成他们今天到京。舅舅家院子里到处堆着杂物，非常凌乱。

仆人："老爷在书房等着少爷呢。"

雍天成："院子里怎么这么乱？"

仆人："现在北京的大官们都想办法移居到租界呢，林大人好像也有这个打算。少爷，这边就是书房了。"

书房门打开，雍天成看到一个白胡子的老人缓缓从太师椅上站起。

第2集　《邂逅冯玉祥》

2-1　北京雍天成舅舅家书房　日内

舅舅是一位 60 岁左右的老人，身穿缎子面的中式员外服。看到雍天成站在外面，他赶紧起身上前两步迎接。

舅舅拉着雍天成的手，说："玉堂来了，玉堂来了。"

雍天成给舅舅下跪行礼，礼毕，说："舅舅还记得我的字。"

舅舅："怎么不记得，那是我给你起的啊。'美人胡为隔秋水，焉得置之贡玉堂。'这是杜甫《寄韩谏议注》最后的两句。"

雍天成："舅舅的字起得好，外甥一直非常顺利。"

舅舅满意地点点头，说："你父母早年过世，你又去英国留学，我一直没有机会照顾你，现在你到北京了，就在我身边别走了。"

雍天成刚要答话，外面一阵嘈杂。舅妈快步走了进来。

舅妈激动地走向雍天成，说："玉堂啊，玉堂。长这么大了，还穿上洋装了。辫子呢，剪掉了？"

雍天成："舅妈，外甥先给您老请安。"

舅妈："好，好，我先坐下。"

雍天成下跪给舅妈请安。请安毕，雍天成站起。

雍天成："看到舅舅舅妈身体康健，外甥非常高兴。"

舅妈不高兴地问："辫子呢？"

雍天成："回舅妈的话，在英国时就已经剪了。"

舅妈："这孩子，辫子怎么能剪呢？"

舅舅："现在好多年轻人都剪了辫子。"

舅妈："他们剪他们的，我们可不能学。一会儿我让他们去买个假辫子去。门口站着的人是八十六吗?"

八十六连忙进来下跪说:"八十六给舅舅舅妈请安。"

舅妈:"快起来吧,八十六今年多大了?"

八十六:"回舅妈的话,八十六今年15了。"

舅舅:"我都没认出来,第一次见到八十六时,他也就5岁。"

舅妈:"玉堂啊,你的婚事还没办?"

雍天成:"还没。"

舅舅:"玉堂是丙戌年的,今年28了。"

舅妈:"留洋,把婚姻大事都留没了。到北京了,舅妈一定要给你找个好的。"转身向舅舅:"隔壁兵部右侍郎的小女儿怎么样?"

舅舅:"还兵部呢,现在叫陆军部了。你个老太婆,也太着急了。玉堂啊,先去看看给你收拾的小院。走。"

舅妈:"能不急吗,要是早到北京,我早就看到外孙子了,早就有人管我叫舅姥姥了。还有你那几个姑娘,一个都不让我省心。"

舅舅:"老太婆你去张罗晚饭吧。我和玉堂去小院。"

舅妈说了声"好",转身走了。

2-2　北京陈宦家　日内

陈元礼:"叔叔,婶婶,您二老这是怎么了,怎么唉声叹气的?"

陈宦:"亲侄啊,一言难尽。"

婶婶:"你叔他犯小人了。"

陈元礼:"怎么回事?叔叔您是第20镇统制啊,还有人敢得罪您?"

陈宦:"我这个官在老家湖北还算个人物,在京城就是个芝麻官。"

婶婶:"兵部的小小司员都能把咱们指使得团团转。"

陈宦:"事情是这样的。我在日本士官学校有个同学叫卢静远。此人是军谘府第一厅厅长,租住慈禧太后干女儿、恭亲王奕欣之女、大长公主板厂胡同的房子。抽大烟时不小心把房子烧毁,大长公主让其赔偿。他没钱,就想到了我,以为我这个第20镇的统制有钱,开口就借5000两。"

婶婶:"有的话我们也能借他救急,毕竟同学一场。可你叔叔一不克扣军饷,二不虚报人数,哪能有那么多钱啊。"

陈宧："我一听那么多钱，就当面拒绝了。谁知他心生恨意，竟然在军谘大臣载涛大人面前告我私吞军饷。"

婶婶："载涛就把你叔叫去了。"

陈元礼："载涛怎么说？"

陈宧："载涛大人问我去年军饷的发放情况。你知道我这湖北口音，北京人就很难听明白，加上我天生嘴就笨，说一句话，第二句还要想一会儿。"

婶婶："载涛就以为你叔在撒谎，就把他免职了。"

陈元礼："啊，也没调查就给免职了？这也……"

婶婶："你叔这官算啥，袁世凯说免也给免了。就知道欺负汉人……"

陈宧对着婶婶说："别胡说！去看看晚饭好没。"

婶婶带着气，转身走了。

陈宧："我和你婶婶是为了等你，不然早就回老家了。"

陈元礼："叔叔你放心走吧，我在北京还有个把兄弟。"

陈宧："谁啊？"

陈元礼："叫雍天成，他舅舅是民政部右侍郎。"

陈宧："啊，林侍郎，我知道，那是个好人，可以交往。"

2-3　北京舅舅家小院　日外

舅舅领着雍天成和八十六来到为他们收拾干净的小院。小院中有石景，四周有回廊，非常温馨。

雍天成："太漂亮了，舅舅和舅妈真是太费心了。"

舅舅："你们住着舒服就行。来，到这边书房来。"

几人来到书房，舅舅在官帽椅上坐下，也招呼雍天成在一旁坐下。

舅舅："咱爷俩好好聊聊。"

雍天成招呼八十六，说："把那包英国红茶拿出来。"

舅舅："茶叶？英国也有茶叶？"

八十六让门口的仆人取些热水来。

舅舅："玉堂啊，你进门时看到家里很乱吧。"

雍天成："是啊，门人对我说什么移民租界，我不太明白，还正想问舅舅呢。"

舅舅："朝廷要实现宪政，很多人不看好，现在有关系的都想办法搬到天津、青岛等地的租界去。隔壁兵部右侍郎，我也说兵部了，就是陆军部，就是刚才你舅妈提到的那个，全家都搬到青岛德租界去了。他家能去德租界，是因为他的儿子是从德国留学回来，在青岛德租界做事的缘故。"

雍天成："舅舅也想搬去租界?"

舅舅："当然想啊。这宪政要是失败，我们这些人的命运很难说啊。"

雍天成："舅舅有门路吗?"

仆人把沏好的茶端了上来，舅舅打开茶碗盖，看到红红的英国茶，闻了闻，说："和我们的茶也差不多啊。"喝了一口，说："口感也差不多。"

舅舅："现在最愁的就是这件事。家里一个会洋文的都没有，我已经让你表妹紫莲报名去美国留学了。不过，这回你到北京了，我们家就有人说洋话了。"

雍天成："舅舅，您老人家别担心，或许我能有办法。"

舅舅："真的，那太好了。"

雍天成："您放心吧，舅舅。"

2-4 天津英国工部局史蒂文公寓 日内

史蒂文正在给天津英国领事馆打电话："德芮肯男爵何时从汉口回来?"

对方问了什么，史蒂文说："我是工部局的史蒂文·德芮肯。是，明天中午到，好好。不用我接，那好。愿您今天快乐。谢谢。"

2-5 上海—天津客轮 日内

德芮肯男爵与朱尔典公使在客轮的酒吧聊天。

德芮肯男爵："日本人跟着史蒂文·德芮肯上火车了。"

朱尔典公使："我们开会没拉窗帘，他竟然没怀疑?"

德芮肯男爵："利益会蒙住所有人的眼睛。"

两人举起杯，哈哈大笑。

2-6　天津兴哥家　日内

兴哥不在家。素萱和爱茉莉坐在大餐桌前，准备吃饭。

素萱："崔妈，贯一怎么也没在家？"

崔妈："小姐，小少爷上的是住宿学校，明天周末才能回家呢。"

素萱拿出个大盒子："崔妈，这是在上海给您买的羊皮鞋。咱俩脚一样大，估计你能穿。"

崔妈："小姐对我真好。我上辈子修来的福啊，还能穿上羊皮鞋。"

素萱对爱茉莉说："我从小是崔妈带大的，她为了照顾我都没有嫁人。"

崔妈："小姐快别说了，有事叫我。"

崔妈离开餐厅。

素萱举起杯，说："祝我们在天津玩得好。"

爱茉莉："祝你还能看到他。"

素萱不好意思："谁？"

爱茉莉："火车上你一直看的那个人啊。"

素萱："我也祝你还能看到他。"

爱茉莉："我已经祝过自己好几次了。"

两人碰杯，大笑。

爱茉莉："素萱，你家院子左边的房子是厨房吗？我看他们从那里端着菜出来。"

素萱："左边？我们一般都说西边。确实是厨房。东边是仓库，家里很多废旧的家具什么的都放在那里。"

爱茉莉："我分不清什么东西，就知道左右。"

素萱："那好。左边是厨房，右边是仓库。快吃饭吧，一会儿凉了。"

爱茉莉："素萱，我们不用等你大哥一起吃饭吗？"

2-7　天津码头帮帮会　日内

兴哥是个身材细高的男人，大概三十岁出头的样子，脸色偏黑，还有几块横肉，眼睛不大不小，看你一眼都会让你胆战。此时，兴哥正端坐在帮中的太师椅上，前方两侧坐着他的军师和堂主。

兴哥："宁波帮的大哥龙昨天又端了我们一个烟馆，我要是再忍的话，明天连我都得让他吃了。"

军师甲："兴哥有什么想法吗？"

兴哥欲言又止，答："我暂时还没有，想听听你们的意见。"

堂主甲："我今晚带十个兄弟去利津里妓院等着，他几乎天天都去找红宝。"

军师乙："那家妓院本身就是宁波帮的，我们现在的实力，硬拼大哥龙还勉强，如果和整个宁波帮干，我不赞成。"

军师甲："宁波帮财爷手下有弟子千人，我们现在只有区区百号人马。"

兴哥："如果能借刀杀人……"

军师甲："兴哥高见！"

兴哥："这刀从哪里借呢？"

2-8　天津大哥龙帮会　夜内

大哥龙身材魁梧高大，面相凶恶，年龄大概四十岁左右。为人吝啬，总盼着手下给他送礼，却从不请手下吃一顿饭。大哥龙坐在自己的椅子上，四中和三熊站在一旁。

大哥龙："还有翡翠把的手枪？"

四中："我们俩就想弄来孝敬大哥的，谁知那洋人太有背景，在保定连军人都上车站了。"

大哥龙："我早就说过，干我们这行的，见到官府和洋人，得绕着走，才有饭吃。"

三熊："后来我们就把枪扔在厕所了，警察找到后就不追究了。"

四中："东西也安全地带回来了。"

大哥龙："这次出门剩下的钱，你们俩和账房算算。"

四中、三熊："已经算过了，还剩18块大洋，都交给账房了。"

大哥龙："本来应该赏你们的，可是你们把我的翡翠枪弄丢了，还差点惹上洋人。这次就这样吧，你们回家去吧。"

四中和三熊有些失望，无可奈何地走了。

2-9　北京雍天成舅舅家小院　夜内

雍天成："舅舅，北京大官都住在哪些胡同，明天我想出去看看。"

舅舅："看看他们的反应？"

雍天成："舅舅说的是。我想看看大家对移居租界的态度。"

舅舅："你算问对人了，舅舅我在户部也就是现在的民政部，对这个门儿清。可是北京太大，我说几个近的地方吧。我们这翠花胡同不说了，前面的东厂胡同有荣禄大人的宅子、菊儿胡同荣大人还有宅子。帽儿胡同、白米斜街、东四都有。一会儿我找张北京地图给你。"

雍天成："我基本记下了，明天我出去看看。"

女仆来招呼吃晚饭。

舅舅："我们去吃饭吧，想必你已经饿了，咱爷俩喝一杯。"

雍天成："我不会喝酒，舅舅。"

舅舅："少喝点。年轻人不会喝酒怎么行？哈哈。"

走到餐厅，看见舅妈和三位表姐妹正在等待。

舅舅指着三个女儿："玉堂啊，看看你还认识不？"

雍天成："当然认识。"冲大表姐紫荷："大表姐好。"

紫荷："听说弟弟要来，爸爸妈妈这几天甭说有多高兴了。"

紫莛："表哥好。"

雍天成："你是紫莛，我记得你眉心上的痣。"

紫萱："表哥还记得我吗？"

雍天成："当然记得，你是紫萱，小时候总欺负我，哈哈。"

众人都笑。

舅舅："开饭吧，玉堂坐我身边，咱们边吃边聊。"

这时，电话响了。

2-10　北京陈宦家　夜内

陈元礼在打电话："请找一下今天到府上的雍天成先生。"

陈元礼："大哥，是我，三弟。"

陈元礼："大哥，我今晚想过去你那里住，有事相商。"

陈元礼："好的，大哥，我等你电话。"

2-11　北京雍天成舅舅家　夜内

舅舅："陈宧的侄儿？第20镇统制陈宧？让他过来吧，陈宧已经被载涛免职了，听说马上要回老家。"

雍天成："原来我这弟弟是没地方住了。"

舅舅："让他过来和你同住吧。"

雍天成："谢谢舅舅，我这就给他回电话。"

雍天成起身走向电话。

舅舅对舅妈说："玉堂善交友，我看前途无量啊。"

舅妈："从小我看他就觉得他会有出息。"

2-12　北京雍天成舅舅家　夜外

八十六在等陈元礼。一辆人力车向这边跑来。陈元礼下车。八十六抢先付车钱。

八十六："少爷，陈少爷到了。"

雍天成从门内跑出来。

雍天成："快进来，快进来。"

陈元礼："大哥，不添麻烦吧？"

雍天成："都等你呐，正好陪我舅舅喝两杯，我是滴酒不沾啊。"

2-13　北京雍天成舅舅家餐厅　夜内

家人还坐在餐桌旁，未离开。

舅舅："陈元礼，陈宧统制的侄儿，快请坐快请坐。"

陈元礼："叔叔知道我上您这里来，直说放心了，让我给您带好。我这里给舅舅和舅妈请安了。也给三位姐姐妹妹请安。"

舅舅："给陈公子拿个杯子，咱爷俩初次见面，喝一杯。'绿蚁新醅酒，红泥小火炉。晚来天欲雪……'"

陈元礼接到："能饮一杯无？多谢舅舅，我先给舅舅舅妈把酒满上。"

紫萱看到陈元礼，对他一见钟情。问："陈公子与我哥哥是如何相识的？"

雍天成："这是紫萱，是我小表妹，也是你的小表妹。"

紫萱："不好，还是叫我紫萱。"

陈元礼："紫萱姑娘，我和你哥哥是……"

2-14　北京雍天成舅舅家小院　夜内

雍天成和陈元礼分坐在官帽椅上。

雍天成："三弟，你日后有何打算？"

陈元礼："不瞒大哥，叔叔被免职，明天下午就要离京。我现在脑子里是一团乱麻，毫无头绪。"

雍天成："明天你叔叔几点的火车？"

陈元礼："下午2点。"

雍天成："明天我和你一起去送叔叔。"

陈元礼："太好了。"

雍天成："我有个想法，你看看可行不？"

陈元礼："大哥你说，三弟愿闻其详。"

2-15　北京雍天成舅舅家内院闺房　夜内

紫萱："陈公子谈吐文雅，是个人才。二姐，你觉得他帅吗？"

紫莛："帅，就是不知道是否婚配，你有想法？"

紫萱："那还不容易，明天一早我去问问表哥。"

紫莛："你胆子大。快睡觉吧。"

2-16　北京雍天成舅舅家小院　夜内

陈元礼："我看行得通，最好和二哥再商量商量。"

雍天成："明天看完后，我们就去天津。"

陈元礼睡着了。雍天成依然在北京地图上标注京城大官聚居的胡同，并画出了明天的路线图，这才脱衣入睡。

2-17　北京雍天成舅舅家大院　日外

雍天成、陈元礼、八十六、紫萱站在院中。

紫萱："我要和你们一起去。"

雍天成："紫萱，女孩子不方便吧。"

紫萱："北京我路特别熟，我给你们带路。"

陈元礼："让她去吧，大哥。"

紫萱感激地看着陈元礼，说："那走吧。"

出了院门，四人招呼了两辆人力车。雍天成和八十六一辆，紫萱和陈元礼一辆，走了。

两辆马车带着四人在北京胡同里转到中午，雍天成和陈元礼看到很多宅院和舅舅家一样在忙碌着，他们一一记下这些宅院的门牌号。紫萱和陈元礼有说有笑，看来非常投缘。

2-18　北京亚斯立堂　日外

雍天成："停车，停车。这座基督教堂真有特色啊。"

紫萱："表哥真厉害，这是亚斯立堂，您怎么知道是基督教堂？我就分不出来天主教堂和基督教堂。"

雍天成："基督教堂外面的十字架是素的，没有任何雕饰，且多为红色。天主教堂则有各式各样的十字架，非常漂亮。"

陈元礼："大哥对基督教还有研究？"

雍天成："略知一二，皮毛而已。我是学建筑的，所以对各式建筑都特别留心。你们在外面等等我，我进去看看。"

2-19　北京亚斯立堂　日内

推开教堂大门，雍天成走了进去。偌大个教堂，只有三五人在祷告。雍天成看了一遍教堂的内部构造，突然，一个高大魁梧的军官引起了他的注意。雍天成不禁走上前去。

雍天成："这位先生恕我冒昧，我是雍天成，刚从英国回国，在这里能看到军人让我非常意外，忍不住好奇，就过来打扰了。"

大个军官看雍天成举止高贵、穿戴不俗，忙站起身来，说："客气，客气。本人冯玉祥，清军第20镇第40协第80标第3营营长。"

雍天成："第20镇？是陈宧叔叔做统制的那个？"

冯玉祥："是啊，雍兄认识陈统制？"

雍天成："就算认识吧，今天下午要送他回湖北老家。他被免职的事，冯兄听说了?"

冯玉祥:"听说了，还非常气愤。陈统制待我们最好，没想到……"

雍天成:"我昨天刚到北京，就听说此事，世事难料啊。"

冯玉祥:"我也是昨天到的北京。这段日子东北鼠疫流行，我是奉命来京买药的。"

雍天成:"我们坐下聊?"

冯玉祥:"对，对，我差点忘了。"

雍天成:"冯兄怎么会接触基督教?"

冯玉祥:"这里的牧师是我的好朋友。他的话常是我心中难题的答案。耶稣是个大革命家。他讲贫穷的人得福音，被掳的得释放，被捆绑的得自由。我是安徽人，父亲是泥瓦匠，祖父更是一生都是在贫困中过来的。我深知穷人的苦，而我们秋操时，王公贵族来观操，都是锦衣玉食、山珍海味，他们不知道我们穷人的苦。遇到像陈统制那么好的官，不克扣军饷，爱兵如子，为什么还被小人算计? 我只有在这里才能找到答案。"

2-20　北京亚斯立堂　日外

紫萱:"陈大哥的家眷怎么没一起来京啊?"

陈元礼:"我尚未婚配，何来家眷啊?"

紫萱:"那陈大哥可有婚约?"

陈元礼突然想到了素萱美丽的身影。

陈元礼:"没有。紫萱妹妹有婚约吗?"

紫萱:"没有。陈大哥问我这个干啥?"

陈元礼:"我这不是话赶话聊到这儿了嘛，哈哈。"

紫萱:"你和我表哥在京城里到处转悠在看什么?"

陈元礼:"这要保密，不久你就能知道了。"

紫萱:"现在不能告诉我?"

陈元礼:"大哥怎么还不出来，都快中午了。"

2-21　北京亚斯立堂　日内

雍天成:"今天下午陈宦坐火车回老家，冯兄去送行吗?"

冯玉祥："我的级别太低，雍兄替我向统制问好吧。"

雍天成："马上中午了，门外还有我几个朋友，我们要去饭店吃饭，冯兄可否赏脸一起？"

冯玉祥："多谢雍兄好意。鼠疫药材中午就会备齐，我们得马上回奉天，这是人命关天的事啊。而且我中午和北京的亲人有约在先，就不能陪雍兄了。"

雍天成："那我们就此别过，后会有期。"

冯玉祥："后会有期。"

2-22　天津竹竿巷　日外

素萱和爱茉莉在闲逛竹竿巷。竹竿巷位于天津城北，是一条长约300米的石板小巷。各地客商云集竹竿巷。一些从事棉纱、杂货、药材、纸张、茶叶、麻袋的捎客，仨一群俩一伙地在路旁交头接耳，时而在袖口里互掐手指，时而高声吵嚷，争得面红耳赤，也有的附耳低语讲价钱。

素萱指着前面的商号，说："看到那家隆顺号吗？那家主人姓卞，早年从南方运销大宗竹竿到天津，后来发财了，这条小巷就命名为竹竿巷。"

爱茉莉："这条小巷是干什么的？"

素萱："这条巷子可厉害了。整个天津所有的银号、商号，包括外国洋行、银行，所有的申汇，无论多大数额，1块也好100万也好，都要以这里经纪人的开盘收盘价为依据。"

爱茉莉："这有些像美国的华尔街了。"

素萱："也是金融中心。"

爱茉莉："昨晚你大哥没回来吧？"

素萱："没回来。也许遇到些棘手的事吧。"

爱茉莉："愿你大哥一切平安。"

2-23　天津码头帮兴哥帮会　日内

兴哥："我们讨论了一夜，依然没有头绪。这样吧，你们先回家休息，睡一觉。我呢，我妹妹昨天从上海回来，还没看见我呢。我也得回家。"

军师甲："早晨瑞记海鲜行送来几篓深海鲍鱼。"

兴哥："给我一篓就行，剩下的你们分了吧。"

2－24　天津英国工部局　日内

史蒂文仍在思考照片里的黑背影和车站里的黑影。

2－25　北京某胡同　日外

小紫萱生性活泼，对这些宅院的住户背景如数家珍，唯独经过这一家时，她不做声，还催促快走。雍天成和陈元礼都感到不解。

雍天成："紫萱，刚才经过的那户人家，你不认识？"

紫萱："认识。"

陈元礼："认识为什么不说话呢？"

紫萱："不爱说。"

陈元礼："难道和你有过节？"

紫萱："没有。"

雍天成："中午了，我们去吃饭吧，车夫，六国饭店。"

2－26　北京六国饭店　日内

几个人来到六国饭店，发现该饭店非常气派。

雍天成："这六国饭店原先是太仆寺，后来太仆寺撤销归并到陆军部。现在的六国饭店只是太仆寺的一部分，看见没，那边是比利时的使馆。"

陈元礼："大哥真是博学啊。"

八十六："太仆寺不是寺庙啊？"

紫萱："不是，那是给皇帝养马的部门。"

雍天成："今天我做东，咱们吃一顿六国饭店的西餐。"

陈元礼："大哥，今天让我做东吧，我要好好请请紫萱妹妹。"

紫萱顺势站在陈元礼身边，很亲密的样子说："那我要给你吃破产了呢。"

众人上二楼，迎面走来几个人。其中一人看到紫萱，想打招呼，紫萱扭头装作没看见。当看到紫萱和陈元礼好像很亲密的样子，非常生气。这一幕被细心的雍天成看在眼里。

雍天成："紫萱，那人你认识？"

紫萱："不认识。"

雍天成："他好像欲言又止啊。"

紫萱一拉陈元礼，说："我们去吃西餐吧。"快步往上走。

那人回过头，看到紫萱拉着陈元礼，更生气了。

那人开口："紫萱小姐，能为我介绍介绍你的朋友吗？"

紫萱站住，没有回头，说："不必了吧。"

那人继续说："我想我有这个权力知道吧。"

紫萱："你有什么权力，我们又不认识。"

陈元礼说话了："这位公子，人家姑娘说不认识你。你就别纠缠了。"

那人一听更急了，说："关你什么事！我在和紫萱小姐说话。"

陈元礼刚想回答，一旁的雍天成发现不对。人家能叫出来名字，肯定认识紫萱啊。紫萱看到陈元礼为自己出头，非常高兴，觉得自己找到了可以保护自己的人。

雍天成："三弟你先别说话。这位公子别急，我是紫萱的表哥，叫雍天成。我不知道你和紫萱是什么关系，不过既然现在紫萱不愿理你，想必有自己的原因。还请你原谅。"

那人说："原来是表哥，失敬失敬。"说完，转身走了。

雍天成："紫萱，你要诚实地告诉我，那个人是谁？"

紫萱："他……他叫陆承武，是北京军法处处长陆建章的儿子，与我是娃娃亲。我不认，早就让妈妈给我退亲了。"

陈元礼："我还以为是流氓呢。"

紫萱："你刚才的表现真帅。"

雍天成："我们先去吃饭吧，下午还要为陈宦叔叔送行。"

2-27 天津英国工部局　日内

史蒂文正在给雍天成和陈元礼写信：

亲爱的大哥和三弟，回到天津已经一天了，非常想念你们。天津现在有非常好的机会，真想和你们在一起大干一场。希望早日在天津见到你们。

2-28　天津英租界邮局　日外

史蒂文拿着信走进邮局，正巧被逛英租界的爱茉莉看到。

爱茉莉："上帝显灵了。素萱，你看那边，你看那是谁?"

素萱："哪边啊?"

爱茉莉："左边，邮局，完了，进去了。"

素萱："谁啊?"

爱茉莉："上帝对我太好了，一定是他。素萱，我们去邮局吧。"

素萱："我都被你搞迷糊了。"

两人走进邮局。看到史蒂文正在寄信，素萱明白了。

素萱："看来你的好运来了。"

爱茉莉："不，我们的好运来了。见到一个就能找到另一个。"

爱茉莉主动走向史蒂文。史蒂文正对邮局人员说话。

史蒂文："是，我要加急的，谢谢。"

史蒂文邮完信转过身，看到迎面走来的爱茉莉和素萱。

爱茉莉："先生，很高兴再次见到你。"

史蒂文一愣："我也很高兴。但我们见过吗?"

爱茉莉："当然见过。昨天的火车上，难道你忘了?"

史蒂文："我昨天是坐火车回来的。可我怎么没有印象见过你呢。"

素萱："和你在一起的两位公子呢，没来天津?"

爱茉莉偷偷对素萱说："就关心你自己啊，快帮帮我。"

史蒂文："我想起来了。我好像看到你们进了餐车，不过那时我的东西丢了，全部心思都在那上面。"

爱茉莉："太不幸了，找到了吗?

史蒂文："找到了。"对素萱说："我那两个兄弟过两天就会到天津，我到邮局来就是给他们写信邀请他们来天津。"

素萱听到雍天成马上会来天津，眼睛一亮，非常高兴。

爱茉莉："我还没自我介绍，我叫爱茉莉，在上海女子教会学校上学，这次是来天津过暑假。"

史蒂文："很高兴认识您，爱茉莉小姐，我是史蒂文，在天津英国工部局任秘书。这位小姐是?"

素萱："我是素萱，是爱茉莉的同学。我家在天津。"

史蒂文："很高兴认识两位美丽的小姐，既然我们这么有缘，不如我请两位小姐吃午饭，然后领两位参观一下英租界，怎么样？"

爱茉莉："太好了，我们吃点什么呢？"

史蒂文："离此不远有家包子铺，味道非常好。"

爱茉莉："那我们走吧。"

史蒂文为两位姑娘开门，三人走出邮局。

2-29　北京六国饭店　日内

雍天成："大家把刚才的事情尽快忘记，我们先享受美味。"

陈元礼："大哥说得对。这里的法国大厨做的红酒焖乳鸽据说比巴黎的任何饭店都好。"

紫萱："这里吃饭会不会太贵啊？"

雍天成："不怕，今天表哥请客。"

陈元礼："大哥，我们不是说好了今天我请客嘛。"

2-30　天津小文妹包子铺　日内

史蒂文、爱茉莉和素萱正坐在饭桌旁等待。小文妹端着包子走了过来，把包子放在饭桌上。

史蒂文："谢谢小文妹。"

爱茉莉："你们认识？"

小文妹："小姐别误会。史蒂文对我们这个小店帮助很大，我们能在这里开店多亏了史蒂文先生，不然我们无法在英租界立足。"

史蒂文："哪里哪里。大家尝尝这里的蟹黄小笼包吧，看看和上海城隍庙的哪个好吃。"

素萱吃了一口，说："感觉不分伯仲啊。我以前怎么没发现这家店？"

小文妹："我们是上个月开张的。需要什么就叫我，我先下去了。"

大家说："多谢"。

2-31　北京六国饭店　日内

大家已经吃完，雍天成开始布置下午的事。

雍天成："一会儿我和三弟去陈宦叔叔家，紫萱和八十六你们先回家吧。"

八十六："少爷晚上回家吃饭吗?"

雍天成："回去。"

这时,侍应生把两份打包的法式糕点送了上来。

雍天成把一份糕点交给八十六。

雍天成："这份糕点是特意给舅舅舅妈的,你带回去。三弟,拿上另一份,我们走。"

2-32 天津英租界大街 日外

史蒂文领着爱茉莉和素萱参观英租界维多利亚道。

史蒂文指着一处建筑说:"这是英国球会,也是英国商会俱乐部。那边是维多利亚公园。这里是戈登堂,就是我工作的地方——英国工部局。"

爱茉莉:"这个工部和大清国的工部有什么关系吗?"

史蒂文:"你的问题真好。实际上工部局就是仿造大清国的工部而设立的,第一家工部局是在上海设立的。"

爱茉莉:"是,上海英国领事馆也有个工部局。"

素萱点头。

史蒂文:"原先设立工部局就是为了租界内建设,现在的工部局权力很大,租界内的警察、卫生、市政都归工部局管理了。"

史蒂文:"前面就是大美国领事馆了。美国在天津的租界 1902 年正式并入英租界,所以天津号称九国租界,实际上只有八国租界。"

史蒂文:"前面就是天津英国领事馆了。"

突然,史蒂文看到一个黑背影走进了英国领事馆。

史蒂文:"对不起,两位姑娘,我发现个情况,要马上离开。这是我的名片。"

爱茉莉接过名片:"太遗憾了,我们还能再见面吗? 我们周日去合众会堂。"

素萱接过名片:"谢谢。"

史蒂文:"当然还能再见面,给我打电话。周日合众会堂见。"

说完转身跑进英国领事馆。

第3集　《英租界买地》

3-1　天津英租界领事馆院内　日外

史蒂文跑进了英国领事馆，却看见叔叔德芮肯男爵和黑衣人并肩走了出来。黑衣人，亚洲面孔，蓄日式须，很精明强干的样子。

德芮肯男爵看到史蒂文，忙招呼道："史蒂文，过来过来。我给你介绍一位大名鼎鼎的人物。"指着黑衣人说："这位就是去年在上海卖掉10万支38式步枪的日本三井洋行的苍井腾一。"

史蒂文："久仰久仰。我们英国洋行快因阁下破产了。"

苍井腾一伸出手，史蒂文没有迟疑，握住了。因为史蒂文知道舅舅把自己介绍给苍井必有目的。

苍井明知故问："史蒂文在哪间洋行？"

德芮肯男爵哈哈大笑："他是我的侄儿，现在天津英国工部局任秘书。"

苍井："年轻有为，以后还要多多麻烦。"向德芮肯男爵和史蒂文分别行礼，两人还礼。苍井："在下告辞，后会有期。"

看着苍井腾一的背影消失后，史蒂文巧妙地问叔叔："这个人比较眼熟。"

德芮肯男爵："到我办公室来。"

3-2　天津兴哥家　日内

兴哥问女仆："崔妈，素萱没说啥时候回来？"

崔妈："小姐和同学一早就出去了，说是下午才能回来，晚饭肯定在家吃。还让我给她做贴饽饽熬鱼呢。"

兴哥："那篓鲍鱼也做了吧。贯一今天回家吗？"

崔妈："王管家已经去学校接了，一会儿估计就到家了。"

兴哥："我去睡会儿觉，吃饭时叫我。"

兴哥走进自己的卧室。

一个手下急匆匆地跑来要见兴哥，崔妈说兴哥正在睡觉，不让他打扰。争吵声很大。

兴哥从卧室出来，说："什么事啊？"

手下："兴哥，不好了。大哥龙带了五十多人砸了我们在竹竿巷的烟馆。"

兴哥："什么？赶快把人给我召集到这里来，不，到帮会。"

手下答应一声，快速离开。

兴哥穿好衣服，急匆匆地也准备走了。出门时，王管家和贯一回来了。

王管家："老爷，小少爷回来了。"

兴哥："你们进去吧。"

贯一："爹，你去哪儿？"

兴哥："有些急事，爹出去处理一下就回来。"

贯一挺失望，看着爸爸走出大门。返身和王管家进屋了。

3-3　天津竹竿巷外　日外

大哥龙和几个手下耀武扬威地从巷里走了出来。

三熊："大哥，我们是一天端他一个烟馆，啊。"三熊说话最后总单独说个"啊"。

大哥龙："他杨兴敢和我斗，我要把他的烟馆都拿过来。"

四中："昨天的事，他连个屁都没敢放。"

几人大笑。一旁的祥弟好像总想说话，他终于鼓足勇气。

祥弟憨厚地说："大哥，我看这样不好。杨兴也没招惹咱们，井水不犯河水。万一他要报复怎么办？再说财爷那边对我们的事一直都不知道。"

大哥龙："放屁！你小子尽说软话。财爷不知道又怎么样，他老人家只要看到我交上去的钱就会笑的，他不会管我是如何赚到钱的。我是抢的、偷的、骗的，他老人家都不会管，他只要看到我一年比一年交得多就会笑的。明白吗小子？这次的奖金没你的了。"

祥弟："大哥……"

三熊："（对祥弟）奖金没你的了，啊。"

四中、三熊等嘲笑着把祥弟挤到一边，扬长而去。

3-4　北京火车站站台　日外

雍天成和陈元礼来为陈宦夫妇送行。婶婶手里拿着那盒法式甜点。

陈宦："天成啊，你要好好照顾元礼。他有时候做事会冲动，你要多多管教他。"

雍天成："叔叔您放心吧，我们是兄弟。"

陈宦："你们明天就去天津？"

陈元礼："叔叔，我们在天津还有个兄弟，我们去看他。"

陈宦："天津鱼龙混杂、华洋混居，你们一定要时刻小心。"

雍天成："叔叔婶婶你们就放心回老家吧，我们会小心的，也许我们马上就能找到事做。"

陈元礼："叔叔婶婶，我这里有 100 两银票，您二老留着应急用吧。"

雍天成："叔叔婶婶，我这里也有 100 两，您二老别嫌少，等侄儿赚钱了，再多多孝敬您二老。"

陈宦夫妇推说不要，但最后还是收下了。两位赞许地看着雍天成和陈元礼。陈宦夫妇登上火车。雍天成、陈元礼看着火车开走。

3-5　天津警察局　日内

警察局局长正在与手下开会。

局长："昨天和今天，我们连续两天接到报告，两家烟馆被砸。这两家烟馆都是属于码头帮杨兴的，而砸烟馆的则是宁波帮大哥龙的人。如果两帮火并，势必影响天津市面的治安。我们要派出警力，严密监视这两派的动静。以免冲突扩大，影响市民生活，波及租界，造成外交问题。你们都说说，我们怎么对付这些帮会。"

众人交头接耳，议论纷纷。

局长："王超群王探长，你和宁波帮、码头帮的人很熟，你说说。"

坐在一旁的王探长直了直身体，说："局长，我和他们可不熟。我只是跟踪他们的案子多年而已。"

局长："呵呵，好好，原谅我用词不当。"

王探长："我的想法是擒贼先擒王，先去听听兴哥和财爷怎么说。大哥龙是财爷手下，性格简单粗暴，干事没啥头脑。"

3-6　天津码头帮帮会　日内

兴哥："不能再忍了，我准备先文后武，先礼后兵。"

军师甲："我们的借刀杀人之计呢？"

兴哥："还借什么刀，回头刀没借来，我的烟馆全让刀劈了。"

军师乙："兴哥说先文后武，先礼后兵，那我去做文和礼的事吧。"

兴哥："好。现在就打电话联系大哥龙。"

3-7　天津紫竹林码头　日外

大哥龙带着手下四中和三熊等人巡视码头，耀武扬威，旁若无人。巡逻警察也对他唯唯诺诺。

大哥龙："我现在有码头、有烟馆。宁波帮里的买卖，我一个人占了一大半。"

四中："大哥经营有方，小弟也跟着喝点汤。"

大哥龙："汤？那是汤吗？那都是油。"

三熊偷偷撇嘴，小声地说："说汤都勉强，啊。"

大哥龙："嘟囔什么呢？小心我扣你们这月的薪水。"

三熊："不敢，不敢。不要，不要，啊。"

四中、三熊等苦笑着。祥弟又上前来。

祥弟憨厚地说："大哥，我们下次行动，事先还是应该通知财爷，不然财爷会很没面子。"

大哥龙："面子？我交的钱就是面子！我上交的越多他老人家就越有面子！你不要再说了，再说我扣你这个月的薪水。"

这时，有个手下来报说码头帮兴哥提出要谈判。

大哥龙："他也配叫码头帮，那个破码头三个还没我紫竹林一个大，告诉他，没得谈。"

祥弟："大哥……"

大哥龙："这月工钱……"

祥弟不出声了。四中、三熊嘲笑着把祥弟挤到一边。

四中："杨兴这回得气死了。"

三熊："明天再砸他个烟馆，啊。"

大哥龙："对，明天再砸一个烟馆。哈哈。"

祥弟："大……"

大哥龙："嗯嗯……哈哈。"

3-8　天津宁波帮财爷家　日内

财爷正坐在沙发上接电话，身边坐着儿子霆哥。

财爷："王探长，好久不见，别的先不说，今天来我这里吃鱼翅。"

财爷："怎么，不赏我这个老脸？哈哈"

财爷："大哥龙……砸烟馆。"

财爷："我管教他，我一定管教他。"

放下电话，财爷非常生气。

财爷："这个大哥龙越来越不像话了，总是无故挑起事端。"

霆哥："大哥龙的势力越来越大，对我们不利啊，应该趁此机会把码头和烟馆的生意拿回到我们自己手里。"

财爷："这个……我还要再想想。来人，给大哥龙打电话，让他过来开会。"

3-9　天津兴哥帮会　日内

兴哥："他拒绝谈判，那就别怪我下狠手了。"

兴哥对屋里人说："你们都回去吧。"众人走后，只剩下兴哥一人。

兴哥拿起电话，拨了一个号码，说："我的困难你一定看到了，老办法，价钱比上次多一倍，等我消息。"

3-10　天津宁波帮财爷家　日内

财爷："什么，他没空？这里谁说得算？反了反了！"

霆哥："父亲，要我说他的势力越大对我们越不利。不如早点把他的地盘弄到我们自己手里。"

财爷："你的办法是?"

霆哥："给他个副帮主的虚职，有职无权相当于退休养老，这是最简单的方法。"

财爷听后若有所思。

3-11　天津英国领事馆　日内

史蒂文："叔叔知道他在一路跟踪我?"

德芮肯男爵："哈哈，不仅知道，而且还要让他上当。"

史蒂文："我事先竟一无所知?"

德芮肯男爵："就是要你一无所知。你的安全问题，朱尔典公使和我已经研究过了。苍井腾一是商业间谍，不会做对人身有伤害的行为。"

史蒂文："为什么要故意让他偷走图纸呢?"

德芮肯男爵："日本洋行一直觊觎我们英租界此次的土地开发，千方百计要弄到与土地开发有关的资料。我们大英帝国的情报部门早就得知日本要监视我们在汉口的会议，你还记得吧，那次开会的会议屋没有挂窗帘不说，窗户还是开着的吧?"

史蒂文："是啊，当时几个领事都在抽雪茄啊。"

德芮肯男爵："我们的房子有排风机，完全没必要开窗户的。"

史蒂文："我倒忘了这点了。但当天的天气也很热啊。"

德瑞肯男爵："会议室里的几个大冰桶，就是降温用的嘛。"

史蒂文："是，屋里确实很凉爽。"

德芮肯男爵："在汉口临行前，之所以给你一张背影的照片，是怕你真的面对面看到苍井会表现出不安，被他看穿。"

史蒂文："放在我枪里的图纸呢? 那又是怎么一回事?"

德芮肯男爵："那是一份假规划图，标注的都是沿河的荒地。这次苍井腾一过来，就是要买这些荒地的。"

史蒂文："荒地他应该知道啊，怎么还买?"

德芮肯男爵："这点我一直没想通。这块荒地是我们通过'吹泥垫地'的技术，在海河边额外增加的土地。"

史蒂文："吹泥垫地就是把海河道淤泥通过管道吹到低洼地区，将地面垫高。这样，我们英租界的土地面积就增加了。"

德芮肯男爵："说得对。不仅英租界的面积增加了，如果日本人买了荒地，那么租界内的土地就会大涨，我们就发财了。"

史蒂文："我们?"

德芮肯男爵："是啊，我们，我们家族。我已经用你姊姊的名义买下了十块地。"

史蒂文："叔叔，这不是利用职务……"

德芮肯男爵："不是，不是。这十块地是这次土地开发会议前两年买的，属于投资。而且那时，我还没到中国呢。"

史蒂文："那还需要我做什么?"

德芮肯男爵："推波助澜啊。"

史蒂文："侄儿不明白。"

德芮肯男爵："把日本要买土地的事通过各大报纸宣传出去。现在大清帝国的官员害怕宪政，很多人通过各种关系找到领事馆，要求移居租界。上个月各国领事在海关俱乐部舞会，大家纷纷反映中国官员和富豪有移居租界的意愿。这是机会啊，如果巧妙地把日本要买我们荒地的事透露出去，那么租界内的土地何愁不涨? 哈哈哈。"

史蒂文："侄儿明白了。我今天就约《泰晤士报》的记者。"

德芮肯男爵："朱尔典公使可能要向英王申请提高租界移民的门槛，估计年底就会实行新的移居政策。没办法，越来越多的中国人要来租界寻找安全感啊。"

3－12　北京雍天成舅舅家小院　夜内

雍天成和陈元礼正坐在书桌旁整理一天搜集到的信息。

雍天成："目前看，80％的京城大户人家有外迁的意愿。"

陈元礼："这些人都是达官显贵，需要我们做什么，他们要钱有钱，要权有权。"

雍天成："他们要移居租界的话，除了钱以外，就啥都没有了。"

陈元礼："有钱能使鬼推磨，有钱在租界就好使。"

雍天成："三弟啊，到了租界，他们就是有钱的哑巴，举步维艰。"

陈元礼："这我还没想到。"

雍天成："现在大量的达官显贵想往租界跑，但他们不会说外语，无法和外国人沟通。在北京，他们可以通天。但他们想从北京到租界，就必须有会外语的人帮他们沟通、协调、处理各种文件，这是我们的机会。"

陈元礼："我们收取佣金?"

雍天成："是啊，这样我们就可以赚钱了。"

陈元礼："那也是小钱啊。"

雍天成："一步一步往前走，机会都在过程中。"

陈元礼："嗯，我听大哥的。"

雍天成："我现在给史蒂文打个电话，我们明天去趟天津。"

紫萱敲门进来，手里拿着一封信，史蒂文的信。雍天成看信。

紫萱："信是给表哥的。你们还没睡啊，今天好累啊，元礼，你累不?"

陈元礼："我刚泡了脚，很解乏。紫萱，你也回去泡泡脚吧。"

紫萱："刚来就让我走? 你为什么那么关心我?"

陈元礼："我关心你? 没有啊。"

紫萱："你让我泡脚。"

陈元礼："我就是随口那么一说。"

紫萱："我都知道。"

紫萱转身走了。

陈元礼："你知道什么? 我还什么都不知道呢。"

雍天成："元礼，你来看看信，二弟让我去天津呢。"

陈元礼看信。雍天成打电话。

3－13 天津史蒂文公寓 夜内

史蒂文刚回来，开门时，电话铃声在响。史蒂文快步上前接电话。

史蒂文："您好，我是史蒂文·德芮肯。"

史蒂文："大哥，大哥你好吗? 三弟好吗?"

史蒂文："我很好，信都收到了，太好了，是，非常想念你们。"

史蒂文："明天吧，明天就过来，我还有重要事和大哥商量。"

史蒂文："是，我要和三弟说话。"

3－14　北京雍天成舅舅家餐厅　日内

舅舅、舅妈、雍天成、陈元礼、紫萱、紫莛围在一桌吃早饭。

舅舅："玉堂啊，你和元礼一会儿就去天津？"

雍天成："是，舅舅。我们在天津有个好兄弟邀请我们过去玩。"

舅舅："去几天啊？"

雍天成："最多两天。那边有人接待我们。"

舅妈："有人接待我们就放心了。"

舅舅："你们两个还没有收入，中国人出门讲究穷家富路，是不是啊他舅妈？"

舅妈："你个老家伙，我能不惦记外甥吗？"

舅妈从怀里取出一个小钱袋。

舅妈："玉堂、元礼，这是 30 两银子，你们带着。"

雍、陈："舅妈，这个我们不能要，我们手里有钱。"

舅妈："你们的是你们的，舅妈的是给你们花的。"

舅舅："收下吧，收下我们会心安。"

雍天成说声谢谢，收下了。

紫萱："爹爹，我也要和表哥去天津。"

舅妈："女孩子家抛头露面，成何体统。"

舅舅："这次玉堂、元礼走得匆忙，回来也快。以后有机会，我们全家一起去。"

紫萱装作生气的样子。

紫莛："听爸妈的话，我们以后再去。"

陈元礼："你听话，我给你带天津的麻花回来。"

紫萱："我要大的。"

陈元礼："好，最大的。"

舅舅、舅妈、紫萱、雍天成在一旁会心地笑了。

3－15　天津英租界某饭店包房　夜内

雍天成、史蒂文、陈元礼再次见面。

雍天成："这些是我和三弟昨天在北京调查的结果，二弟你看如何？"

史蒂文："我们三兄弟真是心有灵犀啊，我要说的也是这件事，不过还要更近一步。"

陈元礼："二哥的更近一步是指……？"

史蒂文："我们现在有两个机会，一是大哥刚才说的北京高官有移民租界的趋势；二是他们移民到租界后居住的问题。"

雍天成："房地产。"

史蒂文："大哥说的没错。英租界的地产价格现在还算平稳，如果我们现在买入大量的土地，等地产升值后卖出，就可以坐享其利。近期，英租界要举行一次土地拍卖会，我们可以从那里买地。"

雍天成："想法不错。可我们有本钱吗？"

陈元礼："我手里还有 1000 两银子。"

史蒂文："我也有 1000 两。"

雍天成："我现在手里就 30 两了，还是舅舅早晨给我的。"

陈元礼："史蒂文，最少需要多少钱？"

史蒂文："取得拍卖资格至少要 1 万两。"

雍天成："还差 8000，这样吧，我来想办法。现在中国人移居租界有什么要求？"

3-16　天津各大报纸　日外

天津各大报纸报道日本人看中英租界无用荒地，市民担心租界土地价格会飙升。街道上的人们都在议论此事。

3-17　天津英租界合众会堂　日内

上午，雍天成和陈元礼陪同史蒂文来到合众会堂。

史蒂文："大哥、三弟，我带你们来见两个人。"

陈元礼："谁啊，这么神秘。"

雍天成："女人？"

史蒂文："大哥说对了，而且是我喜欢的女人。"

史蒂文在人群中看到了爱茉莉和素萱。史蒂文挤上前，站在爱茉莉身边。

史蒂文："爱茉莉，我没迟到吧？"

爱茉莉："史蒂文，是你啊，太好了，我还怕你不能来。"

史蒂文："怎么会，我答应过你的。爱茉莉、素萱，你们看谁来了？"

史蒂文手向后一指，爱茉莉和素萱向后看去。素萱发现雍天成在冲她微笑。其实陈元礼也在冲她微笑，但素萱的眼里只有雍天成。史蒂文、爱茉莉、素萱走到后面，五人走出合众会堂。

3－18　天津英租界合众会堂外　日外

史蒂文："我来介绍，这位是爱茉莉小姐，这位是素萱小姐。"

雍天成、陈元礼："你们好！"

史蒂文："这位是我的大哥雍天成，这位是我三弟陈元礼。"

爱茉莉、素萱："你们好！"

陈元礼："这两位不是火车上的漂亮小姐吗？幸会，幸会。"

爱茉莉："我们昨天遇到史蒂文，今天就看到你们。感谢上帝啊。"

素萱："两位不是在北京站下的车吗？"

雍天成："是，我们目前暂住北京。今天是受二弟邀请到天津来玩的。"

陈元礼："素萱小姐是天津人吗？"

素萱："是。我和爱茉莉回天津过暑假。"

陈元礼试图和素萱搭话，但素萱却始终想和雍天成说话。

素萱对雍天成："您的辫子剪掉了？"

雍天成："在伦敦剪的。"

素萱："在北京没有辫子可以吗？"

雍天成从随身的包里拿出一根辫子，说："这有根假的。"

素萱和爱茉莉大笑："能混过关吗？"

雍天成一摸脑袋："它不是还在？"

众人哈哈大笑。陈元礼好像有些失意。素萱和雍天成两人一见倾心，不知不觉地走在了一起。史蒂文和爱茉莉也走在了一起。留下陈元礼一人，看起来特别孤单，还有一些怨恨。

3－19　天津火车站　日外

史蒂文、爱茉莉和素萱来火车站为雍天成和陈元礼送行。

陈元礼："想不到两位漂亮小姐专程来送我。"

爱茉莉："我是陪素萱来的。"

陈元礼："那感谢素萱小姐专程来送我。"

素萱："我是专程来送你和雍先生的。"说完，眼睛看着雍天成。

雍天成："多谢素萱小姐相送。我们很快就会回来。"说完，眼睛看着素萱。

爱茉莉："我好朋友的眼睛已经被神控制了。"

史蒂文看着爱茉莉："是的，我的也是。"

陈元礼不耐烦地说："大哥，我们走吧，车快开了。"

雍天成对着素萱轻轻地说："我很快就会回来。"

3－20　北京火车站　日外

陈元礼似乎还没有从失意当中醒过来。

陈元礼："大哥，我想回叔叔家收拾一些东西。"

雍天成："我和你一起去。"

陈元礼："不用，我去去就回。"

3－21　北京雍天成舅舅家　夜内

雍天成和舅舅在书房里聊天。

雍天成："我这个二弟是英国人，在天津英国工部局工作。他有办法帮您去天津租界居住。他的叔叔是天津英国租界的总领事。"

舅舅："具体怎么做呢？"

雍天成："他先帮助我们取得赴英租界居住的名额，然后我们在英租界买地盖房。取得名额是最关键的一步，据说英国公使已经向英王提出提高移居英租界的门槛了。"

舅舅："我们的条件够吗？"

雍天成："够是够，就是现在等待批准的人太多，要是现在申请，也得1年后才能批准。"

舅舅："你的朋友有什么好办法吗？"

雍天成："有变通的方式，不过需要 10 万两的资产证明才行。"

舅舅："我就这处房子，手里还有 8000 两银子。没有多少财产啊。"

雍天成："8000 两就够了，我们已经想到一个好办法。"

舅舅："我再去和你舅妈商量商量。"

3－22　北京雍天成舅舅家餐厅　日内

舅舅、舅妈、紫莲、紫萱、雍天成围坐在餐桌旁。

舅妈："玉堂啊，你舅舅都和我说了。其实那 8000 两银子我们是为你结婚准备的。"

雍天成听了非常感动："没想到舅舅舅妈为我这么费心。"

舅妈："从你父母去世那年，我和你舅舅就开始为你攒钱了。这 8000 两可以给你在北京买个小院，让你在北京成家立业。"

雍天成："多谢舅舅舅妈，玉堂会永远记住二老的大恩大德。"

舅舅："这银票你就拿去用吧，早晚都是你的。"

紫萱："爹娘，你们很偏心啊。"

舅妈："你们的嫁妆我早就准备好了，就怕你们嫁不出去。"

紫萱："表哥，元礼呢？怎么没见他？"

雍天成："他回他叔叔家处理点事情。"

紫莲："看来我们的三小姐有些放心不下啊。"

舅舅："紫莲明天就要去美国留学了，我们全家都去天津送她。"

紫莲："爹娘，不要送我，我自己可以去天津。"

舅妈："娘不放心啊。"

紫莲："你们要是送我，我就不去了。"

舅舅："紫莲自小就独立，让她自己去吧。"

雍天成："我认识个女孩子可以在天津接待一下紫莲。"

紫萱："表哥的女朋友？"

舅妈："女孩子家说话注意些。"

雍天成："是刚刚认识的。"

舅舅："可靠吗？"

雍天成："非常可靠。"

3－23　北京雍天成舅舅家　日内

陈元礼回到雍天成舅舅家，雍天成、陈元礼、紫萱在书房谈话。

雍天成："三弟，你负责联络陈宦叔叔的同僚。紫萱负责联系舅舅的同事。我下午和紫莲一起去天津。"

紫萱："表哥在天津有女朋友了，元礼？"

陈元礼一愣："我不知道。"

紫萱："你们还瞒我？"

陈元礼："别说了，我们还是想想怎么赚钱吧。"

雍天成："是。不立业不成家，我们先立业。"

陈元礼："大哥，有成家的对象了？"

雍天成："就算是吧，已经无法忘记她了。"

紫萱："是天津的那位小姐？"

陈元礼："你见过素萱？"

紫萱："原来是素萱小姐，对吧表哥？"

雍天成："就见过一次，不算什么。"

紫萱对陈元礼："你叫她素萱？"

陈元礼："有什么？"

紫萱："听着不舒服。"

雍天成："好了，我们开始干活吧。"

3－24　北京雍天成舅舅家小院　日内

雍天成回到小院找到八十六。

雍天成对八十六说："你准备准备，我们下午去天津。"

3－25　天津火车站　日外

史蒂文、爱茉莉、素萱来接雍天成和紫莲，还有八十六。

雍天成："我表妹紫莲，今晚坐客轮赴美留学。这几位是史蒂文、爱茉莉、素萱。"

紫莲："见到三位很高兴。你就是素萱？"

素萱："你认识我？"

紫莲："听表哥提起过你。"

雍天成："我们别站在这里聊啊。"

史蒂文："对，先去吃饭。"

素萱："紫莛小姐一定很累了，先去我家休息休息，然后再去吃饭吧。"

紫莛："素萱小姐真体贴。"

雍天成："那也好。你们先去休息，我正好和史蒂文有事情讲。"

3－26　天津英租界某饭店包房　日内

雍天成和史蒂文在谈论事情。八十六坐在包房外面等候。

雍天成："这是 8000 两的银票，现在我们已经有 1 万两了。"

史蒂文："我这就去办理拍卖的资格。大哥，你在这里等我。"

史蒂文急匆匆地走了。

3－27　天津兴哥家素萱卧房　日内

素萱、爱茉莉、紫莛在聊天。

素萱："紫莛小姐，你在这里先休息休息，晚上还要坐船呢。"

紫莛："我晚上上船再睡，现在睡不着。"

爱茉莉："你表哥还未婚配？"

紫莛："没有啊，都 28 了。我爸妈还替他着急呢。"

素萱："他父母不着急？"

紫莛："不着急了，早就过世了。"

素萱："原来和我一样啊。"

紫莛："素萱小姐的父母……"

素萱："就叫我素萱吧，我也叫你紫莛。我父母也早就过世了。"

爱茉莉："两个不幸的人啊，上帝保佑你们。"

紫莛："我表哥说才和你认识不久，素萱？"

素萱："今天是第三次见面。"

紫莛："表哥对你很信任啊，刚见面三次就敢把我交给你。"

爱茉莉："他俩已经被神粘在一起了。"

紫莛："什么？"

爱茉莉："他们已经爱上对方了。"

3－28　天津英租界某饭店，日内

史蒂文匆匆进来。八十六依然在包房外面等候。

史蒂文："大哥，让你久等了。"

雍天成："不妨，我在喝茶看书。"

史蒂文："大哥，好消息，明天我们参加拍卖。"

雍天成："参加拍卖的人多吗？"

史蒂文："竞争不小，有些人还是从上海来的。"

雍天成："怎么才能保证我们可以拍到土地呢？"

史蒂文："这些是拍卖土地所需要准备的材料。"

史蒂文把厚厚的拍卖文件递给雍天成，雍天成仔细地看了起来。

突然，雍天成对史蒂文说："英租界有图书馆吗？"

史蒂文："我们工部局里就有。"

雍天成："这样，我开一份书单，你帮我把书找来。"

接过书单，史蒂文："都是英文建筑书？我们工部局主管建筑，书应该比较全。"

雍天成："二弟，你把它们找出来。晚上送过紫莛后，我到你公寓去。"

史蒂文："好，我去找书。"

雍天成："我先去参观参观英租界。Waiter，算账。"

3－29　天津紫竹林码头　夜外

雍天成、素萱、爱茉莉、八十六来送紫莛。

爱茉莉："史蒂文呢，他怎么没来？"

雍天成："他去图书馆找几本书，也许马上就会来。"

史蒂文气喘吁吁地跑过来。

雍天成："正说到你呢，都办完了？"

史蒂文："两位女士，对不起，我来晚了。大哥，都办完了。"

爱茉莉："你在图书馆找什么书？"

史蒂文："明天有个拍卖会，大哥需要些资料和书籍，都是英文的。"

素萱："需要我们帮忙吗？我们也会英文啊。"

史蒂文："对啊，可以啊。"

雍天成："也许要熬通宵，会很累的。"

素萱："没事。"

紫莛："你们现在就开始互相关心上了？"

雍天成："对了，现在的主角是紫莛。我们祝紫莛学业有成，一路平安。"

大家送上祝福。紫莛登船，众人挥手告别。五人一起走在回家的路上。

3－30　天津史蒂文公寓　夜内

爱茉莉在厨房做咖啡。其他三人在认真准备。雍天成在述说，素萱在打字，史蒂文在查阅资料。素萱累了，爱茉莉接手继续打字。八十六睡在地板上。

天亮了，桌子上摆着厚厚的 10 本打印的资料。几个人趴在桌子上睡着了。

史蒂文："天都亮了，大家醒醒。"

众人醒来。

史蒂文："由于我是工部局的工作人员，要避嫌，所以今天的拍卖会不能陪大家一起去。希望我们成功！"

众人："成功！"

3－31　天津英国工部局土地拍卖会　日内

雍天成、素萱、爱茉莉三人坐在竞价席上。周围坐着来自天津和各地的竞拍者。主持人是工部局的工作人员，是个白人，他用英语宣布此次拍卖的规则。

主持人："If you are interested in any piece of land, please give me the printed document of what you are going to build on it. The official language should be English."（如果您中意某块土地，请用书面文件说明你要在其上建筑的内容。文件要用英文书写。）

台下很多人没有带翻译，听不懂英文，纷纷表示抗议。有人看雍天成一身洋装，请雍天成给翻译。

雍天成请示主持人："Can I interpret for them?"（我能为他们翻

译吗?)

主持人:"I appreciate it, but no. English is the only spoken language here. "(我欣赏你的做法,但是不行。此地唯一的语言就是英语。)

雍天成向大家说明主持人的意思,很多人无奈退出。雍天成、爱茉莉、素萱感到压力有所减轻。

主持人:"Now let's begin. Please pass me the written document you have prepared. Then the meeting is closed until 2pm next Friday. "(现在我们开始。请把你们准备好的文件送上来。上午到此结束,下个星期五下午 2 点会议重开。)

雍天成他们出来。等在门外的八十六也跟了上来。

素萱:"我以为会当场竞价呢。"

爱茉莉:"英国人办事,不是看谁出价最高,而是看谁的方案对社会或对附近邻居最有力。"

雍天成:"爱茉莉说得对。我昨天充分考虑到了英国人这种思维和办事方式,所以在方案里提到很多人文关怀。"

爱茉莉:"我有些饿了。"

素萱:"我也是。"

雍天成:"不好意思,中午没去吃饭。这样,我请客,想去哪里?"

素萱:"还是去吃小笼包吧。"

爱茉莉:"好啊,我最爱吃了。"

雍天成:"我去给史蒂文打个电话。小笼包在哪里?"

素萱:"史蒂文知道的。"

3-32 北京雍天成舅舅家小院 日内

紫萱:"元礼,你说大哥这次去天津能成功吗?"

陈元礼:"事在人为,大哥的能力我知道。"

紫萱:"大哥的那个女朋友是干什么的?"

陈元礼:"什么女朋友,刚刚认识就女朋友了。"

紫萱:"你急什么,难道你也看上了?"

陈元礼:"不说这个,说点别的。"

3-33　天津小文妹包子铺　日内

雍天成、史蒂文、素萱、爱茉莉在吃包子。

史蒂文："今天的主持人是昨晚从广州来的，我也不认识。"

雍天成："事先没说会场只用英语啊。"

史蒂文："我也不清楚，也许是考虑到以后居住的问题？"

爱茉莉："为什么要下星期五才能有最后的结论呢？"

史蒂文："我刚才听说交上去的竞拍文件要送到五位秘密专家手里评判。至于是哪五个人，只有神知道。"

素萱："我觉得天成的思路是非常好的，昨晚打字的时候我就感觉到了。"

雍天成："吃过饭，我给三弟打个电话。我就在这里等到下周五。"

小文妹和八十六在远处的桌子旁聊天，看似非常开心。

3-34　天津兴哥家　夜内

兴哥、素萱坐在客厅里。

兴哥："这几天哥太忙，没有时间陪你。"

素萱："没关系的，哥，你忙你的吧。"

兴哥："我手下说你最近和一个假洋鬼子走得很近？"

素萱："你跟踪我？"

兴哥："我是保护你！现在天津卫多乱你知道吗？"

素萱："他不是假洋鬼子，他是英国留学回来的，叫雍天成。"

兴哥："从事哪一行啊？"

素萱："好像还没找到工作。"

兴哥："青皮啊，想从我妹妹身上捞一笔？"

素萱："他很有能力，今天我们……"

兴哥："别说了，这样的人我见多了。以后不许你和这个什么成接触。明天倪嗣冲府有堂会，你和我去。"

素萱："谁是倪嗣冲？"

兴哥："之前是黑龙江布政使，袁世凯的人。现在受袁连累，也被贬了。"

素萱："被贬的官哥也联系，这不是哥的风格啊。"

兴哥："你别讽刺哥，我听得出来。"

素萱："我不去，明天我有事。"

兴哥："倪嗣冲现在是虎落平阳，这时候我们给他 1 两银子，比他得势给 100 两都强。"

素萱："那是你的事，我没兴趣。"

兴哥："好，好，哥不逼你。你的那个洋同学呢，怎么没回来？"

3-35 天津英租界维多利亚公园 夜外

爱茉莉："雍天成能得到那些地吗？"

史蒂文："这个我不知道，现在有五个神秘专家在秘密地点审议此事，我们工部局不参与。"

爱茉莉："事先你一点内幕不知道？"

史蒂文："我知道一些，但不能说。一是我的工作有保密的要求；二是我相信大哥的能力。从他让我去图书馆找书，我就知道他的思路是对的。"

爱茉莉："我非常欣赏你的诚实。当然，我更希望雍这次能成功。"

史蒂文："我们再往前走走吧。"

爱茉莉："我非常想，但是我怕回去晚了，素萱会着急。"

3-36 北京雍天成舅舅家小院 夜内

紫萱："你明天一早就去天津？"

陈元礼："是。你不要送我。"

紫萱："谁要送你了。"

陈元礼："我还以为我一走有人会流泪呢。"

紫萱："我流泪有什么用，有人在为别人担心。"

陈元礼："和你说了我没有。"

紫萱："我看到了你给她写的信。"

陈元礼："太晚了，你回去休息吧。"

紫萱噘着嘴走了。陈元礼拿出写好的信，打开，看了一遍：

"素萱小姐，从第一眼看到你的时候，我就无法忘记你……"

3-37 天津工部局拍卖会场 日内

星期五。雍天成、陈元礼、素萱、爱茉莉和其他人等待主持人宣布结果。

主持人："经过五名专业评委一周时间的评审，我宣布本次天津英租界土地竞拍的结果如下：汇丰银行的王振瀛先生取得康伯兰道1号地、2号地。"

素萱小声说："王振瀛是汇丰银行的华买办，天津卫广东帮的代表人物，几乎在所有租界都有地产，没人知道他的家族到底有多富有。"

主持人："礼和洋行的梁丰翼先生取得奥克尼道的3号、4号地。"

素萱小声说："梁丰翼专营军火生意，中国一半的进口武器出自他的家族。德皇为表彰他的贡献，授予他德国贵族称呼。"

主持人："汇丰银行的王振瀛先生取得格拉斯哥道的5号、6号地。"

陈元礼："怎么还没有我们？"

众人表现得非常紧张。雍天成却很淡定。

主持人："雍天成先生取得威灵顿道7号、8号地。"

众人一阵欢呼。王振瀛和梁丰翼的人往这边看，纷纷询问这些人是哪里来的，英国贵族？北京王公？

主持人："雍天成先生取得伦敦道全部6块土地。"

众人再次欢呼。王、梁的人纷纷质疑不公平，为什么好地都给了雍天成。他们还怀疑这几个年轻人一定大有背景。

3-38 天津小文妹包子铺 夜内

众人庆祝大功告成。

史蒂文："大哥，知道为什么离租界中心的地都让你拿到了吗？"

雍天成微笑。

众人："快说、快说。"

史蒂文："因为五位专家一致认为大哥的竞拍报告是最出色的，尤其是建筑设计方面充分考虑到了英租界的文化和周边建筑的风格。"

雍天成举起杯："我今天以茶代酒，首先要感谢我的二弟、三弟，是我们的齐心努力才有了今天。其次，我要感谢爱茉莉不辞辛苦通宵达旦的工作。最后，我要感谢素萱，你给了我最大的动力。"

众人欢呼。素萱动情地看着雍天成。史蒂文把雍天成和陈元礼拉到一边。

史蒂文："按照英国法律，每块地可以移居一户人家。"

雍天成："这么说，我舅舅一家在法律上移居英租界已经没有问题了？"

史蒂文："是的。现在还有一个问题是我们只付了8块地的首付，剩下9万两要在一个半月内即10月15日付清，否则土地要被收回。"

陈元礼："可我们没有钱了啊。"

雍天成微微一笑、胸有成竹地说："我们有地。"

3－39　北京雍天成舅舅家书房　日内

雍天成、陈元礼、八十六回到舅舅家。

舅舅："成了？"

舅妈："真成了？"

雍天成："舅舅舅妈，真成了。我们全家可以移居英租界了，而且是英租界里最繁华、最中心的土地。"

陈元礼："大哥的学识起了最大的作用。"

雍天成："不，是舅舅舅妈对我的信任，让我信心十足。"

舅妈："那笔钱本来就是留给你的。"

雍天成："舅舅舅妈，我还有一事相求。"

舅舅："玉堂，你说。"

雍天成："我想在家里搞个宴会，请您的老朋友们来家里为我们送行。"

舅妈："我们本来也要办个堂会的，请大家来聚聚。"

雍天成："那一切我来安排吧。"

3－40　北京雍天成舅舅家小院　日内

雍天成、陈元礼、紫萱、八十六在讨论堂会安排。

雍天成："三弟，你马上把前几天和紫萱一起联络的那些人的名单整理出来。紫萱负责根据名单印请柬。堂会时间定在下周六下午4点。八十六去趟天津，把史蒂文、爱茉莉和素萱请过来。"

陈元礼："大哥，你干什么？"

雍天成："我也要去趟天津看看能不能从银行贷些款。"

3－41　天津汇丰银行　日内

雍天成向工作人员申请求见汇丰银行的王振瀛，等了半个小时。雍天成再次请求工作人员。

雍天成："你就说是那天在一起竞拍土地的晚辈雍天成求见。"

又过了半个小时，还是无人出来见他。雍天成失望地走了。

雍天成又来到礼和洋行，请求见梁丰翼。同样，梁丰翼也没有见他。雍天成坚持不懈，一连去了三天，始终也没见到梁丰翼。

这几天，雍天成还注意观察了英租界的房地产交易情况，发现交易不是很活跃。

雍天成无奈返回北京。

3－42　北京雍天成舅舅家　日外

舅舅家里办堂会，来宾如云。人们看到舅舅家里有外国人，而且负责招待，非常惊讶，也特别羡慕。来宾对舅舅将家眷迁居到天津英租界非常羡慕，纷纷打听舅舅有何门路。

舅舅对一个大官："那大人啊，是我外甥玉堂的功劳，我哪里认识什么外国人。我姑娘在家里念英文老说什么 AA 的。我说没礼貌，要叫爹，喊人不能喊诶诶。姑娘笑话我说那是英文的第一个字母。"

那大人："哈哈哈，哪位是您外甥，给我引见引见。"

舅舅："玉堂，玉堂，过来。"

雍天成跑过来。

雍天成："舅舅。"

舅舅："见过内阁协理大臣那桐那大人。"

雍天成："给那大人请安。"

那大人："免礼免礼，真是年轻有为，一表人才啊。世侄与英国人很熟？"

雍天成："侄儿刚从英国伦敦留学回来，认识一些英国朋友。"

那大人："世侄非常干练，听说刚来北京几天，就给你舅舅家弄到了天津英租界的居留权。"

雍天成:"多亏几个英国朋友帮忙,听说英租界很快要提高门槛了。"

那大人很狡猾:"不是我,我还没有打算,想帮我弟弟打听打听。哈哈。"

雍天成:"那大人如果需要在下,侄儿一定为大人效犬马之劳。侄儿手里有一块土地面对英租界维多利亚公园,是最好的也是最大的一块地,非常符合那大人的身份。"

那大人:"那得多少银子,我替我弟弟问问。"

雍天成伸出两个手指头。

那大人:"20万?"

雍天成一愣,说:"侄儿亲自为您设计公馆和花园,侄儿是在伦敦学的建筑。"

3-43　北京雍天成舅舅家小院　夜内

雍天成、陈元礼、史蒂文在聊天。

雍天成:"我伸出两个指头想说2万,那大人张口就给20万。"

陈元礼:"大哥,那我们发财了?"

雍天成:"还不能这么说,只能说前景不错。"

陈元礼:"明天我们去天津?"

史蒂文:"是啊,素萱和爱茉莉要回去,马上就开学了。"

陈元礼:"我不想去了,我在家里等人上门买地吧。"

雍天成:"这样也好,我送过他们就回来。"

3-44　北京雍天成舅舅家紫萱闺房　夜内

紫萱、素萱、爱茉莉在聊天。

素萱:"紫萱妹妹,你真厉害,今天请来这么多人。"

紫萱:"是我和陈元礼一起请的。"

爱茉莉:"紫萱和陈公子很般配啊。"

紫萱:"爱茉莉小姐,可不能这么说,人家陈公子心里有别人。"

爱茉莉:"我看陈公子很照顾你啊。"

紫萱："素萱小姐，你和我表哥很顺利吧？"

素萱："就叫我素萱吧。我们下周就开学了，天成明天要和我们一起回天津，送我们上船。"

紫萱："表哥真体贴啊。"

素萱："元礼也很好，紫萱妹妹要把握机会啊。"

3-45　北京雍天成舅舅家小院　日内

一个多月后，雍天成、陈元礼、紫萱正在发愁。八十六守在外面。

陈元礼："堂会那天来了100多人，都是想往租界跑的，可是今天都10月11号了，连个人影也没见着。还有10天我们的8块地就要被收回去了。"

紫萱："表哥，快想想办法啊。"

雍天成："还没到最后一刻，我们就还有机会。"

陈元礼："可是现在我们一分钱都没有了，要不是昨天二哥寄来20两银，我们连去天津的火车票都买不起。"

紫萱："素萱姐姐也寄来20两。去天津？什么时候去？"

陈元礼："20号去退地。我们现在都靠女人吃饭了。"

紫萱："我们的钱能退回来吗？"

陈元礼："没法退回来，合同上写明的。"

紫萱："表哥，天津报纸上说你曾去汇丰银行和礼和洋行是真的吗？"

雍天成："是的。我当时想在堂会前看看有没有获得银行贷款的希望，结果人家根本就不见我。"

陈元礼："他们对报纸说'想看看这个无名小卒是如何死掉的'。"

紫萱："元礼，你不应该把这个告诉表哥。"

陈元礼："我不说大哥自己也能看到。"

雍天成："你们不要着急，我以前说过，我们有地。今天我还是这句话，我们有地，最好的地，肯定会等来买家。"

电话铃声响起。

雍天成："喂，是二弟啊。"

雍天成："什么？武昌起义了。什么意思？对北京有影响吗？"

雍天成："昨晚把总督府都占了，哦，总督现在英国军舰上。汉口领事区做了疏散的安排。哦，北京准备起用袁世凯？袁世凯亲自对公使说的？好，我明白了。行，随时给我打电话。好，二弟你也保重。"

雍天成放下电话。

雍天成："武昌军人起义了，占领了总督府，总督瑞澂逃到英国军舰上了。三弟，你说这件事会对我们有什么影响？"

陈元礼："如果启用袁世凯，湖北的新军就是乌合之众，炮灰而已。"

雍天成："紫萱你的看法呢？"

紫萱："我不知道，我只关心如何把地卖出去。"

雍天成："我认为我们的好运来了。无论这次起义结果如何，我们的机会肯定到了。"

舅妈走了进来。

舅妈："你们在这儿聊呢。玉堂啊，舅舅让你去前面，那桐那大人来了。"

雍天成："我说我们的机会来了吧。"

雍天成走了。

陈元礼："那桐那大人？"

舅妈："他是内阁协理大臣。叶赫那拉氏，满洲镶黄旗。"

紫萱："就是堂会那天给大哥出价 20 万那位。"

陈元礼："哦。"

舅妈："你们两个是怎么回事，每天都黏在一起。"

3-46 北京雍天成舅舅书房 日内

雍天成进来，看见舅舅和那桐大人正在喝茶。八十六守在外面。

雍天成："侄儿拜见舅舅，拜见那大人。"

那大人："免礼，免礼。贤侄，请起，都是自家人，坐。"

雍天成："不知舅舅找我来有何事？"

舅舅："是那大人找你，你们爷俩聊，我去后面看看。"

舅舅出去了。

那大人："世侄啊，上次说的天津英租界那块地还在手里吗？"

雍天成："唉，侄儿不知那大人还中意那块地，昨天已经被人下定了。侄儿真是该死啊。这样吧，侄儿马上和对方商量，把定金给他退回去。"

雍天成起身走到电话那里。

那大人："世侄啊，不不，不要。坐下来，坐下来。"

雍天成走了回来，坐下。

那大人："既然卖出去了，就不要夺人家之好，凭添许多是非，还耽误时间。你手里还有别的地吗？"

雍天成："我在红墙道还有一块地，位置也是相当不错，只是稍微大了些。"

那大人："有多大？"

雍天成："八十六，去把第3号图纸拿来。"

3－47　雍天成舅舅家小院　夜内

陈元礼："什么？大哥，你要了30万？"

雍天成："是啊，他没犹豫就答应了，我还觉得要少了呢。"

陈元礼："然后呢？走了？"

雍天成："是啊。"

陈元礼："完了，完了，上门的财神爷让你给放跑了。"

雍天成拿出一个翡翠扳指交到陈元礼手里，说："他留下了定金。"

陈元礼："翡翠扳指！"

紫萱："让我看看。这比我娘那条项链的成色都好啊。"

雍天成："元礼啊，扳指给你了。"

陈元礼："多谢大哥，多谢大哥。那大人不会明天要回去吧？"

雍天成："哈哈，现在担心的应该是他。"

雍天成拿起电话："二弟啊，多搜集些出卖英租界地产的资料，最近要用上。好，明天也许我去天津。"

3－48　北京雍天成舅舅家门前　日外

一群朝服大官聚集在舅舅家门前，舅舅边穿衣服边往外跑，迎接这些贵客。他们都是来找雍天成的。

雍天成他们的触角很快遍及天津各国租界，以及青岛的德租界。很快三人就大发其财。转眼辛亥革命爆发，三人生意更加兴隆。直到1912年中，生意慢慢接近尾声。此时三人手里握有近500万银两的财富，雍天成为日后打算在天津英租界买下近10块地皮。还在北京买了一处宅邸。陈元礼和紫萱已经恋爱。

　　陈宦再次回到北京任参谋次长，雍天成和陈元礼前往北京火车站迎接。

3-49　天津英租界成礼洋行雍天成办公室　日内

　　成礼洋行正式成立，专门经营德国武器和房地产。第一个合同就是在陈宦介绍下与北京陆军部签署的，货物正在运往天津的途中。手下人豪邦和旭东是美国留学生，非常能干。豪邦为人非常稳健，负责租界内房地产生意；旭东为人灵活，直接在雍天成手下做事。

　　旭东："成哥，那笔2万元的货已经到紫竹林码头。"

　　雍天成："我来通知他们提货，你负责把海关手续办好。另外，北京陆军部的货怎么还没到？"

　　旭东："我上午给德国发了电报，他们回电说船已经到天津了。我再去查查。"

　　旭东离开。

　　雍天成拿起电话："是我，货已经到紫竹林码头。明天到我这里来取海关手续。我这里有一坛北京送来的二锅头，明天拿回去给你们老大。对，直接找我。"

　　素萱敲门。

　　雍天成："你怎么回来了？怎么不告诉我，我去接你啊。"

　　素萱："上海闹革命后，学校就停课了。我和爱茉莉一商量，还是回来吧。"

　　雍天成："爱茉莉呢？"

　　素萱："她去找史蒂文了。"

3-50　天津英租界工部局　日外

　　史蒂文和爱茉莉拥抱。

史蒂文："应该告诉我，让我去接你的。"

爱茉莉："想给你一个惊喜。"

史蒂文："怎么突然回来了?"

爱茉莉："学校停课了，不安全，就和素萱一起回来了。"

史蒂文："累了吧，我们先去包子铺歇会儿。"

3－51　天津英租界小文妹包子铺　日内

八十六在和小文妹聊天。

小文妹："雍大哥那里没事了吗?"

八十六："没事，他一会儿也来，还和素萱小姐一起来。"

小文妹："素萱姐姐回来了?"

八十六："是啊，刚刚到。"

正说着，史蒂文和爱茉莉、雍天成和素萱到了。包子铺里一阵热闹。史蒂文和大家说了什么，就出去了。

小文妹："两位姐姐，看到你们真好，你们越来越漂亮了。"

爱茉莉："有爱情，女人就漂亮。小文妹，你的爱情找到了吗?"

小文妹害羞："不知道。"

素萱："小文妹天生丽质。"

雍天成："小文妹，给我们安排些吃的吧。"

素萱："在上海就想吃这里的包子了。"

小文妹："我这就去包包子。"

史蒂文跑了进来，随小文妹进了后厨。一会就出来了。八十六帮小文妹上菜。

雍天成："小文妹坐下来和我们一起吧。"

小文妹："我还有个菜，马上就来。"

史蒂文："我们先聊天，等等小文妹和八十六。"

不一会儿，小文妹端了盘包子出来了。

小文妹给爱茉莉夹了一个包子，又给素萱夹了个。俩人迫不及待地吃了起来。

小文妹："包子烫，要一小口一小口地吃。"

爱茉莉："哎哟，我这盘包子里有个东西。"

爱茉莉用筷子拨出来一看，是个缎面的首饰盒，里面是个白金的钻戒。史蒂文半跪了下去。

史蒂文："亲爱的爱茉莉，我从看到你的第一眼起，就在幻想这一天。我只是英国政府的一个小职员，但我的心却大得想要世界上最美丽的你和我生活在一起。爱茉莉，你愿意嫁给我吗？"

爱茉莉感动地哭了。素萱和小文妹羡慕地看着爱茉莉。雍天成领着众人鼓掌。

爱茉莉点头："我愿意，我愿意。"

众人再次鼓掌。

这时，旭东从外面急匆匆地走了进来。招呼雍天成到一边说话。

旭东："成哥，陆军部的货前天就到紫竹林码头了，被码头的大哥龙给扣住了。"

第4集 《误陷凶杀案》

4-1 天津大哥龙帮会 日内

大哥龙与手下四中、三熊等刚打完麻将，手里数着厚厚的钞票，脸上贪婪地笑着。

四中："大哥，给小弟个面子，一起去逍遥居喝一杯？"

三熊："是啊，大哥，听说逍遥居新来了个唱曲的，那是相当不错，啊。"

大哥龙："尽瞎起哄，我每天这个点都去多福茶楼喝茶你们不知道？逍遥居的酒先记着，哪天大哥高兴就赏你们一个面子。"

祥弟："大哥的儿子越来越帅了。"

大哥龙："祥弟，你就这句话我爱听。"

祥弟："财爷来电话让你去一趟。"

大哥龙："你一张嘴我就知道肯定不好听。告诉他我忙着呢。"

几个手下走了。大哥龙拿起电话。

大哥龙："妈咪，是我，大哥龙。对，红宝，我今晚过去。"

大哥龙放下电话。穿戴整齐，独自一个人出门了。

4-2 天津成礼洋行雍天成办公室 日内

雍天成兄弟三人正在为码头军火被扣一事发愁。

陈元礼："听说这大哥龙是紫竹林码头的头号把头，手下兄弟无数，心黑手辣。他的老大宁波帮财爷对他都无可奈何。据说素萱的大哥都被他整得快无立身之地了。"

雍天成："素萱大哥的事我知道，不过大哥龙为什么扣我们的军火？"

难道与素萱大哥有关?"

史蒂文:"不会吧。我听说每个洋行的第一船货,这个大哥龙都要给个下马威,好让你以后对他言听计从。"

雍天成:"你们说我们怎么办好?"

陈元礼:"200万元可不是小数目,再说如果耽误合同,这是要犯军法的啊。我们给大哥龙包个大红宝,给他些利润,以后就可以往来了。"

雍天成:"史蒂文,你说呢?"

史蒂文:"我们的洋行是在英国注册的,可以通过外交渠道解决这个问题。"

陈元礼:"大哥,你什么想法?"

雍天成:"二弟三弟,这是我们第一船货,做好了,我们发达;做不好,我们解散破产,还有倒赔给陆军部一倍的货款,等于是我们前面辛苦赚的钱,因为大哥龙的插手,一分都没了。天津卫鱼龙混杂、华洋混居,第一炮我们没有打响,那以后我们的利润就要分给大哥龙一半。天津还有很多像大哥龙这样的人物,他们都来吃我们,我们吃什么? 你们给我几天时间,我仔细了解一下这个大哥龙的背景。"

雍天成叫旭东进来。

雍天成:"紫竹林码头有个叫大哥龙的人,他是宁波帮的一个人物。你去调查清楚,他是个什么样的人,他的生活规律、他的家人,哪怕是他身上的一块刀疤都给我了解清楚了,三天后向我汇报。"

4-3 天津兴哥家　日内

兴哥在训斥素萱。

兴哥:"去年我就提醒过你,不要和那个姓雍的在一起。你倒好,刚下船就跑他那里去了。"

素萱:"我就和他好。"

兴哥:"不害臊。那个姓雍的有什么? 舅舅是个清朝的官,现在就是个在家的遗老。自己开了个小洋行,还不知道孝敬码头,听说第一批货就被扣了。"

素萱:"你都知道了? 那你给想想办法,帮帮天成。"

兴哥:"还什么天成。他们这次得罪的是宁波帮,势力比你哥我大。

你跟着那小子就是找死。我听说倪嗣冲想找个姨太太，去年他还是被贬，今年就是安徽督军了。你看看大哥这眼光、这远见。"

素萱："姨太太？亏你想得出来。"

兴哥："姨太太怎么了？你能嫁入倪家，天津还有人敢欺负大哥吗？"

素萱："那你自己嫁吧。"

素萱生气地回到自己房间，边哭边写日记。

4-4　天津多福茶楼　日内

茶楼的老板娘是大哥龙的女人，俩人还有一个 5 岁的儿子小涛。大哥龙很喜欢这个儿子，但对女人早已厌烦。

大哥龙拿个糖葫芦："小涛，看爹爹给你买什么了？"

小涛："不爱吃，我要玩你的枪。"

大哥龙："枪太危险，还是糖葫芦好吃。"

女人："你喝什么茶？"

大哥龙看都没看女人："随便，我一会儿就走。"

女人："又去找那个小妖精。"

大哥龙不耐烦地说："去泡茶吧。"

大哥龙拿出枪，退出子弹："小涛，给你玩吧。"

小涛拿枪走开。大哥龙向楼下望望，没有发现可疑的人。女人端茶上来。

大哥龙打开壶盖，看了一眼："又是高末，上好的龙井呢，换一壶。"

女人："换什么换，一杯茶你都喝不了就走了。小涛，回来，快点。"

小涛不情愿地跑了回来。

女人："把枪拿来。"

小涛不想给。

女人大声说："快点！"

小涛乖乖地把枪交给妈妈。

大哥龙接过枪："时候不早了，我得走了。"

女人带着儿子走开，没有搭理大哥龙。小涛回头看着大哥龙。大哥龙向小涛做了个鬼脸，转身下楼离开了茶楼。

4-5 天津利津里四宝班妓院包房 夜内

妓女红宝正在等大哥龙的到来。酒席摆上，红宝与姐妹献唱几曲。大哥龙非常高兴。

大哥龙："红宝，再给哥哥唱个《半遮面》。"

红宝："大哥，都唱了 10 多曲了。我们喝一杯怎么样？"

大哥龙："喝一杯，喝一杯。"

红宝："我先喂大哥吃口小菜吧。"

大哥龙："要用嘴喂，哈哈。"

4-6 天津成礼洋行雍天成办公室 日内

旭东向雍天成汇报最近几日探听到的大哥龙的行动规律。雍天成听得非常仔细。

旭东："大哥龙在宁波帮为人非常跋扈，连帮中大佬财爷他都不放在眼里。财爷的儿子林百霆，人称霆哥，对他非常不满，早想取而代之。巴克斯道上的多福茶楼老板娘是大哥龙的女人，不过大哥龙早就对她不感兴趣了，俩人有个儿子小涛。大哥龙非常喜欢这个 5 岁的儿子，也是他唯一的孩子。每周一、三、五的下午 3 点，大哥龙都去多福茶楼。从多福茶楼出来，他多半会去利津里的妓院去找一个叫红宝的女人。他的手下四中和三熊是两个无赖，跟在大哥龙后面做尽坏事。四中左手的尾指因为在赌场出千被剁掉了。"

雍天成："没有尾指？我好像记得有这么个人。"

旭东："三熊常和四中在一起狼狈为奸。还有一个手下叫祥弟，为人忠厚，常被他们欺负。大哥龙为人吝啬，常以各种借口克扣属下。"

雍天成："他住在哪里？"

旭东："他住在法租界狄总领事路。"

雍天成："你认为他的特点是什么？"

旭东："一是生活比较规律；二是对属下吝啬；三是帮中大佬普遍反对他。"

雍天成："这件事通过官府能解决吗？"

旭东："几乎不可能。私扣洋行货物，是大哥龙发财的主要手段之一，多数洋行都选择分利润给他。为什么这么做呢？因为大哥龙控制了脚行，不分利润给他，连货物都不给你搬运。还有就是紫竹林码头是天津唯一的对外港口，只有这里可以停靠大型货轮。所以即使官府判大哥龙违法，但脚行不给你搬运，也是没用。"

雍天成："官府就没有方法治理他们吗？"

旭东："大哥龙虽然跋扈，但他知道结交官府中人，所以官府中人对这些事都是睁一眼闭一眼。"

雍天成："我明白了。我和他之间有共同认识的人吗？"

旭东："有一个，那桐那大人。大哥龙小时候被那大人买入府中，对他来说那大人像父亲，他非常感激，常跟人提起。"

雍天成："旭东，你干得非常出色。"

旭东退下。

雍天成拿起电话："那大人，我是玉堂，今晚想去府上拜访。好，好。"

4－7　天津大哥龙帮会　日内

那大人正在与大哥龙喝茶聊天。

大哥龙："那大人，您老有什么事还要亲自上门，打个电话，在下就过去了。"

那大人："阿龙啊，我现在已经不是什么那大人了。大清没了，我就是躲在租界偷生的遗老，不值一提了。"

大哥龙："那大人，您老这是说哪里话？我阿龙就是到死，也不能忘了您老对我的大恩大德。要不是您，我也许5岁的时候就饿死在街头了。"

那大人："你我是有缘啊。阿龙啊，听说你扣了成礼洋行的一船货，成礼洋行的雍天成是我的世侄。当初多亏了他，我才能到租界生活，我很感激他。"

大哥龙："是有这么回事。那大人，他提出什么条件？"

那大人："我只是传个话，他只是想和你谈谈，地点你定。"

大哥龙："他示弱了，哈哈。在我的地盘上就要懂规矩。那大人，那就明天下午 2 点吧，小白楼的天香池，让他自己来。"

4-8　天津成礼洋行雍天成办公室　日内

史蒂文和陈元礼非常紧张，不希望雍天成单独与大哥龙谈判。雍天成并不在乎，胸有成竹。

陈元礼："大哥，你自己去太危险，那大哥龙下手凶狠，连素萱他哥那样道上的人物都惧怕他。"

史蒂文："是啊，大哥，那样太危险，要不我陪你一起去吧。"

雍天成："他会向一个手无寸铁的商人开枪吗？他会向一个分利润给他的人开枪吗？我只是要和他谈谈，看看他的底线在哪里。"

陈元礼："大哥，我们不如求兴哥，看看用江湖的手段能否解决此事。"

史蒂文："你不是说素萱大哥被大哥龙整得快无立身之地了吗？"

陈元礼："也许可以请教一下，兴哥毕竟是江湖之人。"

雍天成："二弟三弟，我知道你们担心我的安全。可如果我们的货要在天津进出，大哥龙这道坎我们就必须要过。他是来要钱的，不是来要命的。他出的价我们能接受，我们就接受；如果不能接受，我们再寻退路。不过，我一定要当面和他谈谈，看看他到底有多大的能量。"

雍天成向两位兄弟告辞，走出办公室。

陈元礼："大哥太倔强，这样做会毁了我们成礼洋行。我们就像其他洋行一样付钱给大哥龙就完了，多简单。"

史蒂文："三弟，不要在大哥的背后说这些。我相信大哥的能力。"

4-9　天津雍天成舅舅家　日内

雍天成走进来时，舅舅正在书房练习书法。

舅舅："玉堂啊，你生意忙，时间紧的话不用总来看我和你舅妈。"

雍天成："如果可以，我想天天都来看您二老。"

舅舅："舅舅老了，这大清亡了，我们也成闲人了。"

雍天成："舅舅想不想在租界干点事？"

舅舅："干什么事？要是为洋人干事可不行。"

雍天成："不是为洋人办事，其实是为自己办事。"

舅舅："怎么讲？"

雍天成："英租界工部局是有董事会管理的，董事会成员是由纳税人选举会议选出的。英国法律规定，屋主的房子年租银3000两以上就可以申请选举人资格。我们家是远远超过这个条件的。"

舅舅："他们说英文，我不会。"

雍天成："我打听过了，每次会议的现场都有翻译。"

舅舅："我反正也没事，现在是个闲人。"

雍天成："那我就帮您申请了，他们平时还组织选举人参加各种活动，您也许会见到些老朋友。对了，我听那桐那大人说他已经申请了。"

舅舅："是吗？那也帮我申请一个，在家太无聊了。你的房地产生意还顺利吧？"

雍天成："自从大清亡了，租界里的房地产就一直在升值，连英租界靠海河的荒地都升值了。"

舅舅："那里也能升值？"

4－10　天津英租界荒地　日外

日本人苍井藤一正领着几个人测量。财爷的儿子霆哥领着几个手下闲逛到此。霆哥曾留学日本，日语流利，与苍井藤一攀谈起来。

霆哥："这位先生是日本人吗？"

苍井："何以见得？"

霆哥："我说错了您别见怪，您的西装是目前东京最流行的款式。"

苍井："哈哈哈。"

霆哥："看来我说对了。不过，单从您的口音确实无法判断，您的口音京味儿十足啊。"

苍井："我太太是北京人。"

霆哥："怪不得。这块地是您的吗？"

苍井："是，我去年买的。"

霆哥："您上当了吧，这地是荒地啊，天津卫3岁孩子都知道。"

苍井："哈哈哈。这位先生，您是我见过的最快言快语的。我买下这块地后，还没有人跟我说过它是荒地，都说这块地临河，前途无量。"

霆哥："我是直肠子，心里藏不住事。"

苍井："我是苍井腾一，日本三井洋行的。"

霆哥："你是苍井，那个卖掉 10 万条步枪的苍井？"

苍井："是，我就是那个卖掉 10 万条步枪的苍井。"

霆哥："失敬啊，失敬。我是林百霆，目前做家族生意。"

苍井："莫非令尊就是天津卫大名鼎鼎的财爷？"

霆哥："正是。"

苍井："幸会啊。财爷是我非常尊敬的前辈。我买这块地还是受财爷的紫竹林码头启发，我们在河边规划了港口码头，里面要建库房和厂房。现在租界内的地价飙升，很多原先租界内的工厂和库房都在外面寻找落脚点。我这块地上的库房和厂房已经全部被预订完了。"

霆哥："苍井先生真是未卜先知啊，佩服佩服。"

4-11 天津码头帮帮会 日内

兴哥的办公室窗帘紧闭，他的对面坐着请来的杀手。杀手表示已经对大哥龙的行动规律了如指掌，只等兴哥命令就下手。

杀手："兴哥，我这几个月已经对大哥龙的活动了如指掌。只等您命令一发，我就出手。"

兴哥："机会马上要来了，我们现在需要的仅仅是一点耐心。"

杀手："这次难度比较大。"

兴哥："我明白。这次我多给你一倍，这里是一半的定金，剩下的老规矩？"

杀手："老规矩。"

兴哥："日子到了还是老方法通知你。"

有手下敲门，兴哥示意杀手从自己身后的逃生门走，不让任何人看到。手下进来，在兴哥耳边密语了几句。

兴哥："那桐？再去打听。"

4-12 天津成礼洋行雍天成办公室 夜内

那桐那大人走进雍天成办公室。雍天成行礼，让座。

那桐："世侄啊，你这里很贵气啊。我们这些在租界偷生的遗老，就希望你们越来就强大，这样我们中国人在租界就不是二等公民了。"

雍天成："那大人，您还是二等公民？就是英国领事见了您，都得给您施礼啊。"

那桐："那是表面上的，走过场而已。我之所以愿意为你和阿龙沟通，就是希望咱们中国人之间团结。"

雍天成："那大人所言即是啊。我这里有份薄礼还请那大人笑纳。"

那桐："诶，举手之劳而已，举手之劳而已。这是什么？"

雍天成拿出一副书法条幅。

那桐："哦，是樊山的墨宝。世侄知道我的喜好啊。"

雍天成："听舅舅说您酷爱读樊大人的骈体文，正好侄儿我也是湖北人，家里藏有他的墨宝。这是樊大人早期的作品。"

那桐："世侄啊，这份礼物你送我，我一定收下。如果我知道你手里有，一定会向你买的。"

雍天成："那大人能收下是我的荣幸，您这次帮我的忙，不是这些身外之物的价值可以衡量的。"

那桐："哈哈。阿龙要你明天下午2点到小白楼的天香池，我也去，给你们做个和事佬。"

雍天成："真是太感谢那大人了。"

那桐："好了。不聊了，我得回去了。"

雍天成："今天我就不留那大人晚饭了，改天我安排您和我舅舅好好聚聚。我让人开车送您回去。"

那桐："世侄都有汽车了？"

雍天成："开洋行，买来做做样子而已。"

那桐："年轻人前途不可限量啊。不要送我，我的东洋车在外面等我呢。"

4‑13　天津码头帮兴哥办公室　夜内

兴哥的手下进来向兴哥报告。

兴哥："小白楼的天香池，下午2点，怎么选这么个地方？"

兴哥示意手下退出。

兴哥找来军师甲："你拟个广告，就写'本公司房屋契证丢失，号码 2253，特此声明。声明人天津兴隆码头公司'。你现在就去盖世报馆，明天早晨必须登出来。"

4-14　天津成礼洋行雍天成办公室　夜内

雍天成、史蒂文、陈元礼还在讨论明天谈判的事情。

陈元礼："为什么要安排在澡堂呢?"

史蒂文："那里是他的地盘?"

雍天成："我已经打听过了，小白楼不是宁波帮的地盘，天津警察控制那里的一切。我猜他一是不想让帮中人知道在和我谈判，这样所有的好处他可以一个人独占;二是他想让我知道自己没有敌意，在澡堂里赤膊相见，不能携带武器，是告诉我他只想求财。所以，二弟三弟你们放心，我此去不会有一丝生命危险，况且那大人还在身边。"

陈元礼："如果谈不拢怎么办?"

雍天成："一个连利益都拒绝的人，是不会想谈判的。"

史蒂文："那我们明天在这里等大哥的消息。"

雍天成："好。我们走吧，我要去趟素萱那里。"

4-15　天津码头帮兴哥家门外　夜外

素萱和雍天成在门外。

素萱："这么晚了，你还来看我。"

雍天成："这两天太忙，只有今天晚上这么点时间，明天还有一件大事要办，也许要几天不能回津。"

素萱："那你一定要注意安全。"

雍天成："我倒是更担心你的安全，我不在家，如果遇到什么事情，就去找史蒂文和元礼。"

素萱："有什么大事发生吗?"

雍天成："没有，我怕你在家里孤单。你哥哥在家吗?"

素萱："他还没有回来。"

这时，兴哥坐着东洋车回来了。看到素萱和雍天成站在门外，非常生气。

素萱："大哥回来了，他就是雍天成。"

雍天成："大哥，您好！抱歉，这么晚了，还来打扰。改天一定正式拜访。"

兴哥没有搭理雍天成。"素萱，这么晚了还站在外面，不像话，赶紧给我回去。"

雍天成一愣，素萱："大哥，人家是客人。"

兴哥气哼哼地走了进去。

雍天成："素萱，你先回吧，确实很晚了。"

素萱："天成，你千万别往心里去。"

雍天成："没关系的，素萱，你回吧。"

俩人恋恋不舍地告别了。

4-16 小白楼附近寂静胡同，雍天成的福特汽车内　日内

雍天成把随身带的勃朗宁 M1910 手枪放在车内座椅下藏好。下车，走向天香池。

4-17 天香池　日内

天香池门外有一副"金鸡未唱汤先暖，云板轻敲客早来"的对联。下午 2 点，客人不是很多。雍天成正想开口问，那大人的车夫走了过来。

车夫："雍先生，那大人请您这边走。"

雍天成跟着车夫往里走，到了一张靠墙的床前，

车夫："雍先生，这是您的床，那大人在里面大池子等您。"

说完，车夫走了。雍天成环顾四周，有人在修脚、有人躺在床上睡觉、还有几个坐在床上聊天。自己的床对面也是一张床，不用问，不是那大人的就是大哥龙的。雍天成脱了衣服，把衣服锁在床下的柜子里，把小钥匙套在手脖子上，拿了床头柜上放着的胰子和手巾，走进大池子。大池子蒸气缭绕，十几个浴客，赤身裸体，或在搓澡，或在清洗，或泡在池里，看不清也分不清谁是谁。雍天成微微有些紧张，不知道里面是否都是大哥龙的人，有点后悔应约而来。

那大人："世侄，这里，过来。"

雍天成顺着声音望去，看到那大人和一个纹身大汉泡在池子的最里

面角落里，四周没有其他人。雍天成迈入池子，向他们走过去。

那大人："世侄啊，这位就是阿龙。阿龙，他就是我的世侄，雍天成。"

雍天成："久仰久仰。"

大哥龙看了一眼雍天成，说："坐下来吧。"

雍天成坐在离大哥龙有一个人距离的地方。那大人说："你们小哥俩先聊着，我老了，泡不了太久，我先去搓搓。"说完走了。

大哥龙："早知道我们之间有那大人这层关系，我不会扣你那批货的。不过码头脚行的规矩你应该明白，我这也是例行公事。"

雍天成："我们年轻心急，忘了拜访您的码头，我这里赔罪了。"

大哥龙："说说你的想法吧。"

雍天成："这批货是北京段总长的，如果北京怪罪下来，我的命就丢在天津了。"

大哥龙："你想靠这批货、靠北京段祺瑞压我？"

雍天成："不敢。我是在担心我自己。我们以后还要继续在天津码头运货，还要靠大哥的帮助。"

大哥龙："我泡得累了，我们去前面喝茶。"

不待雍天成答应，大哥龙起来走出了池子。雍天成跟了上去。躺在床上，大哥龙喝了口茶。

大哥龙："你说个数吧，别绕弯子。"

雍天成："每批货值的 3 个点，外加脚行的费用。"

大哥龙："你打发要饭的呢，那些运棉花、猪鬃的得交 3 个点，你那是军火。"

雍天成："那您说个数吧。"

大哥龙："7 个点。"

雍天成："我知道我没有讨价还价的余地，希望大哥以后对我们要多多照顾。龙哥，不如这样。我现在就给您银票，您让码头的兄弟把我的货放行，北京催得实在是紧。"

雍天成边说边拿出银票，签了字，给了大哥龙。

大哥龙接过银票："年轻人，爽快。"

大哥龙转身走向门口的电话，先打电话到银行查询雍天成的银票是否属实，得到肯定的答复后，命令手下放行雍天成成礼洋行的货。

大哥龙："行了，你们现在就可以到我的码头拿货了。"

雍天成："龙哥办事果然爽快，佩服，佩服。"

那大人走了过来，说："俩人谈妥了，不如出来喝口茶吧。"

雍天成："那大人，龙哥，我还有事，先告辞。"

大哥龙："我们一起走。"

雍天成："我先打个电话。"雍天成走到电话边，拿起电话，通知洋行去码头取货。

4-18　天香池　日外

雍天成、大哥龙、那大人从天香池出来。那大人的车夫早已等在那里，那大人先走了。大哥龙为人吝啬，并没有雇专职的车夫。他一招手，等候在旁的东洋车过来一辆，车夫不是别人，正是雍天成的仆人——八十六。

大哥龙："紫竹林码头。"回头又叮嘱了雍天成一句："明天来我码头。"大哥龙走了。

雍天成看着大哥龙走远，走向自己的汽车。仔细看看无人跟踪，才开车回办公室。

4-19　天津成礼洋行雍天成办公室　日内

紫萱来办公室找陈元礼。陈元礼、史蒂文都在。

陈元礼："你怎么来了，我不是说晚上去找你。"

紫萱："二哥也在。下午没事，上百货公司路过这儿。"

史蒂文："我还是回避吧。"

紫萱："二哥你别走。我还想问您呢，您和爱茉莉的婚期定了吗？"

史蒂文："下月在伦敦。"

紫萱："那您现在还不走，没有船票？"

史蒂文："这边的事稳妥后我再走。"

陈元礼："二哥，您就放心走吧，不然来不及了。"

史蒂文："不行啊，现在是我们洋行的关键时刻。"

4-20　天津某街道　日外

　　大哥龙看看后面无人跟踪，叫车夫（八十六）停下来。大哥龙和八十六讲了价后，付了车钱，打发八十六走了。看到车夫走远，大哥龙进了路边一家饭店。

4-21　路边饭店　日内

　　大哥龙进来，没有理会小二儿的招呼，径直找到一张靠窗户的桌子坐下。小二儿给大哥龙倒上茶，在旁边等他点菜。大哥龙摆摆手，让小二儿走开。小二儿知道这人不好惹，识趣地走了。大哥龙一边喝茶，一边看着窗外的动静。两杯茶下肚，发现没有人跟踪，这才放心地从饭店出来，又招呼了一辆东洋车："法租界多福茶楼。"

4-22　天津成礼洋行雍天成办公室　日内

　　雍天成回到办公室。

　　史蒂文："大哥，怎么样？"

　　雍天成："去码头提货了？"

　　史蒂文："已经派人去了，今晚发到北京。"

　　陈元礼："大哥，他怎么开价？"

　　雍天成："他要 7 个点。"

　　陈元礼："什么？我们的生意，利润他抢去一半？我早说了不如先找兴哥。"

　　史蒂文："三弟。大哥，你答应了？"

　　雍天成："我答应了。"

　　陈元礼："什么？他赚得比我们还多？这哪里是谈判啊，这是抢劫啊。"

　　紫萱："元礼，表哥一定有他的想法。"

　　史蒂文："是的，三弟，听听大哥怎么说。"

　　雍天成："今晚，我要出一次远门，你们一切要听史蒂文的安排。"

　　陈元礼："能问您去哪里吗，大哥？"

　　雍天成："现在还不能说。到了之后，我会打电话给你们。"

　　这时，八十六一身车夫打扮气喘吁吁地跑了回来。

八十六："少爷……"

雍天成向其他人摆摆手，示意他们出去。陈元礼很不理解。

陈元礼出来后对史蒂文说："大哥不信任我们？"

史蒂文："大哥那么做一定有他的道理。"

办公室内，八十六对雍天成说了路上的经过。雍天成正在沉思的时候，旭东也气喘吁吁地回来了。陈元礼等人看到旭东进了办公室，非常不解。

旭东："成哥，3点整，大哥龙进了多福茶楼。"

雍天成："看来他今晚还会去利津里。"

这时，电话铃声响了。雍天成接电话："豪邦，嗯，他到了，好。"

雍天成对旭东、八十六说："你们出去，叫史蒂文他们进来。"

雍天成让史蒂文他们坐下，然后说："不要以为我有意对你们隐瞒什么，这是对你们的保护。"

陈元礼："保护？大哥，连手下都知道的事我们都不知道，这叫什么保护？这是不信任。"

史蒂文："三弟，住口。这是西方常用的方法，用来保护家人不受牵连。"

雍天成："三弟，你最近有些急躁。我离开后，你一定要听二哥的指挥，不要轻举妄动，否则，我们会大祸临头。"

陈元礼还是不服，紫萱在一旁劝他。

4-23　天津利津里四宝班妓院　夜内

大哥龙走进妓院，门口的门童齐喊："欢迎龙哥！"

妓院老鸨听到喊声，跑着迎了出来："龙哥啊，您是真准时啊。"里面认识不认识的妓女都问"龙哥好"，大哥龙感觉面子十足，步子迈起来越发骄傲。

大哥龙："妈咪，我看到有几个新人啊。"

老鸨："龙哥不是有红宝嘛，想尝鲜了？"

大哥龙："我是想说你生意好，哈哈，红宝呢？"

老鸨："早就在房里等您了。"

大哥龙："那我先上去了。"

老鸨："龙哥，能否帮姐姐一个忙，你的账已经3个月没结了。"

大哥龙："小意思，多少钱？"

老鸨："账房今天早晨告诉我是2万5000元。"

大哥龙："什么，抢劫吗？"

老鸨："龙哥，我们是生意人。你每次来姐姐都笑脸相迎，从未亏待过你。每次的账都是你亲自签字，从未找人代笔。你今天既然这么说话，那我就不客气了，今天你无论如何都要把账结清，否则……"

这时，妓院的打手上来几十人把大哥龙团团围住。

大哥龙有些胆怯，忙对老鸨说："姐姐你这是干啥，咱们有话好说，我刚才只是开个玩笑。你们的尚元大哥我很熟的。"

老鸨："熟就更应该照顾我们的生意。"

大哥龙："明天我有一笔钱进来，你派人到我那里去取。"

老鸨："多谢龙哥！"向茶壶使了个眼色，茶壶大喊："红宝，接客了。"

4－24　天津成礼洋行雍天成办公室　夜内

雍天成拿起电话，拨了个号码2253："四宝班？我想找红宝听电话。"

雍天成："那很遗憾，还有好的吗？"

雍天成："春娇姑娘，在红宝隔壁房间，那我现在就定了。好，双倍价钱。我姓张。"

4－25　天津利津里四宝班妓院　夜内

大哥龙躺在红宝的房间，越想越憋气。

大哥龙："这不是抢钱是什么？我才来这里几次，就要我2万5000元。2万5000元，我他妈都娶10个媳妇了。"

红宝："龙哥，不要那么说嘛，红宝天天都想见到龙哥。"

大哥龙："要不是你这个美人，我才不来这里呢。红宝，我把你赎回家吧，我马上要有笔钱到手。"

红宝："龙哥，你真的这么想？红宝爱死龙哥了。我问过妈咪，大概要5万元。"

大哥龙："什么？5万，打……"

红宝："千万别说那个字，不然妈咪又要来了。红宝给龙哥唱一曲吧。"

大哥龙："等会再唱，我们先喝一杯，你去让厨房上菜。"

4－26　天津利津里四宝班妓院　夜外

雍天成把汽车停在路边黑暗的胡同里，借着月光，把枪拿了出来，检查了子弹和枪栓，看到一切无恙后，揣在身上。这才开了车门出来，锁上车。走向四宝班。

四宝班门童看到一张陌生面孔，忙问："客官是第一次来？请进。"

老鸨听到门童的喊声，忙迎接出来："客官里面请。这位客官是初次来吧，我们这里的姑娘是天津卫最好的。"

雍天成："请把妈妈找来。"

老鸨："我就是，我就是。"

雍天成："妈妈，我刚才来过电话，约好了这里的春娇姑娘。"

老鸨："哦，记得，记得。张先生一看就是做大买卖的，您这是朋友介绍来的？"

雍天成："贵号名声在外，天津卫哪个不知啊。"

老鸨："哈哈，张先生过奖了。您是过夜啊还是听曲啊？"

雍天成："过夜怎么讲，听曲怎么讲？"

老鸨："过夜就是春娇姑娘这宿就归您了；听曲就是春娇陪您喝酒唱曲，您子时就得离开，不然就是过夜了。"

雍天成："那就过夜吧。"

老鸨："张先生不想见春娇再定？"

雍天成："哈哈，妈妈推荐的，我没理由怀疑啊。"

老鸨："哈哈，张先生确实是见多识广。这样，您先把这过夜钱交了？"

雍天成："哈哈，多少？"

老鸨："张先生第一次来，我做主，给您打个八折，您给40块吧。"

雍天成："这是50块，再给其他人点茶钱。"

老鸨非常高兴："张先生，我亲自领您上去。"一边招呼茶壶飞跑上楼喊春娇姑娘出门见客。

春娇姑娘在门口迎客。雍天成注意到里面的那间房门框上写着"红宝"二字，不用问，大哥龙一定就在那间房里。里面还传来阵阵曲声和女人撒娇的声音。春娇笑着请雍天成进了房间。

春娇："先生是第一次来吧。"

雍天成："是啊。你们这里都是什么规矩?"

春娇："先生贵姓?"

雍天成："姓张。"

春娇："先生既然点了春娇过夜，那咱们就慢慢来，好好享受。春娇先帮张先生更衣。"

春娇在帮雍天成更衣时，摸到了雍天成的枪。春娇："张先生还带着家伙。"

雍天成："世道不太平，有这个防身比刀强。"

春娇："来这儿的客人带刀的居多，枪很少见。能让春娇看看吗?"

雍天成："姑娘对这些东西感兴趣?"

春娇："我哪里懂，只是好奇。"

这时，隔壁房间传来女人呻吟的声音。春娇："这一宿有得听了，每次都弄到天亮。"

雍天成："隔壁是常客?"

春娇小声说："是混帮会的龙哥，红宝的相好。这两个月几乎天天来，不来的时候还买了红宝的钟。"

雍天成："那是什么意思?"

春娇继续小声："就是不让别人碰，哈哈。"

春娇："张先生，我让小弟去安排菜和酒。您先喝茶，我给您唱一曲。"

雍天成看到窗帘紧闭，问："怎么关窗帘了，打开。"

春娇："张先生，这是这里的规矩，天底下也没有堂子开窗做生意的啊。"

雍天成："哦，不懂这里的规矩。"

春娇："张先生，您要是嫌屋里闷，我去把窗户开大点，但窗帘要是打开的话，春娇要受罚的，这点请张先生谅解。"

春娇说完出门请小弟上酒菜，自己回来给雍天成倒上茶后，拿起琵琶，为雍天成唱起曲儿来。

4-27　天津利津里四宝班红宝房　夜内

大哥龙和红宝躺在床上，曲儿声从隔壁传来。

大哥龙："隔壁是谁啊，小声挺嫩啊。"

红宝："怎么，听上瘾了，你过去听啊。"

大哥龙："你还吃醋了，哈哈。"

红宝："谁吃醋，想得美。"

大哥龙看到红宝娇嗔，越发觉得可爱，又把红宝骑在了身下。

4-28　天津利津里四宝班妓院　夜内

深夜，妓院里已经非常安静了。没有客人的妓女们在一边无聊地打着麻将，茶壶们打着哈欠，老鸨早趴在收银台边的桌子上睡着了。

4-29　红宝房内　夜内

大哥龙的鼾声已经如雷，红宝躺在一旁还没有入睡，在那独自流泪。

4-30　春娇房内　夜内

春娇正在小声地为雍天成唱曲儿，她几次提醒雍天成脱衣休息，雍天成不断表示喜欢听她唱曲儿。

4-31　天津利津里四宝班妓院内　夜内

妓院内一阵惊呼声，原来不知何时，妓院大厅里来了一只雪白的西施犬，众人的目光都被吸引了。红宝和春娇听到声音也高兴地下楼看狗。隐约听到红宝对春娇说"每次他来我都怕得要命"。

4-32　春娇房内　夜内

雍天成看到春娇和隔壁红宝相约下楼，把枪悄悄地上了膛，轻手轻脚地开门走了出来。

4－33　天津利津里四宝班二楼走廊　夜内

雍天成看到楼下的人们都在关注一条白色的狗。他悄悄地走到红宝房前，没有听到任何声音。雍天成轻轻推开房门，微弱的灯光下，大哥龙直挺挺地躺在床上，床边还有一滩血迹。大哥龙已经死了。窗户并没有关上，窗帘被风吹开。雍天成第一次看到被杀的人，一阵恐惧之后，就是一阵恶心。他深呼吸镇定下自己，轻轻退了出来，想回到春娇的房间。楼下大家依然在逗着那只狗玩儿，雍天成往楼下看了一眼，没想到正好和红宝的眼神对视。红宝惊讶地看到雍天成从自己房里出来。

第 5 集 《王探长》

5－1　天津利津里四宝班妓院　夜内

雍天成故作镇定地走下楼来，春娇看到后迎了上去。

春娇："张先生怎么急着要走啊？"

雍天成看到红宝在疑惑地看着他，他忙对春娇说："突然有点急事，不得不走。"说着，从兜里拿出一个小银包："这里有 20 块大洋，春娇姑娘请笑纳。"

红宝这时已经开始往楼上走了。

雍天成看到时间紧迫，匆匆和春娇告辞。门童知道雍天成已经付过小费，忙笑脸掀起门帘送雍天成出去了。

5－2　天津利津里四宝班妓院　夜外

出来后，雍天成快步走向停在街角的汽车。上车后，快速发动，驶向成礼洋行。

5－3　天津雍天成办公室　夜内

史蒂文、陈元礼、旭东、豪帮、八十六等人在等待雍天成。

史蒂文："货还在码头？"

旭东："码头说脚行的印章在大哥龙身上，没有印章，无法放行。"

史蒂文："大哥龙又把我们耍了。"

陈元礼："大哥把钱都给他了，这孙子竟然耍我们。"

史蒂文："等大哥回来再说吧。"

这时，雍天成急匆匆地进了办公室。

众人："大哥（成哥），您回来了。"

雍天成："货发走了？"

旭东："大哥龙把脚行印章带在身上，码头无法放行。"

雍天成："这小子临死还摆了我一道。"

众人："大哥龙死了？"

雍天成："死了。史蒂文，我们按计划行事，你们一定要听二哥的指挥。"

雍天成说完，出门坐八十六拉的人力车去了天津站。

5-4　天津码头帮兴哥家里　夜内

电话铃响。素萱刚想接，兴哥一把抢了过去。

兴哥："嗯。"

兴哥："我是。"

兴哥："好。你肯定？好，钱明天到账。"

素萱："大哥，是谁啊？"

兴哥："生意上的朋友。你还在等那小子的电话？快去睡觉。"

素萱："我没有。"素萱边说边上楼回到卧室。

5-5　天津利津里四宝班妓院　夜内

此时妓院已经乱作一团。老鸨报了警，警察已经赶到。探长王超群接到报警，也来到四宝班。王探长看到几个妓女哭做一团，有几个嫖客还围在出事的房间门口向里张望。老鸨看到王探长到来，急忙迎了上来。

老鸨："王探长啊，不知道哪个挨千刀的想毁了我生意啊。"

王探长："你领我去死人那屋。"

老鸨："好。上楼吧。"

上楼后，老鸨看到有人围在红宝房间外，大喊："各位大爷，抱歉抱歉，警察来录口供了。"

听到警察录口供，几个人很快就回各自房间了。

王探长进屋，看到大哥龙的尸体躺在大床上。大哥龙的脖子上有一道明显的横向刀痕，血迹喷溅到墙壁、天棚上，浸透了床褥。王探长看到窗帘被风吹起，走到窗前向外看。原来，窗外是一条小街道，一楼外还有围墙，对于手脚敏捷的人来说，从2楼跳到1楼非常容易。王探长看到大哥龙的双脚裸露在外，就蹲下来。突然，看到大哥龙的左右脚心各被钉入了一根钢针。钢针非常细小，一般人不会注意到。这两根钢针让王探长若有所思。王探长在大哥龙的兜里翻出了雍天成开具的银票。

王探长："红宝在吗？"

老鸨："红宝！"老鸨来到走廊，向楼下喊道："红宝，上来！"

红宝哭着上来了："什么事？"

王探长："你是红宝？"

红宝："是。"

王探长："他是谁？"

红宝："龙哥。我只知道他是龙哥。"

老鸨："他是大哥龙啊，宁波帮的。"

王探长："谁最先发现大哥龙死的？"

红宝："是我。"

王探长："你应该和他在一起啊，凶手怎么没杀你？"

红宝："他睡着了。"

老鸨："那呼噜声，我们都睡不着。"

红宝："楼下突然有只西施犬，我和春娇下楼看狗去了。"

王探长对老鸨："突然有只西施犬？不是你们这里的？"

老鸨："不是啊，我们这里没有养狗啊。我怎么没看到？"

红宝："妈咪，那时你在一边睡觉来着。"

王探长："你不是说听大哥龙的鼾声都睡不着觉吗？"

老鸨："听习惯了，听习惯了。他总来。"

王探长："总来，都找过哪个姑娘？"

老鸨："就找我们红宝啊。王探长，你看看红宝这腰身，这小脸儿，你要是听她唱一曲儿啊……"

王探长："打住。我是来办案的。"

老鸨："对不住啊王探长，我习惯了。谁不知道您一身正气啊。"

王探长："你刚才提到春娇？为什么？"

红宝："听到楼下有声音，正好龙哥也睡着了，我好奇就开门准备下楼看热闹。春娇在我隔壁房间，她也一起下楼看热闹。"

王探长："然后呢？"

红宝："大家正在逗狗时，我无意间往楼上看了一眼。发现一个人从我房间出来，他看了我一眼，就进了春娇的房间。"

老鸨："昨晚来的张先生？他是第一次来，来之前还打电话询问红宝呢。红宝，你是真红啊。"

王探长："这个张先生长什么样？"

老鸨："那是一表人才啊，出手还大方。不像大哥龙，对了，他还欠我2万5000元呢，这钱我上哪儿要去啊。"

王探长对老鸨："麻烦妈咪把春娇找来。"

王探长对红宝："春娇住在你隔壁，昨夜你有听到什么奇怪的声音吗？"

红宝："那个客人好像就让春娇唱曲儿，唱到很晚。"

王探长对红宝："你也下去吧，有问题我再找你。今天我们的谈话不要让第三人知道，不然你会有性命之忧。"

春娇上楼。

王探长："你就是春娇？"

春娇："是。探长。"

王探长："你怎么知道我是探长？"

春娇："妈咪说的。"

王探长："她一定还警告你不要说妓院里抽大烟的事吧。"

春娇："没有。"

王探长："我不会问你那些的。不过如果我问你的，你要是隐瞒的话，我不会客气的。"

春娇："是。"

王探长："昨晚的客人姓什么？"

春娇："张。"

王探长："干什么的？"

春娇："说是做生意的。"

王探长："有什么特别之处吗？"

春娇："他很奇怪，只听我唱曲儿，别的什么都不做。"

王探长："他随身带什么特别的东西了吗？刀之类的。"

春娇："刀，没有。不过……"

王探长："不过什么？"

春娇："他带着一把枪。"

王探长："枪，手枪？"

春娇："是。说是防身用的。"

王探长："你出去吧，我今天和你的谈话不要让第三人知道。这关系到你的性命，明白吗？"

春娇："明白。"

王探长："你去把妈咪找来。"

老鸨上楼。

王探长："你为什么要杀大哥龙？"

老鸨："我？王探长，你这是什么意思？我杀他干什么，他还欠我钱呢。"

王探长："他如果说不还你钱，你会杀了他吗？"

老鸨："会……杀他？不会，不会。我们是求财不求气。"

王探长："我们今天的谈话不要让任何人知道，否则你会有性命之忧。"

老鸨："不说，不说，我嘴很严的。"

5-6　天津宁波帮帮会　夜内

大哥龙被杀的消息传到帮中，帮中一片混乱。财爷虽然对大哥龙不满意，但杀害大哥龙等于是向宁波帮挑战，性质不同，必须予以反击。财爷找来大哥龙的手下四中和三熊询问详情。

财爷："阿龙最近得罪过什么人吗？"

四中："没有啊。我们砸了几个烟馆，杨兴那缩头乌龟一点反抗都没有。"

三熊："最近我们扣了一批成礼洋行的货，那些毛头小子更是不值一提，啊。"

霆哥："爹，我早说过大哥龙这样做是不行的。"

财爷："为什么要扣成礼洋行的货？那是一家什么洋行？"

四中："成礼洋行有一批货值 200 万元的军火到了紫竹林码头。他们不把我们看在眼里，从未来码头看望过我们。"

三熊："我们的工人流汗为他们扛包，他们竟然连杯茶都不给我们喝，啊。"

财爷："这个洋行真是有问题，起码应该对我的工人的辛苦和汗水说声谢谢。"

四中、三熊："财爷说得是，啊。"

财爷："这个成礼洋行是什么背景？"

霆哥："能为北京搞 200 万军火的洋行，背景不会小。"

四中："龙哥今天好像和成礼洋行的老板雍天成在天香楼谈判。"

三熊："是。龙哥还来电话说把货物放行，啊。"

财爷："那批货运走了？"

四中："印章在龙哥身上，没有印章无法办理提货。"

霆哥："货在就好办。"

财爷："我看这批货是不祥之物。"

四中、三熊："财爷一定要为龙哥报仇，啊。"

财爷："这是对整个宁波帮的挑衅，这个仇必须报。不过现在，你们需要一个新的大哥。霆哥，大哥龙的地盘以后就归你了。"

四中、三熊："手下恭贺霆哥，啊。"

霆哥："祥弟，你怎么一直不说话，不欢迎我？"

祥弟："财爷、霆哥，我恭贺霆哥成为我的新大哥。不过，我们还是要先找到凶手吧。"

霆哥："我听说大哥龙在的时候对你最不好，没想到你倒是很忠心，以后你就跟着我吧。"

祥弟："我愿意跟着霆哥，但我还是认为要先找到凶手。"

霆哥："好，要先找到凶手。我他妈知道大哥龙为什么烦你了。"

5-7　天津——北京的火车　夜内

此时，雍天成已经离开天津。雍天成坐在包厢里，仔细回忆大哥龙那一幕，突然想到大哥龙房间里的窗户是开着的，且未挂窗帘。这点似乎不合常理，因为妓院里基本都是挂窗帘的。是谁杀了大哥龙呢？

5-8　天津宁波帮帮会　日内

探长王超群一早就来到宁波帮帮会，财爷笑脸相迎，俩人相识已久。

王探长："财爷最近是顺风顺水啊，听说您老老当益壮，又娶了房姨太太。"

财爷："王探长，我们男人就是要征服，尤其是征服女人。"

王探长："财爷，我来的目的不用问您老也明白。这大哥龙最近得罪谁了？"

财爷："生意人都是和气生财，他是个生意人。"

王探长："他和码头帮的杨兴停战了？"

财爷："没有战何来停啊。王探长，你不要欺负我老人家反应慢啊。"

王探长："大哥龙连续端了杨兴的三家烟馆，杨兴一个屁都没放？"

财爷："这些都是小孩子们的事，我不管这些。"

王探长："财爷的大哥是怎么死的，您老还记得吧？"

财爷似乎有一丝恐惧："怎么不记得？有时候做梦都会梦到。"

王探长："大哥龙的双脚脚心有同样的钢针。"

财爷："钢针杀手又出来了？"

王探长："杀人手法非常相似。一刀抹在脖子上毙命，脚底心的钢针也是死后插进去的。"

财爷："我找了五年都没找到这个人。江湖上的朋友根本就没听说过这号人物。王探长，我大哥的案子你一直在跑。五年来费了很多力气，我是非常感谢。这次阿龙的事，你还要多尽心啊。"

说完，财爷向站在远处的手下挥挥手，手下拿来100块大洋。

财爷接过大洋，对王探长说："小小意思，王探长一定要笑纳。"

王探长："财爷，咱爷俩也处了五年多了，我你还不了解，这钱我是绝对不收的。您老要是给我，那就是把我们爷俩之间的情谊毁了。"

财爷："你这么说，我也不好强迫了。"

王探长："我还得去几个地方，财爷您老别送，我走了。"

5-9　天津宁波帮帮会门外　日外

王探长从宁波帮出来，叫了一辆人力车前往码头帮兴哥办公室。

5-10　天津码头帮办公室　日内

兴哥正在办公室内看桌子上的水晶球,桌子上还有一份报纸。手下进来,说王探长求见。兴哥说请。王探长进来,兴哥站起来迎接,看来是老相识了。两人坐下。

兴哥:"王哥大驾光临,我没远迎啊。恕罪恕罪啊。"

王探长:"兴哥心情不错啊,最近有喜事?"

兴哥:"我能有什么喜事?老婆早就死了,现在还是自己一个人儿。"

王探长:"大哥龙死了兴哥不高兴?"

兴哥:"大哥龙死了?啥时候,谁杀的?"

王探长:"兴哥怎么知道大哥龙是被杀的?"

兴哥:"他……他还年轻力壮,难道能病死?"

王探长:"他确实是被杀的,而且是一刀致命。"

兴哥:"他的仇人应该不少。"

王探长:"兴哥话里有话啊,难道他不是你的仇人?"

兴哥:"我不算。现在宁波帮势力大,我得罪不起啊。就是我杀了大哥龙,他们宁波帮还会上来二哥龙、三哥龙,我杀得完吗?"

王探长:"兴哥说他仇人不少,都有谁呢?"

兴哥:"我听说他最近扣了成礼洋行一批 200 万的军火,搞军火的都是什么背景,他也不想想。"

王探长:"这个成礼洋行是什么背景?"

兴哥:"几个毛头小子,听说在北京军方有关系,领头的叫雍天成。"

王探长:"兴哥和雍天成很熟吗?"

兴哥:"不熟,只是听说过此人。"

王探长:"他长什么样儿?"

兴哥:"我还真不好说。很斯文、有些洋人范儿。个头中等偏上,皮肤很白。"

王探长看到兴哥办公桌上有一张报纸,站起身来,走了过去,说:"兴哥也看报纸了?我在你这里除了手纸就没见过可以写字的东西。"说完,仔细瞄了一眼报纸的名头和日期。

兴哥有些不太自然,辩解道:"现在竞争激烈,我得抓紧时间,提高自己，学习学习。"

王探长好像没注意兴哥表情的变化："成礼洋行在哪里?"

5‐11 天津雍天成成礼洋行 日外

王探长乘东洋车来到成礼洋行外，看到大门紧闭。他下车，走到窗前，看到洋行里面空无一人。王探长伸手摸了摸门把手，发现没有一丝灰尘。

5‐12 天津英国领事馆 日内

史蒂文、陈元礼、旭东、豪邦、八十六等人躲避在英国领事馆里。

陈元礼："我们要躲多久? 那 200 万的货怎么办?"

史蒂文："大哥吩咐要我们在这里等，这里是全天津最安全的地方。我们要忍耐。"

陈元礼："二哥，你是英国人，还可以出去到工部局上班。我们在这里会闷死的。"

史蒂文："三弟，这是我们的关键时刻，成败在此一举。"

旭东："成哥安全吗?"

史蒂文："非常安全，我想我今天就能接到他的电话。"

陈元礼："大哥总是不信任我，为什么从来不告诉我他去哪里?"

史蒂文："这是保护你们的策略。大哥知道我的外国身份也许会为成礼洋行增加一层保护。你们如果被警察抓去，会很难脱身的。"

八十六："少爷吉人天相，很快就会回来的。"

豪邦："成哥让我们暂避英国领事馆，一定有他的用意。"

史蒂文看看表，还有 5 分钟到 10 点，他向众人告辞，出去给雍天成打电话。

5‐13 北京陈宦家 日内

雍天成连夜跑到北京，躲在了北京参谋次长、陈元礼的叔叔陈宦家，这里非常安全。

陈宦："玉堂啊，你怎么突然来了? 元礼呢?"

雍天成："叔叔，原谅玉堂不请自到。元礼还在天津。"

陈宦："哪里话，我这里永远欢迎你来。"

　　雍天成："叔叔，我这次来要处理一下那批军火的事情，估计要在北京待几天。"

　　陈宦："是段总长那批货吗？"

　　雍天成："是。不过出了点麻烦，可能要拖些时间才能运到北京。"

　　陈宦："这批军火应该是陆军部急需的，耽误了恐怕要担责任啊。"

　　雍天成："是，玉堂知道。不过货到天津后，被码头上的帮会给扣了。"

　　陈宦："他们敢扣北京政府的军火？"

　　雍天成："这是天津宁波帮搞的鬼，知道是北京的军火后，不仅不放行，而且还变本加厉，向我们索要高额费用。我们没有办法，就给了他银票，希望他们尽快放行。"

　　陈宦："这些帮会对我们新政府没有丝毫的尊重，他们要为此付出代价。"

　　这时，电话响了。陈宦的卫兵接电话，原来是史蒂文来电。时间正好是 10 点。

　　雍天成："二弟，我已经到了一会儿了。家里都好吗？"

　　史蒂文："按照大哥的吩咐，全体人都转移到英国领事馆了，目前非常安全。"

　　雍天成："昨夜没有机会详细说。我进去的时候，大哥龙已经死了，大哥龙不是我杀的。我这次到北京来，一是为了我们那批货；二是当时四宝班里有人看到我从大哥龙房间里出来，我怕说不清楚，对我们不利。你告诉大家，让他们放心。我很快就会回去。"

　　史蒂文："大哥，领事馆收留了我们的人，但他们要求回报。"

　　雍天成："什么回报？"

　　史蒂文："他们要求我们营救一家人。"

　　雍天成："哪的人？"

　　史蒂文："是东北的。"

　　雍天成："怎么营救？"

　　史蒂文："出钱即可，他们不想出面以免引起外交纠纷。"

　　雍天成："我同意，二弟你就多操心了。"

史蒂文："大哥，我马上就回工部局上班，顺便看看外面的动静。"

5‑14 天津码头帮兴哥办公室 日内

兴哥在王探长走后，心情非常紧张，对自己刚才的表现非常不自信。他拿起那张报纸，看了半天，觉得没有什么破绽。

他拿起电话，拨了家里的号码："崔妈啊，找下素萱。"

兴哥："素萱啊，哥问你一个事。"

兴哥："你那个朋友雍天成，不如让他晚上到家来吃饭吧。"

5‑15 天津兴哥家 日内

素萱在自己的卧房里。

素萱："哥哥，你是认真的？太好了。不过，你前天晚上还不爱搭理他，今天怎么想起请他吃饭了？你不是有什么目的吧？"

5‑16 天津码头帮兴哥办公室 日内

兴哥："你这个丫头，我能有什么目的。哥哥我是拗不过你，不得不同意而已。"

5‑17 天津兴哥家 日内

素萱："那我现在就给他打电话。"

5‑18 北京陈宧家 日内

陈宧："你问我这次回京有什么感觉，哈哈，天翻地覆啊。这次朝代更迭，可谓天翻地覆；我也是咸鱼翻身。托袁大总统的福，把我请回来任参谋次长。你知道我的顶头上司是谁吗？"

雍天成："副总统黎元洪。"

陈宧："正是。黎副总统兼任参谋总长和湖北都督，他人在武昌，不大理会参谋部的事情，一切基本都是我做主。"

雍天成："恭喜叔叔此次回京一切顺利！"

陈宧："一切顺利还只是个愿望，不过比大清时要强得多。"

雍天成："叔叔可否在段总长面前为我们拖延些时间。"

陈宦："玉堂啊，你知道这批军火的用途吗？"

雍天成："玉堂以为是军队常规采购。"

陈宦："哈哈，这笔军火是为了对抗南方而准备的，晚到一天也不行。这样吧，既然小小的宁波帮敢私劫政府军火，我们就从政府的层面处理这个问题。"

雍天成："叔叔的意思是……"

陈宦："这样胆大包天、欺行霸市的什么宁波帮还有存在的必要吗？"

5-19　天津成礼洋行　日外

霆哥带着四中、三熊、祥弟等手下找到了成礼洋行。他们看到成礼洋行没有开门，里面也漆黑一片。

霆哥："大门紧锁，这家洋行的人都去度假了？"

四中："我看是跑路了吧。"

三熊趴到窗户往里看："东西都在，没跑远，啊。"

霆哥："祥弟，你去问问周围的邻居，看看有谁看到这家洋行的人什么时候走的。"

祥弟："他们200万的货还在码头，早晚自己找上门来。"

霆哥："祥弟，你这句话让我刮目啊。四中、三熊，你俩向祥弟学着点，多用脑子。走，回码头。别让警察看到我们在这里，还要多费口舌。"

5-20　天津英国工部局　日内

史蒂文在接电话："谁？天津警察局的王超群探长。嗯，请他进来吧。"

王探长走了进来。

史蒂文："王探长找我何事？"

王探长："史蒂文先生今天很忙啊。"

史蒂文："史蒂文是我的名字，王探长就叫我史蒂文吧。您怎么说我今天很忙？"

王探长："哈哈，好，我分不清你们的名和姓，每次都搞混。史蒂文，您今天上班好像迟到了一个小时。"

史蒂文："哈哈，王探长。您不是到工部局考勤的吧？"

王探长："当然不是。这里的人说您从不迟到，难道您是为了躲我？"

史蒂文："躲您？我为什么要躲您？"

王探长："因为成礼洋行今天也关门躲我。"

史蒂文："哦，成礼洋行这几天避暑休假。"

王探长："200万的军火还在紫竹林码头，洋行竟然全体去休假？我这么说，您信吗？"

史蒂文："王探长对我们洋行的情况很清楚啊。"

王探长："咱们明人不说暗话，雍天成去哪里了？"

史蒂文："我不知道，我也在找他。"

王探长："你们的货被扣在大哥龙的码头，现在大哥龙死了，雍天成没影了，我们怀疑到他，没有什么问题吧？"

史蒂文："逻辑上没什么问题。"

王探长："你不问问我大哥龙怎么死的？"

史蒂文："上帝保佑，他虽然作恶多端，但生命还是值得尊重的。他怎么死的？"

王探长："史蒂文，五年前雍天成在哪里？"

史蒂文："他在英国伦敦留学。"

王探长："这一点就可以证明他与大哥龙的死无关。你帮我传个话，我要见他一面。这是我的名片。"

5-21　天津警察局　日内

王探长回到警局，坐在自己的办公椅上。他给自己沏了杯茶，突然想到什么事，忙招呼手下过来。

王探长："永昌，你去把昨天的盖世报找来。"

手下永昌答应一声关门走了。

王探长起身去档案柜里找卷宗。他很熟练地找到一份卷宗，拿着它回到办公桌，喝了口茶。永昌拿着报纸回来，交给王探长。

王探长："永昌，你去趟盖世报馆，把1907年7月份的报纸给我借来。"

永昌答应一声走了。

王探长拿起报纸，仔细阅读。王探长找来报纸仔细查看，发现整篇报纸并无特别之处。一个小广告引起他的注意。那是一个房契遗失广告，奇怪的是房契号码只有 4 位数，而正常的房契号码都是 5 位数。这是故意的错误，还是报馆的错误？还有一个问题是这个广告是兴哥公司刊登的。他为什么要刊登一个错误号码的房契遗失广告呢？

第6集　《初识段祺瑞》

6-1　北京陈宦家　日内

雍天成正在打电话："好，二弟，看来他能够帮我们。这样，你把他电话给我。3621，好，我这就给他打电话。"

雍天成放下电话，在屋里走了几步，然后拿起电话，拨了王探长的号码。

雍天成："我找王超群探长。"

6-2　天津警察局　日内

王探长手里还拿着昨天的报纸。

王探长："我就是。您是？"

王探长："哦，原来是大名鼎鼎的雍老板。你的电话来得正是时候。"

6-3　北京陈宦家　日内

雍天成："此话怎讲？"

雍天成："我提个建议，你到北京来，我们面谈，一切费用我来出。"

6-4　天津警察局　日内

王探长："雍老板是个爽快人。那我今夜就去北京找你。好，我们火车站见。"

王探长放下电话，在办公椅上又坐了一会儿，喝光了杯里的茶。然后起身，穿戴整齐，走出警察局。

6-5　天津王探长家　日外

王探长走到家胡同口，看到有小贩在卖烤红薯。想买个给儿子吃，可一翻口袋，竟然一分钱都没有，只好匆匆回家了。

6-6　天津王探长家　日内

王探长家非常简朴。老婆正坐在板凳上洗衣服，两个儿子因为没钱继续升学，只好留在家里，准备找工作。

王探长："老婆，饭好没？"

老婆看到王探长回家，嘟囔："人家都是在外面吃饱才回家，你总是吃饱才出去。这又是提溜着瘪肚子回来了。"

王探长："老婆，今晚吃什么？"

老婆："还吃什么，就你挣那俩钱，都花不了半个月。你满天津卫打听打听，有你这样的警察吗？"

王探长："我是靠脑子吃饭的，老婆，我们得吃得干干净净，肚子里才清净，对吧？"

老婆笑了："要不是看上你这点，我才不嫁给你呢。"

老婆走进厨房，拿出一盘苞米面菜包子和一小壶烧酒。

王探长："老婆，你吃了吗？"

老婆："我干完活再吃。"

王探长："大牛、二牛都吃了？"

老婆："他们吃了。我还能饿着你儿子？"

王探长："那就好。"

儿子大牛、二牛跑了进来。

大牛、二牛："爹，我俩还想上学。"

王探长："好。爹支持你们的想法。"

大牛："爹，咱家不是没有钱交学费吗？"

王探长："儿子啊，爹是靠脑子赚钱的，爹答应你们的就能做到。"

老婆："行了，你们两个出去吧，你爹还没吃饭呢。"

两个儿子退出。王探长把酒交给老婆："老婆啊，酒，今晚我就不喝了，一会儿我要坐车去北京。"

老婆："北京？公事？"

王探长："公事。你手里还有钱吧？"

老婆："钱？公事找我要什么钱？没有。"

王探长："这次去是帮一个朋友解决大难题。"

老婆："帮人还得自己花钱，你是拿啥脑子挣钱。我这没读过书的都干不出来这事。"

王探长："你就快点吧，不然赶不上火车了。"

老婆从床柜里翻出一个手帕包，打开后里面有三块大洋。

王探长："都给我吧，明天回来加倍还你。"

老婆："加倍我没指望，回来你给我剩点就行了，家里也快揭不开锅了。"

6－7　北京火车站　夜内

王探长一眼就看到了人群中的雍天成。王探长走上前去。

王探长："您是张先生吧？"

雍天成一愣："怎讲？"

王探长："哈哈，您不是去四宝班玩的张先生？"

雍天成这才反应过来："哈哈，王探长真会开玩笑。我们先吃口饭，边吃边聊。"

王探长："德胜门旁边有个砂锅店，店面很小，但味道是真好。我们就去那里吧。"

雍天成："我已经在六国饭店安排好了一桌为王探长接风。"

王探长："兄弟我此行，吃饭不是目的，听我的吧。"

雍天成："好。"

俩人叫了一辆黄包车，奔德胜门而去。

6－8　天津兴哥家　夜内

素萱打了一天的电话也没找到雍天成，担心他出事，心里非常着急。她放下电话，觉得奇怪，因为即使不见面，每天雍天成都会给她打电话。她想起雍天成那晚让她联系史蒂文的话，就打给史蒂文。没想到史蒂文也没在家。又打给雍天成舅舅家找紫萱。

素萱："紫萱，好几天没看到你了，明天一起出去逛百货公司吧？"

紫萱："还逛百货公司呢，元礼人不知道跑哪里去了，今天找了一天都没找到。"

素萱："元礼肯定和天成在一起，你就放心吧。"

紫萱："我表哥在你旁边吗？"

素萱："没有，我在家呢。"

紫萱："表哥说他要出次远门，没说元礼也去啊。"

素萱："天成出远门了，去哪里？"

紫萱："你别急，素萱。昨天他们谈话的时候我在旁边听到的，没说去哪里。元礼还埋怨表哥不相信他呢。"

素萱："天成视他为亲兄弟，最相信他了。"

紫萱："我说也是，昨天我就是这么说他的。素萱，你别着急。表哥肯定有大事要办。"

素萱放下电话。突然想到为什么大哥那么热心请天成来家里吃饭呢？这时，兴哥回来了。

素萱："大哥，你让我办的事我没办到。"

兴哥："我让你办什么事了？"

素萱："你忘了，早晨打电话让我……？"

兴哥："哦，今天太忙，忘记了。你那个朋友不赏脸？"

素萱犹豫了一下，撒了个小谎："我骗你的，他说明晚来。"

兴哥："明天就回来？"

素萱："大哥，什么明天回来？"

兴哥："哦，我说明天过来。崔妈，上饭吧，开饭。"

素萱望着哥哥的背影，疑惑更加深了。

6-9　北京陈宦家雍天成卧室　夜内

雍天成给王探长倒了杯茶水，俩人坐在茶桌旁开聊。

王探长："老弟，吃饭时人多口杂，不敢谈正事。我这次来就是告诉你，大哥龙的死与你无关。"

雍天成："这个我自己知道，现在你也知道。可宁波帮能信吗？"

王探长："这个我可以让他们相信，老弟不必担心。"

雍天成："老哥为什么要帮助我？"

王探长："帮你就是帮我自己。大哥龙在天津是个人见人恨的家伙，从来都是骄横跋扈，不把任何人放在眼里。码头帮的大哥杨兴最近已经被他抢去了三家烟馆，甚至连宁波帮的当家人财爷他都不放在眼里。这次他死了，宁波帮对凶手的追缉并不是很热心。对了，码头帮的杨兴你认识吧？"

雍天成："见过一面。我和他妹妹在交往，他不同意，所以对我的态度并不友好。"

王探长："我今早去了兴哥那里，他没说到你们之间的这层关系。"

雍天成："他也许是不想提到我，对我比较反感。"

王探长："老弟，你和他妹妹在交往，将来成了亲，他就是你的大舅哥。按说我不该说他的坏话，不过，你以后应该对此人多加一份小心。"

雍天成："老哥怀疑是他？"

王探长："现在证据不够，不敢乱说。老弟，你为什么从红宝房里出来？"

雍天成："不瞒老哥，我当时就在隔壁，听到他鼾声如雷，后来没有了声音，以为他睡熟了，确实想进去对他下手。进去后，我看到他已经死了，就急忙退了出来。"

王探长："他扣了你的货，这批货是你们的命，对他起了杀心也在情理之中。"

说着，王探长从怀里取出了那张从大哥龙怀里取出的银票，把它交给雍天成。

王探长："这个是在大哥龙的衣服兜里找到的，是你的银票。"

雍天成："他要的数目就是抢劫，我们这批 200 万的货物利润也没这么多。不过，现在银票既然在老哥手里，还是由老哥继续保管吧。"

说着，雍天成把银票又交给了王探长。王探长收下了。

王探长："老弟啊，你老哥我是用脑子来赚钱。如果我收下，那我不成抢劫的了？再说，老哥不是那样的人啊。但这个银票还有用处，我要用它来做道具。"

雍天成正色："老哥，您原谅老弟我考虑不周。如果您能帮我解开嫌疑，老弟我当加倍报答。"

王探长："哪里话，哪里话。五年前老弟在哪里？"

雍天成："五年前的5月我正在去伦敦的船上，大约7月底到的伦敦。"

王探长："老弟，我有信心让你一个星期之内安全回到天津，成礼洋行重新开业。我明天一早就回天津。"

6-10　天津紫竹林码头霆哥办公室　夜内

以祥弟为首的原来大哥龙手下，对霆哥接手后不积极处理大哥龙的后事非常不满。双方冲突在即。四中和三熊现在已经站在了霆哥一边。

祥弟："霆哥，我看还是应该处理好龙哥的后事，然后再开展业务吧。"

霆哥："祥弟啊，大哥龙的后事帮中自会安排。"

祥弟："龙哥的遗体要先入土为安才好啊。"

有几个人附和祥弟，连声喊"是""是"。

霆哥："大哥龙的后事由帮中安排，你们不要多嘴了。"

祥弟："可龙哥的遗体还在警局的停尸房里。帮中也没布置灵堂，怎么看也不像办事情啊。"

四中："祥弟啊，不是我说你，现在霆哥是老大，可你还是那样，老大说一句，你顶一句。"

三熊："祥弟啊，不是我说你，龙哥的后事帮中都说安排了，你还操什么心，啊？"

祥弟："龙哥在世时对你们俩最好，现在龙哥才过世一天，你们俩就把他忘了？"

霆哥："祥弟啊，你想我怎么样？"

祥弟："霆哥，我们几个兄弟的想法不过分，起码现在要把灵堂搭起来，有点办后事的样子啊。"

霆哥："我说了，大哥龙的后事帮中统一办。你们别在这里跟我废话了，走吧。"

霆哥带着四中、三熊走了，剩下祥弟等几个人生着闷气。

6-11 天津宁波帮财爷家 日内

财爷在客厅里教育着霆哥。

财爷："大哥龙虽然在帮中不招待见，但其人已死，后事还要为其大办。这不是为他，而是给别的帮派看，看我们宁波帮是非常团结的。听说昨晚大哥龙的手下祥弟向你恳求为大哥龙办后事，据说大哥龙生前对其非常苛刻，这才是忠心之人啊。你的手下要都是这样的人，整个天津都会是你的。"

霆哥："祥弟就是个榆木脑袋，不可救药。"

财爷刚想说话，手下人报说王探长求见。财爷说"快请"，把王探长迎了进来。

财爷："王探长这么早来府上，莫非有好消息？"

王探长："财爷，您老好！霆哥也在。我今天来确实有个新消息要告诉财爷。"

财爷："快给王探长上茶。"

王探长："昨天我来贵府时，告诉过财爷大哥龙死时脚心也被嵌入钢针，和您大哥当时是一样的，您还记得吧？"

财爷："怎么不记得。我混迹江湖近五十年，见过无数事情，这两根钢针是让我最忌惮的，每次想到都不寒而栗。你说的新消息是什么？"

王探长："根据目前所掌握的资料，我初步断定这次的杀手和五年前的是一个人。为什么这么说呢？因为这两个案子的作案手法几乎是一模一样，而这种近乎挑衅性的谋杀方式五年之内只有这么两起，而且针对的都是你们宁波帮。"

财爷："作案的都有一个共同的特点——目中无人。"

王探长："昨天我们说到成礼洋行的雍天成突然失踪……"

财爷："是啊，那小子畏罪跑了？"

王探长："恰恰相反。昨晚他邀请我去北京见他，他非但没跑，他还在北京报告军火被扣之事。"

财爷："他恶人先告状？"

王探长："我和他聊了很久，我的结论是他不可能是凶手。五年前的7月，您的大哥被杀，可当时雍天成还在去往伦敦的客船上，他不是杀害您大哥的凶手。这次的事，我问他为什么有人看到他从红宝房间里出来，莫非是喝醉走错房间了？"

财爷："他怎么说？"

王探长："他说他滴酒不沾，不会有喝醉一说。"

霆哥："那他去红宝房间干什么？"

王探长："我也这么问他，他说是想去杀大哥龙。"

财爷："他倒挺敢说，这个人有点意思。"

王探长："我说你准备拿什么杀他？他说他随身带了把手枪。这点和当晚服侍他的姑娘所说完全一样。他拿着枪来到大哥龙睡觉的房间，推开门看到大哥龙已经死在床上，就慌忙出来，正好和红宝四目对视，离开四宝班后非常紧张，连夜去北京了。"

财爷："听起来合情合理，那么他为什么想要杀大哥龙？"

王探长从兜里把那张银票拿了出来，交给财爷看。

财爷："14万的银票。雍天成开给阿龙的。"

霆哥："这么多！大哥龙没向帮中提过此事啊。"

财爷狠狠地看了霆哥一眼："小孩子不懂事，王探长莫怪。这张银票王探长是如何得到的？"

王探长："我是在大哥龙的衣服里翻到的。按照常理如果是公事的话，这张银票应该写你们公司的名号吧？现在看，这张银票很可能是大哥龙私下里向雍天成要的。由于数额太大，人家近乎破产，当然要起杀心了。"

财爷："雍天成在北京住哪里？"

王探长："他住在参谋次长陈窆的家里。"

财爷："看来此人有些来头啊。"

王探长："这个案子的凶手另有其人，财爷应该没有异议吧。"

财爷："你安排我和雍天成见个面吧，我要会会这个年轻人。"

王探长："好。我回去就联系。争取本周让你们见面。财爷，我就不打扰了，先告辞。"

看着王探长出了门，财爷回过头来呵斥霆哥："不要在外人面前暴露帮中不团结。"

6-12　北京陈窆家　日内

雍天成接到王探长电话。

106

雍天成："老哥辛苦了！财爷要见我……"

6-13 天津码头帮兴哥家 日内

兴哥自打王探长走后，一直不放心，总感觉王探长好像发现了什么。他决定先发制人，给王探长打个电话看看。

兴哥："王探长啊，昨天你匆忙走了，没给兄弟个机会好好和你喝一杯啊。"

兴哥："很忙？哦，刚从财爷那里回来，哦。"

兴哥："那这顿酒先记下，我们改日再喝个痛快。好好，我挂了。"

6-14 天津警察局王探长办公室 日内

王探长放下电话总觉得有些什么事情忘记了，就喊永昌给他沏茶。

永昌开了句玩笑："我还以为又让我找报纸呢。"

王探长好像突然醒悟："等等。"

然后对永昌说："去，把昨天找的报纸再给我拿来。"

永昌："瞧我这嘴。"

一会儿，永昌拿着报纸回来了。王探长急忙翻看前天的报纸上那个广告。2253，2253，他突然想到这不会是电话吧？

王探长拿起电话拨了 2253 这个号码。对方："谁啊，这么早打电话。"

王探长："你这里是……"

对方："四宝班，晚上才开门呢。"说完就挂断了。

王探长感到一阵兴奋，又去拨打五年前报纸上的广告电话，3479，无人接听。

王探长："永昌，给我查查 3479 这个号码的主人和住址。"

永昌答应一声出去了。

王探长对于自己的发现非常兴奋，他看到两份广告的落款都是天津兴隆码头公司，这是一家什么公司呢？这时，永昌回来了。

永昌："3479 的地址是英租界博罗斯道 12 号，主人是林富，正是财爷的大哥。"

王探长："太好了，你再去调查一下天津兴隆船务公司的基本资料。

我出去一趟。"

永昌："您不是又去买报纸吧?"

王探长："你还真说中了,我就是去报馆。"

6-15 天津盖世报社 日内

王探长来到报社,社长出面迎接。

社长："王探长亲自登门给我们送什么新闻来了?"

王探长："徐社长,我此次来是求您帮忙的。"

社长："什么事,王探长还来找我帮忙?"

王探长："我想知道前天你们报纸上的一条广告是谁出钱刊登的。"

社长："没问题,请王探长和我到财务室吧。"

财务人员很快就给王探长找到了前天的收据。王探长一看,付款人是夏子龄。这是一个陌生的名字。

6-16 天津兴哥家 日内

素萱几天没有雍天成的消息,非常着急。

素萱："我还没有他的消息。"

兴哥："年轻人嘴上没毛办事不牢,你早就应该听大哥的话,嫁给安徽都督,我们全家都会荣华富贵。"

素萱："大哥,你知道那是不可能的。以后你不要再说这样的话了。"

兴哥："我告诉你吧,雍天成现在杀人在逃,神仙都救不了他。"

素萱："大哥,你说什么?你知道他在哪里?"

兴哥："我……我是吓唬你的,好让你死了心。"

兴哥自觉失言,忙出门去办公室了。这时,电话铃响起,素萱接电话。

素萱："天成,是你吗?"

素萱："你去哪里了?我好担心啊。你好吗?"

素萱："那我就放心了。大哥刚才说你杀人在逃,吓死我了。"

素萱："哦,你在北京?那我去看你。不行,我担心。"

素萱："那好,我明白。一个星期,一个星期一定回来。"

6-17 北京陈宦家 日内

雍天成放下电话，仔细回忆素萱刚才说的话。兴哥怎么知道他杀人在逃，为什么兴哥没对王探长说实话？

陈宦得知雍天成他们在天津的货被扣，就主动为雍天成联系段祺瑞。

陈宦看到雍天成在那里沉思，说："我已经和段总长说了，他正等着这批军火，听到政府的军火被扣在码头，非常生气。他说马上给直隶总督冯国璋打电话，让他过问这件事。你这就和我一起去段总长那里。"

雍天成："叔叔，我先给天津打个电话，把这个好消息告诉他们。"

6-18 天津史蒂文办公室 日内

史蒂文收拾好办公桌上的文件，穿戴整齐，戴上礼帽，准备离开。这时，电话响了。

史蒂文拿起电话："大哥，您好吗？什么？有好消息，哦。"

史蒂文："财爷想在天津和您见面，哦，王探长已经出面协调了。"

史蒂文："一会儿去段总长那里，哦，太好了。"

史蒂文："我正准备去领事馆呢，正好告诉他们好消息。"

史蒂文："还有一件事，那家被我们营救的人已经安全了。"

史蒂文："什么人我也不知道，领事馆保密。"

史蒂文："大哥，您多保重。"

放下电话，史蒂文一脸兴奋，再次准备离开办公室。这时，电话又响了。

史蒂文："爱茉莉，我想你，你好吗？"

史蒂文："这里发生了一些事情，暂时离不开。不不，没有危险。我想马上就会处理完。处理完我马上就买船票回伦敦。是的，亲爱的，不会耽误婚期。亲爱的，我爱你。"

史蒂文放下电话，在椅子上坐了一会儿，高兴地出门了。

6-19 天津冯国璋都督府 日内

冯国璋放下电话，坐在办公椅上思考了一阵，把副官叫了进来。

冯国璋："去把龚新立营长叫来。"

不一会儿，龚新立营长敲门而入。冯国璋依然坐在办公椅上，龚营长敬礼后直挺挺地站着等待冯国璋训话。

冯国璋："你管辖的地区有个什么宁波帮，你知道吗？"

龚新立："回都督的话，属下知道。宁波帮控制了天津卫三成的码头和两成烟馆，当家的叫林财，儿子林百霆也在帮中帮忙。"

冯国璋："这个宁波帮，竟敢私扣北京的军火，耽误南方战事。"

龚新立："真是胆大妄为，都督准备如何处置宁波帮，属下照办就是。"

冯国璋："先把他的紫竹林码头接管过来，其他的等北京的命令再说。"

龚新立："是。属下告辞。"

6-20　天津财爷家　日内

财爷和儿子霆哥正在客厅里谈论扣押在码头的那批 200 万军火的事。财爷老于世故，准备和雍天成见面后再决定如何处理这批货。而霆哥则想私吞这批军火。

财爷："霆儿啊，我们家在天津卫闯荡 50 年，都没敢碰军火生意，为什么？因为我们在政府里没有人。虽然你和北京军法处长陆建章的小女儿已经定亲，但亲家的地位还没到呼风唤雨的程度。这成礼洋行则不然，别的不说，现在雍天成还住在北京参谋部次长陈宦的家里。我们要对成礼洋行的背景给予重视。"

霆哥："即使不要军火，也得至少给我们 14 万吧，他给大哥龙都 14 万。"

财爷："霆儿啊，不是所有的钱都可以赚的。我预感这次军火之事要给我们宁波帮带来麻烦。"

霆哥："能有什么麻烦，那姓雍的还不是吓得跑了？"

财爷刚想教训霆哥两句，手下进来报："天津驻军龚新立营长求见。"

财爷："快请快请。"说完，对霆哥严肃地说："不要多嘴。"

龚营长大步进来，院里还站满了荷枪实弹的士兵。

财爷："龚营长大驾光临，有失远迎，恕罪恕罪。"

龚营长："你是林财？"

财爷："是，我是，龚营长快请坐。"

龚营长："我是天津驻军第 3 旅 20 团 5 营营长龚新立。"

财爷："久闻大名，如雷贯耳，不知龚营长为何事而来？"

龚营长："（对霆哥）你是？"

财爷："是犬子，林百霆。"

霆哥："龚营长好。"

龚营长："你们爷俩都在，那就好说了。"

龚营长坐下后，下人端茶上来。

龚营长："你们宁波帮胆子不小啊，竟敢私扣政府军火。"

财爷："龚营长，这个罪名我们可担待不起啊，我们码头上现在唯一的军火就是成礼洋行的。"

龚营长："你在码头干这么多年，难道不知道洋行的军火都是给政府的吗？还妄图狡辩。北京段总长已经点名要抓你了，还是我们冯都督念你对地方贡献大，为你求得一个活命的机会。不过，紫竹林码头从现在开始由我们营接管。"

财爷脸都吓白了："这都怪我们，都怪我对属下管教不严。还请龚营长回去多多向冯都督美言几句。我们实在不敢冒犯政府啊。"

说完，财爷向霆哥使了个手势，霆哥下去。

财爷："龚营长啊，现在就我们俩人，还请龚营长为我们多多美言几句。"

龚营长："现在能保住你的命就不错了。"

财爷走开，到客厅门口，让一个手下取 10 根金条来。不一会儿，手下把金条送来了。

财爷："这些小意思请龚营长笑纳。"

龚营长看了看金条："这些是你向我们营捐的军饷吗？如果是，冯都督一定会表彰你这种拥军行动的。"

财爷："是，是，就是军饷，就是军饷。"

龚营长："今天我们营先接管紫竹林码头，其他的等我向冯都督汇报后再说。（拿出一张纸）这是接收文件，你签个字。"财爷无奈地签了字。

说完，龚营长走了。财爷目送龚营长和士兵都走远了。回到客厅，霆哥已经在那里了。

财爷大骂："这个大哥龙，死了死了，还给我们带来这么大的麻烦。不仅让我破财，而且紫竹林码头还被军管了。"

霆哥："这不是断了我们的财路嘛。"

财爷："看来我的预感是正确的，这个成礼洋行和雍天成不是等闲之辈啊。"

这时，手下人报："天津警察局王探长求见。"

财爷："快请。"转身对霆哥说："救星来了。"

王探长："财爷、霆哥都在，老王给两位问好了。"

财爷："快请坐快请坐。王探长为何事而来啊？"

王探长："财爷啊，俗话说解铃还需系铃人，您上回答应与雍天成见面，我这次来，就是和您敲定具体时间和地点的。"

财爷："王探长，上回我忘问了。这个雍天成为什么要住在陈宧次长的家里？"

王探长："我没问，不过看关系，应该非常亲近。"

财爷："我看雍天成也是青年才俊，一直想当面看看这个年轻人的风采。这样吧，明天中午，我们起士林见，王探长也要去啊，哈哈。"

王探长："没想到财爷大人大量，办事爽快，我这就去通知雍天成。"

6-21　北京段祺瑞家　日内

陈宧带领雍天成拜访段祺瑞。雍天成送上厚礼，段祺瑞没有拒绝。

段祺瑞："二庵啊，这位就是你的世侄，玉堂？"

雍天成："段总长好！"

陈宧："段总长好记性。这次我们叔侄俩是求您来了。"

段祺瑞："二庵，这是说哪里话。玉堂为我们陆军部买军火，是陆军部的功臣。"

雍天成："段总长过奖，可军火被扣在码头了。"

段祺瑞："这些地方混混，今天劫我们军火，明天就敢抢我们的位子。一定要好好教训他们才行。我已经电话告诉冯国璋解决这个问题了。这样，我再写封亲笔信，玉堂回天津时面交给华甫。"

雍天成："多谢段总长费心。"

陈宧："还是段总长考虑得周到。"

段祺瑞提笔写了一封信，交给雍天成。陈宦看到事情已经解决，就拉着雍天成告辞出来了。

6-22　北京陈宦家　夜内

雍天成向陈宦告别。

雍天成："叔叔，这次多亏您，不然，我们的洋行就倒了。"

陈宦："玉堂啊，说哪里话。我去年离京时就你和元礼两人来送我，世态炎凉，我非常感慨。如今我的晚辈需要帮助，我能袖手旁观吗？你放心回天津，回头我再给冯都督去个电话，不让他小视我们。"

雍天成向陈宦施礼告别，离开陈宦家。

6-23　天津财爷家　夜内

霆哥年轻气盛，没把军队放在眼里，不想放弃码头生意。财爷虽然也舍不得，但毕竟老谋深算，劝霆哥要忍一时风平浪静。财爷告诉霆哥明天俩人一起去起士林与雍天成会面。

霆哥："爹啊，到目前为止，龚营长的人已经把码头完全控制了。我们的工人被逐一登记，严格排班，不许无故旷工，而且工人的薪水还要我们发，码头的费用龚营长他们又明确说不给我们，这不是逼我们嘛。我看我们应该在北京想想办法，把码头要回来。"

财爷："霆儿啊，事情既然发生了，我们就要忍，等待时机再出手。对付军队不像对付江湖帮派，原来的手段在军队面前都不好使。我们要先等他们出招，我们再见招拆招。忍一时风平浪静，退一步海阔天空。我们现在得为大哥龙擦屁股，这屁股我们不想擦也得擦，由不得我们。"

霆哥："爹，明天您真的要会雍天成那小子？"

财爷："是，不仅见，而且要笑脸相迎。"

6-24　天津起士林饭店包房　日内

雍天成、王探长、财爷和霆哥在包厢内见面。四人围坐在餐桌旁，雍天成坐在主位。

雍天成："今天财爷客气，非让我坐主位，那我就先讲两句。大哥龙已死，成礼洋行和宁波帮的关系应该步入一个新阶段。现在霆哥负责码头，我希望霆哥能给我们照顾，让我们洋行获得和其他洋行一样的待遇。其次，今天码头被军队接管，我是回到天津才听说的。财爷和霆哥估计会认为是我在北京搞的鬼，我百口莫辩。我唯一想说的是，我是做军火贸易的，这批军火又是北京急需的，大哥龙扣了这批军火，就是搞了北京政府的脸。今天就是大哥龙没死，也早给北京抓去了。现在起，希望我们两家好好合作，不再出现大哥龙那样的事，大家一起发财。"

财爷："雍先生果然是青年才俊。大哥龙的事凶手是谁，有王探长为我们两家做主，这个没有疑问。至于军队接管之事，我相信与雍先生开始合作后，自然会水到渠成地解决。王探长，你是中间人，不妨提议一下？"

王探长："既然财爷这么看得起我，雍老弟也愿意合作，我提议，我们为合作干杯。"

众人"干杯"。

财爷："不知雍先生与北京的陈宦次长是什么关系呢？"

雍天成："那是本人的一个叔叔。"

财爷："陈宦次长可是北京的一个实权人物啊。"

雍天成："过奖，过奖。小官而已。"

财爷："前天驻军的龚营长来我府上时，提到北京的段总长非常生气，不知雍先生可否见过段总长？"

雍天成："昨天还去了段府，还带回了段总长给冯都督的亲笔信一封。明天我要去冯都督府面呈此信。"

财爷："雍先生真是年轻有为，希望以后对我们宁波帮多多关照。"

财爷一边夸奖雍天成，一边拉着霆哥向雍天成敬酒。双方气氛比较融洽，只是霆哥还是不肯向雍天成低头。

6-25 天津成礼洋行雍天成办公室 夜内

众人欢迎雍天成。雍天成与史蒂文、陈元礼开会研究成礼洋行的未来运作事宜。

雍天成："我们这次能顺利脱险，多亏元礼的叔叔陈宦相助。"

陈元礼："大哥住在了叔叔家，为什么不告诉我，我也去啊。"

雍天成："没告诉你是怕北京有危险，因为我不知道宁波帮的能力到底有多大。我觉得还是英国领事馆安全。"

史蒂文："大哥说得是。这回您回来了有什么打算？"

雍天成："第一，我想说的是给大哥龙的银票他没有兑付，也就是那 14 万还是我们自己的。"

陈元礼："那太好了，要不便宜那小子了。"

雍天成："第二，我在北京考虑很久，我准备改变我们成礼洋行的运作方式。"

史蒂文、陈元礼："怎么改？"

雍天成："通过这件事，发现我们三个人绑在一起非常危险。以后史蒂文只负责国外环节和国内租界，不要再出现在洋行里，让外界认为我们毫无关系。而且史蒂文早就应该回伦敦完婚，你马上买船票，尽早回去，免得爱茉莉着急。"

史蒂文："这样的话可以为我们打造一个保护层，以后再出现类似这回的事件，我们的回旋余地就大了。"

陈元礼："那我干什么？"

雍天成："三弟，你的任务最大。我看现在东北兵力雄厚，急需大量军火，你又会日语，我想派你去奉天为成礼打开东北市场。"

陈元礼："东北是蛮荒之地，大哥是把我发配了吗？"

史蒂文："三弟，我们三人想做大，就必须有保护层。你到奉天做大了，你就是我们的保护层。大哥不可能会害你。"

陈元礼："我看不如和兴哥这样的帮会联合起来做，会更强大。"

雍天成："兴哥是素萱的大哥，如果和他联合，就不会是保护层了。"

等了一会儿，雍天成："我还有一句话，我要毁掉整个宁波帮。"

6-26　天津小文妹包子铺　夜外

刚刚从英领事馆避难出来的八十六，迫不及待地赶到包子铺。此时，包子铺已经打烊，八十六在外面吹口哨。小文妹听到口哨声，从窗户探出头来，看到八十六站在下面。

小文妹："你去哪里了，好几天都不见你。"

八十六："下来说，下来说。"

小文妹："你等会儿。"

小文妹跑下楼，出门和八十六会面，俩人非常亲密。

6－27　天津成礼洋行雍天成办公室　夜内

雍天成独自一人坐在办公室里，思考着成礼洋行的未来。旭东敲门。

旭东："成哥，王探长求见。"

雍天成："快请。"

王探长进来。雍天成亲自为其沏茶。

雍天成："老哥，你先坐，我给你沏壶好茶。"

王探长："老弟啊，今天在起士林你的表现很精彩。财爷霆哥两人看来不会对你有什么危险了。"

雍天成："走一步看一步吧。今天我要好好感谢老哥。"

说着，雍天成从办公桌的抽屉里拿出一个盒子交给王探长。王探长打开一看，是 10 根金条。

王探长忙说："老弟，这个我不能要。"

雍天成："老哥，你常说你是用脑子赚钱。老弟我通过这次的事，看出老哥的话不是虚言。我今天让手下人打听了一下，知道你家的大牛、二牛都是好学生，可惜无钱继续上学。我这笔钱，是给他们俩出国上学的费用。我希望他们将来像老哥一样，也用脑子赚钱。"

王探长："提到我家大牛、二牛，我觉得我这个当爹的对不起他们啊。"

雍天成："老哥，这次你用脑子帮了我的忙，老弟我无以为报。如果我直接给你钱，那是对你的侮辱。我知道你帮助我不是为了钱，而是为了给我个正义和公道。我得知你的大牛、二牛还想继续学业，便知道这是我唯一能报答你的方式。你要是再客气，老弟我以后就没脸在天津卫走动了。认识我的人一定会说我是一个看到朋友有困难却不知道伸手帮助的人。"

王探长："我感谢老弟。好，我收下了。"

王探长把金条收好，对雍天成说："我今天来是有件大事要告诉老弟，你听了可别吃惊！"

第7集　《投靠冯国璋》

7-1　天津成礼洋行雍天成办公室　夜内

王探长向雍天成说出了自己对大哥龙案件的疑惑。

王探长："如果我告诉你杀大哥龙的人是你女朋友的大哥——杨兴，你会怎么想？"

雍天成看着王探长并没有马上回答。

王探长："我目前侦查所得的结论是杨兴的嫌疑最大。当然，作为警察，我不应该向警局外的人透露案情，但老弟你和杨兴的妹妹在交往，我必须告诉你我的怀疑。"

雍天成："杨兴是杨兴，素萱是素萱，我相信我的女人。"

王探长："杨兴在大哥龙死的当天，曾经在盖世报上刊登了一个房契遗失广告，但房契号只有4位数，而真正的房契号是5位数。他留的号码是2253。这个号码老弟有印象吧？"

雍天成："四宝班的电话号码也是这个。"

王探长："很奇怪吧。更为奇怪的是五年前，宁波帮财爷的大哥林福被杀当天，盖世报上也有一份同样错误的房契遗失广告，号码就是林福家的电话。"

雍天成："看来这是一个暗杀指令。"

王探长："非常正确。我从报馆的收据里找到了这两次广告的付款人，名字叫夏子龄，这个夏子龄是杨兴手下的一个得力军师。"

雍天成："单凭这一点是无法认定杨兴就是幕后凶手的。"

王探长："当然。在没找到凶手前，我们无法直接指认杨兴。但老弟你要特别注意杨兴，小心他加害你，这招借刀杀人非常厉害啊。"

雍天成伸出手，握住了王探长的手："我会注意的。"

王探长："我有两个朋友，都是大智大勇之人，无奈流落江湖，而你的身边正缺少这样的人物。我想把他们介绍给老弟，他们会对你的事业有帮助。"

雍天成："我很感兴趣。"

王探长："他们一文一武。文的是柴少爷，他精通银行业务，曾经因利用银行漏洞把汇丰等三家外国银行的库存银弄至最低点，让前来检查库存银的洋买办非常气愤，免了三家银行经理的职。要知道如果他把消息放出去，这三家银行一天之内就会倒闭。武的叫海大，长期生活在渤海沙垒甸上，手上有一支 200 人的队伍。海大专门从事的是绑架生意，但他专门劫富济贫，对好人好官从不动手。"

雍天成："柴少爷我非常感兴趣，请王探长一定帮我联系。至于海大，实不相瞒，那也是我小时候的朋友。沙垒甸也叫曹妃甸，海大已经在那里住了近 10 年。"

王探长："你们从小就认识？难怪海大的武器装备越来越先进了。"

雍天成微微一笑。

7－2　天津直隶总督府　日内

第二天一早，雍天成穿戴整齐前往直隶总督府求见冯国璋。在副官的引领下，雍天成来到冯国璋的办公室。雍天成首先送上礼物。

雍天成："在下雍天成，今天特来拜见冯都督。这份礼物是我叔叔陈宧特意嘱咐我带来的。"

冯国璋打开礼盒，发现是一匹精美的唐三彩马，非常高兴："陈次长昨天来过电话，我请他放心，他的侄儿就是我的侄儿。他还这么客气。"

冯国璋把马放下，说："你为北京政府购买的军火被码头的人扣了？"

雍天成："是，而且还耽误了北京的事情。"

冯国璋转头对副官说："去把龚新立营长叫来。"然后对雍天成说："昨天我派龚营长把码头接管了过来，现在码头上已经全是我的兵。你的军火随时都可以运出去。"

雍天成："谢谢冯都督。我这里还有一封段总长给您的亲笔信。"

雍天成把信恭敬地递给冯国璋。冯国璋打开信，仔细地阅读起来。读罢，冯国璋笑了。

冯国璋："芝泉太抬举我了。你的字是什么？"

雍天成："在下字玉堂。'美人胡为隔秋水，焉得置之贡玉堂'的那个玉堂。"

冯国璋："杜甫的诗，这个字起得好。玉堂啊，军火的事你就放心吧。后天，孙中山先生到天津，我们要举行欢迎大会，届时天津的头面人物都会到场，你正好和他们认识认识。"

雍天成："玉堂感谢冯都督抬举，一定会准时到场。"

冯国璋："叫我叔叔吧，叫冯都督太见外了。"

雍天成："冯叔叔。"

龚营长到了。在门外大喊"报告"，然后进入办公室。

冯国璋："玉堂啊，这位是接管码头的龚营长，一会儿他带着你去码头。龚营长，这位是我的世侄，雍天成。他的货被扣在码头，一会儿你和他一起去码头处理。"

龚营长："是。"

雍天成："那就麻烦龚营长了。"

龚营长："不敢，不敢。"

雍天成："冯叔叔，后天几点开欢迎大会？"

冯国璋："上午 10 点，你要准时来啊。"

雍天成："多谢冯叔叔，侄儿一定准时到。"

7-3 天津紫竹林码头 日外

龚营长毕恭毕敬地引领雍天成等人到了码头。检查后货物完好，没有损失。

龚营长："雍先生对货物的状况还满意吧？"

雍天成："数目上看没有问题，但不知道是否有受潮发霉的情况。一会儿还要请专业的师傅仔细检查。今天这天儿闷热，龚营长，不如我们去那边的茶社喝碗茶。"

龚营长："好，去解解暑。"

俩人在茶社外的大棚下落座。

雍天成拿出两根金条，对龚营长说："给弟兄们买些降暑之物，算兄弟的一点小意思。"

龚营长不敢要："雍先生，这可使不得。如果让冯都督知道了，我的脑袋可不保啊。"

雍天成："我作为一个市民，犒劳士兵，天经地义。您一定要收下。"

龚营长："这么说，我就代表士兵收下了。雍先生，您还有什么要求吗？"

雍天成："我的货被扣以后，一直放在露天码头上。这期间，天津下过几次大雨，我怕弹药和枪支会受潮，影响军火使用。"

龚营长："如果受潮的话，那宁波帮一定要赔偿的啊。"

雍天成："受潮是肯定的了。但要获得赔偿，还请龚营长全力帮忙。"

龚营长："这个忙是一定要帮的。以后还请雍先生在冯都督面前为我多多美言。"

雍天成："不要再叫我雍先生了，我把你当兄弟，你也把我当兄弟，这样最好。至于在冯叔叔面前，我一定会大力表扬老哥你在码头的认真仔细的工作。"

龚营长："老弟是爽快人，我也不能磨磨叽叽。好，检查到有多少损失，我去宁波帮那里要。老弟，你估计有多少损失？"

雍天成："哈哈，我粗略估算，大概有 20 万。"

雍天成、龚营长哈哈大笑，把碗里的茶一饮而尽。

7-4　天津龚营长营部　日内

财爷被龚营长的手下招到营部，随从被挡在了门外。龚营长眼看着财爷进来，并没有站起来迎接。财爷心里明白，事情发生了变化。

龚营长："财爷啊，你们宁波帮这回真是闯了大祸了。码头上有那么多棉花、猪鬃你们不扣，偏偏要扣北京的军火。你知道这批军火是干什么的吗？冯都督看在您老是天津的名流，一直在为您说话，把责任推给了您的手下大哥龙。反正大哥龙已死，一死百了，混过去就完了。谁知北京非常气愤，现在连段总长都亲自写信要求冯都督处理你们宁波帮。我是没法再帮你们了。"

财爷："鄙人还请龚营长多多在冯都督面前为我们美言，鄙人是不会忘了您的大恩的。"

龚营长拿出一张明细单："财爷，您看看这个。军火在码头上被扣，保管不善，已经受潮发霉。这是明细单，总损失达到50万元。这个你们必须得赔偿。"

财爷汗都下来了："50万？有那么多？龚营长，我记得天津这一个月好像没有下雨啊。"

龚营长："财爷，您要是这么说，我一个小营长也没办法了。这样吧，您老先回家。我去向冯都督汇报。"

说完，龚营长转身就走。财爷这才发觉自己失言，忙追了上去。

财爷拉着龚营长："龚营长啊，我这个老东西现在就指望您了。您得听我说完啊。"

龚营长："好吧，财爷，您说。"

财爷："这次真是我们的错，我们认赔，我们认赔。"

龚营长哈哈大笑："私扣政府军火是要掉脑袋的。现在您的命保住了，还不舍财，您这是让我为难啊。"

财爷："我这就回去筹钱。您知道，50万不是小数目。"

龚营长："给你1天时间。明天中午把钱送到我这里。"

7-5　天津财爷家财爷卧室　日内

无端被讹去50万，回到家的财爷被吓得生了大病。财爷躺在床上，额头上盖着热毛巾，嘴里嘟囔着什么。霆哥在一旁走来走去。

财爷："霆儿，你坐下来，别走了。我迷糊。"

霆哥："这次是被人欺负到头上了。这个大哥龙，没事你打什么军火的主意，现在好，他人没了，我们跟着受罪，如今又讹我们50万。"

财爷："钱是小事儿，我担心今天他们占我们的码头，明天就会抢我们的烟馆，后天就会把我们撵出天津卫。"

霆哥："能不能跟北京陆建章大人商量商量，也许他能帮助我们。"

财爷："我之前认为亲家的官职不高，一直没去求他。现在事情到了这个地步，只好死马当活马医。你给他打个电话，看看亲家有什么好办法。"

霆哥刚想走，财爷："还有个事，50万准备好了？"

霆哥："就在客厅的皮箱子里。"

财爷挣扎着起来："我去给他们送去。"

霆哥："爹，我打完电话再送也不晚啊。"

财爷："哦，对，先打电话。我有些糊涂了。"

霆哥来到客厅，拿起电话。

财爷向女仆："你去给我收拾一身换洗的衣服来。"

女仆："老爷要出门？"

财爷："唉，出了这个门，也许就回不来了。"

霆哥进来，失望地说："陆大人听我说完，只说要去段总长处说说情，看来他也感觉棘手。"

财爷："这回出面帮助雍天成那小子的都是北京最高级别的大官，我看咱们不能指望亲家，还是走一步看一步吧。"

7-6　天津雍天成家　夜内

素萱来到雍天成家，俩人在厨房准备晚饭。雍天成正在收拾一条桂鱼，素萱打下手。

雍天成："这松鼠桂鱼啊，没想到你也爱吃。我在英国留学的时候，常去当地的一家中餐馆吃这道菜。那个老板是苏州人，做得特别地道。

素萱："这道菜麦穗一样的鱼肉，看着就有食欲。"

雍天成："这麦穗肉还不好切呢。我为了自己会做这道菜，特意向那个老板学习的。"

素萱："有什么秘诀吗？我也要学。"

雍天成："有啊。这第一是刀要快；第二是鱼片两片，鱼尾不断；第三是在鱼肉上划刀，先直后斜；第四是淀粉一定要沾匀。"

雍天成把鱼下了油锅。很快鱼就成形了，再浇汁，一道松鼠桂鱼就出来了。雍天成拿出一壶茶。

这时，电话响了。

雍天成拿起电话："哦，后天。我准时去。"

雍天成放下电话，素萱："我们喝点什么？你又不喝酒。"

雍天成："我们以茶代酒吧。这道菜西方人也很喜欢吃。"

素萱："我知道，爱茉莉说过这道菜很甜，符合她的口味。"

雍天成："对，是这么回事。"

素萱："天成，这几天你去哪里了？我哥说你杀人在逃，都把我吓死了。"

雍天成："我一直在北京。他为什么说我杀人在逃？"

素萱："我也这么问他，他就改口说是在吓唬我了。"

雍天成："素萱，我非常爱你。我不会做不考虑后果的事，在做任何决定前，我第一个都会想到你，想这个决定对你会不会有利。你哥可能还是不同意我们的事情，不过不要紧，我会努力让他同意的。"

素萱："大哥最近态度变了，还想请你去家里吃饭呢。"

雍天成："是吗？我一定去，哪天？"

素萱："是你走那天跟我说的，然后我就到处找你。"

雍天成："我不是问你他哪天说的，我问的是我哪天去。"

素萱："那我还得回家问问大哥，他也没说啊。"

雍天成："我走那天？这么巧？"

素萱："什么巧？"

雍天成："我说这么巧没赶上，你再跟大哥联系一下，我最近都有空。"

7-7　天津码头帮兴哥办公室　夜内

兴哥的手下把龚营长和雍天成在紫竹林码头的事向兴哥汇报，兴哥大吃一惊。

兴哥："你是说龚新立营长亲自陪同雍天成在紫竹林码头查看货物？你亲眼看见的？"

手下："码头被军管后，我们根本进不去。属下这些天一直泡在码头对面的茶社，码头的人累了都会到那里歇一会儿，喝碗茶。今天属下正在那里喝茶，就见雍天成和龚营长两个人向茶社走了过来。到茶棚后，龚营长让雍天成先坐，然后自己才坐下，非常客气。之后，两人边喝茶边说笑，显得关系非常近。雍天成还给了龚营长什么东西，我想可能是金条之类的。"

兴哥："看来这个雍天成真有两下子。他是怎么和龚营长联系上的呢？你先下去吧。"

手下点头行礼走了。

兴哥拿起电话，打给家里："崔妈啊，小姐在吗？"

兴哥："没回来，这个点她能去哪呢？"

兴哥："不用，我一会儿就回去。对，回去吃饭。"

7-8　天津都督府　日内

都督冯国璋召开欢迎孙中山大会。雍天成站在冯国璋身后，和都督府的官员们站在一起，这是冯国璋特意安排的。下面是天津各界的大人物和外国领事馆的高官。

冯国璋："各位天津父老兄弟姐妹，各位同仁，今天必将是永载史册的一天。今天，我们有幸、天津有幸，能够在此欢迎孙中山先生。中山先生初次抵津，必然有很多话要同天津父老兄弟们讲，下面请孙中山先生演讲。大家欢迎。"

孙中山缓缓走向讲台，向大家施礼，然后开始演讲。

孙中山："冯都督让我演讲，中山非常荣幸。但演何讲甚，中山一直在思考。今天看到台下有很多报馆记者，中山突来灵感，不如来个你问我答，冯都督，你看如何啊？"

冯国璋："华甫尊重中山先生的意见。"

孙中山："那好。就请这位记者先生第一个提问吧。"

记者："请问先生北上之用意。"

孙中山："予此次来北之意，不外调和南北感情，巩固民国基础。至于外交、财政、内政各事，若袁总统有问，余必尽我所知奉告袁总统，以期有所裨补；若袁不问及，余亦不便过问。"

记者："先生之铁道政策如何？"

孙中山："余之来意尤在振兴实业，但欲振兴实业，必自修造铁道入手……"

雍天成在人群里看到了曾经和他竞拍英租界地块的汇丰银行的王振瀛和礼和洋行的梁丰翼。雍天成悄悄走了下去。这两人没有站在一起，但心里都很疑惑，为什么那个年轻人会站在冯都督的身后，想到自己曾经拒绝雍天成的求助，拒绝接见雍天成，不觉脊梁骨发凉。

迎接大会结束，众人纷纷往外走，准备合影。雍天成悄然来到王振瀛身边。

雍天成："王老板近日可好？"

王振瀛："好好，您是……"

雍天成："您真是贵人多忘事啊，去年我们一起竞拍英租界的土地啊。"

王振瀛："哦，想起来了。您是雍先生，年轻有为啊，年轻有为啊。"

雍天成："哈哈，不过想见王老板一面真不容易啊。"

王振瀛："去年您来银行找我，那时我确实不在家。"

雍天成："王老板还记得我去找过您，哈哈，您不提醒，我都忘了。"

王振瀛："雍先生不要介意，改日振瀛一定设宴致歉。"

雍天成没有接他的话，走向冯国璋。冯国璋把雍天成介绍给孙中山，王振瀛在一旁看得心惊，心想一定要找个机会和这个年轻人好好相处。远处的梁丰翼也看到了这一幕，一直在躲避雍天成的眼神。

八十六一直紧跟着雍天成。

梁丰翼身后站着广东会馆的董事吴乃忠，他一直盯着雍天成和八十六。

7-9　天津客运码头　日外

史蒂文要回英国完婚。雍天成、陈元礼、素萱、紫萱、八十六、小文妹、旭东、豪邦等人前来送行。

史蒂文："感谢大家来送行。"

雍天成："二弟，放心回到英国完婚，我们大家在中国衷心祝福你和爱茉莉幸福。"雍天成凑近史蒂文，悄悄地说："另外，二弟你不必急着回来，为了我们洋行，我还有更重要的事让你在国外办。"

素萱："你俩别说悄悄话了。史蒂文，告诉爱茉莉，我祝她幸福！"

陈元礼："二哥，祝您早得贵子！没准你回来时，我已经在奉天了。"

史蒂文："三弟，好好干，听大哥的话。"

其他人纷纷和史蒂文告别。史蒂文和各位拥别后，走向客轮悬梯。

7-10　天津码头帮兴哥办公室　夜内

手下正在向兴哥汇报雍天成在都督府的活动。

手下："上午欢迎大会后，冯都督在都督府设宴，雍天成也出席了。宴会之后，雍天成并没有很快从都督府出来。所有来宾都离开了也不见雍天成出来。大约两个小时后，雍天成在冯都督副官的陪同下出来了，然后开着自己的福特车走了。"

兴哥："他怎么这么快就能和冯都督搭上关系？冯都督刚来天津不久，在天津没几个人能随便进出他的都督府。看来，我以前真是小看这小子了。"

手下："兴哥，我明天还继续监视雍天成吗？"

兴哥："不用了。这件事到此结束，不要对任何人说，知道吗？"

手下："知道。"

兴哥："好了，回家。"

7-11　天津码头帮兴哥家　夜内

素萱正在帮助崔妈等准备晚饭，兴哥回来了。

素萱："大哥，现在开饭吗？"

兴哥："先等会儿，素萱，你跟我到客厅来。"

素萱："有事吗？大哥。"

两人走到客厅，坐下。

兴哥："我让你邀请雍天成到家里吃饭，你把话传到了吗？"

素萱："我跟他说了，他非常高兴。"

兴哥："非常高兴？他没有说别的？"

素萱："没有啊。他就想知道哪天来？"

兴哥："你定，定完告诉我。"

素萱："大哥，您能同意我俩的事我真高兴。"

兴哥："哥以前觉得他是个穷小子，无父无母的，怕你嫁过去受苦。哥现在看他真是青年才俊，连冯国璋冯都督都给他三分面子。"

素萱："大哥，他对我非常好。"

素萱卧室里，素萱在打电话。

素萱："天成，你哪天有空，大哥请你到家里来吃饭。"

素萱："明天，太好了。你不要买东西来。不对啊，明天你不是有事吗？"

素萱："哦，晚上肯定回来。那就给崔妈她们买点东西吧。"

素萱："你想吃点什么？我让崔妈做。"

素萱："随便不行，你点一样吧。"

素萱："松鼠桂鱼？不是刚吃完嘛，百吃不腻，啊，好。也不知道崔妈会不会做。"

素萱："我做？行，做不好你可不能说不好吃啊。"

素萱："就你自己在家？八十六肯定去找小文妹了。"

素萱："好。晚安，好，不说。好。"

7－12　雍天成天津家　夜内

雍天成挂了电话，坐在沙发上沉思了一会儿，然后起身，准备去厨房给自己沏杯茶。回到客厅，雍天成赫然见到一个身材中等，一脸杀气的中年人坐在他的沙发上。雍天成吓得差点把茶杯扔掉，他本能地去摸枪。中年人说话了。

中年人："雍先生，您别紧张。我是来感谢您的。"

雍天成稳了稳神情："这种感谢方式很特别。"

中年人："您恕我冒昧，我这也是没有办法。"

雍天成坐了下来："你感谢我？我帮助过你吗？"

中年人："不仅帮助过，而且是帮了我全家。"

雍天成："我越听越不明白了。"

中年人："雍先生，请允许我先给您行个大礼，感谢您的救命之恩。"

说着，中年人就跪下了。雍天成并没有客气。

中年人："我叫云廷。原在东北当胡子，后在黑龙江吴俊升手下做大将，因小事得罪吴俊升，他就要杀我全家。后来当地的一个传教士通过英国驻天津领事馆找到了您，您二话没说，出资 10 万元把我全家三十口人安全送到山东。我今天是代表全家来感谢您的。"

雍天成："我想起这件事了。你快请起吧。"

看到云廷坐下，雍天成："你要感谢我，为什么还用这种办法到我家来？"

云廷："雍先生，我为此道歉，但我是有苦衷的。"

雍天成："你讲。"

云廷："我怕白天去见您，有人发现我的话对您不利。还有一点，我愿意以后为雍先生效力，希望我能成为雍先生的一个秘密武器。"

雍天成："你会干什么？"

云廷："我只会杀人。"

雍天成："你怎么知道我家里没人？"

云廷："我不仅知道您家里没人，我还知道八十六去哪里了。"

雍天成："我不需要杀手，我是正当的生意人。"

云廷："我只想用我自己的方式，来报答您救我全家三十口之恩。"

雍天成："你有什么要求？"

云廷："我只和您单线联系，不要让任何人知道我在为您工作。"

雍天成："我们如何联系？"

云廷："通过报纸。"

雍天成："打广告？"

云廷："雍先生真聪明。"

雍天成："还有人用这种方法吗？"

云廷："我的师弟吧，我有 20 年没见过他了。"

雍天成："脚心钉针是他杀人的手法？"

云廷："雍先生怎么知道的？这个秘密只有我师门中的人知道啊。"

雍天成："你帮我找到他，我要活的。"

云廷："没问题。"

雍天成："你不问问我是什么事找他？"

云廷："云廷只为雍先生做事，不问原因。"

雍天成："你不关心师弟的死活？"

云廷："他自从离开师门后，一直与江湖匪类勾结，师父还让我惩罚他呢。"

雍天成："好，你先办这件事吧。"

7－13　天津合众会堂　日内

　　由于不是礼拜日，教堂里只有很少的人。雍天成走进来时，仔细看了看教堂里的人。一个身穿白色西装的人引起了他的注意，他向白西装走去。白西装听到脚步声，回头看到雍天成向他走来，立即站起来，迎了上去。

　　雍天成："柴少爷？"

　　柴少爷："雍先生？"

　　两人握手。

　　雍天成："我们去外面谈吧。"

　　柴少爷："外面好。"

　　说完，俩人出门来到教堂后面的墓地。

　　雍天成："久仰柴少爷大名，多亏王探长介绍，才有缘得以见面。"

　　柴少爷："王探长是我的大恩人，雍先生是天津商界的新星，我希望可以有机会为雍先生做事。"

　　雍天成："雍某求之不得。听说柴少爷有个十多人的队伍。"

　　柴少爷："是的。这十个人都是从英美日法德学习回国，语言方面不必说，他们又擅长金融、政治、数学、化学，几乎是一个完美的智囊团。"

　　雍天成："你们的事王探长给我介绍了。"

　　柴少爷："王探长告诉我们您为他的大牛、二牛资助了学费，这件事让我们非常感动。我一直想帮助王探长，但他不肯收我的钱。"

　　雍天成："王探长也是我的恩人。好。现在正是需要人才的时候，希望我们合作顺利。"

　　两人再次握手。

7－14　渤海沙垒甸　日外

　　沙垒甸，又名曹妃甸，是渤海上的一个荒岛，岛上居住着岛帮，帮主海大，是雍天成儿时的朋友，也是王探长的朋友。雍天成带着八十六乘坐岛帮的快船来到岛上。海大在岸边迎接。海大不仅和雍天成熟悉，和八十六也认识。

　　雍天成："海大，那坛酒如何？"

海大："那是上好的二锅头啊，我最爱喝的。"

雍天成："那批军火没有问题吧？"

海大："非常好，你那 2 万元的军火给我解决了大问题。你看我的手下现在人手一枪，每枪配备 500 发子弹，比官兵都强。"

雍天成："最近我需要你做一件事，等需要你的时候，我让八十六来通知你。"

海大："八十六来我放心，毕竟从小就跟着你。"

雍天成："怎么闻到鱼香了？"

海大："早晨出海打的鱼，我让女人们做上了，就等你来。大有，招呼开饭。"

手下大有答应一声出去了。

雍天成："吃完我就走，今晚还要去素萱家见他大哥。"

海大："她大哥同意了？"

雍天成点点头。

海大："这是好事啊，天成，你等等。"然后喊："大有。"

大有跑进来："我在，岛主。"

海大："把长岛十大爷送我的那盒长岛刺参拿来。"

海大转身对雍天成说："那么名贵的东西我吃了就是浪费，正好你带回去送人。"

雍天成："那我就不客气了，我还在想买点什么东西呢。"

海大："哈哈，走，吃饭去。"

7-15　天津霆哥办公室　日内

霆哥始终与大哥龙手下祥弟不睦，双方几乎剑拔弩张。祥弟这边有大洪、二洪；霆哥那边有四中、三熊。

霆哥："祥弟，你也看到了，不是我不想为大哥龙办丧事，现在码头被军管，我们宁波帮的生意少了一半。军方也说了，如果大哥龙活着，也得被押到北京审判。财爷前天被叫去军营，又被讹去 50 万。你们说，现在帮中多难？你们就看到眼前这点事，如果我们现在给大哥龙大办丧事，军方会有更多的理由为难我们。"

祥弟："霆哥，我知道帮中现在的困难，但龙哥为我们宁波帮已经鞠躬尽瘁。他或许有些招人反感，但如果不让他入土为安，我们这些跟过龙哥的人都会觉得愧对过世的人。况且龙哥还留有一子，我们认为帮中应该照顾好龙哥的后代。"

霆哥："我的态度很明确，这个态度也是帮中的态度。"

祥弟："我不同意。"

大洪、二洪等几个兄弟齐喊："我们也不同意。"

霆哥大怒："你们想反吗？都给我出去，给我滚！"

四中和三熊："滚，快滚！"

祥弟几人生气地离开霆哥办公室。

7-16　天津霆哥办公室附近街道　日外

祥弟与身边兄弟商量离开宁波帮，自己单干，又苦于码头现在是军管。

祥弟："各位兄弟知道，龙哥在世时对祥弟怎么样？"

众人："不好。"

祥弟："那各位知道我祥弟为什么要为龙哥的后世出头？"

众人："为义气。"

祥弟："对。我们走江湖的人，就是为了义字。别人可以没有义，但我不能没有。龙哥现在已经过世，我们要让他风风光光地入土为安，让他的儿子有个保障。"

众人："对。"

祥弟："现在霆哥的作法伤了我的心，我今天宣布我要退出宁波帮，因为宁波帮不能保障龙哥的利益，将来有一天，它也不会保障你我的利益。"

众人："我们愿意跟随祥哥。"

7-17　天津兴哥家　日内

餐厅里，崔妈等已经准备好丰盛的晚餐。客厅里，兴哥和素萱等待雍天成的到来。

兴哥："素萱，你和他说好是今晚？"

素萱："是，没错。他可能有事吧，但他从来不爽约的。"

兴哥："我不等了，先回房里躺一会儿。"

这时，外面响起汽车刹车声。素萱急忙向门外跑，雍天成已经在兴哥手下的引导下进来了。

素萱："开车一定很累吧。"

雍天成："八十六开的。你今天过得好吗？"

素萱："八十六还在外面？我去请他进来。"

雍天成："让他在外面等吧。"

素萱："那怎么行？"说完，素萱出门去请八十六。

雍天成在王管家的引导下独自进入客厅。兴哥听到外面的声音，也从卧室出来了。

兴哥："天成来了，欢迎欢迎。"

雍天成施礼，并献上礼物："大哥您好，多谢您的邀请。"

兴哥："早就该请，早就该请。"兴哥拿出海参："这应该是长岛那里产的名贵刺参，参龄至少得 10 年以上。"

雍天成："大哥对海参非常有研究啊。"

兴哥："谈不上研究，我就是卖海参起家的，所以看到海参就能说出一二。"

这时，素萱和八十六一前一后走了进来。

素萱："大哥、天成，你们已经聊上了。"

兴哥："这位是？"

雍天成："他是我的兄弟，八十六。"

兴哥："欢迎欢迎。天成、八十……，八十几来着？"

八十六："八十六。"

兴哥："为什么叫八十六呢？"

雍天成："旗人有个习惯，用出生时家中长辈的长寿者的年龄为孩子命名。"

兴哥："哦，好。"

素萱："天成、八十六。大哥，我们开饭吧，边吃边聊。"

兴哥："好，开饭。"

7‑18　天津雍天成舅舅家　夜内

陈元礼在紫萱的房间内，两人在聊天。

陈元礼："几天都不见大哥，我都不知道大哥到底在干什么。"

紫萱："表哥真的说要你去奉天？"

陈元礼："是。大哥说要给我一笔钱，让我去那里发展。只是我觉得天津是我们一起开创的事业，现在二哥回英国了，我再一走，天津所有的生意不就是大哥一个人的了吗？"

紫萱："元礼，你怎么这么想？表哥不是那样的人。你们俩一个是我的亲人，一个是我的爱人，我不想你们有任何矛盾。元礼，如果你决定去奉天，我一定会和你一起去的，我觉得创业更有意思。"

陈元礼："你会和我一起去？"

紫萱："当然。"

7‑19　天津成礼洋行雍天成办公室　日内

雍天成办公室。龚营长和雍天成坐在沙发上，茶几上摆着沏好的茶水。

龚营长拿出银票："老弟，林财那老家伙把钱送来了。给，这是20万，我分文未动。"

雍天成："大哥，你知道老弟我是生意人。生意上的损失自然还要从生意上找回来。这20万还是放在大哥手里，我看码头上的士兵非常辛苦，不如大哥替我犒劳犒劳他们。"

龚营长："老弟，还是你想得周到。这些天管理码头，都快把我们这些人累死了，真是隔行如隔山啊。"

雍天成："大哥，早说啊，这事我是内行啊。今天我就派几个人过去帮您，费用都是我负责。"

龚营长："还什么帮我，不如你去跟冯都督说说，干脆就把码头交给你管得了。"

雍天成："能行？"

龚营长："那怎么不行？这码头早晚要交给地方管理。凭你和冯都督的关系，一说准成。"

雍天成："好，借大哥吉言，我一定去和冯叔叔谈谈这事。如果事成，我再赞助大哥 20 万。但目前，该帮还是要帮。"

龚营长："老哥没白认识你这个兄弟，那咱们一言为定。"

雍天成："一言为定。我这就让人过去。"

雍天成拿起电话："柴少爷，紫竹林码头脚行现在军管，由龚营长负责。你下午 1 点过去，帮助龚营长理顺码头事物。这是件大事，你亲自处理。"

放下电话后，雍天成："我让柴少爷下午 1 点去，中午咱哥俩去品香楼吃点饭。"

龚营长："你又不喝酒，我可不和你一起吃饭，哈哈。这个柴少爷能行？"

雍天成："这点你放心，大哥。柴少爷曾经在上海、纽约都管理过码头事物，他手下有个十人的队伍，管理我们这小小的紫竹林码头可以说是大材小用了。"

龚营长喝了口茶："那我就放心了。老弟，你这茶不错啊。"

7－20　天津多福茶楼　日内

忠心的祥弟来茶楼看望大哥龙的女人和儿子。雍天成的手下旭东也在喝茶。

祥弟："大嫂，龙哥的丧事看来得我们自己办了。昨天我和霆哥吵了起来，他让我滚，我们几个兄弟不想在帮中干了。"

大哥龙女人："祥弟，我和龙哥的关系你们也都知道，我们早就不在一起了。要不是有小涛的话，我也早就离开天津了。但这次你们几个兄弟为龙哥的后事仗义执言，我替龙哥感谢你们。"

说着，大哥龙女人站了起来，向祥弟深施一礼。祥弟赶紧站起来，还了一礼。

大哥龙女人拉着儿子："来，小涛，给祥叔叔磕头，谢谢祥叔叔。"

小涛不跪："他是爹爹的手下，也就是我的手下，我不跪。"

大哥龙女人："这孩子，说的什么话！"

祥弟："没事，有其父必有其子，这孩子脾气秉性太和龙哥一样。"

大哥龙女人："祥弟，你们为龙哥出头，我替龙哥谢谢你们。但你们说离开宁波帮，那你们以后怎么生活啊？"

祥弟："这我还没有想过，走一步看一步吧。大嫂，我先走了。过几天把龙哥遗体从警察局弄出来，我们就为龙哥办丧事。"

旭东看到祥弟要走，也连忙结账，和祥弟脚前脚后走出了多福茶楼。走过街角，旭东叫住了祥弟。

旭东："祥弟。"

祥弟回头："我认识你吗？先生。"

旭东："不。但你肯定知道成礼洋行。"

祥弟想了想："我想不起来了。"

旭东："大哥龙扣过一批200万的军火你还有印象吧？"

祥弟恍然："哦，想起来了。现在我们宁波帮都快死在成礼洋行手里了。"

旭东："我把它看成是报应。另外，祥弟，成礼洋行邀请你过来。"

祥弟："这不是让我背叛吗？"

旭东："我已经了解过了，你现在已经和霆哥闹翻了，宁波帮你回不去了。再说我们请你过来，是到一家新的公司，表面上和成礼洋行没有任何关系，没人会知道你在为成礼洋行做事。还有，你要是答应了，龙哥的遗体我出面为你从警察局要回来，还出钱为龙哥办体面的丧事。"

说完，旭东的眼睛紧紧盯着祥弟。祥弟非常犹豫。

祥弟："我们能找个地方坐一会儿吗？"

旭东："咱哥俩去喝一杯吧。"

祥弟："好。就去前边的烤鱼铺吧。"

还没走几步，祥弟突然停住脚步。

祥弟："你们有什么条件？"

旭东："无条件。我们看中的是你的义气。"

祥弟："好。我答应你。"

旭东伸出手，祥弟握住了旭东的手。这一幕，被一直躲在一旁的四中和三熊全看在了眼里。

7-21　天津财爷家　夜内

霆哥得知祥弟叛变，大发雷霆。财爷等人无法容忍这等不忠行为，当夜派出人马追杀祥弟。

135

霆哥:"什么?祥弟这是要反啊。爹,我们宁波帮怎么处理叛徒?"

财爷:"杀……无……赦!"

7-22 天津雍天成家 夜内

雍天成接到云廷电话。

雍天成:"好,我这就去。"

放下电话,雍天成出门发动汽车。汽车启动后,雍天成向英租界维多利亚公园开去。

7-23 天津维多利亚公园 夜内

雍天成来到公园见云廷。

雍天成:"人带来了?"

云廷:"回雍先生,人在假山石后。"

雍天成:"带我去。"

云廷带雍天成到假山石后。雍天成见到了被五花大绑的云廷师弟震廷。

雍天成:"他叫什么?"

云廷:"震廷。"

雍天成:"震廷,我不想伤你性命。这次请你来,我就问你三个问题。云廷,把他嘴里的布拿出来。"

云廷答应一声,把塞在震廷嘴里的布拿了出来。

雍天成:"第一个问题:谁让你杀大哥龙的?"

震廷:"啊,啊。"

云廷:"估计我的布塞在他嘴里太久了,他都不会说话了。"

雍天成:"没事,我可以等。"

震廷:"我……我不能……透露客户的……秘密。"

云廷:"这里不是你逞能的地方,快点说,别浪费我们的时间。"

震廷:"师兄,我真的不能说,说了我以后就不能在江湖上混了。"

云廷:"不说你也不能在江湖上混了,快说。说了我好在师父面前替你求情。"

震廷:"如果师兄不把我交给师父,我就说。"

云廷："你没有讨价还价的资格。师父惩罚我们的手段你还记得吧，你要想再遭那个罪，我就送你回去。"

震廷："师兄，我说，我说。千万别把我交给师父。是天津码头帮的兴哥让我去杀大哥龙的。"

雍天成："为什么要杀他？"

震廷："这个兴哥没说。"

雍天成："最后一个问题，你和他是怎么联系的？"

震廷："他在报纸上登广告，算是合同，然后电话通知我看报纸。"

雍天成："我的问题问完了。云廷，剩下的事归你了。"

7-24 天津某酒馆 夜外

祥弟和大洪、二洪等几个兄弟从酒馆出来。哥几个已经喝得有些醉了，脚步都有些踉跄。看到祥弟等几个人出来，从不远处快速走来三个人。这三个人边走边拔枪，举枪就向祥弟他们射击。

大洪、二洪走在前面，听到枪声撒腿就跑。其他人走在后面均中枪身亡。三个杀手走到一具尸体前，其中一人上前翻过尸体的头。

第 8 集　《计除宁波帮》

8-1　天津某酒馆　夜外

那个杀手翻过尸体的头，几个杀手确认死者是祥弟无误后，对视了一下，快速离开。

8-2　天津雍天成家　夜内

雍天成回到家里，与匆忙赶来的王探长谈话。

王探长："雍老弟，这么急找我什么事？"

雍天成："杀大哥龙的人找到了。"

王探长："谁？在哪里？"

雍天成："云廷的师弟叫震廷，但我答应不取他性命，所以把他放了。此刻已经被云廷带往他师父处接受惩罚了。"

王探长："他没说为什么要杀大哥龙？"

雍天成："和你分析的一样。报纸广告是他们的联络方式。"

王探长："这么说杀人的具体时间是杨兴定的，震廷只是负责执行。"

雍天成："没错。至于杨兴是不是借刀杀人，只有杨兴自己能给出答案了。"

王探长："是啊。杨兴杀大哥龙的理由也很充分，毕竟大哥龙抢了他很多地盘。"

旭东进来，与雍天成耳语几句。雍天成："王兄，我这里有些事情要处理，我让旭东送您回去。"

王长："不用不用。你们忙，我出去坐东洋车很方便。"

说完，王探长转身走了。看到王探长关上门，雍天成："祥弟死了？"

旭东："是，手下兄弟刚报告的。"

得知祥弟被杀，雍天成认为不除掉宁波帮，自己将永无宁日。他想假手龚营长除掉宁波帮，就给龚营长拨了个电话。

雍天成："财爷气数尽了，宁波帮气数尽了。祥弟这样忠义双全的人，宁波帮都容不下。容不下也行，我要。可他不仅不给，还把他曝尸街头。这么做对忠义之士太不公平！如果不给祥弟讨个公道，我雍天成以后还怎么面对跟着我的兄弟！"

旭东："大洪、二洪俩兄弟是和祥弟一起过来的，已经被我藏在意大利租界的公寓里了。"

雍天成："做得好！现在是我们急需人才的时候，每一个人才都很宝贵。一个不懂得尊重人才的大哥不是好大哥，财爷啊，您老人家做到头了。"

说着，雍天成拿起电话，拨给龚营长："喂，是大哥吗？我是天成啊。"

8-3 龚营长营部 夜内

龚营长正在和几个副官打麻将。

龚营长："碰。"

副官甲："营长啊，我这儿可都上听了，嘿嘿。"

龚营长："上听我就怕你？上听我不要命。六条。"

副官甲："不好意思，营长，我……"

这时电话铃响了。士兵接电话："找龚营长，你哪里？"

龚营长做出嘘声的手势，大家顿时安静下来。

士兵："成礼洋行雍……"

龚营长："给我给我。"一把抢过电话："喂老弟啊，还没睡啊。"

龚营长："什么？被杀了，在马路上？"

龚营长："我这就带人过去。"

放下电话，龚营长看着下家副官："老弟啊，胡牌很重要，但是赢钱的时机更重要。哈哈。牌都别动，我们回来继续玩。弟兄们，跟我走。"

8-4 天津财爷家　夜外

龚营长领着两个排的士兵来到财爷家门外。士兵站好队形，一个副官上前敲门。

8-5 天津财爷家　夜内

门外嘈杂的声音早就惊动了守门的财爷手下，他们从门缝里看到大队的士兵包围了大门，知道事情不妙，其中一人赶紧跑到客厅向财爷报告。

手下："不好了，财爷，门外来了大批的士兵。"

财爷很惊讶："怎么又来了？"

霆哥："我去看看。"

霆哥刚走到客厅口，一个手下又跑来报告："龚营长求见。"

财爷："请他进来。"

话音未落，只见士兵们威武地列队两厢，龚营长从中走过，已经出现在客厅门口。其他士兵瞬间已经把财爷的房子给占领了。财爷和霆哥懵了。

龚营长："财爷别来无恙？"

财爷颤抖："不知龚营长深夜到访所为何事？"

龚营长悠闲地走到客厅中堂处，坐在财爷专用的太师椅上："财爷，你应该知道你犯了什么罪？"

财爷："林财不知，望龚营长提醒。"

龚营长一字一字："杀——人——罪。"

财爷："我杀何人？"

龚营长："吕国祥。"

财爷："龚营长，我没听过这个名字。"

龚营长："你们叫他祥弟。"

财爷："祥弟我知道，他是我帮的叛徒。"财爷转身对霆哥："霆儿，去准备5000现洋给龚营长买茶喝。"

龚营长啪地一拍桌子："林财啊林财，我一口一个财爷地叫着，口都干了，也没见你招呼人给我倒杯茶。看到自己杀人事露，又想用5000块钱羞辱中华民国的军人。"

财爷："龚营长，冤枉啊，我林财绝对不是那意思。"

龚营长："放屁，你什么意思得由我说得算。来人，绑起来，带走。"

上来两个士兵把财爷按倒在地，五花大绑把他捆起来了。霆哥看到父亲被绑，很是心疼，要冲上来拼命，被几个手下和家人紧紧拦住。龚营长环视了一圈，看到了霆哥。

龚营长："原来霆哥也在啊。你父亲老糊涂了，我希望你是个明白人。"

说完，龚营长走了。财爷被押上军车带回营部。

8-6　天津财爷家　夜内

财爷被押走了，霆哥等人一时没了主意。大家七嘴八舌地议论，想办法救财爷出来。

霆哥："大家安静，我打个电话。"

说完，霆哥拿起电话拨了个号码："陆伯伯，这么晚打扰您，实在过意不去。我爹被冯国璋的人抓走了。"

霆哥："说我们杀人，我们是正当生意人，怎么会去杀人？"

霆哥："一个以前在我们码头工作的人死了，他们就以为是我们杀的。"

霆哥："是，现在我爹人在冯都督手下龚新立营长手里。"

霆哥："麻烦陆伯伯了，等爹爹回家，他老人家会亲自去北京致谢。"

霆哥："必须去，我们全家都指望您了。"

8-7　北京陆建章家　夜内

陆建章放下电话，在自己的书房里转了半天。然后鼓起勇气给冯国璋打了电话。

陆建章："华甫兄吗？我是朗斋。还没休息？"

陆建章："没什么事。哈哈，今晚月圆，突然想起我们在保定练兵处军学司一起工作时的情景。华甫兄一直都是对我帮助有加。"

陆建章："我是壬戌年的，属狗，小您五岁。"

陆建章："对对。按公历就是 1862 年，按大清就是同治元年。"

陆建章："哪里哪里。您是大才，我能在您手下工作已经感到非常荣幸了。记得那时，您编的兵书《新建陆军操典》，被当时的项城大人，我们的袁大总统称为'鸿宝'，真是荣极一时。我到现在还能背您的那首《劝兵歌》，'朝廷出利借国债，不惜重饷来养兵。一兵吃穿百十两，六品官俸一般同。如再不为国出力，天地鬼神必不容。'"

陆建章："哦，还是冯都督明鉴，朗斋有件事要恳求华甫兄帮忙。"

8-8　天津冯国璋都督府　夜内

冯国璋放下电话，觉得有必要找龚营长当面问问。就令副官把龚新立找来，龚新立很快就来到都督府。

冯国璋："听说你把码头上的林财抓到营部了，你说说，是怎么回事？"

龚营长："属下在接管码头后，一直在努力管理码头。都督的世侄雍天成先生为属下介绍了很多专业管理码头的人才，吕国祥也是其一。这个吕国祥原来是林财手下，林财看到他为我们工作，恼怒异常，竟然派人当街把他杀了。所以我才连夜去林财家把他抓来准备审问。"

冯国璋："你怎么知道是林财派人杀的？"

龚营长："我去了现场，那就是屠杀，一共杀了 4 个人，有两人跑掉了。这两人可以作证。"

冯国璋："有证人就好，现在说情的电话打到我这里来了。这面子又不好不给。"

龚营长："都督说放人我就放人，不过……"

冯国璋："不过什么？"

龚营长："我觉得林财号称财爷，一定是乐善好施。我们正好兵饷吃紧，不如……？"

冯国璋："这是你该考虑的事情吗？你先回去，明天等我命令。"

8-9　天津龚营长营部　夜内

龚营长回到营部，几个副官还在等龚营长回来打麻将。看到龚营长回来，几个人非常高兴。

副官甲："营长回来了。"

龚营长："各位兄弟，再等我两分钟，我先打个电话。"

副官乙："营长今晚可真忙啊。"

副官丙："营长忙，我们才有饭吃。"

众人连声"是，是"。

龚营长："雍老弟啊，我刚从冯都督那里回来。我本来打算明天白天报告冯都督，好像有人为林财求情，所以冯都督把我找去了，问我事情的原委。"

龚营长："都说了。冯都督还在犹豫，应该是求情那个人很有分量吧。"

龚营长："军饷，我说了，哈哈。好，好。"

龚营长放下电话，问："林财押在哪里了?"

副官甲："营部仓库里。"

龚营长："让人给他送点水和吃的，多派几个人看着他，别让他死了。"

副官甲："是。"

龚营长坐在麻将桌边："我们继续战斗。"

8－10 天津冯国璋都督府　日内

雍天成一大早就来就见冯国璋，冯国璋笑着接见了他。

冯国璋："世侄啊，你是因为林财的事来的吧。"

雍天成："不瞒冯叔叔，正是。"

冯国璋："昨夜龚营长来了，把抓林财的事说了。"

雍天成："多亏龚营长连夜行动，不然昨晚到港的北京军火又要让林财给搅和了。"

冯国璋："北京又买军火了?"

雍天成："又到港 200 万的军火。"

冯国璋："这个林财，总是想找北京的麻烦。"

雍天成："是啊，如果不是龚营长及时制止了宁波帮的行为，不知道要造成多大损失呢。"

冯国璋："听龚营长说你有很多码头管理的专业人才？"

雍天成："冯叔叔，不是我自吹。整个天津卫，说到码头管理，我的队伍是第一位的。这些人管理过上海、广州、美国纽约等大码头，比现在天津卫的码头那种家族式、帮会式的管理要好几十倍。不仅效率提高很多，而且也能为政府提供更多的税收。"

冯国璋："我想码头长期军管不是办法，军人只要会带兵打仗就好，不要干这么无聊的工作。如果把紫竹林码头交给你的洋行管理，你有信心吗？"

雍天成："非常有信心，感谢冯叔叔。对了，我今天还给冯叔叔带来 20 万的银票，这是我们洋行为冯叔叔的军队筹的一点军饷，希望冯叔叔看在士兵辛苦的份上，一定要收下这点捐饷。"

冯国璋："好好，这才是为国分忧的好商人。我代表士兵们感谢你，哈哈。"

雍天成："冯叔叔要怎么处置林财呢？"

冯国璋："这是个难题。现在求情的电话已经打到我的书房，这个面子不能不给。可给了，又对不起段总长。我还在头痛如何解决。"

雍天成："冯叔叔都为难的事，我这个晚辈更无解决之法。我还是先告辞吧。"

冯国璋："也好。你去忙吧。"转身吩咐副官："把龚营长叫来。"

龚营长早就等在外面，一听传唤，马上就到："报告，属下龚新立到！"

冯国璋："给你个任务。我打算把林财送到北京审判，但我不知道这个决定是否正确。我想你回到营部，把这个想法暗示给林财知道。我要看看他是如何反应。明白了？"

龚营长："明白，属下马上去办。"

8-11 天津龚营长营部库房 日内

财爷被关在库房里一夜，人感觉好像老了不少，瘦了不少。此时正躺在简易的床上，龚营长进门来看他，财爷立即站了起来，态度非常谦恭。

龚营长："林财，昨夜睡得好吗？"

财爷："很好，很好。"

龚营长："那就好。如果明天把你送到北京的话，不知道北京有没有这里的条件好。"

财爷："龚营长的意思是要把我送到北京?"

龚营长："还没确定，还没确定。"

财爷喃喃自语："北京，北京。"

龚营长："吃过饭了吗?"

财爷："还没有。"

龚营长："军营的饭你也没法吃。"转身对副官："去给他家打电话，让他们送饭来。"

8－12　天津财爷家　日内

霆哥等家里人在商量把财爷押到北京这件事是否有利。

霆哥："爹爹现在军营的库房里，虽然不是监狱，但实际上比监狱还可怕。监狱还有法律说理，军营那就是随便某人的一句话都可以决定命运。昨夜给北京陆伯伯打了电话，看来是起了作用，所以才有押到北京一说。我觉得虽然整件事情的起因是大哥龙，但现在是成礼洋行在往死里逼我们，不给我们活路。"

四中："霆哥，我去做掉雍天成那家伙吧。"

三熊："是啊，霆哥，让我们去吧，啊。"

霆哥："你们都给我记住，这个仇我是一定要报的，但绝对不是现在。现在的首要任务是把我爹救出来，无论付出多大代价。等我爹安全回家后，我们再考虑复仇的事。"

四中："那我们现在怎么办呢?"

霆哥："既然昨晚的电话起了作用，那我还要再给北京打电话。"

霆哥拿起电话："陆伯伯，我是霆儿。您的电话起了作用。今天军队说要把爹爹送到北京去审判，我也不知道这是好事还是坏事，特来请陆伯伯帮我们选择。"

8－13　北京陆建章家　日内

陆建章在书房内接听霆哥的电话。

陆建章："霆儿啊，你爹这次得罪的是北京陆军部。陆军部的部长是段祺瑞，次长是徐树铮。这两个人跟陆伯伯关系很一般，如果我去求他们，也许会适得其反。而直隶冯都督，曾经和我一起共事，他是正职，我是副手，合作很是愉快。我还是认为应该让你爹留在天津，我们也好进退自如。"

陆建章："霆儿啊，现在看，要想继续留在天津，可以说要想留住你爹的命，我们必须得出点血了。"

陆建章："我看这个数不能小了，你和家里人商量商量，再给我回话。"

陆建章："行。这个数我认为靠谱。"

陆建章："我这就给冯都督打电话，你等我信吧。"

陆建章放下电话，在书房里走了几圈。然后坐下，拿起电话。

8-14 天津冯国璋都督府 日内

冯国璋拿起电话。

冯国璋："哦，朗斋啊。"

冯国璋："哈哈，没关系的，昨夜我睡得很好。"

冯国璋："能否留在天津？北京不好吗？朗斋啊，你是军法处处长，把他移到北京后，你不是正管吗？我这也是想了好久才想出这个办法。"

冯国璋："放人？朗斋啊，这次林财的罪可大了。之前私扣军火，北京把罪过算在了那个死去的人身上；这次他又来干涉正在军管的码头事务，简直是不把政府放在眼里啊。朗斋啊，老哥问句话你别介意，你为什么要这么执着地帮他？"

冯国璋："哦，哦，原来是这样。你的小女已经和林财的儿子霆儿订婚了，哦，朗斋啊，你给我出了个难题啊。从我们的交情来讲，我现在就可以放人；但从北京的态度来说，这个人真放不得。"

冯国璋："哦，哦，付赎金。朗斋啊，你也知道我们现在军费紧张，能赞助军饷是我们求之不得的事情。"

冯国璋："10 万？哈哈，朗斋，这个数目……这样吧，朗斋，我的军队现在一个月要 25 万军饷，让他赞助一个季度吧，共 75 万。"

冯国璋："哦，好吧，朗斋。我私自做个主，三天之内交 50 万给都督府，但要让他们宁波帮以后永远不要再碰码头的生意。"

8－15　天津财爷家　日内

财爷一家听说是 50 万，当时就傻了。之前已经被讹 50 万，现在又要 50 万。财爷家资产有很多，但基本都是房产，要想三天之内变现非常困难。财爷家无奈只好超低价转让位于英租界的三处高级公馆。

霆哥："你们不要认为 50 万很多。我们现在是要爹回来，其他的可以忽略不计。当然，在短短的几天之内就损失 100 万确实让人心疼，但我觉得更让人心疼的是让我们从此不再染指码头。所以我现在第一任务就是要救爹出来，爹出来了，就可以给我们主心骨。"

霆哥转向账房先生："老杨，三天之内，我们能拿出来 50 万吗？"

老杨："少爷，上回的 50 万是我们最后的一笔现金。如果想三天之内筹集 50 万，只能卖不动产。"

霆哥："那就卖，明天在英租界开个竞拍会。至于哪些房产，老杨你决定。我的原则就是把钱在三天内筹集到。"

老杨："我们在英租界格林威道、文赛道和体伯瑞道有三处闲置房产，按市价值 100 万。"

霆哥："好，就这三处，明天竞拍。"

8－16　天津英租界竞拍会　日外

10 点钟，竞拍会将准时开始。现在是 9：45，会场内除了霆哥等宁波帮的人外，没有一个来宾。霆哥等人非常纳闷。看到时间越来越紧，霆哥开始打电话。

霆哥："喂，张伯伯，我是霆儿。昨天晚上给您打过电话，邀请您来参加我家房产的竞拍会。什么？突然闹肚子来不了了？"

霆哥又打一个："喂，吕董事公馆吗？什么吕董事坐船去上海了？"

霆哥再打："您好，徐总办吗？我是霆儿，昨天晚上……什么？喂？喂？"

霆哥气得要摔电话，这时账房老杨拿着报纸跑了进来。

老杨："少爷，快看报纸，大事不好啊。"

霆哥拿起报纸一看，标题赫然写着《财爷已入狱　甩卖晦气宅》。

霆哥一看气得肺都快炸了，这肯定是有人暗中害我啊。

霆哥："我要去找报馆，查出是谁写的文章，我非……"

老杨："少爷，现在不是生气的时候。明天就要钱了，我们这房子还卖不卖？"

霆哥："我想卖，可现在都差 10 分钟 10 点了，还没人来呢。"

老杨："我们再等等吧。"

时间一分一分地过去，众人非常焦急。9：59，就在众人都已经绝望时，门开了，进来一个西装革履的青年人。时钟指向 10 点整。

青年人："竞拍会应该开始了吧？"

霆哥："现在只有先生一个人参与，这个竞拍会已经徒有虚名了。先生如果有诚意购买，我们不妨私下里交易。"

青年人："既然现在就我一个买主在，不如您出个价吧。"

霆哥："好，爽快。这三处房子的资料想必您一定看过，现在他们周边同等面积的报价是 150 万。我因为家里有急事，只要 120 万。"

青年人："您的出价远远高于我的预期。您的房子是三年前买的，当时的成交价是 40 万。财爷是天津卫德高望重的大人物，这里无人不知，无人不晓。可自从财爷买了这几处房产后，贵帮的生意就急转直下。我不敢说是否这几处房产的风水有问题，但今天的报纸想必你们也已经看到了，讲的就是这几处房产风水不好。"

老杨："这位先生，如果风水不好，您为什么还来竞拍啊？"

青年人："老杨，你的问题很好。"

老杨："你怎么知道我是谁？"

青年人："哈哈，我不仅知道你是谁，在座各位的姓名我都知道。我自我介绍一下，我叫程上元，此次是代表英国麦加利银行而来。"

霆哥："程先生，失敬失敬。那您出个价吧。"

程上元："60 万。"

霆哥等大为失望。霆哥："程先生，这个价格我们无法接受，我看您还是请回吧。"

程上元拿出名片："您收好我的名片。如果您到最后一刻想到我，我可以立刻付给您现洋。霆哥现在可能觉得这个价钱低，也许到晚上，我连这个价钱也给不了了。告辞，告辞。"

148

霆哥拿着名片气得直咬牙，看着程上元的背影，把名片撕为两半。老杨心细，把名片捡起，放在兜里。

霆哥指着三熊："你，跟着他，看看他是何方人士。"

三熊答应一声，快速离开。

8‑17　天津英租界街道　日外

三熊跟踪程上元走到工部局外，看到程上元走向一辆黑色的福特车，司机为他开车门。程上元坐稳后，司机关上车门，然后上车启动。

三熊看到车牌号是红牌 005 号。

8‑18　天津英租界竞拍会　日内

霆哥听到是红牌 5 号车，觉得不可思议。

霆哥："红牌车都是总统府的啊，大总统是 1 号。这 5 号是谁啊？北京的车开到天津来了，看来此人来头不小啊。"

老杨："我去查查。"

8‑19　天津英租界海员俱乐部　日外

福特车开进海员俱乐部，程上元下车，快速走进俱乐部内。司机下车，把车牌摘下，换上一个黑牌照。

8‑20　天津英租界海员俱乐部　日内

柴少爷、程上元等十个人笑个不停。

程上元："整个竞拍大厅，就我一个买家，给宁波帮这伙人急得啊。"

柴少爷："小谷的文章起了作用。"

一个清瘦的戴眼镜的年青人站了起来："哪里哪里，谁不知道今天天津的所有银行加在一起都无法拿出 50 万现洋。"

一个胖胖的中年人坐在沙发里："柴少爷，我们这间屋子可以用富可敌国形容吧。"

柴少爷："哈哈，5000 万现洋。能在两天内从天津银行里提出 5000 万现洋的，全国不会有第二人。大富，这次多亏你的神思巧算。"

胖中年人（大富）："这些都是我的老本行，听起来难，做起来简单。"

小谷："那你教教我吧，大富。"

大富："小谷，你磕头拜师吧，哈哈。"

程上元："柴少爷，我们现在干什么？"

柴少爷："等。等宁波帮的电话。"

8-21 天津财爷家 夜内

霆哥还在到处打电话。宁波帮的几个董事也赶来了。霆哥失望地放下电话。

霆哥："几位叔叔，你们帮忙想想办法救我爹出来。明天必须得拿出 50 万现洋给都督府，不然就把我爹押到北京去，那我爹就完了。"

董事英叔："昨天接到霆侄儿的电话，我就亲自去银行了，可银行只有 1 万元现洋，还是看我的老面给我的。今天我又去银行，银行连 1 万元都拿不出来了。"

其他几个董事："我们也遇到同样情况。这是我们几个凑的 3 万元现洋。"说着，几个董事把装着 3 万元现洋的皮包交给了霆哥。

霆哥："这些事绝对不是什么巧合，肯定有人在暗中算计我。"

英叔："霆侄儿啊，你想怎么办呢？"

霆哥："我要先救出爹，别的以后再说。"

英叔："可房子没有卖出去啊。"

霆哥："是啊，明天一早人家就要钱了。"

英叔："我们几个手里的现洋也就这么多，真是钱到用时方恨少啊。"

霆哥："我相信天无绝人之路，今天来的程上元，哦，对了。唉，我把他的名片给扔了。"

老杨从兜里拿出名片："少爷，名片在这里。"

霆哥接过名片像抓住了救命稻草，拿起电话："喂，程上元程先生吗？"

霆哥："我想和您见一面。"

霆哥："对，是房子的事。我答应您的报价。什么？麦加利银行只肯付 50 万了，为什么？因为还有一个卖主给的价格就是 50 万。程先生，上午都怪我年轻见识浅。这样，我们马上去格林威道的大卫·马修斯律师楼，办理转让手续。"

霆哥："明天下午？不，程先生，我一刻也不能等了。我今晚一定要见到 50 万现洋。"

霆哥："那好，咱们一会儿见。"

放下电话，霆哥向老杨："还是老杨考虑得周到，不然这临时的佛脚我都抱不上了。"

霆哥："三熊，一会儿到了律师楼，你留在外面负责跟踪。"

三熊："这小子，我们这里的每一个人他都认识，啊。"

英叔："不如钱到手后，直接把人绑了。"

霆哥："这人开一辆北京红牌 5 号车，英叔知道是什么背景吗？"

英叔："那应该是大总统府里的人啊。"

霆哥："爹没救出来以前，我们不要再闯祸。三熊，跟踪他，有一点儿线索也行。"

8‑22　天津格林威道大卫·马修斯律师楼　夜外

三熊独自一人站在外面一个隐蔽的角落里，他把帽子压低，以防有人认出他。律师楼里灯火通明，隐约还能听到笑声。街道上很安静，空无一人。

这时，一个清瘦穿黑西装的年轻男人缓缓走向三熊，年轻人拿出烟："三熊，你站得辛苦，抽支烟吧。"

三熊吓坏了："你是谁，你怎么认识我，啊？"

年轻人不答，缓缓走开。

过了一会儿，又一个胖胖的黑西服男人向三熊走来。胖男人拿出一个水壶："三熊，你站得辛苦，喝点水吧。"

三熊更害怕了："你是谁，你怎么认识我，啊？"

胖男人不答，缓缓走开。

过了一会儿，又一个高高的黑西服中年人向三熊走来。中年人："三……"

三熊大惊，撒腿就往律师楼里跑，边跑边说："我三熊不怕你们，啊。"

一个妇人领着孩子走到中年人身边："孩儿他爹，问到了？"中年人刚缓过味来，冲着三熊的背影喊："我就想问一声三安道怎么走，你跑啥啊？"

8-23　天津龚营长营部　日外

财爷老态龙钟地从营部走了出来，家人、手下和几个董事上前迎接。

众人："财爷辛苦了，辛苦了。"

财爷："多谢诸位还记得林某，咱们回家说。"

霆哥："爹，咱们先到天香池洗洗晦气。"

财爷："霆儿说得对，走。"

8-24　天津成礼洋行雍天成办公室　日内

柴少爷正坐在雍天成的对面。

柴少爷："上午给他 60 万他嫌低，晚上给他 50 万他乐呵呵。雍先生，一个月之内，我会把这三套房产按您的吩咐转让出去。"

雍天成拿出银票："这里是 100 万，拿去给几个兄弟。房子转让出去后，本钱交给洋行，余下的都是你的。"

柴少爷："多谢雍先生，用不了这么多。"

雍天成："我佩服用脑子赚钱的人，收下吧，算是我对你和你几个兄弟的敬意。你刚才说那个叫三熊的怎么了？"

柴少爷："哈哈，昨夜被我们吓得快疯了。"

8-25　天津财爷家　日内

三熊似乎还未从昨夜的惊吓中恢复过来，独自坐在角落里发呆。财爷坐在太师椅上，几个董事坐在下手，霆哥站在财爷的侧身。

财爷："几位老兄弟，不瞒你们说，这次被押在军营，林某想了很多。几位老哥，你们说，按财力、按人脉、按江湖势力，我林某人不算差吧？"

几位董事："财爷无论从哪方面，都是天津卫的头面人物。"

财爷："我手下弟兄不下千人，在天津卫势力不算小吧？"

　　几位董事："我们宁波帮应该是第一。"

　　财爷："我这么有势力、这么有财力、这么有江湖地位，那么为什么一个小小的营长就能把我耍得团团转？"

　　几位董事沉默。

　　财爷："归根结底，我们没有上层人脉。我们就是土包子，自己觉得自己是个人，人家轻动手指就能把我送进大牢。这次我们损失点钱没什么，但紫竹林码头的生意没了却是我没想到的。成礼洋行的雍天成是整个事件的中心。阿龙得罪了他，他想杀阿龙。阿龙死了，他还不依不饶，把我弄进了大牢，还让我损失了100万大洋。这都不算，最让我心痛的是紫竹林码头的生意也给他抢走了。紫竹林是我们宁波帮的财源，这个财源没了，我们怎么办？"

　　霆哥："爹，我去把他做了。"

　　财爷："放肆！几位叔叔还没说话，哪有你说话的份儿？"

　　英叔："霆侄儿说的是一个办法，仇我们是一定要报的。但何时报，是个问题。现在财爷刚回来，我还是想听听财爷怎么说。"

　　其他几位董事："是，我们也想听听财爷怎么说。"

　　财爷："我林某人闯荡江湖一生，从来不知道怕字怎么写。但这次不同，我们面对的是有北京上层背景、有洋人背景、有海外留学背景的一伙人。他们不再像我们过去那样，打打杀杀，而是利用北京的势力直接逼我们出局。我在军牢里苦思冥想，觉得我们宁波帮现在的实力虽然可以杀了雍天成，但他死了，我们也得背井离乡。为什么？因为北京现在指望雍天成给他们军火。我们杀了雍天成，就等于把北京的军火来源给灭了，那我们还有活路吗？以我林某人50年闯荡江湖的经验，我没看到过一个常胜将军。盛极必衰、否极泰来。我想宁波帮暂时先忍耐两三年，他一定会有弱点。我们找到他的弱点，再出击，那时就是我们大获全胜的时候。"

　　英叔："财爷说得是。几十年来挑战我们宁波帮的人很多，但能活到现在的没有。避其锋芒，是我们现在最好的选择。"

　　财爷："英弟，你们几位听我说。老哥我打算去北京生活一段时间，一是休养休养；二是积蓄些北京的势力。霆儿和我一起去。就如我说的，两三年间，我们宁波帮一定能找到雍天成的弱点。到那时，我们再重回天津。"

8－26　天津成礼洋行雍天成办公室　日内

陈元礼和紫萱准备北上去奉天开始新的生活。两人来办公室向雍天成辞行。

雍天成："明天走？好啊，三弟，我们成礼洋行又将多一份力量了。今晚回舅舅家，给你送行。"

紫萱："表哥，我和元礼一起去。"

雍天成："是吗？太好了。不过你们俩是不是应该先完婚再走啊，不然出门不方便啊。"

紫萱："表哥，你怎么和我爹说的一样啊。"

陈元礼："大哥，今晚的饭也算一顿定亲饭，我叔叔婶婶也会来。"

雍天成："陈宦叔叔今天到？太好了，我去车站接他。"

陈元礼："我和紫萱已经把他们接来了，现在在舅舅家休息。"

雍天成："看我这些日子忙的，我们马上回舅舅家。"

雍天成站起来准备穿上西服，突然，他说："等等，三弟，我有一件礼物要给你。"

说完，雍天成坐下来，开出了一张200万元的银票。

雍天成把银票交给陈元礼："三弟，到奉天先买套房子，别亏待自己和紫萱。"

陈元礼接过银票看了一眼："大哥，我会自己安排好的。"

雍天成："等洋行有钱了，我再汇给你。"

陈元礼："大哥，我和紫萱在外面等你。"

出来后，紫萱问陈元礼："表哥给了你银票？"

陈元礼："是。"

紫萱："多少？"

陈元礼："200万。"

紫萱："200万？那么多？"

陈元礼："那也叫多，你知道大哥自己留了多少？"

紫萱："元礼，你怎么这么说？表哥什么时候亏待过我们？"

这时，雍天成走了出来："走，坐我的车回家。"

8－27　雍天成送走了陈元礼、紫萱。他在天津的势力越来越大，紫竹林码头的生意现在已经完全归雍天成的成礼洋行所有。雍天成买下英租界的土地赠送给黎元洪、倪嗣冲等军政要员，还送给袁克定一处天津豪宅。他的政界势力越来越强大。

8－28　紫竹林码头　日外

雍天成在码头观赏脚行的叠罗汉表演，一时风头无两。脚行中的大洪、二洪哥俩与另一队黑龙、黑豹比赛谁叠得最高，有些火药味。大洪、二洪赢了。现场来宾无数，都是各界名流。但有两个人没有来，一个是天津最大军火商礼和洋行的华买办梁丰翼和汇丰银行华买办王振瀛。梁丰翼正在筹备广东会馆的开业；王振瀛也在筹备浙江会馆的开业。这两人是天津最大的两个地方势力代表，此时的雍天成与此二人还不可同日而语。雍天成也不在二人的视角之内。

旭东："成哥，收到请柬的基本都到了，就差两个人。一个是礼和洋行的梁丰翼；另一个是汇丰银行的王振瀛。"

雍天成："知道了。"

旭东："他们始终不给我们面子。"

雍天成："要看得开。我们现在只有原来林财那么大，而 10 个成礼现在都不如梁丰翼的礼和洋行，更不要说王振瀛的汇丰银行。当你是猫的时候，你没有资格邀请老虎来参加你的晚宴。老虎只和老虎在一起分享食物。"

雍天成看着精彩的叠罗汉表演，说："但我不是老虎，我是最好的猎人。"

第9集 《租界银行家》

9-1 天津广东会馆 日外

广东会馆开业。会馆门外，冠盖云集。在锣鼓的助兴下，舞狮班正在卖力地表演。广东会馆的董事长是梁丰翼，他是天津最大洋行礼和洋行的华买办，是天津最有实力的人物之一。站在梁丰翼身后的是他的儿子梁义顺。梁义顺和父亲一样，也很低调。不喜公开露面，每日都是洋行与家，两点一线的生活。梁家的安全保护非常到位，两队共20人的保镖，24小时护卫主人。

广东会馆的董事吴乃忠觊觎梁丰翼的地位，想把董事长的位置抢过来。他看到雍天成是一支强大的新生力量，总想在梁丰翼和雍天成之间制造些矛盾，以便借刀杀人，打击梁丰翼。

吴乃忠在梁丰翼耳边说着成礼洋行的坏话："那个姓雍的小子真是不知天高地厚，他有何德何能就想请梁先生出席他那小小的码头脚行开业礼。"

梁丰翼："话不能这么说啊，常言道后生可畏，对这个世界，对任何人，我时刻都怀有敬畏之心。这次你们不同意邀请雍天成，我尊重你们的意见。但我到目前为止都认为这是一个错误的决定。"

9-2 天津浙江会馆 日外

浙江会馆的董事长是汇丰银行的华买办王振瀛。浙江会馆的董事非常有实力，他们比礼和洋行的梁丰翼更有实力。

浙江会馆开业，邀请了天津各界的头面人物和北京的高官。他们也没有邀请雍天成，不仅没邀请，他们还不满雍天成侵占军火贸易份额，联合天津地面华商银行拒给成礼放贷，企图把雍天成挤出军火市场。

浙江会馆门外锣鼓喧天、鞭炮齐鸣，一片喜气洋洋。

9-3　天津成礼洋行雍天成办公室　日内

雍天成知道想在天津卫站住脚，就必须要让广东会馆和浙江会馆臣服于自己。这时，旭东进来，说广东会馆的董事吴乃忠求见。

雍天成沉思一会儿，说："见，有请。"

吴乃忠进来，雍天成并没有站起来，他示意吴乃忠坐下。

吴乃忠："冒昧来见雍先生，失礼失礼。"

雍天成："吴先生为何事而来？"

吴乃忠："雍先生既然问起，我就直奔主题。"

雍天成给吴乃忠倒满一杯茶，递了过去。

吴乃忠接过茶水："雍先生想没想过进入广东会馆董事会？"

雍天成："广东会馆是天津卫数一数二的会馆，能够位列其董事会，更是一个商人的荣誉。"

吴乃忠："如果雍先生愿意和我们联手，我们可以把梁家赶出广东会馆。"

雍天成："梁家尤其是梁丰翼先生在天津商界地位崇高，外人都视梁即会馆，会馆即梁。把梁家赶走，理由何在？"

吴乃忠："不瞒雍先生，梁家父子在董事会内专权跋扈，对新生事物和新生力量采取排斥态度，把广东会馆搞得死气沉沉。"

雍天成："这个理由倒也说得过去，为什么找我？"

吴乃忠："雍先生拥有天津最大的货运码头，手中的资源正好和广东会馆形成互补。我们认为在天津卫雍先生是唯一人选。"

雍天成："'我们'是谁？"

吴乃忠："'我们'是指广东会馆的三个董事和浙江会馆的两个董事。"

雍天成："吴先生，你为什么认为我会答应你？"

吴乃忠："我们研究过雍先生和梁丰翼之间的恩怨。"

雍天成："我很抱歉，吴先生，我不能答应你。我来说说原因。梁丰翼先生是个成功的商人，虽然他过去曾经拒绝过我的请求，但我不怪他。站在山顶上的人怎会看到山脚？我尊重梁先生这样的成功人士。当然，吴先生今天和我的谈话，只有我们两人知道，我不会对任何人讲起，包括我的家人。"

吴乃忠："我非常遗憾。"

吴乃忠关门离开，雍天成叫旭东进来。

旭东："成哥，有什么事吗？"

雍天成："机会来了。"

旭东："成哥指的是？"

雍天成："我们脚行开业，我特意派你给礼和洋行的梁丰翼和汇丰银行的王振瀛送去请柬。他们没有来，拒绝了我的友谊。昨天和今天，广东会馆和浙江会馆相继开业，他们没有给我送请柬不说，还联手天津卫的华人银行拒绝给我们成礼贷款，仿佛老师在羞辱一名成绩很差的学生。你说学生该怎么办？"

旭东："努力学习？"

雍天成："不。应该换老师。"

9-4　天津吴乃忠宅　夜内

吴乃忠等五人在商谈。

吴乃忠："他拒绝了我们，不等于我们就没有希望了。"

广东会馆董事唐连科："他会不会向梁家告密？"

广东会馆董事王秀先："应该不会。乃忠也说了，他并没有问其他人的姓名。"

浙江会馆董事包立身："他知道乃忠一人，也就知道我们四人了。"

浙江会馆董事马盛安："不如我们让他不再出声。"

吴乃忠："大家的不安我非常理解。但我想再给他些时间，毕竟他掌握了天津最大的码头。但我要告诉大家的是，我们不是暗杀集团，我们要做的就是用金融手段达到我们的目的。刚才盛安兄说不让他再出声，我的理解也是用金融手段打击他，对不对，盛安兄？"

马盛安："当然，当然。一切听吴兄安排。"

其他人："是，一切听吴兄安排。"

9-5　天津梁宅　日外

邻居家似乎在操办喜事，人们进进出出，忙里忙外。大门外张灯结彩，贴着大红的喜字。梁宅的人非常好奇，出来几个男女仆人在议论。

扁嫂："那家好像很久没人住了。"

女仆乙："好像在准备婚事啊。"

男仆甲："我早晨和那家的人聊过，是为儿子办事情。"

扁嫂："那家是什么人啊？"

男仆甲："听说好像是庆王爷的什么人。"

女仆乙："王爷啊，怪不得能和我们老爷做邻居。"

扁嫂："他们要常住这里吗？"

9-6　天津雍天成家网球场　日外

雍天成在与旭东打网球，旁边有豪邦和八十六。大洪急着进来，雍天成知道有事情，忙让豪邦替自己玩网球。

大洪："成哥，门外有人送来一张结婚喜帖。"

雍天成接过喜帖，打开："哈哈，一切顺利啊。大洪，你告诉来人，婚礼必须准时开始。"

9-7　天津梁宅　日外

晨8时。梁义顺如往常一样，准时从家里出来上班。10名保镖在路两侧护卫，一般人看不出这位身着西装的年轻人是一个大人物。邻居家门外张灯结彩，正在迎娶。几个操办婚礼的人看到梁义顺走近，立刻点燃鞭炮焰火。浓浓的烟雾瞬间把整个街道遮盖了。

保镖："保护老板，我怎么看不到老板了？老板哪去了？谁能看到老板？"

烟雾中，邻居家的大门悄然关上。

9-8　天津梁宅邻居　日内

迎亲众人裹挟着梁义顺迅速往宅后面跑。梁义顺此刻嘴里已经被塞上毛巾，眼睛被一条黑布蒙上，身上也被五花大绑。众人带着梁义顺来到后门，迅速登上早已等在那里的四辆轿车。

9-9　天津某街道　日外

四辆轿车启动后，两辆轿车向东，两辆向西向驶去。走到街口，两辆轿车又分别向不同方向驶去。很快四辆轿车就消失了。

9-10　天津梁宅邻居　日内

发现梁义顺失踪，有保镖回去报告，其他保镖在砸门。无奈门已经被粗大的门栓锁上，无法砸开。

保镖甲等从梁宅内找来一个大树干，众人齐力用树干撞开大门。看到大门被撞开，保镖们蜂拥闯了进去。他们逐间房屋搜索，却毫无所获，这就是一间空宅。

保镖们打开后门，看到街道上的车辙印，知道那伙人肯定是从这里逃走的。保镖甲走到街道对面，问在那里卖水果的小贩。

保镖甲："刚才你看到那宅子里出来人了吗？"

水果小贩："看到了，出来不少人，门口还停了四辆轿车。"

保镖甲："他们往哪里走了？"

水果小贩："两辆汽车向东，两辆向西。"

保镖甲指挥其他保镖去西面街口询问，自己则跑向东街口。

9-11　天津海滨　日外

四辆汽车已经开到某海边。众人带着梁义顺分乘四艘快船而去。

9-12　天津梁宅　日内

得知梁义顺被绑架，梁宅一片混乱。女人们在哭泣，唯独梁丰翼冷静异常。

梁丰翼："哭，就知道哭，哭能解决问题？广森，你把女眷给我带到后面去。"

广森是梁宅的管家。广森："是，老爷。"

广森带着女眷走了。客厅里一下子安静了许多，这时听到消息的广东会馆董事们陆续赶来。

梁丰翼："各位，义顺的事想必你们已经听说了。几十年来，敢动我们梁家念头的人这是第一个。我现在尚不知他们是想要钱还是真想要人，所以我一直守在电话旁边。义顺是个老实人，平时就是早晨上班去洋行，晚上下班回家，几乎不在外面应酬，吃喝嫖赌抽，他是啥都不沾……"

保镖甲来报："报告老爷，绑匪是从隔壁院子的后门出去的。据后面卖水果的小贩讲，绑匪一共开了四辆黑色汽车跑了。"

董事寿昌："四辆汽车，在天津卫一下能调动四辆汽车的人家不是巨贾就是高官，还有就是那五家租车行。"

梁丰翼："寿昌提醒得是。"

此时大管家广森又回到客厅。

梁丰翼对着广森说："广森，你问问五家租车行，看看他们有没有这四辆车的线索。"

广森去打电话。吴乃忠开口说话了。

吴乃忠："梁爷，会不会是成礼洋行干的呢？他们这帮年轻人胃口非常大，刚把宁波帮搞垮，会不会现在又盯上我们广东会馆了？"

梁丰翼："我和那年轻人往日无怨，近日无仇，他为什么要盯上我？再说，我们梁家可不是宁波帮，可以说宁波帮是靠我们广东会馆吃饭的。在天津卫，敢打我们梁家主意的，除了大总统，没有第二个人。就是冯都督见到我也尊称我为梁爷。"

王秀先："梁爷，这个消息千万要保密啊。传出去，我们中民银行的股价会大跌。"

梁丰翼："秀先说得是。中民是我们的财源，也是我们唯一的上市银行，必须保护。"

广森："查到了。捷速租车行说他们昨天租出去四辆黑色福特轿车，刚才有人来电话，让他们到汉沽海滨去取车。"

梁丰翼："广森，你马上带着 10 个保镖去汉沽海滨，调查一下附近邻居，查看一下线索。记住，谁也不许说出此事，不然家法伺候。"

广森："是，老爷。"

保镖甲："是，老爷。"

广森带着保镖急匆匆跑了出去。

梁丰翼："汉沽海滨，取车，这么说绑匪是从海上来的？有人知道附近海域有哪些绑匪吗？"

董事寿昌："据说渤海有一位专劫不义之财的海盗，时常上岸绑架。但是好像无人见过此人。我看咱们还是先报警吧，警方在破案方面会更专业一些。"

吴乃忠："不行，绑匪要是撕票怎么办？再说，报警后消息不就扩散了吗？"

寿昌："老吴，我们可以请警察过来，私下办案，总行了吧？"

梁丰翼："寿昌说得对，给王探长打电话，请他过来一趟。"

9-13　天津成礼洋行雍天成办公室　日内

雍天成正在接电话。

雍天成："哦，一切顺利，好好。不过你要好好待他，一日三餐水准要高，他要什么给他什么。对。钱明天就会到账。"

挂了电话，雍天成闭上眼睛，仰面在办公椅上休息。

9-14　渤海曹妃甸　日外

梁义顺此刻正坐在茅屋的外面，绑早就松开了，眼罩和堵嘴的毛巾都已经除去。周围并没有人看管他。几个绑匪正在一边烤鱼。海大拿着一大块烤好的鱼向他走来。

海大："这块鱼肉给你，吃吧。"

梁义顺出奇的平静："你应该知道我是谁？我怎么称呼你呢？"

海大："海大，叫我海大。你不吃？"

梁义顺："我是吃素的，麻烦你给我碗粥吧。"

海大："怪不得看你瘦瘦弱弱的样子，行。哈哈。"海大马上收起笑容，对梁义顺说："这里的人都得听我的，你也不例外。吃，你想吃什么尽管说。不过，如果想跑的话。"海大拿刀把鱼肉切为两半，说："我就不会客气了。"

梁义顺："放心，我不会跑。你想要多少钱？"

海大："你的事不是钱能解决的。"

梁义顺："那你们要什么？"

海大没理他，走了。

9-15　天津梁宅　日内

大管家广森和保镖甲已经回来了，客厅里董事吴乃忠、寿昌、唐连科、王秀先等还都在。

广森："报告老爷。"

梁丰翼："大家静静，听广森讲。"

广森："老爷，我们到了汉沽海滨，那四辆车还在那里。我问了周围的人，有人看到那伙人从汽车上下来后，上了四艘快船。"

梁丰翼："这么说，真劫到海岛上去了?"

广森："可能性非常大。"

梁丰翼："海岛，海岛那么多，上哪里去找?"

广森："老爷，您别着急，劫匪应该很快就会来信儿。"

梁丰翼："哦。那个王探长呢，打了电话没有? 怎么还没来?"

远处，王探长急急地走了过来："梁爷，我在这里呢。"

梁丰翼："王探长，家里的事你都知道了吧?"

王探长："一点点，知道了一点点。"

梁丰翼："有生还希望吗?"

王探长："梁爷，遇到这种事一般就两个选择，要人还是要钱?"

梁丰翼："当然是要人了。"

王探长："那事情就有了一半的希望。"

梁丰翼："生活在海岛上的绑匪多吗?"

王探长："渤海这边无数大小岛屿，至于有多少绑匪生活在上面，本人实在不知。"

梁丰翼："广森啊，你把看到的情况和王探长说说。王探长，我这次找你来，是私人邀请，我会很好地感谢你的。但我不希望这件事被这间屋子里以外的人知道。"

王探长："超群明白，超群明白。"

梁丰翼："我再对大家说一遍，任何人不许把这件事说出去，否则我会把你和绑匪同等对待。"

9-16　天津成礼洋行雍天成办公室　日内

柴少爷正在雍天成办公室向雍天成汇报王振瀛银行的漏洞。

柴少爷："王振瀛是天津最有势力的洋买办，现在浙江会馆成立，更让他们如虎添翼。可以这么说，想打王振瀛主意的人不是没有，但均无功而返。他不仅在国内进总统府如走平地，就是在德国，他也是唯一的德国以外的德皇钦授贵族，无论是地位还是资产，在天津均无人能及。可是再完美的人也有弱点。我们找到了他的弱点。"

　　雍天成："贪婪。"

　　柴少爷："是，雍先生说得没错。他的贪婪还在于吃窝边草。"

　　雍天成："怎么讲？"

　　柴少爷："王振瀛虽然是汇丰银行的华买办，但他自己还有一家私人银行——天津海港银行。海港银行的流动资金都用来放贷，所以这家银行并没有足够的资金，可以说基本没有流动资金。为了海港银行可以正常运转，王振瀛就挪用汇丰银行的流动资金补充海港银行。汇丰银行的流动资金都密封在木箱子里，存在银行地下二层的保险库内。这个保险库是汇丰银行在中国北方最大的现洋库，所以汇丰总部对它的管理非常严格。每星期五，汇丰总部都会派两位高层人士从上海来天津检查这个现金库，所以每周四晚上，王振瀛都要把欠现洋库的资金补上。"

　　雍天成："听起来没什么漏洞啊。"

　　柴少爷："所以我说人都贪婪。前来检查现金库的洋人时间一长，就没那么仔细了，也懒了，他们就只检查木箱里最上面一层，不再看下面了。王振瀛看到这个机会，他的贪婪本性爆发了。现在他只在木箱的第一层放银元，然后在下面放上石头，让木箱的重量不变。据我所知，他这么做已经有半年的时间了。"

　　雍天成："你有书面证据？"

　　柴少爷："目前没有。"

　　雍天成："那你想怎么做呢？"

　　柴少爷："雍先生，好戏您就等着看吧。但这开幕式，我还想用梁义顺来演？"

　　雍天成："此话怎讲？"

　　柴少爷："武术中有一招叫隔山打牛。"

　　雍天成："那我们就来个一箭双雕。"

9-17 天津海港银行总部 日内

雍天成携旭东来到海港银行，工作人员将他们带到贵宾室。银行田经理急忙跑来。

田经理："雍先生大驾光临，有失远迎，恕罪恕罪。您今天是办理什么业务？"

雍天成："我想存点儿钱，不知田经理方便不？"

田经理："方便方便，您存多少？"

雍天成："2000 万。"

田经理当时傻了："那么多！雍先生，我去请示下董事长，看看能否给您高点的利息。您要存多久？"

雍天成："一年。"

田经理："您稍等，我马上下来。"

工作人员端来茶水和水果。雍天成等喝着茶。

田经理回来了："雍先生您久等了，董事长给您 15％ 的年息。您看如何？"

雍天成："这么少啊。田经理啊，我在贵银行存了 1000 万，您并没有给我最好的利息，我也没有意见。今天，我想和您要个好点儿的利息，您只给我 15％。而现在天津卫 100 万以上的存款都有 20％ 的年息。你们真是店大欺客啊。好吧，我今天不存钱了，我取钱。把我那 1000 万都取出来。"

田经理："雍先生息怒，好谈好谈。这样，明天，明天，我到贵公司给您报个价，容我们今晚再好好研究研究。"

雍天成："好，看在田经理的面子上，我等你一天。"

雍天成站起来，旭东跟着站起。田经理在后面恭敬相送。

9-18 天津英租界海员俱乐部 日内

柴少爷正在向他的手下布置任务。

柴少爷："大富，从海港银行借款的事怎么样了？"

大富："从上月您交给我这个任务开始，我已经陆续从海港银行借出 3000 万现洋，但海港银行的月息达到 2％，我们下月就要还 60 万利息。"

柴少爷："还能借多少?"

大富："我还有一笔 1000 万的贷款正在向他们申请,据他们主管讲,他们要等到下月才会有大批贷款到期。这段时间,他们银行已经无钱可贷。"

柴少爷："上元,我们现在在海港银行的存款有多少?"

上元："1000 万。"

柴少爷："好,明天开始行动。小谷,明天我们要让梁义顺失踪的消息见报,这样梁家的银行就会乱。同时,在上海的《申报》和天津的《盖世报》,发表一篇揭露汇丰银行资金保存漏洞的文章。上元,你负责把这两家银行的事情让整个天津卫都知道,最好让每一个在他们银行存款的人都来提款。但我们也要小心,梁王两家是天津首屈一指的人物,无论在政界、商界、军界,甚至与前清官员都有根深蒂固的联系,一切都要按预定计划行事。"

9 - 19　天津吴乃忠宅　夜内

吴乃忠和其他四人讨论借梁义顺被绑之机,对付梁丰翼之事。

吴乃忠："大家都知道梁家的事吧?(众人点头)我觉得这个机会太好了。"

唐连科："这个消息一旦放出去,我们广东会馆的中民银行的股价就会大跌啊。"

王秀先："乃忠兄既然想让股价大跌,为什么白天不同意报警呢?"

吴乃忠："这个时间得由我们掌握,才能对我们有利。"

唐连科："因为我们还没有足够的筹码。"

吴乃忠："连科兄说的对。现在要想想我们怎么办? 要不要……?"

王秀先："高卖低买?"

包立身："秀先兄的主意好。"

吴乃忠："秀先说出了我的心思。我是想在这一卖一买之间,我们可以增加不少股份。"

马盛安："乃忠兄,你就说怎么干吧,我们听你的。"

吴乃忠："既然大家信得过我,我想这么干……"

9-20　天津王振瀛家　夜内

王振瀛正在接电话。

王振瀛："《盖世报》的金总经理，昨晚在浙江会馆怎么没看到你啊？什么？有人说我偷用汇丰银行的库存银？无稽之谈。对，没发表就对了。知道是谁写的吗？"

王振瀛："笔名？有收稿费的地址吧？"

王振瀛："有，好，告诉我。嗯，嗯。看来是有人冲着我来的啊。"

王振瀛："多谢你，金总，明年我加倍给你们广告。"

放下电话，王振瀛坐在沙发里冥思苦想，到底是谁呢？儿子王绍祖推门进来。王绍祖大约30出头的年纪，主要负责海港银行的业务。

王绍祖："爹，出什么事了？"

王振瀛："绍祖，你来的正好。今天上海的《申报》和天津的《盖世报》的人分别来电话，告诉我有人要刊登对我们不利的消息。好在我们一直与这两家报馆相处得不错，他们才没有刊登。"

王绍祖："文章呢，您看到了？"

王振瀛："没有，都是在电话里告诉我的。"

王绍祖："难道有人要对我们下手？"

王振瀛："不得不防啊，商场一个闪失，就可能倾家荡产。绍祖，我们海港现在有多少现洋？"

王绍祖："100万吧。"

王振瀛："那么少？如果遇到挤兑就麻烦了。"

王绍祖："汇丰那边能再……"

王振瀛："汇丰这边已经快空了，我担心得很，怕上海总部来查。好在现在常来的两个洋人都已经是我的朋友了，要是换人了，就危险。"

王绍祖："田经理说今天有个叫雍天成的人来存2000万，就是要的利息太狠。"

王振瀛："看来天不绝我啊。雍天成？这个名字有点儿耳熟啊。"

9-21　天津英租界海员俱乐部　夜内

小谷："看来没人愿意得罪这两家，文章都给我退回来了。"

柴少爷："没人跟踪你？"

小谷："我留了假地址，今天已经有两拨人去那里搜查了。"

柴少爷："看来王振瀛的势力真的很大。报馆里的人不是认识你？"

小谷："我们从未见过面，文章发表了就给他汇款。"

柴少爷："上海的报馆不行，天津的报馆不行，我们就去北京的报馆。"

小谷："您一句话提醒了我，日本人的《顺天时报》应该和这两家没什么利益关系。我在那家报纸也有内线。"

柴少爷："好，马上去办。"

9-22　天津街道　日外

报童："看报看报，看《顺天时报》，看广东会馆梁义顺被绑架，看浙江会馆挪用资金，海港银行无钱可提。"

路人听到这爆炸性的消息，纷纷驻足，买报。很多人开始奔向海港银行和中民银行的储蓄网点。

9-23　天津海港银行和中民银行　日外

银行外，储户们已经挤在银行大门口。银行的大门紧闭，可以看到里面有很多工作人员在不知所措地向外张望。

9-24　天津广东会馆吴乃忠董事办公室　日内

吴乃忠进入办公室，气冲冲地把报纸摔在办公桌上。唐连科进来。

唐连科："乃忠兄看到报纸了？"

吴乃忠："日本人的《顺天时报》真是狗娘养的，破坏了我们的计划。他们几个都知道了？"

唐连科："已经都知道了。大家都想知道下一步怎么办？"

吴乃忠："下一步，下一步……现在中民银行的股价是多少？"

唐连科："早上开盘就跌了6个点，现在还在下跌。抛盘非常多。我倒觉得现在可以出手接些抛盘。"

吴乃忠："不能接，而是继续抛。这叫落井下石。我们每人抛1%的股份。"

唐连科："那么多？"

吴乃忠："不多。把散户的抛盘砸出来，我们就买进。现在股价是多少？"

唐连科："开盘是 1. 55 元，我打电话问问现价。"

9－25　天津小文妹包子铺　日内

小文妹哭着向素萱说海港银行挤兑的事，素萱在安慰她。

小文妹："素萱姐，我所有的钱都在海港银行里，我可咋办啊？"

素萱："文妹，你别担心，我问问天成，看看他有什么办法。"

9－26　天津王振瀛办公室　日内

看到报纸上的文章，王振瀛惊出一身冷汗。他忙打电话给王绍祖。

王振瀛："绍祖啊，报纸你看到了吧。嗯，现在银行怎么样？来取钱的储户很多，嗯，好，我马上联系其他银行。"

9－27　天津梁宅　日内

银行挤兑的消息已经传到梁宅。

梁丰翼放下报纸，摘下花镜："我们的现洋还有多少？"

寿昌："昨天的余额是 2500 万。"

梁丰翼："可以应付这些储户吗？"

寿昌："储户的余额是 2000 万，应该可以应付。"

梁丰翼长舒一口气，刚要说话，大管家广森过来。

广森："老爷，浙江会馆的王振瀛来电话找您。"

梁丰翼："报纸上登的消息如果是真的，王振瀛的日子难熬啊。广森啊，你就说我出去了，回来给他回电话。"

广森下去。

梁丰翼："吴乃忠他们呢？"

寿昌："今天还没有到这里来。"

梁丰翼："那几个人总是在一起嘀嘀咕咕。"

寿昌："梁爷，我说句话也许不对。我认为这次是个机会。"

梁丰翼："什么机会？"

寿昌："王振瀛来电话很可能是要求我们资助他现洋，帮他渡过难关。"

梁丰翼:"我也这么想。"

寿昌:"帮或不帮,怎么帮,这里面的学问很可能对我们广东会馆大有益处。"

梁丰翼:"请讲。"

寿昌:"帮,我们是救急,以后借着汇丰银行,我们广东会馆可以更加发达。不帮,看着他死,以我们目前的力量,能否取得他的市场份额?"

梁丰翼:"你的结论呢?"

寿昌:"我没有结论,因为我不知道他的敌人是谁,如果他的敌人非常强大,我们也会受伤。能查到他的敌人最好,不然对我们来说就是一赌。"

9-28 天津王振瀛办公室 日内

王振瀛放下电话。

王振瀛自言自语:"这个老狐狸,平时连家门都不出,现在竟然说出门了。"

坐在一旁的王绍祖:"爹,您打了一上午电话,原来的朋友现在都避而不见了。"

王振瀛:"儿子,记住,当你失势时,只有两类人会关心你:一类是你最好的朋友亲人;另一类就是你的敌人。"

"铃……",电话响了起来。王振瀛拿起电话。

王振瀛:"喂。哦,我听出来了。什么?明天上午到?好的好的。"

王振瀛放下电话,对王绍祖说:"怕啥来啥。海港银行这边还没有眉目,汇丰总部看到报纸上的消息,派两个人来这里调查,明天上午到。"

王绍祖:"还是常来的那两人?"

王振瀛摇了摇头:"不是。看来上海那边也看到了《顺天时报》的报道。"

王振瀛看看表,说:"现在是中午12点,我们还有20个小时。"

王绍祖:"梁家的中民银行今天也被挤兑了,我想梁丰翼那边没有什么希望了。"

"铃……"，电话再次响起。王振瀛拿起电话，听到声音，他马上坐直了身体。

王振瀛："梁爷，我没想到您能给我回话。哪里哪里，首先我对义顺被绑表示难过。"

9－29　天津梁宅　日内

梁丰翼正在和王振瀛通话。

梁丰翼："义顺的事是命，我无法控制。但这一连串的事情，让我觉得有人在暗中算计我们。先是义顺被绑，然后就是你我的银行遭到报纸造谣，现在银行更是遭到挤兑。这背后一定有一只手在操纵整个事情。"

梁丰翼："王先生，虽然我们广东会馆和你们浙江会馆平素往来不多，但我想现在是我们应该联合起来的时候了。我想马上和你见一面。好，就去你的办公室。"

9－30　天津王振瀛办公室　日内

王振瀛放下电话，脸上露出些喜色。王绍祖在一旁说话了。

王绍祖："爹，梁丰翼这时候关心我们，他是朋友还是敌人？"

王振瀛："此时此刻，他和我命运相连，应该是朋友。"

王绍祖："那我们有救了？"

王振瀛："不知道。我现在就是溺水的人，抓把稻草都有即将登岸的兴奋。"

9－31　天津英租界海员俱乐部　日内

柴少爷和兄弟们在谈论银行挤兑的事。

小谷："银行前面都是人山人海，根本挤不进去。"

程上元："怪了，海港银行的现洋按理说挺不到中午啊。"

柴少爷："大富还在海港银行总部外监视。至于上元说的，也可能是滞后效应，很多人还没有得到消息。"

这时，大富跑了进来。

大富："梁……梁丰翼到海港银行去了。"

柴少爷："千虑一失啊，我没想到他们俩家能走到一起。看来不下点猛药是不行了。"

9-32 天津广东会馆吴乃忠董事办公室 日内

吴乃忠："立身兄，什么？梁丰翼到海港银行了？这老狐狸到那里干什么，难道是去救海港银行？"吴乃忠放下电话。

唐连科进来："乃忠兄，经纪公司刚来电话，已经卖出我们每个人各1%的股份，成交价是1.35元。"

吴乃忠："股价还在跌吗？"

唐连科："还在跌，现在是1.17元了。"

吴乃忠："还会跌。知道吗？老狐狸去海港银行了。"

唐连科："他去那里干什么？"

吴乃忠："现在还不知道。如果是去救海港银行，他有那个现金能力吗？"

唐连科："有是有，不过为什么会去救他？难道是兔死狐悲物伤其类？我现在最关心的是这件事会对股价有什么影响？"

吴乃忠："自身难保，还充大头。我们要是把这个消息放出去，股价还得下跌。连科，电话通知他们三位，我要再卖5%的股票。然后把这个消息放出去。"

唐连科："这个消息要是放出去，会打压股价吗？"

吴乃忠："当然。你看，中民都自身难保了，还去帮助海港，这不是找死吗？哪个股东不害怕？"

唐连科："我明白了。好，我这就去联系他们。"

9-33 天津王振瀛办公室 日内

王振瀛父子在一楼迎接，把梁丰翼和董事寿昌请上了2楼。

梁丰翼："广东会馆和浙江会馆以前是井水不犯河水，其实我们早就应该走到一起。"

王振瀛："梁爷，是我不好，我应该早点去拜访您的。"

梁丰翼："我认为义顺被绑架以及我们两家的银行遭到挤兑，一定是有背后黑手在操纵，所以我这次主动要帮助你们海港银行，就是要共

172

同抓出这个幕后黑手。"

王振瀛："听到义顺的事，我们也很难过。在这种情况下梁爷还能来帮助我们渡过难关，我非常感动，请问梁爷能给我们中民注资多少？"

梁丰翼："我想先问你一个问题。报纸上说的你们海港从汇丰挪用库存现洋的事是真的吗？"

王振瀛："都是造谣，都是造谣。"

梁丰翼："我相信你，这样，我们签纸合同，我今天先注资 500 万。"

王振瀛："好说好说。绍祖，你去请文书过来。"

王绍祖出去找了一位文书进来。

梁丰翼："这个合同，我只要两条，一是 500 万，零利息，6 个月后还给我；二是天津海港银行绝无挪用天津汇丰银行库存现洋之事，否则，前述 500 万元立即作为股本注入海港银行总股本，即占总股本的 20％。"

王振瀛："这个，梁爷，我们在商言商，您的要求我觉得不过分。如果换做是我，我会要得更多。但此时您老提出这个条件，给我一种落井下石的感觉。"

梁丰翼："王先生说我落井下石，我感到委屈啊。我儿义顺现在还不知生死，我能不顾他的生死，跑来谈你们海港银行的问题，我图什么？我就是想我们两家合力找出此次事件的幕后黑手。"

王振瀛："梁爷息怒，梁爷息怒。合同就按梁爷说的写，一字不易，一字不易。"

合同很快拟好，王振瀛把合同拿给梁丰翼。

梁丰翼："我眼睛花了，看不清这些字。寿昌，你看看。"

寿昌仔细地看了一遍，把合同交给梁丰翼："梁爷，没有问题。"

梁丰翼："那我签字了。唉，眼睛花什么都看不清。"

王振瀛："绍祖，把我的花镜拿来，让梁爷凑合一下。"

梁丰翼戴上花镜，签了两份合同。王振瀛随后也签了两份。

梁丰翼："寿昌，你收好合同，然后带他们的人到我们中民银行取 500 万现洋。"

寿昌："是。"

王振瀛："绍祖，你和寿昌一起去吧。"

寿昌和王绍祖走了。

梁丰翼："我也该走了。你可能对我的做法有些不满。我想说的是，你上午肯定在四处打电话，可平时的所谓朋友已经用各自借口搪塞你，不是资金紧张，就是不接电话，没有人主动跑来帮你。我和你虽然没有什么交情，但此时却坐在一艘船上。所以我敢来帮你，敢给你 500 万现洋，至于够不够，那看你的造化了。因为我的中民银行也有挤兑问题，不过我目前的现洋可以应付。"

王振瀛有些感慨："梁爷说得是，上午我打出去的所有求救电话，没有一个有回音。这一上午，让我认清了以前的朋友；现在，又让我分不清您是对手还是朋友。"

梁丰翼："王老板，论财力，你是天津第一；论年龄，我比你大。我们不谈什么对手什么朋友，我们就是要解决问题，找到幕后黑手。"

王振瀛："梁爷说得是，振瀛完全同意。"

一个秘书敲门，请王振瀛出去说话，看来是有要事。梁丰翼识趣，主动告辞。王振瀛要送，梁丰翼坚持不用。正好管家广森上楼来找梁丰翼，就搀扶着梁丰翼下楼了。

秘书："董事长，不好了，有几个洋行华买办一起来提款了。"

王振瀛："人在哪里？"

秘书："在贵宾室等候。"

王振瀛："我亲自去谈吧。一会儿绍祖回来，让他给那个叫雍天成的人打电话。千万别忘了。"

9-34　天津广东会馆吴乃忠董事办公室　日内

吴乃忠："立身和盛安不同意？岂有此理！"

唐连科："乃忠兄，我也觉得他们说的有道理。老狐狸出面，那梁义顺被绑的影响就小多了。"

吴乃忠："不可能。老狐狸都 80 多了，还能干啥？他们不卖，我卖，给我卖 3%。"

9-35　天津海港银行　日外

广森把梁丰翼扶进汽车，然后坐进副驾驶的位置，司机开车。

174

广森："梁爷，您老在海港谈话的时候，有几个大客户一起来我们中民要求提款。"

梁丰翼："给了吗？"

广森："没有您的授权他们不敢做主，目前还在拖延，不给的话，怕坏消息越传越广。"

梁丰翼："先回家。"

9－36　天津成礼洋行雍天成办公室　日内

柴少爷来到雍天成办公室。

柴少爷："雍先生，汇丰银行的洋人检查团明天上午就到天津，王振瀛现在已经走投无路了。我这里有以您的名义在海港银行的1000万元存单。据我了解，您是海港银行最大的存户。他们现在资金几乎断绝，一定会主动和您联系要您对存款放心。"

雍天成："我该怎么做？"

柴少爷："这是整个戏里最关键的一幕，您要出手相救。另外，今天海港股票是1毛7，我已经通过股票捎客收购了20％，1600万股海港的股票。"

雍天成："好，这2成的海港股票买得好！"

柴少爷："还有，今天中民银行也有大的抛盘，我已经接了他5％的股票。"

雍天成："好。继续买入，有多少要多少。"

"铃……"，电话铃声响起。雍天成拿起电话。

雍天成："喂，对，我是。您是……王绍祖？"

柴少爷小声："王振瀛的儿子。"

雍天成："哦，久仰久仰。我正要去贵银行呢。什么？您父亲要和我当面谈谈，好啊，在哪里？不，还是我到您那里去吧。好，半个小时后见。"

雍天成放下电话，说："柴少爷神机妙算啊。"

柴少爷："雍先生，现在主动权在您手里了。我计算过了，汇丰的现洋库最多也就能放2000万，这笔钱现在已经准备好了。"

雍天成："好，我这就去会会王振瀛。"

9-37 天津海港银行王振瀛办公室 日内

雍天成在王振瀛父子的欢迎下来到办公室。

王振瀛："雍先生，我们几次见面，未曾深交，遗憾遗憾啊。"

雍天成："王先生，您是天津商界第一人，我只有仰慕。不知您今天找我来是何事，但我要先请您帮我办件事。"说完，雍天成从怀里取出存单交给王振瀛。

王振瀛一看笑了："雍先生，不，老弟啊。坊间谣言不可信啊，我们海港在天津卫的实力是有目共睹的，您的存款在我们这里是最安全的。"

雍天成："王先生，如果我对您没有信心，我是不会在海港存款的。我刚才进来时，看到外面那么多储户，我心里也不安啊。本来我打算再存进 2000 万现洋的，可看到报纸上的消息，我只好把它们放家里了。"

王绍祖："2000 万？您真有……"

王振瀛对着王绍祖："不许多嘴。"王振瀛对雍天成："老弟啊，您既然有那么多现洋，放在家里实在可惜。不如我开个条件，把这些钱借我用三天。你看如何？"

雍天成："王先生，在天津卫，您名字这三个字就值 5000 万，不知您会为这 2000 万开什么条件？"

王振瀛："我用海港银行的所有房地产做抵押，向您借这 2000 万，只用三天，三天后，还您 2200 万。"

雍天成："三天赚 200 万，利润太高了，但风险更大。据我所知，海港银行所有的不动产早就抵押给汇丰银行了。"

王振瀛："老弟对我们海港很熟悉啊，这些不动产以前是抵押给过汇丰，但今年初已经全部收回。老弟，您如果不放心，我还有浙江会馆一处，也加进来。"

雍天成："王先生，您真不愧天津商界第一人啊，我是来取我的 1000 万的，没想到现在家里的 2000 万也快成您的了。可是王先生，今天的海港银行和昨天的海港银行是不可同日而语的。来之前，我问过股票经纪，现在海港股票的价格是 1 毛 7，昨天是 1.5 元。海港一共有 8000 万股本，就是说现在的市值不过 1360 万。如果我对海港有企图，完全可以用我的 2000 万收购海港，但这种落井下石的事我不会干。"

王振瀛："老弟对我们现在的处境了如指掌啊。您有什么要求尽管直接说。"

雍天成："我的要求很简单，以后你们浙江会馆所有洋行的货物都要经过我的脚行。"

王振瀛："可是，洋行运输货物都是签了合同的，没法更改啊。"

雍天成："王先生，我知道浙江会馆和您的能力，您的借口让我非常失望。我也没想到大名鼎鼎的王先生会在这种小事上浪费时间。"

王振瀛："老弟，您真是谈判高手啊，佩服！您这样的商界精英，有没有想过加入我们浙江会馆啊？"

雍天成："浙江会馆是天津的一大会馆，哪个会不想加入？"

王振瀛："既然老弟想加入，那我就保荐您进入我们的董事会。"

雍天成："只进董事会？王先生看看这份授权书。"

王振瀛："（仔细阅读授权书）这家投资公司持有海港 20％的股份，他授权您代表该公司进入海港董事会。20％，那是我们的第二大股东啊。可这家公司我怎么没听说过？"

雍天成："这家公司不重要，重要的是我手里可以操控海港 20％的股份。"

王振瀛："老弟说得好！我助您做我们海港的副董事长。这样您的其他要求就可以在董事会上顺利通过。"

雍天成："好。爽快，就这么定了。今天的事都是大事，我看我们还是立个合同为妥。"

王振瀛："好，就等您这句话呢。"

前来挤兑的人看到银行有大量现金，多数都选择继续存款在海港银行。排在银行门口的长龙也消失了。挤兑事件结束。

海港、中民的股价开始回升。

9-38　天津浙江会馆　夜内

王振瀛在浙江会馆宴请雍天成，其他董事作陪。

王振瀛："这次我的海港银行能安全顺利渡过挤兑风波，这位雍先生起了关键作用。这位老弟是天津一位有为青年，也是我海港银行最大的客户。他在得知我的银行遭遇挤兑、岌岌可危时，不是向我要存款，而是给我钱，而且一出手就是 2000 万。相比之下，我的一些所谓的朋友，不是推说有事，就是说囊中羞涩，甚至连一个关心的电话都不肯打给我，什么叫患难见真情？这位雍老弟就是答案。我提议，我们大家举杯，为雍天成先生的大义之举干杯！"

众人举杯："干杯！"

王振瀛放下酒杯接着说："我对这位尊敬的雍天成先生无以为报，我想来想去，为什么不把这么好的青年吸收到我们浙江会馆里来呢？他在我最困难的时候可以帮助我，他就会在你们最困难的时候帮助你们，你们不需要这样的朋友吗？"

众人："需要。"

包立身："我感谢雍先生帮助我们海港渡过难关，但您要加入董事会，请问没有股份的人怎么能入董事会？"

王振瀛："一时高兴，忘记把这份资料发给各位董事了。（示意秘书把身边的资料发下去）这份资料是一家英国投资公司持有的海港银行 20% 的股份证明，他们授权雍先生为代表加入我们海港银行。"

马盛安："这么大的股东，我们以前怎么不知道？"

王振瀛："各位董事，我仔细看过这份资料，希望各位也看看。该投资公司持有的股份都是在这些天我们海港股价极低时买入的，没有什么不妥。各位董事还有什么意见？"

众人不再言语。

王振瀛："好，那我宣布，雍天成先生正式加入浙江会馆董事会，成为浙江会馆副董事长。而且，我宣布，从今天起，浙江会馆的所有洋行都要在雍副董事长的脚行运输。至于损失，由我王振瀛负责。我们坐到那边合个影，明天见报。"

9-39 天津街道上报童：梁丰翼不顾中民 出手救助海港 看两大银行危难之时联手 雍天成加入海港 位列副董事长 看青年才俊再展天津神话

9-40 天津广东会馆吴乃忠董事办公室 日内

吴乃忠："什么？股价上来了？"

唐连科："是，今天开盘中民的股价是 1.60 元，现在还在上涨。"

吴乃忠："我们发的消息，市场没反应？"

唐连科："市场的解读不一样。他们认为梁丰翼出面主持，中民经营方面的顾虑没有了；中民可以救助海港，说明中民不差钱。而且海港的背后是浙江会馆和汇丰银行，将来对中民肯定有好处，也许会收购中民。"

吴乃忠："不对啊，这么解读真是逆向思维啊。哦，连科，我们 10％的股票，也有 500 万股啊，让谁买去了？"

唐连科："是一家在美国注册的投资公司，全称是美国华清投资有限公司，老板叫柴名世。"

吴乃忠："没听说过这个人和这家公司。"

唐连科："我查过，没有查到其他资料。乃忠，我们要不要把股票再买回来？不然老狐狸知道了对大家都不好。"

吴乃忠："现在买回来，我们里里外外要损失 150 万元，啥也没干，就在原地转个圈，150 万就没了。"

唐连科："这些大家都理解，干事情总要有风险的。我只是怕有人用这 10％的股份做事情，到时候我们就被动了。"

吴乃忠："连科，你说的对。让我想想。也许明后天还有低价，我们可以买进。"

唐连科："会吗？"

吴乃忠："我刚才在梁家听到老狐狸说，他和海港好像有个什么合同，如果海港没有挪用汇丰的库存银，合同就有效。"

唐连科："这事应该问问立身和盛安，他们应该清楚。"

吴乃忠："对了，雍天成成为海港副董事长，之前怎么没听他们俩人提起？"

唐连科："他们不卖股份是不是和这事有关？"

吴乃忠："不会吧。好，我这就给他们打电话，晚上都到我家来。"

9－41　天津成礼洋行雍天成办公室　日内

看着报纸上自己的照片和浙江会馆董事会的合影，雍天成心里非常高兴。柴少爷来访。

柴少爷："恭喜雍先生成为浙江会馆董事会副董事长。"

雍天成："第一步成绩不错。那 2200 万海港已经还回来了。"

柴少爷："今天海港银行打电话来问我们能否提前还贷，可以免利息。我答应他们可以提前还。加上海港给您的 200 万，我们这次还净赚近 200 万，可以说是大获全胜。海港的股票现在已经升到 1 元，我们账面已经赚了 1328 万。"

雍天成："200 万你留下给兄弟们分吧。股票先不要抛，等梁家的事处理完后再抛。"

柴少爷："中民的股票，我已经有 8％了。"

雍天成："有抛盘继续买入。"

柴少爷："奇怪的是，有一家好像也在收购中民的股票，出手不计成本。我算了一下，他大概能买入 12％的中民股份。"

雍天成："还有这事，查到是谁了吗？"

柴少爷："基本查到了，但我还想知道他的背后人物，所以还要等两天再向雍先生汇报。"

9‑42　天津梁宅　日内

多日没有劫匪的任何消息，一种无名的恐惧笼罩了梁家。原本非常镇定的梁丰翼也气馁了。梁丰翼在读报时，偶然看到雍天成的照片，觉得眼熟。

9‑43　天津吴乃忠宅　夜内

吴乃忠："立身兄和盛安兄，雍天成成为浙江会馆的副董事长，你们怎么不通知我们一声？"

包立身："别提了。昨天很晚才开的董事会，事先我们是一无所知。"

马盛安："开完会都凌晨 1 点了，我们就没给乃忠兄打电话。"

吴乃忠："你们这么说，我就放心了。"

包立身："乃忠兄，我和盛安兄不卖另外的 1％股份，是因为我们每人一共就 2％的股份，要是都卖了，就彻底没了。"

马盛安："确实是这样。"

吴乃忠："好了，我理解。你俩给我说说王振瀛挪用汇丰库存银的事吧。"

包立身："乃忠兄，挪用汇丰库存银在我们董事会里是公开的秘密。"

吴乃忠："原来如此。有什么证据证明海港挪用过呢？"

马盛安："要说证据嘛，还真有。只是取出来比较困难。"

吴乃忠："什么证据？"

马盛安："这种挪用，每次数额巨大，所以海港和汇丰都要有出入库单据。不过，这个单据的保管是绝密的。"

吴乃忠："怎么个绝密法？"

马盛安："除了王振瀛父子，没有人知道这些单据存在哪里了。"

吴乃忠："搬运和登记这些琐事，王振瀛不可能亲自干。他有非常信任的亲信吗？"

包立身："有倒是有，不过很难接近。但是还有一个人可能知道这些秘密。"

吴乃忠："谁？"

第10集　《降服广东会馆》

10－1　天津吴乃忠宅　夜内

包立身："这个人是王振瀛多年的秘书，半年前不知什么原因被王振瀛开除了。"

吴乃忠："他叫什么名字？人现在哪里？"

包立身："柴名世。听说后来去了美国。"

吴乃忠和唐连科："柴名世？"

包立身："怎么？这人你们认识？"

吴乃忠："这事复杂了。"

包立身："怎么复杂了？"

吴乃忠："我们卖出的10％，500万股中民的股票就是被这个人买走的。"

包、马、王："什么？"

吴乃忠："你们没有听错。我们的股票抛出后，唐连科问了经纪公司，经纪公司告诉他这些股票都被美国华清公司的柴名世买走了。"

王秀先："他买走这些股票有什么目的呢？"

唐连科："不知道。"

吴乃忠："各位，当务之急是找到这个柴名世。"

10－2　天津梁宅　日内

梁丰翼在看报，管家广森在一旁陪侍。

梁丰翼摘下花镜："这个年轻人成为浙江会馆的副董事长了。"

广森："谁？"

梁丰翼把报纸递过去："来，广森，你看看。"

广森拿过报纸看了一眼："他不是成礼洋行的雍天成吗？竞拍英租界土地和欢迎孙中山的时候都见过他。这个年轻人给人印象深。"

梁丰翼："怎么个深法？"

广森："老爷，我说说您看对不对。以前见过他两次，竞拍英租界土地时应该是他的起步阶段，后来还到礼和找过您，您未见他；第二次是孙中山来津，他也参加了欢迎会，还站在冯都督身后；第三次知道他是因为他夺去了紫竹林码头脚行的生意。紫竹林码头是天津卫最大的货运码头，脚行更雇佣近 2000 工人，宁波帮 50 年来一直控制那里。此次不知宁波帮的林财因为何事得罪了冯都督，码头被军管后不久，管理权就交给了雍天成。整个天津卫因此震惊，您说我的印象能不深吗？"

梁丰翼："看来我要重新认识这个年轻人了。我们洋行的货多数都要经过紫竹林码头，脚行是很关键的一步啊。"

广森看着报纸："老爷，您不觉得奇怪吗？"

梁丰翼："奇怪什么？"

广森："王振瀛的海港银行遭此大劫，竟然可以奇迹般地挺下来。老爷您帮助了他们 500 万，可并未见他们如何报答您。而这个雍天成竟然可以当上浙江会馆的副董事长，难道是雍天成和王振瀛有暗中交易？"

梁丰翼："广森啊，你现在是越来越上道了。交易肯定有，不然浙江会馆那么大的势力怎么会邀请无名小卒入董事会？"

广森："老爷，还有，现在外面有传闻说王振瀛挪用汇丰的库存银。"

梁丰翼："传闻没用，如果有证据的话……"

广森："上哪儿去找证据呢？"

梁丰翼："连科今天来电话没？"

广森："还没有。老爷，您认为雍天成和王振瀛谁是赢家呢？"

梁丰翼："表面上看王振瀛渡过危机，雍天成进入浙江会馆，谁都是赢家。但据我的经验，王振瀛一定有苦衷。广森啊，我有种预感，天津卫新一代的势力马上就要取代我这一代。"

广森："老爷，您是说雍天成会成为新一代的霸主？"

梁丰翼："洪水来了，石头和麻袋能挡得住吗？"

广森："老爷，您说我们少爷的事会不会和雍天成有关？"

梁丰翼："凡事皆有可能，现在不说这个。义顺被绑已经五天，音信全无，王探长那边怎么也没信？你去趟警察局，再请王探长费费心，顺便给他五根金条做费用。"

广森："是，老爷，您别着急，我这就去。"

10-3　天津成礼洋行雍天成办公室　日内

办公室的门关着，雍天成和王探长正在聊天，茶几上两杯茶冒着热气。

王探长："昨晚，梁丰翼的大管家广森来找我，向我打听梁义顺案子的事，他还提到了你。"

雍天成："我？怎么说的？"

王探长："广森说梁丰翼看了报上的消息，说了一句'我有种预感，天津卫新一代的势力马上就要取代我这一代。'"

雍天成："梁丰翼不着急他儿子的事吗？"

王探长："怎么不急，广森说梁丰翼自打梁义顺出事后，明显老了许多。"

雍天成："这只老狐狸，当年我需要他帮助的时候，我连续三天上门去他的洋行，他连面都不见。人在无助的时候，不要说给他黄金，就是对他说一句温暖、贴心、鼓励的话，都会让那个无助的人感激终生。我当时把他当做救命稻草，我的要求对他来说就是举手之劳，而他却想把我置于死地。这次，我不会轻易放过他。不过，老哥，你放心，梁义顺过几天就会回家。"

王探长："老弟，你知道，这次梁丰翼找我破案，只是私人行为，没有通过警察局。梁丰翼这个人我是太了解了，不要说老弟你当年走投无路时，他不帮你。就是在广东会馆，那些大小洋行也对会馆的管理费颇有微词。都说梁丰翼是第二政府，因为政府收一遍税，他梁丰翼还要再收一遍。你说那些洋行能没有怨言吗？"

雍天成："老哥，天津卫两大会馆，浙江和广东会馆都有这样的弊病。为属下的洋行办事不多，但索取可一分不少。中国现在南北纷争，黎元洪和李烈钧在湖口、九江已经开战，政府军需扩大，我们这些做洋行生意的本来就不容易，他们以所谓会馆的名义再收一遍费用，哪还有中小洋行的活路？"

王探长："老弟啊，以你目前的地位应该成立一个会馆专门帮助中小洋行。"

雍天成："老哥啊，还是您有远见啊。"

王探长："过奖过奖。刚才老弟你说湖口、九江已经开战，咱北京政府能打得赢吗？"

10-4 北京中南海居仁堂袁世凯办公室　日内

袁世凯与段祺瑞在商讨九江战事。

袁世凯："打不赢？一群乌合之众都打不赢，我的北洋军脸面还要不要？华甫在天津呆久了，也该出来活动活动。我准备任命华甫为第二军军长，南下江西，剿灭李烈钧。"

段祺瑞："大总统担心黎元洪？"

袁世凯："是啊，现在的中华民国除了我这个大总统，就是他黎元洪了。他现在不仅是副总统，还兼参谋总长，鄂、赣两省的都督，可以说整个长江流域都在他的控制之下。他一旦倒向南方，我们就完了。他是颗险棋，放在那里我不放心，必须尽快让他来北京。"

段祺瑞："大总统如果需要，我亲自去湖北把黎元洪请来北京。"

袁世凯："哈哈，有你芝泉一句话，我就放心了。还有啊，就是赵秉钧由于宋教仁案，他这个总理肯定当不成了。我看由你来当这个总理如何啊？"

段祺瑞："多谢大总统栽培，多谢大总统栽培。那我这个陆军总长？"

袁世凯："这个，我还没有想好，芝泉，你的意见呢？"

段祺瑞："芝泉斗胆，不如让芝泉兼任陆军总长，大总统，您看如何？"

袁世凯："我还怕你不干呢，这样当然好啊。哈哈。"

段祺瑞："多谢大总统信任，多谢大总统信任。"

袁世凯："芝泉啊，现在仗打起来了，军火就是最大的事了，一定要保证供应，这点没问题吧？"

段祺瑞："大总统放心，军火之事陆军部早已安排妥当。"

袁世凯："天津的洋行我们要多扶植。现在北京政府是家徒四壁、口无余粮，这些洋行都是家资亿万，关键时候，外债借不来，只能靠他们垫款为国家效力了。"

段祺瑞："大总统所言极是。这次陆军部要从德国购买 2000 万元的军火，我打算把这笔生意交给天津的礼和洋行来做。因为目前在天津，只有礼和洋行能够有实力承担这么大的数额。"

袁世凯："好。芝泉，就按你说的办。"

10-5　天津梁宅　日内

银行被挤兑，儿子被绑架，梁家忙得焦头烂额。得知北京送来大笔军火订单，梁丰翼非常高兴。

梁丰翼："还是段总长惦记我们啊，出手就给我们 2000 万的大单。"

广森："老爷，广森觉得这笔生意还是不接的好。"

梁丰翼："广森，这可是笔大生意啊，怎么能不干呢？"

广森："老爷，广森斗胆说说自己的想法。咱们梁家刚从银行挤兑中走出来，但少爷被绑架后至今音讯皆无，生死未卜，全家都非常着急。少爷不在，这笔军火大单就得老爷亲自操心，势必会非常辛劳，这是一；现在北京政府在和南方开战，政府财政吃紧，一直在寻找外国借款。这笔 2000 万的生意，我们至少要垫款三成，那就是 600 万。这 600 万，北京政府不会给我们，只能我们自己出。如果北京战败了，我们怎么办？如果北京没有钱不给我们，那我们的损失就太大了，这是二。所以，广森认为我们不应该接这个大单。"

梁丰翼："广森啊，小心驶得万年船，没错。但过于小心，就是故步自封了。义顺不在家，我们也要继续往前走啊。我们不走，后面的人就会超过我们；前面的人就会回头把我们吃掉。至于北京政府胜败与否，那不是我们该考虑的事。我们是商人，商人就是要逐利；我们还是军火商人，军火是干什么的，难道是做慈善的？谁出钱我们就给谁武器，至于谁赢谁输，那不是我们该管的事。我们如果不接此单，会有无数的洋行挤破脑袋想接。到那时候，北京怎么看我们礼和？我们礼和以后还怎么做下去？"

一个仆人拿着一封信跑了进来。他把信交给梁丰翼。广森麻利地递上老花镜。梁丰翼戴上花镜，撕开信封，打开信，先看落款。

梁丰翼："广森，快，快，快看。"

广森接过信："是，是少爷的来信。"

梁丰翼："你念念。"

广森："老爷，要不要把女眷都找来一起听。"

梁丰翼："你念吧，先不必让其他人知道这事。"

广森："好。信倒不长，就一页。父亲大人膝下敬禀者，儿义顺现在一切均好，勿念。唯闻北京要从我们礼和买入大批军火与南方开战，此事万万不可，否则儿命休矣。儿义顺谨百叩上禀。"

梁丰翼："义顺还好，义顺还好。"

广森："少爷看来很安全。"

梁丰翼："北京让我们办军火的事，义顺怎么知道的？难道他被南方劫去了？广森，你打电话，请王探长马上来这里，越快越好。"

10－6　天津雍天成舅舅家　日内

素萱与小文妹结伴来看舅舅舅妈，两位老人非常高兴。舅妈让素萱早日和雍天成完婚，素萱很高兴，但有些不好意思。

舅妈："外甥媳妇来看我了，快坐快坐。"

素萱："舅妈，您老快别这么说。我和天成还没办事情呢。"

舅妈："那还不是早晚的事，哈哈。我这老太婆都等不及了。小文妹啊，你和八十六的事情怎么样了？"

小文妹："八十六对我挺好的。不过，成哥和素萱姐不结婚，我们怎么能走在他们前面呢？"

素萱："小文妹。"

舅妈："小文妹说得没错，素萱，你不着急啊？"

素萱："舅妈，我着急有什么用啊。天成他太忙啊。"

舅妈："看来我得说说天成了，你们都老大不小了。"

素萱："舅妈，不要说我们的事了。您老的身体怎么样啊？"

舅妈："我还行，就是你舅舅最近好像老忘事，跟他说一件事，他转身就忘了我说过什么了，唉。"

素萱："有没有请大夫看看呢？"

舅妈："还没有。老了不都这样吗？这也算病？"

素萱："我也不知道。不过天成要是知道了，一定会非常担心。"

舅妈："天成就是和他舅舅好。"

10-7　天津梁宅　日内

王探长急急忙忙来到梁宅。

王探长："梁爷啊，听说来信了？"

梁丰翼："广森啊，把信给王探长看看。"

王探长看信，然后仔细看信封及信纸。

王探长："梁爷，您老有义顺的日记或之前写的什么东西，我对对笔迹。"

梁丰翼："我看是义顺的字。"

王探长："恕我冒昧，梁爷，咱们行有行规。笔迹这事，我们有我们的看法。"

梁丰翼："那好，广森啊，去，给王探长把义顺以前的信拿来。"

广森下去。王探长仔细看着信封。

王探长："梁爷啊，这信是从俄租界寄出来的。"

梁丰翼："俄租界，他们把义顺藏在俄租界了？我和俄领事非常熟的。"

王探长："人藏在俄租界的可能性不大。为什么这么说呢？因为这个信封是日租界专卖的，而信纸却是典型的英国货。劫匪很聪明。"

广森抱了一个大盒子进来。打开盒子，王探长随手拿了一封信，仔细看。

王探长："梁爷，我把这两封信一起带回去。笔迹鉴定，我不在行，还得请警察局里的专家来鉴定。"

10-8　天津成礼洋行雍天成办公室　日内

雍天成早就知道北京要给礼和洋行一个大军火订单，所以让海大迫使梁义顺写了那封信。王探长此时正在雍天成办公室里，向雍天成汇报梁家的反应。

雍天成："他们会放弃那笔订单吗？"

王探长："我看没那么容易，梁丰翼可不是一封信能吓倒的。"

雍天成："看来得下点猛药了。"

雍天成拿起电话："旭东，按计划，现在开始。"

10－9　天津英租界海员俱乐部　日内

柴少爷和柴名世在喝咖啡。

柴少爷："堂兄，你这手干得漂亮啊。不过，我有一事不明。你为什么不买海港的股票，而去买中民的？"

柴名世："还不是因为海港的股票都被你买走了，哈哈。"

柴少爷："堂兄，你这步棋我始终想不明白。你现在手里有12％的中民股票，这会对海港那边产生什么影响呢？"

柴名世："不瞒堂弟，你知道梁丰翼和王振瀛之间的那份合同吗？"

柴少爷："知道啊。不过谁也没有证据证明王振瀛挪用了汇丰的库存银。"

柴名世："我能证明。"

柴少爷："真的？那可是价值2成海港的股份啊。"

柴名世："那还能有假？我可是在王振瀛手下干了10多年啊，没想到被他一脚给我踢出来了。"

柴少爷："堂兄是想用这个证据整倒王振瀛？"

柴名世："正是。王振瀛倒了，海港银行也就倒了，所以我不买海港的股票。"

柴少爷："堂兄就是堂兄，棋高一着啊。但我要提醒堂兄，王振瀛可不是那么好对付的，稍有不慎，就有性命之忧啊。"

柴名世："这也是我担心的，所以我找堂弟来商量这事。堂弟在天津人脉广，肯定有万无一失之法。"

柴少爷："堂兄既然找到我，说明堂兄做事非常谨慎。但以我的能力，还不足以给堂兄意见。不过，我有一位大哥，他现在刚刚荣任浙江会馆的副董事长，我想您能从他那里找到答案。"

柴名世："堂弟说的是雍天成？"

柴少爷："正是。堂兄认识？"

柴名世："这个名字在天津卫尽人皆知，我还未曾有幸一见。"

柴少爷："那好，我这就安排您和雍先生见面。"

10－10　天津紫竹林码头　日外

码头工人们纷纷放下了手里的货物，来到码头中心的空场集结。很快，空场就被近 2000 名码头工人占满。

大洪、二洪等人把"要求加薪""提高工人待遇""尊重工人"等口号条幅发给工人。

大洪："兄弟们，今天开始，我们要为了提高待遇而罢工。现在物价飞涨，洋行货运数量激增，而我们的薪水却不见增加。这样公平吗？"

众工人："不公平！"

大洪："兄弟们，为了消灭这种不公平，我们必须要让他们知道，我们不是奴隶，我们要获得应得的报酬和尊严。"

众工人："尊严！"

大洪："从现在开始，我们就在这里罢工。水和三餐，会有人专门送来，大家不必担心。我们初步商定罢工一周，一周后，每人发给 5 块大洋。"

众工人："好！"

10－11　天津浙江会馆　日内

浙江会馆董事会在开会讨论紫竹林码头罢工之事。董事们已经吵得不可开交。

包立身："我是做生鲜贸易的，这两天从日本运来的食品没人搬运，天气又这么热，已经开始变质了。"

陈祖范："我是做棉花生意的，堆在码头的货物亟需运出去，不然过几天下雨，我的棉花可就遭殃了。"

王振瀛："大家安静，大家安静。紫竹林码头是由我们的副董事长雍天成先生经营，我已经邀请雍副董事长来此，向大家解释这次码头罢工的原委和他的解决措施。"

包立身："雍副董事长怎么还不来啊？"

陈祖范："可能是码头问题太棘手吧。"

这时，会议室的门开了，雍天成走了进来，旭东紧随其后。

雍天成："各位董事，大家放心，所有浙江会馆的洋行在紫竹林码头运输的货物，我雍天成保证会安全、如期地装船和卸船。"

包立身："你们那里的工人不是都在罢工吗?"

雍天成："现在码头上有 2000 人在罢工，还有 1000 人没有参与。不过，我要和大家说的是，让 1000 人干 3000 人的活，效率肯定会低，所以目前首要的事还是要先解决工人罢工的问题。工人的要求就是提高待遇，这个待遇怎么提高? 我想还是要先从提高脚行费用着手。"

陈祖范："那还不如再招 2000 个工人，不是省事又省钱?"

雍天成："这位是棉花大王陈祖范吧? 失敬失敬。脚行的活可不是随便找个人就能干的。就拿你的那个棉花包来说，我一个熟手的工人一次可以扛一个，而且还疾走如飞。而新手至少需要 2 个人才能扛得起一个棉花大包，走起来还步履蹒跚，效率低下。有人肯定要问，培养训练一个熟手的码头脚行工人需要多长时间，我告诉你，需要整整一年。"

包立身："脚行的费用要提高多少?"

雍天成："请我的脚行总经理旭东来回答这个问题。"

旭东一直站在雍天成身后。旭东："目前天津脚行的费用在中国几大港口中是最低的。以刚才提到的棉花包为例，我们天津现在一包的费用是 2 角，而上海是 5 角，广州是 4 角。脚行工人的薪水，我们天津是 5 元，上海是 15 元，广州是 12 元。我们已经与工人代表讨论过多次，他们的要求是至少达到广州的薪资水平。而薪资水平的提高，必定引起脚行费用的上涨。我们初步计算，如果达到月薪 12 元，脚行费用就要提高一倍，达到 4 角钱。"

棉花大王陈祖范："费用提高太多了，我无法接受。"

旭东："我们也认为月薪 12 元太高，目前 10 元是我们可以接受的最高限。如果 10 元的话，脚行费用要提高 1 角。"

棉花大王陈祖范："我不能接受，涨得太多了。"

雍天成："老陈，你的棉花这几年受战争影响，已经赚得盆满钵满。我没记错的话，现在中国近 100 万的军队，起码有一半军用棉衣、棉被是用你的棉花。而你的棉花这 3 年中已经涨了 1 倍。而这 3 年中，我的工人薪水却一直维持在 5 元，脚行费用也一直维持在 2 角。这恐怕也是你这 3 年里，从津沪粤 3 个港口，到现在只用天津一个港口的主意原因吧。各位董事，要想马儿跑就得给马儿多吃草，这是最浅显的道理。工人是什么？他们是把货物装船卸船的唯一手段。没有他们，（指着陈祖范）你的棉花就会被雨淋；没有他们，（指着董事甲）你的货物就会腐烂在码头。"

王振瀛："我觉得雍副董事长说得在理，工人也要吃饭。现在物价飞涨，房价房租也在涨，如果薪水不涨，以后我们就会失去这些熟手工人。如果没有熟手工人，那码头的效率将会非常低。雍副董事长，说说您的结论吧。"

雍天成："王董事长说得非常好。我的结论很简单，把工人的月薪涨到 10 元，每包货物的脚行费用提高到 4 角。本来这些事，我是不需要和在座的各位商量的，因为这完全是我自己码头的事。但既然我是浙江会馆的副董事长，既然大家叫我一声副董事长，我觉得还是先和大家打个招呼比较礼貌。我尊重在座的王董事长以及各位董事，也请各位体谅我的苦衷。"

王振瀛："好了，各位，我们感谢雍副董事长能够相信和尊重我们，把自家码头的事和我们分享。我先表个态，我赞成雍副董事长的决定。"

包立身、董事乙看到其他董事已经举手表示赞成，也无奈地举起手。

王振瀛："好，我们浙江会馆一致同意把脚行费用提高到每包 4 角。大家鼓掌通过。"

10 - 12　天津紫竹林码头　日外

码头空地上，罢工仍在继续。大洪、二洪在分头指挥。

黑龙、黑豹组织一批脚行工人在装卸物资。所有装卸的物资都有浙江会馆的标记。

黑龙："大家注意，只搬运贴有红色标记包裹！"

黑豹则在一旁领人往包裹上贴红色标记。

10 - 13　天津梁宅　日内

广东会馆的董事们齐聚梁家。紫竹林码头罢工让众董事非常紧张，大批商品也许就此成为垃圾。而浙江会馆因为有雍天成这个董事，他们的商品却在正常装卸。几个董事要求梁丰翼邀请雍天成加入广东会馆做董事。梁丰翼无奈，答应亲自出马会会雍天成。

吴乃忠："梁爷，紫竹林码头已经罢工三天，浙江会馆因为是雍天成做副董事长，所以他们的货物一直没有耽误，都是正常装船卸船。梁爷啊，一定要想想办法啊。"

梁丰翼："报上说紫竹林码头脚行的单包费用已经涨到 4 角了，浙江会馆是按这个费用吗？"

寿昌："没错，昨晚吃饭时，浙江会馆的棉花大王陈祖范还在抱怨这次赚得少了呢。"

梁丰翼："你们对涨价这事怎么看，能接受吗？"

吴乃忠："不接受又能怎样？天津卫就这么一个大码头，其他小码头根本停不了外国货轮。"

寿昌："梁爷，不知紫竹林码头有没有和我们广东会馆沟通过涨价的事？"

梁丰翼："有。今天早上，紫竹林码头送来一封信和合同，说的就是涨价的事。（拿出信）广森，交给大家看看。不过既然浙江会馆都接受了涨价，我们接受也是迟早的事。现在码头上浙江会馆的货物没有耽误船期，客观地讲，是人家已经接受了涨价之故。"

吴乃忠："梁爷，自从罢工以来，浙江会馆的货都是单独发运，一天也没有耽误。而我们的货全被耽误了。"

寿昌："吴董事说得没错，确实是这样。"

梁丰翼："据我所知，这次罢工的工人有 2000 人，还有 1000 人仍在工作。工人们的要求就是加薪，要加薪，脚行的费用只能提高，否则雍天成就得自己负担这笔费用。一个工人每月涨 5 元，3000 个工人一年就是 18 万。这笔钱对雍天成来说只是九牛一毛，他不会在乎的，他看中的是脚行费用增长这块利润。就像吴董事说的，天津就这么一个大码头，定价权掌握在他们手里。如果大家同意涨价，我就签了那份合同，给紫竹林码头送过去。也好让我们的货物早点装船卸船。"

吴乃忠："既然浙江会馆都让雍天成做了副董事长，我们广东会馆何不也请雍天成做副董事长呢？这样，我们在码头就可以畅通无阻了。"

梁丰翼："吴董事这个建议提醒了我，我觉得可以接受，大家的意见呢？"

寿昌："我们这些做洋行的，和码头打交道最频繁。如果能让雍天成做我们的副董事长，至少可以让我们省去码头上的烦恼。"

其他几位董事也表示赞成。

梁丰翼："既然大家都同意，那我就亲自出马，要求雍天成加入广东会馆。"

10-14　天津成礼洋行雍天成办公室　夜内

旭东正在向雍天成报告紫竹林码头罢工的情况。雍天成对罢工三天的影响非常满意，因为广东会馆的众洋行已经非常着急了。

雍天成："工人们每天的伙食安排得怎么样？没人生病吧？"

旭东："放心吧，成哥。现在的一日三餐，由100人为工人们准备，吃的是既安全又可口。至于医疗，我们从国际红十字会请了专业的医生和护士。"

雍天成："天气太热，安排好了我就放心了。"

旭东："成哥，现在广东会馆的洋行看到浙江会馆的货物可以随时装卸，都急得要命。听说梁丰翼要亲自上门求您呢。"

雍天成微微一笑。

电话响起。雍天成接电话："好，上来吧。"

雍天成放下电话。旭东："成哥，我出去了。"

雍天成："好。"

一会儿，有人敲门。雍天成："请进。"

柴少爷领着柴名世进来了。

10-15　天津雍天成办公楼外　日外

吴乃忠正在向雍天成卖好。

吴乃忠："昨天我在董事会上，力劝梁丰翼邀请您加入广东会馆，并任我们的副董事长。"

雍天成："多谢吴先生。那梁丰翼是什么态度？"

吴乃忠："他完全同意，还说要亲自上门邀请您。"

雍天成："我得考虑一下这件事情。"

吴乃忠："雍先生忙，那我告辞了。"

梁丰翼和管家广森到了雍天成办公室楼外。广森看到吴乃忠的背影上了一辆东洋车。

广森："刚才那人怎么像吴乃忠董事？"

梁丰翼看都没看："不可能。乃忠到这里干什么。"

广森："非常像啊，老爷，您好好看看。"

梁丰翼转移话题："广森，这个楼不是霍夫曼伯爵的公馆吗？"

广森："老爷您说得没错。但这楼早就让雍天成给买下来了。不仅这栋楼，这条街上一半的建筑都是他的。"

梁丰翼："我真是老了。多少年不出门，世界变化快啊。走，广森，你去递我的名片。"

广森："老爷，我先去。如果人在，我再接您上去。"

梁丰翼："不，一起上去。"

广森答应一声，走进楼内。豪邦接待了他。

豪邦："您稍等，我去看看老板在不在。"

豪邦推开雍天成办公室的门，把梁丰翼求见的事说了。

雍天成沉思片刻："就说我不在。"

豪邦回话，广森失望地走了。

梁丰翼得知雍天成不在："那我们明天再来。"

广森："老爷，我觉得雍天成就在里面。"

梁丰翼："他不见我是有道理的。这也怪我，真是越老越糊涂，当年没有想到帮助他一把，反而想要看他的笑话。报应啊，报应。"

广森："可是，老爷您就是去见德国皇帝，人家再忙也会见的啊。"

梁丰翼："往事不值一提。开车，明天我们再来。"

10－16　天津梁宅　夜内

几个董事非常生气，都说雍天成不识抬举。可见多识广的梁丰翼不这么看，他认为总有年轻人要掌握这个世界，如果我赢不了他，就把自己交给他。梁丰翼决定明早再去拜会雍天成。

吴乃忠："梁爷，雍天成这小子可真是欺人太甚，目中无人，竟然连您都不见。"

唐连科："是啊，如果这样的话，那我们广东会馆的面子可丢大发了。"

梁丰翼："两位董事都是天津卫的一流人物，论财力论人脉，整个天津卫也找不出十个您二位这样的名流。你们可以和雍天成单独叫板吗？我想连浙江会馆的王振瀛都接受了雍天成，你我自问在财力和人脉上比得过王振瀛吗？（众人摇头）我也曾想过动用北京的关系来压制雍天成，但北京的袁大总统和他也熟；我想动用冯都督压制他，冯都督和他也熟。我们怎么办？鱼死网破不是出路，只有合作是唯一出路。年轻人终究会掌握这个世界，我赢不了他，我就把自己交给他。这没什么可丢人的。相反，我们损失些面子，恰恰保护了我们的饭碗，也让那些为我们工作的人和他们的家庭保住了饭碗。这不好吗？"

众人不再言语。

梁丰翼："广森，明早再去拜会雍天成。"

10‑17　天津吴乃忠宅　夜内

吴乃忠从梁家回来，与几名董事密谈。

吴乃忠："柴名世还没有找到，对我们非常不利。"

包立身："我和盛安兄问遍了浙江会馆的人，没人知道他具体在哪里。但有人说他人肯定在天津。"

王秀先："人在天津，没有理由找不到啊。不如请天津第一侦探所帮助我们找到此人，怎么样？"

唐连科："这样做动静会不会很大？我怕引起其他人的警惕。"

吴乃忠："我同意秀先的主意，我这就找侦探所的人。"

10‑18　天津紫竹林码头　夜外

码头空地上，工人们仍在罢工。小文妹的包子铺和其他饭店都在向码头送食物。旭东在与大洪、二洪、黑龙、黑豹等商量罢工事宜。

旭东："要保证三餐、保证安全、保证卫生，最多再坚持一个星期，罢工就可以结束。黑龙、黑豹，你们的工人要加班搬运码头上的货物，加班的薪水加倍，同样要保证三餐。"

黑豹："东哥，这也不是什么罢工啊。工人有吃有喝，干一天活罢一天工，还给工钱，我是怎么也看不懂啊。"

旭东："别的事你们几个不要管，也别打听，都把自己的活干好，赏钱红包少不了你们的。"

大洪："东哥，有些生鲜货物已经腐烂，如何处置啊？"

旭东："通知洋行领回去。"

大洪："那损失……？"

旭东："损失他们自己承担，不然就让他们找工人去要。"

10-19　天津成礼洋行雍天成办公室　日外

梁丰翼的汽车缓缓地停在了雍天成办公楼外，广森搀扶着梁丰翼走进了办公楼。依然是豪邦在接待。

广森："麻烦豪邦先生给通报一声，就说广东会馆的梁先生前来拜访。"

豪邦："对不起梁先生，雍先生今天有事不会来洋行的。"

梁丰翼："这位豪邦先生，请问雍先生知道我们昨天来过了吗？"

豪邦："昨天我已经向雍先生汇报了。"

梁丰翼："他怎么说？"

豪邦："雍先生啥也没说。"

梁丰翼："豪邦先生在这里负责什么工作呢？"

豪邦："这是我的名片（双手交给梁丰翼），我在这里主要负责雍先生的地产业务。"

梁丰翼："好，好，多谢豪邦先生。那我们明天再来。"

来到楼外，广森扶着梁丰翼坐进了汽车。

10-20　天津雍天成办公室外梁丰翼的汽车里　日内

梁丰翼："雍天成这是在向我报当年的三次不见之仇啊。不过，他明天就会见我们了。"

广森："老爷，您怎么知道呢？"

梁丰翼："当年他到我的礼和洋行，接待他的就是普通接待人员。而他不一样，他用豪邦这样的高级工作人员来接待我们，就说明他对我们还是非常重视的。明天我们再来。"

10-21　天津梁宅　日内

由于连续两天见不到雍天成，众人已经不像昨日那样气哼哼了，只有吴乃忠还在挑事。

吴乃忠："梁爷，我们广东会馆这样的地位，您老这样的地位，两次登门去见雍天成，他都不见，真是欺人太甚。"

唐连科："吴董事，我们还是听听梁爷怎么说吧。"

吴乃忠不解地看了唐连科一眼。

梁丰翼："各位不要心急，明天本人再去。"

吴乃忠："今天码头上通知一些洋行要他们取回腐烂的生鲜货物，这些损失怎么办？我们广东会馆应该出面向码头索赔啊。"

梁丰翼："这些损失一共有多少？"

吴乃忠："具体数字还没有统计。"

梁丰翼："广森，一会儿你和吴董事把具体数字调查清楚。明天我见雍天成的时候和他谈。

门人急匆匆跑进来，交给梁丰翼一封信。广森把花镜递了上来，梁丰翼戴上花镜，开始看信的落款。然后把信收了起来。

梁丰翼："各位，明天我一早就去见雍天成，大家回去吧。"

众人告别。

梁丰翼："广森啊，义顺又来了一封信，你读读。"

广森："父亲大人膝下敬禀者，儿义顺现在一切均好，勿念。儿上封信请求父亲不要帮助北京政府置办军火，请父亲千万照办，否则儿命休矣。儿义顺谨百叩上禀。"

梁丰翼："还是俄租界寄出来的？"

广森："是。信封和信纸都和上次的一样。"

10-22　天津广东会馆梁宅大门外　日外

在梁家门外，吴乃忠对王秀先说："今天唐连科很奇怪，他怎么站在老狐狸的立场上了。"

王秀先："我也觉得奇怪。侦探所来信了？"

吴乃忠："今晚你到我家来，侦探所的人会来。"

王秀先："唐连科也来吗？"

吴乃忠："就你我，和侦探所的人。"

10-23　天津雍天成舅舅家　日内

雍天成和素萱来舅舅家看望舅舅舅妈。

舅妈："玉堂啊，该考虑结婚的事了，你也老大不小了。"

雍天成："舅妈，我忙过这阵就去素萱家提亲，您老别担心。"

素萱："舅妈，让天成先忙吧，我理解他。"

雍天成："舅舅呢，怎么没看到舅舅？"

舅妈："你舅舅这几天越来越显老，他在书房呢。"

雍天成："你们娘俩先聊着，我去看看舅舅。"

10-24　天津梁宅　日内

梁丰翼正在打电话。

梁丰翼："段总理，恭喜您高升。梁某人已经派人去京道贺并备薄礼，请您务必收下。"

梁丰翼："是，是。段总理，梁某还有一事，请段总理帮忙。"

梁丰翼："您给我的军火大单，我非常荣幸。由于前段时间我的银行受挤兑，损失不小，我现在实在无法筹措到600万的前期资金。我怕耽误国家大事，特意跟您汇报一声。"

梁丰翼："段总理，我也想为国分忧。这次特意准备了100万军饷让家人送到您那里。"

梁丰翼："过奖过奖，多谢段总理美誉。天津还有哪家洋行可以做这单军火生意……不知道段总理可否听过成礼洋行？是，老板是雍天成。他非常有实力，是，是。"

10-25　北京陈宦家　日内

陈宦给雍天成打电话。

陈宦："天成啊，对，是我，陈宦叔叔。刚才段总理给我电话，让你来北京见他。"

199

陈宦："我和你婶婶都好，非常好。"

陈宦："明天到北京？好，还住在我这里吧，方便。"

10-26　天津梁宅　夜内

梁丰翼把司机叫了进来。

梁丰翼："你去把车备好，我要去趟成礼洋行。"

10-27　天津成礼洋行雍天成办公室　夜内

梁丰翼第三次拜访雍天成，雍天成非常隆重热情地接待。

雍天成："听说梁先生已经来过两次，雍天成有失远迎，真是失礼啊。"

梁丰翼："年轻人为事业奔波忙碌是应该的，不像我这把老骨头，待在家里无所事事。"

雍天成："梁先生为何事而来啊？"

梁丰翼："我此来是邀请您加入我们广东会馆的。"

雍天成："雍某何德何能，竟然劳动梁先生的大驾亲自上门邀请？"

梁丰翼："我们广东会馆董事会全体成员一致认为您是天津商界的栋梁之才，如果您肯加入我们董事会，那是给广东会馆锦上添花。"

雍天成："能够加入广东会馆的董事会，我也非常荣幸。梁先生，说说您的条件吧。"

梁丰翼："无条件，无条件。只要您答应，我们在董事会上就走一个表决的程序，待遇按照浙江会馆的标准，您看如何？"

雍天成："既然梁先生三次登门邀请，我再拒绝就失礼了。但我要请梁先生看一样东西。"

雍天成拿出股票经纪公司出具的股份证明书副本交给梁丰翼。

梁丰翼戴上花镜："柴名世持有中民银行12％的股份。哈哈，我终于亲自看到这份证明书的副本了。"

雍天成："如果我没说错的话，正本就在您那里。"

梁丰翼："雍先生说得没错。柴名世受我之托，出面购买了这些股份。"

雍天成："那这些股份是谁抛售的，想必您也一清二楚。"

梁丰翼："哈哈，说来真是知人知面不知心，几十年的合作伙伴会在背后捅你一刀。"

雍天成："梁先生能否讲给我听？"

梁丰翼："本来家丑不可外扬。但今天我以百倍的诚意邀请雍先生加入到广东会馆，我也把雍先生当做了自家人。现在我就说说这家丑。"

10－28　天津吴乃忠宅　日内

吴乃忠和王先生在听侦探所的报告。

侦探："两位先生请看照片。这张照片是拍摄于英租界海员俱乐部，照片上的人是你们要找的柴名世和广东会馆的董事唐连科。"

吴、王："唐连科？"

侦探："是。他和柴名世的联系非常频繁，两天见了三次面。"

吴："多谢侦探。（拿出银票）这些是你的酬劳，有需要我再联系你。"

侦探道谢后走了。

吴乃忠："我们都被唐连科耍了。"

王秀先："难道我们的股份都被唐连科那家伙买去了？"

吴乃忠："有可能。这种股份转让是非常容易的事。我现在不关心股份，我关心的是老狐狸会怎么对付我们。"

10－29　天津成礼洋行雍天成办公室　夜内

梁丰翼："我们广东会馆有个董事叫吴乃忠，雍先生一定见过，因为他曾经到这间屋子里来过。（雍天成点点头）他一直想取代我，成为广东会馆的董事长。所以他用了很多手段，包括想联合您；也包括准备抛售股票，然后高卖低买，以获得更多股份；还有就是不断在我面前说你坏话，挑拨关系。他联合了我的两个董事和王振瀛那里的两个董事。但他没想到的是，其中一个我的董事唐连科先生是我最亲信的人。所以他们的一举一动我都知道。"

雍天成："梁先生真是运筹帷幄，天成佩服，佩服。好，我答应您的邀请，加入广东会馆。作为感谢，这份副本今天正式交还给它的主人。（站起来，交给梁丰翼）明天会有 8％的股份过户到我的名下，那样我就是中民的第二大股东，可以名正言顺地做副董事长了。"

梁丰翼："这 8％的股份我能否冒昧地打听一下，来自哪里？"

雍天成："是一家英国投资公司在中民挤兑期间收购的。"

梁丰翼长舒一口气："那我就明白了。咱们一言为定，明天上午我们广东会馆见。"

雍天成："好。"

梁丰翼："另外，有件事我不知做得对不对。"

雍天成："梁先生请讲无妨。"

梁丰翼："北京让我置办 2000 万的军火，您也知道，我们梁家儿子被绑架，银行被挤兑，损失惨重，实在无力承担这笔军火的前期费用。我向北京推掉了这笔生意，但我推荐了您的成礼洋行来做。"

雍天成："梁先生真令我刮目相看。送我如此大礼，还这样低调，修养真是无人能及啊。"

梁丰翼："这笔生意前期需要投入 3 成的资金，即 600 万，因为我承担不了，所以推却了，大礼谈不上，我是量力而行罢了。我也不多打扰了，咱们明天一早广东会馆见吧。"

雍天成："好，明天见。"

10－30　天津雍天成家　夜内

柴少爷来访。

柴少爷："我们买入的 8％股份转让的手续已经办完了。您现在已经是中民银行的第二大股东了。"

雍天成："好。你堂兄提供的那些证据的价值比这些股份要高 10 倍不止。"

柴少爷："他回美国之前一再说 100 万实在是太多了，他非常满意。"

雍天成："告诉他，我很欣赏他。过一阵子，我要成立自己的天津会馆，我真诚邀请他加入。还有，他明白我是在保护他了吧？"

柴少爷："我一定转达。他已经明白雍先生这么做是在保护他，否则得罪哪家都有性命之忧。雍先生要成立天津会馆？"

雍天成："对。到时候还请柴少爷多多支持。"

柴少爷："雍先生太客气了，柴某在所不辞。"

10 - 31　天津广东会馆　日内

广东会馆董事会全体成员和雍天成坐在会议室里，一致表决通过雍天成为广东会馆的副董事长。

雍天成："我一直担心广东会馆的洋行无法接受涨价，没想到在座各位非常体谅工人们的辛苦，不惜牺牲自己的利润来补贴工人们的生活，此举真让雍某敬佩。雍某将马上把这个好消息告诉码头的工人们，让他们早日结束罢工。至于刚才提到的腐烂货物之事，我赞成梁董事长的提法，就是由广东会馆的会费分担，不让洋行受损。我今天既然做了副董事长，那我就捐10万元的会费，以表示我与广东会馆共担风雨的决心。"

众人鼓掌。

梁丰翼："我们非常荣幸邀请到雍先生加入广东会馆，这让我们广东会馆蓬荜生辉，如虎添翼。更加感谢雍副董事长慷慨解囊，帮助我们的洋行承担损失。我希望我们再接再厉，期盼码头早日结束罢工，恢复正常秩序。我们下面要讨论一件发生在我们董事会内部的事，（示意秘书把文件发下去）大家现在手里拿的文件，是关于吴乃忠董事和王秀先董事不当牟利，有辱董事身份的说明。"

10 - 32　天津吴乃忠宅　夜内

吴乃忠、王秀先被赶出了广东会馆的董事会，非常郁闷。

吴乃忠："秀先兄，我打算把这里的一切变卖了到奉天去发展。"

王秀先："他们把我们赶出了董事会，我们以后也无法在天津立足了。好，我也跟乃忠兄去奉天。"

10 - 33　天津紫竹林码头　日外

罢工结束，工人们正常工作。雍天成为壮大自己的力量，把脚行工人的月工资提高到10块钱，比原来涨了一倍。其他脚行无法承受，工人纷纷要求加入紫竹林码头脚行。

二洪："前来报名的工人要先体检，然后到2号码头考试。"

二洪不断重复着这句话。大洪看到一个50岁左右的瘦弱工人蹲在一旁有气无力地吸着烟，就走了过去。

大洪轻轻踢了那男子屁股一脚："大扁，你再敢去烟馆，脚行就开除你。脚行上就你活干得少，收入低，还成天去烟馆，连老婆孩子都不顾。"

大扁慌忙站起："洪哥您行行好，就放过我这一回吧。"

大洪："大扁，我们是一起长大的兄弟，不想看到你这样，这次就算了。不过你要争气，以后可不能再去烟馆了。"

大扁："不去了，不去了。洪哥，您就放心吧。"

看着大洪远去的背影，大扁："呸，你管我，你算什么东西！"

10-34　天津梁宅大门　日外

一辆黄包车把蒙着眼睛的梁义顺送到门口，梁义顺被搀扶下车，两人把他按在门口的台阶上坐下，黄包车离开。蒙着眼睛的梁义顺等了一会儿，听听周围没有什么声音，这才想到自己动手来解蒙眼布。一个女佣模样的妇女正好回来，看到梁义顺。

女佣："这……您是少爷吗？"

梁义顺还没有摘下蒙眼布："是，您是哪位？"

女佣："少爷您别和我客气，我是扁嫂啊。我这就帮您把这块布拿下来。"

扁嫂把蒙眼布摘下，梁义顺还一直闭着眼睛不敢睁开。

扁嫂："少爷，我扶您进院吧，院里面背阴，不刺激眼睛。"

说着扁嫂把梁义顺扶进了院。一进院，扁嫂就大喊："快来人啊，少爷回来了！"

家里人闻讯，纷纷跑了出来。

10-35　天津各大报纸

雍天成当选广东会馆副董事长的新闻和照片登在各大报纸上。雍天成成了报纸上的明星，他的发家史不断被演绎，很多年轻人以他为偶像。

10-36　北京火车站　日内

雍天成带领数十人出现在北京火车站。此行，雍天成将与段祺瑞和徐树铮商量军火贸易事宜。

第11集　《袁世凯接见》

11－1　北京财爷府邸　夜内

财爷逃到北京，与陆建章打得火热。今天，财爷邀请陆建章和冯玉祥来府上吃饭，财爷和霆哥作陪。

陆建章："亲家，今天我给你介绍个未来的将军，我的外甥女婿——冯玉祥。来焕章，见过财叔。"

冯玉祥："侄儿见过财叔。"

财爷："我的荣幸，我的荣幸。焕章现在哪里就职啊？"

冯玉祥："现在左路备补军任前营营长。"

陆建章："马上就要升任京卫军的团长了，这可是秘密啊。"

财爷："年轻有为啊。（财爷把自己手上戴的红玛瑙手钏摘了下来）焕章啊，初次见面，财叔没有准备什么礼物，这条手钏是我父亲留给我的，他也是带兵打仗之人。今天见到焕章，觉得只有军人才配得起这个手钏。来，我为你戴上。"

冯玉祥："财叔，这礼物太贵重，焕章承担不起啊。"

陆建章："焕章，你就收下吧，财叔是一片真心，莫要辜负人家的心意。"

财叔："我们家也有如此英武之人，真是家门之幸啊。要是焕章在天津，我们怎能挨欺负。"

冯玉祥："在天津挨欺负，那是怎么回事？"

霆哥："我们家在天津的生意都被雍天成给抢去了。"

冯玉祥："雍天成？是成礼洋行的雍天成？"

财爷："是啊，怎么？焕章认识此人？"

冯玉祥："那是我的兄弟啊。不会吧，我今天还接到他电话。他现在人在北京，正和大总统、总理在中南海吃饭呢。"

财爷听到雍天成在与大总统和总理吃饭，手里的茶杯吓得差点没掉地上。一旁的霆哥更是显得非常气愤。

陆建章："焕章，你是怎么和雍天成认识的呢？"

冯玉祥："说来话长……"

11－2　北京中南海居仁堂　夜内

袁世凯、段祺瑞、徐树铮、袁克定和雍天成共进晚餐。北京政府想把雍天成扶植成最大的军火商，因为雍天成手里有大把的现金，而北京政府还得靠国外贷款。

袁世凯："居仁堂里招待洋行商人，我任大总统以来，这是第一次。雍先生，这是你的荣幸，也是你家族的荣幸，千万不要辜负了国家对你的期待。"

雍天成站起来："我雍天成今天得以和大总统、大公子、总理以及陆军次长同桌晚餐，感觉既光荣又忐忑。光荣的是这份殊荣能让我雍天成享受，忐忑的是自己何德何能得以和中华民国的大总统、大公子、总理和陆军次长在中南海居仁堂里共进晚餐。大总统有何吩咐，我雍天成肝脑涂地，愿为您效劳。"

袁世凯："说得好，说得好啊。芝泉啊，你来说说。"

段祺瑞："今天大总统请你来，主要是想把政府军火采购这块生意交给你来做。当然，你要有个心理准备，政府目前的财政现状不乐观。这笔2000万的军火需要你先期垫付600万，等外国贷款下来，才会给你返回这笔钱。"

雍天成："既然大总统对我有信心，既然国家对我有信心，我雍天成能为国家、为大总统做点事，是我的荣幸。为感谢大总统的偏爱，天成今天特意带来200万军饷，希望能为国家分忧。"

雍天成拿出银票，交给袁世凯。

袁世凯没接："芝泉啊，天成的心意你接着吧。"

段祺瑞："好，国家有难，多亏有你这样的为国分忧的商人支持，我代表国务院向你表示感谢。"

在段祺瑞的示意下，徐树铮接过了银票。

袁世凯："好。大家举杯，为国家，为人民，干杯!"

袁克定向段祺瑞耳语几句。

段祺瑞起身："感谢大总统盛情款待，时间不早，芝泉告辞了。"

徐树铮和雍天成也跟着站起身来，向袁世凯告辞。

袁世凯："好，克定替我送送吧。"

袁克定送几人出来。雍天成看到徐树铮把银票交给了袁克定。

11-3　天津兴哥家　夜内

兴哥最近颇为关心素萱与雍天成的进展，因为雍天成现在已经是天津炙手可热的人物，连广东会馆和浙江会馆那样的大老板都只能与雍天成平起平坐，还得看其脸色行事。兴哥庆幸自己还没有与倪嗣冲提及妹妹之事，否则将得罪两个人物。兴哥虽然也混迹江湖多年，但从来都是看广东会馆和浙江会馆那些大老板的脸色行事，如果雍天成成为自己的妹夫，自己的江湖地位也就稳固了。

兴哥："素萱啊，你和天成的事也该办了吧。"

素萱："等天成忙过这阵吧，他现在太忙了。"

兴哥："我妹妹的眼光真准啊，当初哥哥还不让你们在一起，那是哥怕你嫁给一个穷小子受苦啊。"

素萱："我从来没想过他有钱没钱，有地位没地位。我就喜欢他这个人。"

兴哥："三年之内，可以与浙江、广东两会馆平起平坐，雍天成是第一人啊。他这次去北京干什么去了?"

素萱："不知道，刚才给我打电话说要去和大总统共进晚餐。"

兴哥："啊，我这妹夫真是人中龙凤啊。妹妹，你可享福了。"

11-4　天津雍天成家　日内

雍天成与豪邦、旭东等人商量成立天津会馆的事情。

雍天成："这次罢工后，我发现天津很多中小洋行生存艰难。他们没有大洋行的势力和财力，无力向那些大会馆交纳昂贵的会费，也没有人来保护他们。我想成立一家天津会馆，专门招中小洋行为会员，免收会费。你们看如何?"

旭东:"成哥,浙江会馆和广东会馆都是赢利的,我们如果不赢利如何运作下去呢?"

雍天成:"旭东啊,我们这个天津会馆就是要把天津卫的中小洋行组织起来,组织起来后,就会成为一个强大的力量。你们知道天津的中小洋行加起来有多大的势力吗?他们加起来是大洋行的5倍,就是说如果天津会馆成立,那就是比浙江会馆和广东会馆加起来还要大5倍的会馆。到那时候,就有人抢着给我们送钱了。"

豪邦:"那办公地点安排在哪里呢?"

雍天成:"头一段时间我们买的财爷英租界公馆很合适,就把那个楼当做天津会馆吧。旭东,装修的事你负责。豪邦,你负责召集中小洋行,只要不是浙江和广东会馆的洋行,我们都要。另外,豪邦,你把房地产业务整理一下,等八十六婚后,就交给他。"

电话"铃……"响起。

雍天成拿起电话:"素萱,我回来了。今晚到你那里?好。晚上见。"

11-5 天津小文妹包子铺 夜内

包子铺刚刚送走最后一个客人,八十六帮助小文妹收拾店铺。

八十六:"文妹,你坐下来。"

小文妹:"干什么,没看我正忙着吗。"

八十六:"就一会儿,完事我帮你收拾。"

小文妹坐下,擦了擦汗:"一天难得坐一会儿。"

八十六一把抓住小文妹的手:"文妹,咱们结婚吧,好不好?"

小文妹满脸通红:"你答应我一个条件,我就同意。"

八十六:"什么条件?"

小文妹:"你要明媒正娶。"

八十六:"那容易,我去找舅妈。"

小文妹:"我这几年也攒下点钱,不过房子可买不起,以后我们要租个房子来住。"

八十六:"文妹,这些年,少爷也给了我不少钱,我们一定会过得很好。"

小文妹："那婚后你还帮我收拾这些吗？"

八十六："收拾，当然收拾，天天收拾。"

11－6　天津兴哥家　夜内

饭后，雍天成、素萱和兴哥正在聊天。

兴哥："你们俩的岁数也不小了，我希望今年你俩能完婚。"

素萱："天成太忙，等忙过这段吧。"

雍天成："大哥，今天天成匆忙而来。改天，天成备好大礼，上门来提亲。"

兴哥："好，我等着。"

素萱在一旁满脸通红。

11－7　天津雍天成舅舅家　日内

舅妈一听八十六要娶小文妹，高兴地主动要求做媒。

舅妈："这是好事啊，我去小文妹家提亲。"

八十六："舅妈，您真的愿为我去提亲？"

舅妈："当然了。孩子，你从小在我们家长大，你结婚，我当然要作为家长出面了。"

八十六："舅妈，八十六给您磕头了（说完就跪下磕头）。"

舅妈："八十六，你这孩子，快起来。小文妹那孩子这几年每个星期都到我这里来，她的模样、脾气都好。虽然是穷苦人家的孩子，但是心地善良，对老人孝顺，你要是娶了这个媳妇，真是修来的福分。"

11－8　天津小文妹家　日内

小文妹的父亲早亡，母亲还在。小文妹有 3 个哥哥。大哥胡国达一直在南方，渺无音讯。二哥胡国强在北京读书。三哥胡国超一心想投靠雍天成，视雍天成为偶像，现在其手下任保镖。雍天成舅妈带着一队仆人丫鬟，抬着各色礼物，前来提亲。小文妹妈妈对八十六非常认可，又见如此高官夫人前来提亲，满口答应下来。两位老人商定结婚日期。

舅妈："亲家母，我们八十六和小文妹相处了 3 年多，两人心心相印，恩爱非常。我今天是代表男方家长前来向您提亲的。"

小文妹妈："亲家舅妈，您是一品夫人，能亲自到寒舍，真是我们家的荣幸。八十六那孩子也经常到我这里来，对我非常好，我早就认可这孩子做我的女婿了。就是我们家太穷，没有额外的房间给他们住，我这心里过意不去啊。"

舅妈："亲家母，您放心。不行就让他们住我那里，反正我的女儿们现在都不在家。"

小文妹妈："那如何使得，那如何使得。"

舅妈："那有什么，咱们是一家人嘛。"

小文妹妈："亲家舅妈，您看您还带来这么多礼物，真是太破费了。"

舅妈："小文妹这孩子既然提出要明媒正娶，我们就不能不尊重孩子的意见。亲家母，今天我来呢，只是做媒。现在我也知道您的心思，也是同意这门亲事的，正好后天是天德日，我再来授茶，您看如何？"

小文妹妈："亲家舅妈，您的心意已经到了。我看那些俗礼就免了吧。只要两个孩子过得好，我们当老人的就非常高兴了。"

舅妈："亲家母，我尊重您的意见。如果小文妹也没意见的话，我们就择吉日给他们操办婚事。"

左邻右舍都来看热闹，小文妹妈妈觉得面子十足。

11-9　北京财爷家　夜内

霆哥与几个人密议如何报复雍天成。

霆哥："几位听明白了吗？一定要一击而中，做完就跑，千万不要被抓到。"

几个人："是。"

霆哥："钱，我会放在老地方，你们自己去取。"

11-10　天津成礼洋行雍天成办公室　日内

雍天成得知八十六要结婚，非常高兴。拿出一张意租界房契送给八十六。

雍天成："八十六，这是一张意大利租界公寓的房契，你要结婚了，我把它送给你。"

八十六："少爷，这可使不得，这太贵重了。我和小文妹租个房子住就挺好。"

雍天成："八十六，我还有话要跟你说。"

八十六："少爷，您说。"

雍天成："你结婚后，就不要再出现在洋行里了，不要再参与洋行的事了。"

八十六："为什么，少爷？如果您不想让我结婚，我就不结了。"

雍天成："哈哈，八十六，我不是那个意思。我的意思是你结婚后，要在外围为我工作，主要是购买和管理各租界的地产。小文妹也不要再去包子铺了，把包子铺交给别人打理。你们以后就在外围为我工作。这件事，你和小文妹商量商量。"

八十六："少爷，您是想让我自己做买卖？"

雍天成："不是，是为我做买卖，而且还要做好。小文妹经商多年，你要多向她学学。"

八十六："那以后我就不能每天伺候少爷了？"

雍天成："我交代你的事，你干好了，比伺候我重要 100 倍。记住了，一定要做好。"

11-11　天津小文妹包子铺　日内

素萱来恭喜小文妹。小文妹非常高兴，问起雍天成与素萱的事情，素萱说兴哥已经同意了。小文妹替素萱高兴。素萱和小文妹相处得非常好，以姐妹相称。

素萱："文妹，真替你高兴。听说舅妈今天去你家提亲去了。"

小文妹："舅妈亲自去的？这八十六，我是和他说着玩的。"

素萱："什么说着玩的？"

小文妹："八十六向我求婚，我说我就一个条件，你得明媒正娶。没想到他把舅妈请去了。"

素萱："没关系的。听天成说，八十六是舅妈看着长大的，虽然是仆人，但是和自己的孩子一样。"

小文妹："素萱姐，您和成哥的婚事呢，也快了吧？"

素萱："天成前晚去我家了，他说今晚要带着厚礼上我家提亲。"

小文妹："素萱姐，我真为你们俩高兴。"

素萱："文妹，我更为你高兴。我要先回家准备准备，我先走了。"

11‐12 雍天成舅舅家大门口 夜外

一个形迹可疑的人在对面宅墙上探出一个脑袋向舅舅家观看。舅舅家的大门离胡同口不到50米远，邻居只有对面一户，但还是个空宅。

傍晚时分，雍天成和八十六坐车来到胡同口。

雍天成对着保镖们："你们就在胡同外等我，我一会儿就出来。"说完，带着八十六向舅舅家走去。

那个形迹可疑的人把这一切都看得清清楚楚。由于胡同里就舅舅家门口有灯，所以那个人把雍天成和八十六的一举一动看得非常仔细。

八十六上了两级台阶去拍门。雍天成躲在大门边的阴影里，习惯性地转过身来看看对面的宅子，没有发现可疑情况。

大门打开的时候，门灯突然熄灭，整个胡同一片漆黑，借着月光才能隐约看到大门。门人热情招呼两人。俩人进去后，门人重新关上大门，门灯又重新点亮了。

11‐13 天津雍天成舅舅家 夜内

舅舅舅妈已经准备好晚饭，就等雍天成了。八十六看到舅妈，一下子就跪了下去。

八十六："八十六多谢舅妈今天去提亲。"

舅妈："你这小子，快起来。舅妈不是看着你长大的吗？你就是我们家的一员。以后你结婚没有房子也别出去住，就在舅妈家里住。"

八十六："少爷给了我一处房子。"

舅妈："玉堂，不错。做得好！"

雍天成："舅妈，我想让八十六以后给我做地产业务。"

舅妈："好好，让八十六既成家又立业，你这个少爷没白当。"

舅舅："是元礼来了吗？"

舅妈："你舅舅有点糊涂了。知道元礼和紫萱在奉天结婚了，一直很惦记。"

雍天成："舅舅，我是玉堂啊。"

舅舅："哦，是玉堂啊，你从英国回来了？"

雍天成："我回来了。"

舅舅："回来就好，回来就好。我和你舅妈还给你攒钱准备让你买房子娶媳妇呢。"

雍天成："我马上就要娶媳妇了。"

雍天成："舅妈，要不要领舅舅去维多利亚医院看看。"

舅舅："我不去，我信中医。"

大家都乐了。

舅妈："吃饭吧。"

雍天成："舅妈，这是我们码头刚刚到货的南洋水果，叫火龙果，您和舅舅尝尝。"

舅妈："你们多来看看你舅舅。"

雍天成："明天我搬过来住吧。"

舅妈："不用。多来看看就行。"

雍天成："元礼和紫萱何时成亲的，也没通知我们一声。"

舅妈："连我们也没通知，这两个孩子真是不懂事。"

雍天成："舅妈，我吃好了。我答应素萱，今天要去她们家提亲。"

舅妈："那还不早点去，快走吧，你和素萱早就该结婚了。"

11-14　雍天成舅舅家大门口　夜外

门灯灭了，大门口一片漆黑。"吱呀"一声大门打开，两个人迅速出来，马上消失在漆黑的胡同里。

11-15　天津兴哥家　夜内

素萱在家门口把雍天成迎进家里。

兴哥："天成啊，快进来，快进来。"

雍天成进入客厅。八十六把礼物放下，转身出去了。素萱拉住他，八十六和素萱说了几句，还是出去了。

兴哥："我们还没有吃饭，一直在等你，一起喝点？"

雍天成："大哥，今天我是专程来提亲的。咱们先办这件事，然后再喝。"

兴哥："好，那咱们坐下说，坐下说。"

崔妈把茶端了上来。

雍天成："大哥，我和素萱相处已经 3 年。这 3 年，我和素萱互相关心、心心相印，早就把对方当做自己的一部分。我今天来，想征得大哥的同意，允许素萱和我结合在一起，组织家庭。我会用我的一生来关心、来保护、来爱素萱的。"

兴哥："同意，同意。不要这么正式吧，哈哈。好，大家去餐厅喝一杯。"

11－16　天津小文妹包子铺　夜内

八十六忐忑说出结婚后雍天成要他俩不再管理包子铺，要其负责购买租界地产之事。没想到小文妹痛快答应了。

八十六："文妹，我想和你说个事。"

小文妹："是说舅妈提亲的事吗？我妈跟我说了，舅妈来一次就行了。我妈在家挑日子呢。"

八十六："真的？文妹，你真是太好了。你妈也好。我要说的不是这事。"

小文妹："那是啥事？"

八十六拿出房契："你看看这是啥？"

小文妹："房契？地址，天津意大利租界五马路 8 号。这房契哪来的？"

八十六："是少爷给的。"

小文妹："少爷？"

八十六："是，他说是给我们两结婚的婚房，也是给我们的结婚礼物。"

小文妹："成哥对我们太好了。这下我们有地方住了。这地方在哪里啊？离我的包子铺远吗？"

八十六："文妹，还有一个事要和你说。"

小文妹："你今天咋的了？还一件一件地，快说啊。"

八十六："少爷说，我们结婚后，不让我在洋行工作了。"

小文妹："那他让你干什么？"

八十六："少爷说让我们以后负责他的地产生意。"

小文妹："我们？还有我？"

八十六："是。少爷让你也离开包子铺，和我一起负责地产的生意。我怕你不同意，所以一直没敢说。文妹，你的意见呢？"

小文妹沉思着，八十六很着急。

八十六："文妹，你说话啊。到底愿不愿意？"

小文妹："我……同意。"

八十六："真的，你真同意？太好了。"

八十六抱着小文妹亲了一口。小文妹羞红了脸。

八十六："我太高兴了，文妹。"

小文妹："你说了这么多，你得答应我一件事。"

八十六："别说一件，就是100件都没问题，你说吧。"

小文妹："走，咱俩去意租界看房子去。"

八十六："走。"

11-17　天津雍天成家　夜内

雍天成坐在客厅里，给陈元礼打电话。

雍天成："我是天成，你表哥啊。元礼呢？不在？"

雍天成："舅妈说你们结婚了，怎么没通知我们一声。哦，哦。"

雍天成："我很好，素萱也很好。我们，快了，快了。"

雍天成："元礼回来，让他给我回个电话。对。你也得说说他，不能总这么晚回家。"

雍天成："你哭什么，紫萱，想家了？想家就回来看看吧。我们也想你们。"

11-18　天津成礼洋行雍天成办公室　日内

旭东、豪邦向雍天成汇报天津会馆筹备进展情况。

旭东："装修工作进展顺利，预计再有3个月就可以完工。"

雍天成："看来年底能如期开业了。豪邦，你呢？"

豪邦："这些中小洋行听说是您组织天津会馆，都争先恐后地报名，还有几家大洋行也派人和我联系。很多小洋行怕报不上名，竟然有主动要求交费的。"

雍天成："现在报名多少家了？"

豪邦："一共 457 家。"

雍天成："成绩相当不错，豪邦，你刚才说的大洋行是哪几家？"

豪邦："有专营猪鬃的美华；专营帆布的合上合；专营钢铁的日星；有专营钟表的德尚；专营大机器的世昌。"

雍天成："都是非常有名的洋行。告诉他们，我们欢迎每一家洋行加入天津会馆。另外，我还要邀请王振瀛和梁丰翼加入天津会馆董事会。"

11-19 天津海港银行办公室 日内

王振瀛和王绍祖在讨论是否加入天津会馆的问题。

王绍祖："雍天成成立这个天津会馆是什么意思啊，怎么只要中小洋行，那会馆能赚钱吗？"

王振瀛："绍祖啊，这就是雍天成过人之处。你看，我们浙江会馆吸收的都是大洋行，表面上看势力很大，和政界、军界都有非常好的关系。但我们有一个弱点，不知道绍祖你看到没有？"

王绍祖："请父亲明示。"

王振瀛："当初我们浙江会馆放弃中小洋行，是因为董事会认为中小洋行无法负担昂贵的会费。其实，按照天津卫的总进出港的贸易额来说，大洋行才占 20％。就是说如果联合了中小洋行，就是有了 80％的力量。你说，雍天成这个做法高明不？"

王绍祖："可他是免会费的啊。没有会费，如何维持会馆的日常业务？"

王振瀛："老话讲，没有梧桐树，何来金凤凰。这个雍天成的前途不可限量啊。"

王绍祖："爹，你会加入天津会馆吗？"

王振瀛："当然。他不邀请我都要加入。"

11-20 天津梁宅 日内

梁丰翼和儿子梁义顺在商讨是否加入天津会馆。

梁丰翼："义顺啊，回来有些日子了，恢复得怎么样？我想让你到日本放松一段时间呢。"

梁义顺："爹，这次事件，我等于是在荒岛上休息了半个多月。每天就是读书、钓鱼，反而非常悠闲。不像在洋行那么忙碌，所以我有时间可以思考很多东西。"

梁丰翼："爹就担心你精神上恢复不过来，现在看到你的状态，我就放心多了。你有没有想过是谁绑架你的？"

梁义顺："爹啊，这半个多月，我和他们朝夕相处。每天看他们实弹训练，岛主是个模样和善之人，个头中等，但枪法奇准，经常抬手一枪就打下路过的海鸥。至于他们是哪里来的，那个岛在哪里，我真说不出来。不过从坐船的感觉和岛人的口音上判断，应该离天津不远。给家里的信，是他们说我写的。他们两次都提到军火贸易，我想他们应该是和南方武装有关吧。"

梁丰翼："多数时候表面上的东西都是用来迷惑我们的。不过，你安全地回来了，我也就感谢上苍对我的恩赐。我也不想再追究是谁绑架了你，这个意义已经不大。义顺啊，你对加入天津会馆的事怎么看？"

梁义顺："雍天成，年纪比我小一轮，但能力比我大很多。这么年轻就能撑起天津会馆，真是不容易。爹，您真的是三次亲自上门求他加入我们广东会馆的吗？"

梁丰翼："义顺啊，老话讲，活到老学到老。这次我从雍天成这个年轻人身上学到了很多。"

梁义顺不解地看着父亲。

梁丰翼："一是挟工人以令众洋行。码头工人罢工在天津是第一遭，这次罢工洋行之所以能接受，是因为码头的要价非常合理。而多收的脚费并没有全入雍天成的腰包，工人的薪水涨了一倍。这么做，工人心服，洋行口服，而雍天成也从一个普通码头老板一跃而成为浙江和广东两大会馆的副董事长。不简单吧？（梁义顺点头）二是人弃我取，召集中小洋行成立天津会馆，还免收会费，这又是棋高一着之举。雍天成到天津三年多，现在手里就有3000工人和几乎所有的中小洋行。如果天津会馆成立，他顺理成章地就是天津第一了。"

梁义顺："爹，您还没说加入不加入天津会馆呢？"

梁丰翼："当然加入，你中有我，我中有你。他在我这里是副董事长，我在他那里也一定要有位置。"

11-21 天津直隶总督府 日内

雍天成来到都督府送别冯国璋。

雍天成："冯叔叔，这次您南下任第一军军长，不知何时还能回到天津，侄儿真是不舍啊。"

冯国璋："世侄啊，为叔怕是回不来了。这次南下，恐怕以后都要在长江流域任职了。"

雍天成："侄儿斗胆问，继任您的是哪位？"

冯国璋："赵秉钧，这个名字不陌生吧。"

雍天成："国务总理啊。难道是因为宋教仁案受影响了？"

冯国璋："不好说，不好说。"

雍天成拿出银票："冯叔叔，这是20万军饷，是我们码头全体工人慰问前方士兵的，请您一定收下。"

冯国璋："既然是工人们的心意，我就代表士兵们收下了。国家有难，还得靠你们这样的实业家大力资助啊。"

雍天成："只要冯叔叔需要，侄儿在所不辞。"

11-22 天津成礼洋行雍天成办公室 日外

那个形迹可疑的人又出现在雍天成办公室附近。他看到保安严密，无法靠近。

11-23 天津汇丰银行 日内

雍天成是这里的常客，每月的第二个周三，他都到汇丰向美国汇笔数额不小的款项。汇丰银行的贵宾室经理非常热情地接待雍天成。

经理："雍先生，您这次办理什么业务？"

雍天成："还是汇款。"

经理："还是上次的地址吗？"

雍天成："对。金额也一样。"

经理拿出记录本："您核对一下，如果没有问题，我就照这个填写。"

雍天成："没错。收款人是史蒂文·德芮肯。"

经理："和上次一样，这笔款项一周后可以到账。"

雍天成："好。多谢。下月见。"

11－24　天津会馆　日外

雍天成带领众人来会馆查看装修进展。

旭东："成哥，这些工人都是以前装修戈登堂的工人，技术熟练，工作认真。"

雍天成："照这个进展，年底前开业有问题吗？"

旭东："没有问题。应该12月初就可以全部结束。"

雍天成："再晚天就太冷了。"

旭东："是。我也怕天气影响工程进度。"

雍天成："好。豪邦啊，你看这个大会议室如何啊？"

豪邦："这个会议室设计是容纳1500人。我们的会员大约在1200人左右，所以空间非常充裕。而且整个天津要想找出第二个这么大的会议室也难。我觉得非常好。"

雍天成："好。天也不早了，各位非常辛苦。旭东、豪邦，你们也下班吧。我和八十六去趟舅舅那里。"

旭东、豪邦："成哥慢走。"

11－25　奉天张作霖府　日内

张作霖热情接待吴乃忠和王秀先。

张作霖："乃忠啊，你怎么到奉天了？我邀请你多次，你都不肯来。哈哈。"

吴乃忠："雨亭啊，我是来奉天向您讨饭来了。"

张作霖："这话怎么说的，我糊涂了。乃忠是富甲一方的人物，何来讨饭一说？"

吴乃忠："雨亭，我先给您介绍我这位朋友——王秀先。秀先是天津大亨，专门做猪鬃出口的买办。"

张作霖："失敬失敬，我是张作霖，就叫我雨亭吧。"

王秀先："雨亭兄正如乃忠所说，是豪爽的汉子。（拿出礼物盒）这次从天津匆忙出来，没有准备，这个小礼物权当我的见面礼吧。"

张作霖："（拿出礼物）翡翠对瓶，漂亮。秀先啊，这礼物太贵重了。"

吴乃忠："雨亭您就收下吧，这是秀先的一份心意。"

张作霖："那我就笑纳了，哈哈。你们俩这次来奉天是常住还是过路？"

吴乃忠："我们打算常住，原因我在信里已经讲了。"

张作霖："我欢迎你们常住。常住就得有房子。这样，我介绍一位朋友给你们认识。让他带你们在奉天城里找房子。你们等等。"

张作霖走到电话旁，拨了个电话："元礼吗？"

11－26　天津雍天成舅舅家　夜外

八十六把车停在了胡同口，保镖的车紧随其后也停了下来。下了车，八十六在前，雍天成在后。舅舅家大门口的灯依然亮着。八十六去敲门，灯灭了，大门开了。月光下，依稀可以看到八十六在门口等待雍天成。由于黑，雍天成上台阶时，八十六还搀扶了他一把。雍天成刚要进门，八十六还在他身后，这时，身后响起了枪声。

第 12 集　《遭遇暗杀》

12－1　天津雍天成舅舅家　夜外

听到枪声，雍天成反应极快，一把把八十六拉了进来，迅速躲在了大门右手墙垛下。

雍天成："八十六，你没事吧？"

八十六惊魂未定："没……没事。怎么了？"

雍天成："有人朝我们开枪，先别动。"

这时，外面的保镖听到枪声跑进了胡同。

保镖们训练有素，迅速检查了胡同内各处，没有发现可疑迹象。

保镖小五轻手轻脚地来到大门口，向里边轻轻喊："成哥。"

雍天成："小五，怎么样？"

小五："没事了。"

雍天成："走，我们先回家。"

八十六："不去看舅舅了？"

雍天成："我怕给他们带来危险。小五，今晚你带五个人守在这里，保护我舅舅舅妈的安全。他们一定是冲我来的，我离开这里，这里的危险就少些。"

说完，雍天成和八十六离开了舅舅家。

12－2　天津雍天成家　夜内

雍天成打电话给舅舅舅妈报平安。

雍天成："舅妈，您别担心。应该是流窜的抢匪。今晚有 6 个保镖守在您那里，绝对安全。"

雍天成："我明天一早过去，您别着急。"

保镖小五前来汇报："我们追到胡同尽头，问了周边的邻居和商铺，都没有看到可疑的人。"

雍天成："知道了。明天一早去舅舅家。另外，再派 10 个人在舅舅家院墙外戒备。"

雍天成给素萱打电话："你那里没什么意外情况吧？那好。我？去舅舅家了。不过很快就出来了。没什么。有点急事回来处理。"

雍天成："素萱，你放心，没事。对。晚安。好。"

12‐3　天津小文妹包子铺　夜内

小文妹的包子铺已经闭店，店里只剩下邢妈在擦桌子、拖地。小文妹有些魂不守舍，因为八十六没有如约而来。

邢妈："小文妹啊，你走来走去的，我都迷糊了。"

小文妹："邢妈，你说八十六怎么还不来啊？"

邢妈："别担心，也许有什么事耽搁了。他是做大生意的人。"

小文妹："他没有做大生意，是他的少爷——成哥在做大生意。"

邢妈："还不是一样，少爷对他那么好。"

小文妹："那倒也是。邢妈，您喜欢我这间包子铺吗？"

邢妈："当然。每天人来人往的，我在这里活得特别充实。尤其是大家夸我们包子好吃的时候，我都会非常自豪。"

小文妹："如果我结婚度蜜月出门几天，您自己能行嘛？"

邢妈："还有大师傅和几个伙计呢，没问题。你们去哪里度蜜月啊？"

小文妹："我只是说说而已，现在还什么都不知道呢。八十六怎么还不来啊？"

邢妈："别担心，一会儿邢妈送你回家。"

外面传来小文妹非常熟悉的口哨声。

12‐4　天津小文妹包子铺　夜外

八十六在外面吹口哨，呼唤小文妹。小文妹非常高兴地跑了出来，却惊讶地看到外面有两辆汽车。八十六站在一辆车外，另一辆车外站着 5 个黑衣大汉。看到小文妹跑了出来，八十六迎了上去。

八十六："我来晚了，今天发生点事。"

小文妹："什么事？很危险吗？"

八十六："没人受伤，都过去了。少爷怕你这里有危险，所以让我带了些人来。别担心。"

小文妹："那我们现在回家吗？"

八十六："邢妈还在上面吗？"

小文妹："是。"

八十六："叫她下来，我送你们回家。"

小文妹："好。"

小文妹又跑回了包子铺。一会儿，包子铺的灯熄灭了。

12－5　奉天某饭店　夜内

陈元礼宴请吴乃忠和王秀先。

陈元礼："乃忠兄、秀先兄，你们刚才提到雍天成，那你们算是问对人了。来，（为吴、王）斟满酒。（举起杯）两位哥哥，相见恨晚，元礼先干为敬。"

吴、王站起来，也举杯干了。

陈元礼："你们知道吗？我和雍天成是结拜兄弟。"

吴、王一听，顿时非常紧张。

陈元礼笑着："不要紧张，我还没有说完。你们知道我为什么从天津跑到奉天来了吗？"

12－6　天津雍天成舅舅家　日内

雍天成和舅舅、舅妈在说昨夜的事。

雍天成："您二老别担心，这事应该是流匪做的，不是针对我的。最近天津卫绑架盛行，这样的枪击事件时有发生。我这 10 个保镖以后日夜守护在这里，保护您二老的安全。"

舅妈："我们没关系的，你照顾好自己就行。"

舅舅："玉堂来了。"

雍天成："是。舅舅，我来了。舅妈，我感觉舅舅病情有些重了。"

舅妈："怎么办呢？医生也请了，药也服了，还是不好啊。"

雍天成："舅妈，我再找找，看看还有没有更好的大夫。"

舅舅："玉堂来了。"

雍天成："舅舅，我这就走了。我过几天再来看您。舅妈，我先走了。"

舅妈："玉堂啊，你快去忙吧。"

12-7　天津雍天成舅舅家大门口　日外

胡国超发现了射中门框的子弹孔。他找到旭东，让旭东看这个弹孔。

旭东："看这个弹孔射入的角度应该是在比较高的地方射击的，等成哥出来，看看要不要找王探长过来看看。"

这时，雍天成从里面出来了。

雍天成："昨晚谁负责这里?"

小五："成哥，是我。"

雍天成："小五，你带着昨夜的 10 个人继续在这里保护，直到我通知你结束为止。"

小五："是。"

雍天成："需要什么和旭东要，必须万无一失。老人如果有什么意外，我不会原谅你们。"

小五："您放心，成哥。"

旭东："成哥，国超发现了弹孔。在这里。"

雍天成顺着旭东手指看到了弹孔："谁发现的?"

旭东招呼胡国超："胡国超，过来。"

胡国超："是。成哥，是我发现的。"

雍天成："胡国超，干得不错！你到这里多久了?"

胡国超："三个月了，成哥。"

雍天成："这个名字耳熟啊，胡小文和你什么关系?"

胡国超："她是我的小妹。"

雍天成："八十六，你知道胡国超在我这里吗?"

八十六："知道。"

雍天成："为什么不告诉我?"

224

八十六："他自己不让说。"

雍天成："好样的。你会使枪吗?"

胡国超："报告成哥，国超自幼习武，拳法刀术非常娴熟，手枪更是练习 10 年之久。"

雍天成赞许地看了胡国超一眼，转身对众人："谁知道对面住的什么人?"

豪邦："成哥，对面没有人住。"

雍天成脸色一变："没有人住? 多久了?"

豪邦："大概有 2 个月了。"

雍天成："八十六，你和豪邦一起调查下这个宅子的背景，如果出售，就买下来。"

旭东："成哥，用请王探长来看看吗?"

雍天成："好，请他过来。"旭东去联系王探长。

雍天成："胡国超，你带两个人进里面（指着对面的宅子）看看。"

胡国超："是。"

胡国超转身叫了两个保镖，三人一起来到围墙下。只见胡国超助跑几步，身形舒展，一脚蹬在墙上，另一只脚顺势紧蹬，上了丈余的高墙。雍天成在下面看了心里暗暗叫好。胡国超站在墙上向院里看了看，轻展猿臂，跳了下去。不一会儿，墙边的角门开了，胡国超从里面跑了出来。

胡国超："成哥，院里空无一人。"

雍天成："走，进去看看。"

进门时，雍天成拍了拍胡国超的肩膀："以后跟着我吧，回去到我办公室。"

雍天成等几个人进入院里，看到墙角下堆着青砖和旧桌子，桌子上还有青砖，上面还有杂乱的脚印。雍天成跳上桌子，站在青砖上，脑袋正好探过院墙。这时，王探长也赶来了。王探长仔细看了看桌子上的脚印和地上的脚印，摇了摇头。

王探长："雍先生，您别下来，我也上去看看。"

说完，王探长在八十六的帮助下，站在桌子的青砖上。他和雍天成并肩向外看。

王探长："这个位置要想谋杀对面出来进去的人真是易如反掌啊。老弟啊，刚才旭东和我说了，老弟真是福大命大，躲过一劫啊。"

雍天成："我倒没事，就是怕老人家担心。"

王探长："听说在对面门框上找到弹孔？"

雍天成："是。我们这就下去看看。"

雍天成转身跳了下去。王探长在墙头又看了几眼，也跟着跳了下去。来到舅舅家大门口，雍天成给王探长指示弹孔的位置。王探长通过弹孔射入门框的角度，判定是从对面墙头射击的。

王探长："站在对面墙头向这里射击的话，枪管大概要向下倾斜 20 度左右。这个弹孔射入门框的角度正好有 20 度，可以判定是从对面墙头射击的。门框和对面院里桌子的位置正好相对，所以杀手一定是站在刚才的桌子上射击的。找个人把门框里的子弹取出来。"

旭东指示一名手下去取门框里的子弹。

雍天成："王探长，这里麻烦您。我得先回洋行。旭东，你陪王探长一起，不要放过一丝线索。"

王探长："雍先生，您先回去，有眉目我去找你。"

旭东："成哥，我陪王探长在这里。您放心。"

雍天成："八十六、胡国超，我们走。"

12－8　雍天成汽车内　日外

雍天成三人上了汽车。八十六开车，胡国超坐副驾驶位置。

雍天成："胡国超，你枪法如何？"

八十六："少爷，三哥的枪法在东北讲武堂时年年第一。"

雍天成："你念过东北讲武堂？"

胡国超："念过两年。"

雍天成："怎么没当兵？"

胡国超："不瞒成哥，您是我的偶像，我加入成礼洋行就是为了能天天见到您。"

八十六："少爷，三哥把报纸上报道您的文章都剪了下来，贴在本里，现在有满满三大本了。"

雍天成："国超啊，会开车吗？"

胡国超："成哥，我会。"

雍天成："好。八十六，停车，让国超开。"

12－9　天津成礼洋行雍天成办公室　日内

素萱不放心，等在办公室内。雍天成进来看到她，非常高兴。其他人识趣退出。

素萱："昨晚发生什么事了？"

雍天成："没有发生什么，别担心。"

素萱："我给舅妈打电话了，她说家里都是保镖。"

雍天成："最近天津出现几伙绑匪，专门绑架大户人家。昨夜舅舅家那里有人放冷枪，我担心舅舅舅妈的安全，就派了10个保镖保护他们。"

素萱："原来是这样，那我就放心了。"

雍天成："我们中午去哪里吃？"

素萱："我们去小文妹那里吧，怎么样？"

雍天成："也好，走。"

12－10　天津小文妹包子铺　日外

胡国超驾车，雍天成和素萱来到包子铺。两辆保镖的车随后，还有大约10个保镖早就来到包子铺守候在周围。雍天成和素萱步入包子铺。

邢妈："成哥和小姐来了，请上二楼吧。"

素萱："小文妹在吗？"

邢妈："文妹刚才和八十六出去了，说马上就回来。"

素萱和雍天成坐下，这时八十六和小文妹回来了。

八十六："少爷和小姐来了。"

小文妹："素萱姐，成哥，你们点菜了吗？"

雍天成："你安排吧，和平时一样就行。"

素萱："文妹和八十六多幸福啊。"

小文妹："刚才八十六陪我去试新娘衣服了。"

雍天成："素萱，我们也该去看衣服了吗？"

素萱："当然，一会儿就去好吗？"

雍天成："好啊，一会儿就去。"

小文妹："成哥，谢谢您提拔我的三哥。"

素萱："三哥?"

雍天成："就是刚才给我们开车的胡国超。（对着小文妹）八十六已经和你说了吧，结婚后，你们要离开这里，为洋行做地产生意。"

小文妹："多谢成哥的帮助，我是受宠若惊，尤其是那个房子，简直像宫殿一样。"

雍天成："八十六就是我的亲弟弟，你们俩的幸福也是素萱和我的幸福。还有，请你们帮助我做地产生意，我是有深意的，也许有一天你们会明白。"

八十六："少爷，我明白。"

素萱："让文妹的三哥上来坐吧。"

八十六："他在工作呢。"

素萱看看雍天成，雍天成没理会。素萱转移话题："文妹，你们的婚期定了吗?"

小文妹："定在了下月 18 号。"

素萱："准备在哪里办?"

小文妹："就在这里吧。"

八十六："这里是我们相识的地方。"

素萱："真好。"

小文妹："素萱姐、成哥，你们的日子定了吗?"

素萱："我们也想在下月。"

雍天成："我们应该比你们提前几天，谁让八十六是我弟弟呢。"

12 - 11　北京梁宅　日内

霆哥大骂杀手无用，杀手忙说请师兄出山，一定要治雍天成于死地。

霆哥："那条胡同我很熟，两边的距离也就 10 米。你们真是饭桶，这么近的距离都打不中，还怪胡同里没有灯光。"

杀手甲："霆哥，真对不起，不过他们查不到我们的。"

霆哥："一点痕迹都没留下?"

杀手乙："没有。我们连夜就回来了。"

霆哥："你们还有什么办法吗？"

杀手甲："我们的师兄最近要从日本回国，他名叫观音保，不知道霆哥听过这个名字没有？"

霆哥："观音保是你们的师兄？当年南京一夜 15 尸的案子据说就是他做的吧，大名鼎鼎啊。"

杀手乙："是不是师兄做的我们不知道，不过师兄的手段确实得到师傅真传。"

霆哥："好，等观音保回来，请他到我这里来。"

12 - 12　天津成礼洋行雍天成办公室　日内

豪邦正在汇报舅舅家对面住宅的产权问题。旭东、八十六在座。

豪邦："这座宅子占地 3 亩，是醇亲王在宣统二年购买的。由于醇亲王在民国后一直住在青岛，所以这座宅子一直空着。"

雍天成："能买下来吗？"

豪邦："这个不好说，没有找到醇亲王在天津的房产经纪人。"

雍天成："醇亲王现在青岛住吧？"

豪邦："是的，成哥。"

八十六："我去趟青岛怎么样？"

雍天成："嗯，去青岛和醇亲王面谈，可以。明天坐最早的船去。"

射入门框里的子弹已经取了出来，雍天成接过旭东递过来的子弹仔细看看。

雍天成："这是 6.5 × 52 毫米曼利夏步枪子弹，杀手应该用的是意大利的曼利夏——卡尔卡诺卡宾枪。目前，只有这枪用这种子弹。"

有保镖进来在旭东耳边说了几句。

旭东："拿进来。（对雍天成）成哥，他们在醇亲王宅子的井里找到一只步枪。"

保镖进来，把枪交给旭东。旭东想转交给雍天成，雍天成摆摆手。

雍天成："没错。就是这款意大利生产的曼利夏——卡尔卡诺卡宾枪。这种枪，基本都是走私进入中国的，军队没有配备。你们看，这支步枪配备固定式折叠刺刀是它最大的特色。它的弹仓可以装 6 发子弹，但不能连发。这也是我和八十六死里逃生的原因。"

旭东："杀手为什么不用可以连发的手枪?"

雍天成："我今天站在墙头,发现用手枪无法瞄准,而步枪则可以担在墙头,非常适合瞄准。而且夜间的话,伸出墙头的枪杆在夜色中根本无法被看到。"

旭东："成哥,通过这支枪可以找到凶手吗?"

雍天成："非常难。我们成礼洋行都进口过几百支这款步枪,你们说上哪里去找使用的人?放弃这个线索。你们记住,杀手既然已经出来,就不会轻易放弃。以后,我们要非常谨慎,直到找出杀手。"

12－13　天津兴哥家　夜内

雍天成上门谈与素萱结婚的事。兴哥大喜,留雍天成吃饭。雍天成滴酒不沾,兴哥倒把自己灌醉了。

兴哥："妹夫,就……这么……定……了,你们下……月……12 号结……婚。我……高兴。妹……夫,听大舅……哥……说一……句话。"

雍天成："大哥,你说。"

素萱："大哥喝多了,我去给他做碗解酒汤。"

素萱起来去厨房了。

兴哥："我说……一句……话,妹……夫,你可要对……我……妹妹……好。"

雍天成："大哥,您放心。我对素萱比对我自己还好。"

兴哥："结……婚后,可……不……能再去……逛窑……子了。"

雍天成："逛窑子?我没去过啊。"

兴哥："妹……夫,你不老……实。利津……里的春……娇你难……道不认……识?"

雍天成脸色一变："你是怎么知道的?"

兴哥："你……不知……道,我……派……人跟……着你那……天。"

雍天成此时已经完全相信了王探长的话。素萱端着解酒汤回到餐厅。兴哥已经趴在餐桌上睡着了。

素萱："他睡了?"

雍天成还在发愣。脑子里都是王探长、震廷、兴哥的话。

素萱："天成？"

雍天成："啊，啊，可能是喝多了。把他扶回卧室休息吧。"

素萱："好。"

素萱出去叫进来王管家和勇弟，把兴哥搀扶回了卧室。

素萱："天成，下月 12 日结婚的话，我们的时间太紧张了。"

雍天成眼睛盯着素萱看了好一会儿，素萱："天成，你怎么了？"

雍天成："没有。素萱。啊，时间虽然紧张，我们也一定要办好。"

素萱："天成，你是不是累了？不然，你先回去休息吧，我看你脸色不对。"

雍天成："可能是有些累了，素萱，婚礼的一切事都交给你了。我先回去睡一觉。"

素萱把雍天成送入汽车，转身回去。雍天成看到素萱家的大门关上后，让胡国超开车离开。后面还有一车的保镖跟随。

12-14　雍天成汽车内　夜内

雍天成的脑子里不断回忆兴哥、王探长、震廷说的话。

胡国超："成哥，我们去哪里？"

雍天成："哦，国超，回家。"

12-15　天津雍天成舅舅家　日内

素萱和小文妹来到舅舅家。舅舅和舅妈正坐在客厅里喝茶。保镖们还在外院保护。

素萱："舅舅、舅妈，您二老好。"

小文妹："舅舅、舅妈，您二老好。"

舅舅表情呆滞，好像她们不存在一样。

舅妈："好。两个闺女又来看我们了。"

素萱："今天我们来是想和您二老商量下月婚事的。"

舅妈："好啊，好啊。那我们家可要热闹了。"

素萱："舅妈，您老看看我们的新衣吧。"

舅妈："好啊，看看你们年轻人的嫁衣是什么样的，想当年我和你舅舅结婚的时候，那场面。"

舅舅对舅妈："你结婚了？"

舅妈："老糊涂，我结哪门子婚，是玉堂要结婚了。"

舅舅："玉堂，玉堂。"

舅妈："现在你舅舅就知道玉堂。咦，这白色的是什么？"

小文妹："这是婚纱啊。素萱姐要在合众会堂举行仪式，得穿白婚纱。"

舅妈："什么？穿白的？素萱，舅妈没听错吧？"

素萱："舅妈，天成和我想办个中西合璧的婚礼。西式部分就是在教堂由牧师主持个仪式，婚纱就在教堂里穿，其他仪式还是中式的。"

舅妈："素萱啊，我不管什么教堂、牧师的。这办喜事哪有用白色的，不吉利啊。"

小文妹："舅妈，现在穿白婚纱可时髦呢。"

舅妈："我也看到过，那都是洋人穿的玩意。洋人不知忌讳，我们怎能明知故犯？"

素萱："舅妈，我要说穿粉红色去教堂结婚，别人都会认为我是再婚。"

舅妈："这外国人怎么总和我们反着来？你和玉堂商量吧，舅妈老了，管不了太多了。"

小文妹："舅妈，我乖。我只穿红色的。您看我这几件衣服怎么样？"

舅妈："嗯，好看，这是请哪个裁缝做的？"

小文妹："舅妈，我哪能请得起裁缝，这些都是我娘做的。素萱那两件红衣也是我娘做的。"

舅妈："你娘手真巧。"

素萱："我穿上这件红衣让舅妈看看。"

12－16　天津成礼洋行雍天成办公室　日内

雍天成分别给史蒂文和陈元礼打电话，告诉他们自己要结婚的事，但嘱咐他们不要回来。

雍天成："史蒂文，你好啊。素萱和我决定下月 12 号结婚，不，不，你们不要回来。我不打算大肆操办，简单和家里人吃顿饭就行了。谢谢你们的祝福。我也想念你们。再见，二弟。问爱茉莉好。"

雍天成接着又往奉天拨打电话。

雍天成："紫萱啊，是表哥。元礼呢？不在。哦，很忙嘛。不忙，那他去哪了？不知道？表哥有事。表哥和素萱要在下月 12 号结婚，通知你们一声。不不，你们不要回来。我们就在家里吃顿饭，都是家里人。对，小范围。"

12－17　天津紫竹林码头　日外

大洪对大扁发脾气，大扁的烟瘾明显变得更加严重了。大洪让账房给大扁结账，命令他以后永远不要再踏入脚行一步。

大扁："大洪，你就高抬贵手，饶了我这次吧。"

大洪："大扁，我不是没有给过你机会。上次我怎么跟你说的？你是怎么答应我的？"

大扁："你说再看到我吸土，就开除我。"

大洪："咱们从小是邻居，我也不想看着你这样。可你也得为我着想吧？我冒着失业被老板开除的危险，给你机会，让你改过，希望你保住这个饭碗。可你呢？考虑过我吗？上次和你说完后，你不仅不给我做脸，反而人前人后说你我是从小长大的哥们儿，我不会开除你。"

大扁："大洪，我就是吹吹牛，吹吹牛。"

大洪："算了，你还是走吧，我这里不敢再留你。"

大洪喊来账房先生，让其给大扁结清工钱。账房一会儿回来了。

账房先生："大洪哥，他哪还有什么工钱，他还欠码头 20 元呢。"

大洪："什么？大扁，你还到处借钱啊。这笔钱你怎么还？"

大扁："我没有钱还。不然，让我再干几个月把钱还上？"

大洪："干活？你在码头的名声臭到什么程度你不知道？你去问问，谁愿意跟你在一起干活？你除了吸土就是偷懒睡觉，谁跟你干活都得多干一倍的活。滚吧，你快滚！以后不许踏入码头一步！"

大扁没有再争辩，打着哈欠，慢吞吞地走了。大洪看着他的背影直摇头，二洪走了过来，看到大扁的背影。

二洪："大扁这王八蛋，这下扁嫂就更辛苦了。"

12-18 天津兴哥家素萱卧室 日内

素萱高兴地写着日记，然后把日记藏在床腿处的暗盒里。大表姐紫荷与小文妹来约素萱去法租界平安电影院看电影。几个人又去法租界的百货公司买结婚用的东西。

有人按门铃。崔妈敲门进来。

崔妈："紫荷小姐和文妹在客厅里等您，小姐。"

素萱："她们这么快就到了，我马上下去。"

客厅里，崔妈给紫荷和小文妹端上来饮品。素萱跑下楼来。

素萱："大姐、文妹，你们怎么来的？"

俩人："我们坐东洋车来的。"

素萱："外面很热吧，先喝点水，我们再走。"

紫荷："我今天陪两位新娘子一天。"

素萱："多谢大姐，很多事情我们都不懂。婚纱的事文妹跟你说了吗？"

紫荷："不仅文妹说了，连妈妈都跟我说了。素萱，我觉得白婚纱很漂亮。"

小文妹："白婚纱是很漂亮，可我不敢穿。"

素萱："大姐，舅妈生气了吗？"

紫荷："有一点。老人家不会接受这个的。"

素萱："大姐，我和天成商量过了，婚礼那天我不穿白婚纱。我和天成在婚礼前一天，到合众会堂去请牧师做个仪式。"

12-19 天津报刊 刊登雍天成和素萱结婚的广告

报童：天津大亨雍天成明日大婚，天津大亨雍天成明日大婚。

市民纷纷上前买报纸。

12-20 天津成礼洋行雍天成办公室 日内

雍天成办公室内外，挤满了前来送贺礼的人。礼物被一一登记，旭东向每个前来祝贺的人表示感谢。

八十六从青岛回来了，坐在向雍天成的办公室里，向其汇报："少爷。"

雍天成："从今天起，你也叫我成哥。"

八十六："是，成哥。我到青岛后，直接找到醇亲王府，我提了舅舅的名字，醇亲王很热情地接待了我。您送去的英国珐琅彩座钟，醇亲王爱不释手。我提到天津的这处房产，醇亲王好像早就忘记了。他不假思索就同意出让。"

雍天成："好，手续的事你来办。"

八十六："成哥，祝您和素萱姐大婚吉祥！"

雍天成："好兄弟。"

12－21　天津渤海一艘游轮　日外

游轮上，雍天成和素萱的亲人悉数到场。大家非常高兴。

12－22　八十六和小文妹婚礼

六天后，八十六和小文妹在包子铺举行婚礼。婚后，八十六夫妇把包子铺交给邢妈管理，俩人移居意大利租界公寓。

一年后　意大利租界八十六家　日内

两人幸福地看着刚满月的儿子世豪。小文妹与素萱通电话，素萱的儿子雍海天已经两个月大了。

第 13 集　《再遭暗杀》

13－1　天津雍天成舅舅家　日内

雍天成一家三口每周都会到英租界的舅舅家吃饭，和舅舅聊天，想让舅舅开心。然而舅舅渐渐衰老，让雍天成非常伤感。雍天成搀着舅舅在院里散步。

雍天成："舅舅，你外甥来天津四年了。四年来，外甥我有了媳妇、儿子和家。舅舅你高不高兴？"

舅舅木木地，没有回答，继续走着。

雍天成："舅舅，外甥我现在就担心您的身体，可外甥请了最好的外国大夫都无法治您的病。"

舅舅："我没病，我没病。"

雍天成："是，舅舅，您没病，您健康着呢。"

素萱："天成，别让舅舅走了，怕他老人家累着。"

舅妈："玉堂啊，我看海天有些累了，你们回去吧。"

舅舅："玉堂来了，玉堂来了。"

舅妈："你舅舅一听你的名字，就会说话了。"

雍天成："舅舅、舅妈对我太好，我却无法回报。"

舅妈："你们有时间来看看我们就行，我们就非常高兴了。对了，玉堂，我们对面宅子里现在住的是什么人？"

雍天成："是您的保镖。我担心保镖和您二老住在一起不方便，就把对面的宅院买了下来，让保镖们居住。"

舅妈："你们平时也要小心。"

雍天成："舅妈，我会小心的。"

13－2　北京财爷家　日内

霆哥计划再派杀手观音保行刺雍天成。观音保用了一年多的时间，找雍天成安全上的漏洞。终于让他们找到了。

霆哥："观音保，如果没有百分百的把握，我宁愿你再等等。"

观音保："霆哥，您放心。这次万无一失。"

霆哥："好，我等你们的消息。"

13－3　天津某烟馆外　日外

烟馆坐落在街角。三个杀手分别守在三个路口，好像互相不认识一样。大扁急匆匆地走到烟馆门前，停住了脚步。犹豫了一会儿，上前推开烟馆的大门。

随着一阵骂声，大扁被人从烟馆里推了出来。大扁嘴里还在哀求着，但是烟馆的人却不听他讲，"砰"地一声关上了大门。大扁在门外骂了两声，无奈地原路返回了。

观音保向杀手乙使了个眼色，杀手乙上前走到大扁身边，搂住了大扁的肩膀。大扁一愣，刚想说话，感觉到腰间有硬物，低头一看，是把手枪。大扁当时就傻了。

大扁："好汉饶命，好汉饶命。"

杀手乙："跟我走一趟。"

大扁："好汉，你找错人了吧，我兜里一个子都没有啊。"

杀手乙："少废话，跟我走。"

他们走进一个偏僻的胡同，观音保和杀手甲跟了过来。大扁更害怕了。观音保带着礼帽和墨镜，大扁无法看清他的相貌。观音保拿出 1 袋子大洋。

观音保："这里是 100 块大洋，你回答我几个问题，它们就是你的了。"

大扁眼前一亮："真的?"

观音保："你听好。你以前在哪里干活?"

大扁："在紫竹林码头。"

观音保："为什么不干了?"

大扁："他们把我开除了。"

观音保："你按我说的做，这袋大洋就是你的。"

大扁："好汉饶命，我就爱土，从没干过伤天害理的事啊。"

观音保："你老婆在哪里干活？"

大扁："好汉饶了我老婆吧。"

观音保："听着，我让你做的事是非常小的事。你不按我说的做，我就先剁了你，再剁你老婆，最后剁你儿子。（观音保拿出一个帽子）你看这是什么？"

大扁看到帽子一惊："那是我儿子的帽子，他在哪里？好汉饶了我儿子吧。"

观音保："只要你按照我说的做，不仅你们一家三口没事，我还给你这袋大洋。"

大扁："好汉，您说您说，我照办就是。"

13‐4　天津雍天成舅舅家大门口　日外

大扁来到大门口，保镖上前询问。

大扁："我媳妇叫扁嫂，在里面做事。家里发生点急事，我要找她。"

保镖："你等等，我去帮你找。"

保镖进去，另一个保镖马上站在了门口。其他还有四五个保镖在胡同里巡逻。一会儿，扁嫂出来了。

扁嫂："你到这里来干什么，有事回家说。"

大扁："老婆，给我一块钱，我受不了了。"

扁嫂非常生气："别在这里丢人，赶快回家去。以后不许再到这里来找我。"

杀手乙路过，看清了扁嫂的样子。扁嫂说完，转身进了院子，大门被保镖关上了。大扁看到扁嫂进了院子，也往胡同口走去。

13‐5　天津雍天成舅舅家附近胡同　日外

大扁看到周围没人，就想跑，但观音保等三人不知从哪里钻了出来。

观音保拿着帽子："不要儿子了？跟我们走。"

大扁："好汉，我听你们的，千万别伤害我儿子。"

观音保："按我说的做，你老婆儿子都没事。而且，你还可以吸土。"

大扁："土，好汉，让我吸一口吧，让我吸一口吧。"

观音保："跟我走。"

13－6　天津雍天成舅舅家门口　日外

上午，扁嫂挎着小篮子从大门出来。

保镖小五："扁嫂去哪里啊?"

扁嫂："给老夫人买烤红薯去。"

保镖小五："天天都吃啊?"

扁嫂："老夫人最近好上这口了。"

13－7　天津雍天成舅舅家附近菜市场　日外

扁嫂挎着小篮子来到菜市场。烤红薯的年轻人在路边叫卖，扁嫂挑了一个大小适中的红薯。

扁嫂："卖红薯的老人呢?"

年轻人："我爹有病了。"

扁嫂："这两天变天，容易得病啊。"

扁嫂转身要走，却看见大扁站在自己的面前。

大扁："老婆，就给我一块钱，我快受不了了。"

扁嫂："你还有没有点出息，一个男人不去赚钱，反倒天天朝我要钱。有点钱就去吸土，家都被你败光了。你给我滚，我不想再看到你。"

周围聚集了很多人在看他们吵架。女人们在骂大扁不争气不会赚钱；男人们在数落扁嫂不该当街骂老公。扁嫂情绪非常激动，急匆匆地夺路跑了。不想，慌乱中，撞上了一个人。扁嫂手里烤红薯的纸包掉在了地上。

被撞人帮扁嫂捡起烤红薯纸包，连说："没事，没事。"

扁嫂接过纸包，看都没看，急忙跑开了。

13－8　天津某街道　日外

杀手甲把纸包打开，取出烤红薯吃了起来。

杀手乙："你没吃错啊?"

杀手甲："我做了记号。"

观音保把那袋大洋给了大扁，大扁拿了钱就跑。跑了几步又回来了。

大扁："好汉，我儿子呢？"

观音保把帽子扔给大扁："这个帽子送给你儿子了，他在姥姥家。"

杀手甲和杀手乙在一旁大笑。大扁知道自己上当了，但低头看到了大洋，转身就跑去烟馆了。

13-9　天津某住宅　日内

观音保等三人在离雍天成舅舅家街口处不远的一处住宅内。

杀手甲："师兄，你那个纸包里的烤红薯放了什么药啊？"

观音保："我在烤红薯的外面涂了一层狼毒粉。这狼毒粉，人碰到就会呼吸困难，不及时治疗，就会窒息而死。"

杀手乙："师兄，我们下一步干什么？"

观音保从随身的包袱里拿出三套修路工人的服装："换上这个，然后我们等电话。"

13-10　天津雍天成舅舅家　日内

舅妈吃了两口烤地瓜，谁知突然呼吸困难。拿过纸包的仆人包括扁嫂都手痒不止。全家上下都非常紧张。保镖头儿小五连忙打电话给维多利亚医院和雍天成。

小五："医院吗，请派急救车到威灵顿道1号，这里有人好像中毒了。"

小五向众人："他们说15分钟后到。"

小五拨电话给雍天成："成哥，不好了，老夫人吃烤红薯中毒了。非常危险。好。我等您。"

13-11　天津成礼洋行雍天成办公室　日内

雍天成接到电话后，安慰家里不要着急，匆忙带着旭东往舅舅家里赶。一路上，雍天成不断催促胡国超快点开。旭东劝雍天成不要着急。

13-12 天津成礼洋行雍天成办公室对面 日内

一个人看到雍天成等从办公室急匆匆地走了出来，拿起身边的电话："他出来了，行动。"

13-13 天津雍天成舅舅家胡同口 日外

维多利亚的救护车刚刚驶入胡同口，车停在舅舅家门口，医生和护士们连忙下车进院里施救。

观音保等三个人看到救护车驶过，拿起榔头和铁锹就在胡同口开始刨路。保镖们看到有人在胡同口干活，上来过问。

保镖："你们是哪里的，怎么在这里干活？"

观音保："我们是工部局的，奉命来修威灵顿道的下水道。"

保镖："怎么没有通知我们？"

观音保："这是路面施工，不影响住户。"

保镖似懂非懂地走开了。

这时，雍天成的车开到。看见胡同口有人在施工，雍天成迫不及待地开门下车，旭东反应更快，抢先一步下车，挡在了雍天成的前面。胡国超还没有停好车，就听到外面传来了枪声。

三个杀手看到雍天成下车就拔枪向雍天成射击，没想到旭东挡在了雍天成的前面，子弹都射入了旭东的身体内。雍天成反应极快，利用轿车车体的掩护，迅速向人群密集的地方跑去。胡国超想打开车门，可是密集的枪声让他无法动弹，射入车里的子弹打中了胡国超，他倒在了方向盘上。观音保和杀手甲紧紧追着跑在人群里的雍天成。雍天成右臂中弹，流血不止。杀手乙又朝旭东身上开了几枪。胡同里的保镖听到枪声，向这边跑来。杀手乙无法再向胡国超补枪，迅速逃跑。

13-14 天津某贫民区 日外

雍天成的右臂已经被他简单包扎上，他的左手提着翡翠手枪，不断地向杀手反击。有一枪击中了杀手甲的耳朵。

杀手甲捂着耳朵："我的耳朵！"又朝雍天成方向开了几枪。

这片贫民区很安静，人们似乎听到枪声都躲了起来。雍天成连推几家的门都无法打开。雍天成非常紧张，突然，一家院门被他推开了，他急忙闪了进去，随手用门栓锁上了门。

13－15　天津雍天成舅舅家　日内

急救医生和护士为舅妈洗胃，舅妈生命无碍。小五听到外面的枪声，带人出去查看和报警。舅妈和女仆的手痒也让医生用西药水止住了。

13－16　天津大洪、二洪父母家　日内

雍天成进入的院子里有两位老夫妻。俩人看到雍天成持枪进来，身上满是鲜血，脸都吓白了。雍天成示意两人别出声，把耳朵贴在院门听着外面的动静。杀手甲在挨家挨户地敲门，敲到这里，见无人开门，就去敲下一家。

雍天成听到杀手在下一家询问，知道危险已经过去。但是由于失血过多，神经松弛下来，反倒昏了过去。

这里是大洪家，两位老人是大洪的父母。大洪的父亲胆子比较大，看到雍天成昏倒，快步走上前，把雍天成背了起来，走进屋里，把雍天成放在炕上。

大洪父亲："老伴，去把白药和包扎布拿来。"

老伴出去。

大洪父亲仔细查看雍天成的伤口，发现是枪伤。老伴拿着药和包扎布进来了。

大洪父亲："这是枪伤啊。先给他止血吧，老伴，我去请陆大夫来看看。"

大洪母亲："陆大夫那么忙，能来吗？"

大洪父亲："虽然老陆是名医，但他是我的朋友啊。我走了，你照看一下。"

13－17　天津雍天成舅舅家胡同　日外

急救医生和护士在查看旭东和胡国超的伤情。医生检查完旭东后，摇了摇头。

小五："大夫，您再看看。真不行了吗？"

医生："脉搏和心跳都停止了，人已经死亡了。"

医生给胡国超搭脉："有微弱脉搏，先止血，然后送上急救车。"

护士们忙碌了起来。

王探长接到报警，也赶来了。围观的人在一旁指指点点的。王探长问保镖们看到了什么。

保镖："有三个穿制服的人在这里维修下水道，没想到他们竟然是杀手。"

王探长："车里还坐着什么人？"

保镖："这是成哥的车啊，我没看到都有谁在车上。"

王探长走向围观人群："哪位看到了什么情况？"

有人："我看到一个人好像受伤了，往那边（用手指对面街道）跑了。有两个人在追他。"

王探长："那个人什么样？"

有人："中等个头，西装革履，好像报纸上的雍老板。"

王探长把那人叫到一边，又仔细问了一番。

这时，豪邦带着大批手下赶来了。看到旭东死了，豪邦非常难过。不过他很快就控制住了自己。王探长过来。

王探长："一共有三个杀手。有两个往那边追雍先生，一个往这边（用手指方向）跑了。"

豪邦："现在的首要任务是找到成哥。"

豪邦来到舅舅家，看到舅舅和舅妈很安全。

舅妈还躺在床上："豪邦，出什么事了？"

豪邦："舅妈，有人向成哥开枪，目前没有成哥的消息。"

舅妈非常着急："玉堂不会有事的，豪邦，你快去找啊。"

豪邦："舅妈，我来请求您允许，我要加强这里的保安，您放心，我们会找到成哥的。"

舅妈："好。"

豪邦来到院子里："小五，加强这里的保安，增加一倍人手。把买烤红薯的扁嫂先控制起来，一会儿我有话问她。"

豪邦来到舅舅家对面宅院里。他派出人先保护雍天成家属。

豪邦："现在院子里有 200 人，你们都是有持枪证的保镖。现在每人去枪库里领一把枪和50发子弹。你们的任务就是在全城搜索，找到成哥。你们现在每50人站一排，分为4排。第一排由大洪带领；第二排二洪带领；第三排由黑龙带领；第4排由黑豹带领。每排再分为10组，选出1个组长。以此为中心，你们4排按东南西北四个方向，全城找寻成哥。"

13-18　天津雍天成家　日内

家里突然多了很多保镖，素萱知道出大事了。素萱一直在给雍天成打电话，可是都无人接听。素萱非常着急。雍天成的儿子海天在一旁玩耍，完全不知道父亲正在危险之中。

八十六："大嫂，您不要担心。现在全城都是我们的人，成哥不会有事的。"

素萱没有回话，把海天揽在了怀里。

13-19　天津大洪、二洪父母家　日内

大洪父亲把陆观虎大夫已经请来了。陆观虎在查看雍天成的伤势。

大洪父亲："陆大夫，要紧吗？"

陆观虎："别担心，他无性命之忧。只是失血过多，暂时昏迷。（打开包扎布）止血还算及时，现在还不知道子弹是否伤及骨头。不过万幸的是没有伤及动脉，否则这条胳膊废了不说，人也许就完了。"

大洪父亲："陆大夫，这么说是有救？"

陆观虎："有救。我先把子弹取出来，再给他吃几粒回天丸，就会好了。"

大洪、二洪回到家。

大洪："爹、娘，我们回来了。"

大洪妈："小点声，陆大夫和你爹在屋里呢，家里有病人。"

二洪："病人，我爹病了？"

大洪妈："不是你爹。"

大洪："家里还有别人？"

大洪妈："一个陌生人，受伤了，穿得还挺体面。"

大洪："陌生人？我去看看。"

二洪："我也去。"

屋里，陆大夫正在为雍天成做手术。

陆大夫："老洪，把我的药箱递过来。"

大洪父亲把陆大夫的药箱拿了过来。

陆大夫从药箱里拿出一个针和一管药："老洪，这是法国进口的麻醉药。没有这药，就是关二爷再世，也会疼晕过去。（陆大夫给雍天成注射了麻醉药）老洪啊，贡献点你的一品原浆吧，那酒消毒效果好。"

大洪父亲边去取酒边说："陆大夫，平时我请你喝，你总说太珍贵，舍不得喝。"

陆大夫："老洪，我陆观虎为救人是在所不惜的。"

大洪父亲："陆大夫，我老洪为救人也是在所不惜的。哈哈。"

陆大夫接过老洪递过来的酒，闻了一闻："好酒！（倒在碗里，用嘴含了一口，使劲喷在了雍天成受伤的胳膊的枪眼上。）"

雍天成并没有反应。

大洪父亲："酒喷到伤口上他都没反应？"

陆大夫："老洪，我的麻醉药起作用了。现在我给他取子弹。"

大洪、二洪推门进来。

大洪、二洪："陆叔叔您好！"

陆观虎没有言语，正在专心地取子弹。

大洪和二洪同时发现受伤的人是雍天成，惊呼："成……"

陆观虎示意他们噤声。陆观虎取出了子弹。老洪拿来白药和包扎布，陆大夫为雍天成包扎上。

陆观虎："还好没伤到骨头，不然不会这么容易取出来。"

大洪父亲拿碗茶："陆大夫喝口水，这人没事了？"

陆观虎："没事了，没伤到骨头和动脉，只是失血过多，暂时晕厥。一会儿等他醒过来，把这颗回天丸给他服了。我再给他留 10 粒药，每天服 2 粒，这 10 粒回天丸下去，保证他恢复如初。"

大洪父亲："陆大夫，我让孩子他妈杀了只鸡，咱们老哥俩喝点这一品原浆？"

陆观虎："老洪，不行啊，我那里还有病人，咱们改天。"

大洪父亲："那我就不挽留了，二洪，去给你陆叔叔拿两坛一品原浆，给陆叔叔送回家去。"二洪答应一声，出去取酒。

陆观虎："老洪啊，你酿的美酒是我的大爱。好，我收了。不过，我要问一句，这位受伤的先生是您的什么人啊？我怎么看着有些眼熟啊。"

大洪刚想回答，父亲说话了。

大洪父亲："陆大夫，不瞒您说，这是我的一个远房亲戚。今天刚到天津，就遇到了劫匪，行李包袱都被抢了。"

陆观虎："哦，原来是这样。还好人没事。老洪，我这就告辞了。"陆观虎说完就走了，大洪妈执意把刚杀的大公鸡也给陆大夫拿走。

屋里只剩下大洪、大洪父亲和大洪妈，大洪说话了。

大洪："爹妈，你们知道他（指着还在昏迷中的雍天成）是谁吗？"

大洪父亲："不知道。上午他自己走进来的。"

大洪："爹，那你和陆叔叔说的远房亲戚……"

大洪父亲："随口说的，我也不知道如何向他解释。"

大洪："爹，他就是我的大老板啊，成哥。"

大洪父亲："他就是成哥？怪不得气度不凡。他好像是被追杀的。"

大洪："爹，这件事还有人知道吗？"

大洪父亲："我没说。他娘，你呢？"

大洪妈："我一直在家，一天没出门了。"

大洪："那好，咱们现在等二洪回来再说。"

雍天成苏醒了。大洪看到，马上跑过去。

大洪："成哥，您醒了？"

雍天成："你是谁？"

大洪："成哥，我是大洪啊。"

雍天成："大洪，这是哪里？"

大洪："这是我家。"

雍天成："我怎么在这里？我胳膊怎么了？"

大洪："成哥，您现在很安全。您的胳膊受伤了，我爹找人给您治好了。"

雍天成："旭东呢？"

大洪："成哥，旭东被杀了。"

雍天成一阵沉默。二洪回来了。

二洪："成哥，您醒了？"

雍天成："哦，二洪。你们俩救了我？"

大洪："不是，是我爹娘。"

雍天成："二位老人在哪里？"

大洪爹娘："在这儿，在这儿。"

大洪父亲："您刚恢复，还需要静养。"

雍天成："救命之恩，容后再报。"

大洪父亲："不值一提，不值一提。"

雍天成："大洪，现在外面什么情况？"

大洪："豪邦派出 200 人在全城找您。"

雍天成："二洪，你去把豪邦找来。"

13－20　北京财爷家　日内

霆哥电话得知雍天成没死，气得快疯了，直骂杀手是饭桶废物。

霆哥："你们这帮没用的东西，现在怎么办？"

13－21　天津大洪、二洪父母家　日外

豪邦带着人马来到大洪家门外。保镖们迅速有序地控制了整个胡同及其周围，邻居们看到这样的情景都感觉有些莫名其妙。豪邦看到保镖们各就各位后，在二洪的指引下，走进了大洪父母家的院门。黑龙、黑豹也守在门外。

13－22　天津大洪、二洪父母家　日内

豪邦进屋看到雍天成躺在床上，急忙跑过去。

豪邦："成哥，豪邦该死，豪邦该死。"

雍天成："你做得很好，我都知道了。追杀我的人有一只耳朵、好像是右耳被我击中了。找到他。"

豪邦回头对大洪说："传令下去，全城搜捕耳朵尤其是右耳受伤的人。分组不变，搜捕区域不变。"

大洪："是。"转身和二洪出去了。

豪邦："成哥，外面现在都是我们的人，非常安全。"

雍天成："扶我起来。"

豪邦把雍天成扶起来。

雍天成对大洪父母："大恩不言谢。二老出手相救之恩，容天成稍后报答。"

大洪父亲："举手之劳，举手之劳。"

雍天成抱拳告辞。大洪父母把雍天成送到大门外，看到外面到处都是黑衣保镖和汽车，大洪父母都看呆了。

13–23　天津街道　日外

五人一组的保镖巡逻在天津大街小巷。他们喊着统一的口号。

保镖："只抓一人，耳朵受伤；举报有赏，自首有生。"

保镖："只抓一人，耳朵受伤；举报有赏，自首有生。"

13–24　天津日鑫旅馆　日内

右耳受伤的是杀手甲。观音保和杀手甲在受到霆哥的责骂后，非常郁闷。杀手乙也赶了回来。旅馆老板的桌子上，放着一张天津会馆的会员申请表。旅馆老板看到杀手乙回来，感觉非常可疑，就跟了上去。杀手乙关上房间的门，旅馆老板就悄悄走过去，把耳朵贴在门上偷听。

杀手乙："师兄，现在外面全是他们的人。5人一组，全城搜捕呢。大哥，你的耳朵怎么了？"

杀手甲："被姓雍的打了一枪。"

观音保："你帮他包扎一下。"

杀手乙："师兄，这里能待多久？"

观音保："不知道。"观音保说着，悄悄走到门口，突然一把打开门。门外空无一人。观音保走出去，看到走廊里也空无一人。

13–25　天津雍天成家　日内

素萱看到雍天成受伤回家，非常担心。儿子海天缠着要爸爸，素萱知道雍天成还有事情办，默默带着儿子回避了。

豪邦："日鑫旅馆的周老板来电话，说他们那里有三个人特别可疑，其中一个好像右耳还受伤了。"

雍天成："可靠吗？"

豪邦："周老板是我们天津会馆的会员。他对您的免收会员费的举措非常支持和感激，还帮我们召集了很多中小旅馆作为会员。自从加入天津会馆后，他们得到了我们的保护，所以周老板一直想找机会报答您。"

雍天成："派人到旅馆抓人。"

豪邦："是。"

豪邦出去了。雍天成拿起电话。

雍天成："舅妈，您还好吗？我没事。您放心，过两天我和素萱去看您。"

13‑26　天津日鑫旅馆　日外

几百人包围了旅馆，黑熊、黑豹向内喊话。大洪、二洪则带人包围了走廊，持枪的保镖守住了房间门。

黑龙、黑豹："里面的人听着，你们已经被包围了。赶快投降，留你一命。"

13‑27　天津日鑫旅馆　日内

旅馆房间内，三个人已经出现了分歧。

杀手乙看着窗外："师兄，我们怎么办？"

杀手甲看到门缝里不断出现的人影："师兄，我们投降吧。反正霆哥也不打算管我们了。"

观音保拿着枪，突然对准了杀手甲。

第 14 集 　《北京见总统》

14‑1　天津雍天成家　日内

八十六一家得知雍天成回家，急忙赶来。雍天成坐在客厅里会见八十六，小文妹领着儿子找素萱聊天去了。

八十六："成哥，让我在这里伺候您吧。"

雍天成："这点伤没有大碍。你打理好房地产就是对我最好的帮助。"

八十六："房地产您放心，现在我们在 8 个租界里都有房地产买卖和出租业务，我今天把账本都带来了。"

雍天成："告诉我个总数就行。"

八十六打开账本："好的，成哥。截至昨天，我们在天津一共有房产 112 幢，地皮 3500 亩，每月租金收入 25 万元。北京有 34 座宅院，共计 405 亩；上海有洋房 40 幢，地皮 2000 亩，北京和上海的租金收入每月 30 万元。3 地每月租金共计 55 万元。"

雍天成："不错的成绩。八十六，你现在手下有多少人？"

八十六："京津沪 3 地共有 75 人。"

雍天成："干得不错，再接再厉。以后专心打理房地产生意，不要轻易到我这里来。"

14‑2　天津日鑫旅馆　日外

几百人包围着旅馆，马路上非常安静。黑龙、黑豹领着人在街道戒备。

14-3 天津日鑫旅馆 日内

大洪、二洪带人在旅馆走廊里。

房间内。观音保持枪对着杀手甲，杀手甲非常惊慌。

杀手甲："师兄，您这是干什么啊，我哪句说错了吗？"

观音保："没骨气的东西，没怎么地呢就想投降。"

杀手乙正在门边，看到观音保拿枪指着杀手甲，偷偷在背后拔出手枪。观音保耳尖，没等杀手乙动手，已经回身开枪，一枪击毙了杀手乙。杀手甲见有机可乘，也迅速地拔出了手枪。没想到观音保速度更快，已经开火了。杀手甲应声倒地。

守在门外的大洪、二洪和众保镖们听到房间内的枪声，都非常不解，神情更加紧张。这时，房间的门开了，伸出一条白手巾。

大洪："大家不要开枪。"

里面的观音保："我投降，我投降。"

大洪："里面一共多少人？"

观音保："两具尸体和我。"

大洪："人是你打死的？"

观音保："是。"

大洪："你听我口令，慢慢走出来。不要耍花样，否则外面 30 把枪会把你打成筛子。"

观音保："我明白。"

大洪："1，2，3。"

观音保三步已经站在走廊里了。几个保镖迅速上去把观音保给绑了。二洪带人跑进房间，一会儿，拿出 3 支手枪。

二洪："确实有两具尸首，其中一具右耳有枪伤。"

大洪："别动尸体。你（指着观音保）回房里等着。"

房间里就剩下被绑在椅子上的观音保和两具尸体。所有刚才在走廊里的保镖都已经退到街道上。

楼梯上传来缓慢的脚步声，那人走到房间门口停了下来。门被推开了，观音保看到一个 30 岁左右的面容冷峻的男人，眼睛像刀子一样看了他足有一分钟。然后那个男人走了进来，关上门。

豪邦："我是豪邦，为雍先生做事。你就是大名鼎鼎的观音保？"

观音保点点头。

豪邦："谁派你来的？"

观音保低头不语。

豪邦："只要说出名字，我就放了你。"

观音保依然不语。

豪邦："你杀的这两个人是你的师弟，我没说错吧？"

观音保点点头。

豪邦："杀人偿命。我现在可以把你交给警局，这次你手里有三条人命，还有两人重伤，进了警局，你应该知道后果。"

观音保有些不安。

豪邦："你在南京一夜杀 15 人的案子警局还在找你吧。"

观音保明显不安。

豪邦拿出一张银票："这是 1 万元，你只要说出雇佣你的人，就可以带着它离开。"

观音保明显在犹豫。

豪邦："放心，你枪杀两个师弟和投降的事我替你保密。"

豪邦把银票放在观音保手里，等在他的身边。

观音保慢慢说出："霆哥。"

豪邦："哪个霆哥？"

观音保："宁波帮财爷的儿子。"

豪邦："我去叫人给你松绑。"

豪邦从房间出来，大洪等在门外。豪邦向大洪点了一下头，向楼下走去。豪邦走到楼下看到神情紧张的周老板。楼上传来一声枪响。

豪邦："周老板，雍先生让我来当面感谢你。"

周老板："不值一提。能为雍先生办点事我感到非常荣幸。"

大洪下楼，把银票交给豪邦。

豪邦："雍先生非常珍视你的友情，不仅让我当面道谢，而且还让我把这个送给你。"

周老板看到银票的数字，倒吸一口凉气。

周老板："使不得，使不得。这些钱够我开 10 个这样的旅馆了。"

豪邦："那就开 10 个，我们需要你这样的朋友。"

豪邦："你楼上的房间里，匪人火并，你现在报警吧。"

14－4　天津雍天成家　夜内

雍天成向手下发出对财爷和霆哥的追杀令。王探长前来看望雍天成。

王探长："日鑫旅馆的周老板这回立了大功，由于发现了通缉已久的观音保，警局局长要亲自奖赏。"

雍天成："老哥，大恩不言谢。这回要不是你及时把国超送到医院，他的命也许就没了。"

王探长："哪里，哪里，他命大，他命大。"

14－5　天津英租界维多利亚医院　夜内

小文妹和八十六在陪护胡国超。

胡国超："成哥没事吧?"

八十六："三哥，你刚刚苏醒，不要多想。成哥现在很好。"

胡国超："旭东呢?"

八十六："他没了，当时就没了。"

胡国超："都怪我，都怪我无用。"

八十六："你别自责。成哥非常关心你的健康，特意给你安排了最好的医院。"

小文妹："三哥，你的事我们没敢告诉妈，你就安心在这里养病吧。医生的手术做得很成功，你一个月后就可以恢复如初了。"

14－6　天津英租界某基督教公墓　日外

雍天成等众人为旭东下葬。

一个月后

14－7　天津陆观虎诊所　日内

雍天成上门拜访表达谢意，问陆观虎需要什么报答。陆说已经受过他的恩惠了。原来天津会馆吸收中小洋行，连陆观虎这样的小诊所都可以成为会员，得到天津会馆的保护。

雍天成："陆大夫，本人雍天成，今天特意登门答谢救命之恩。"

陆观虎："我陆观虎是个郎中，救人是我的本份，不必言谢。"

雍天成："陆大夫，我吃了您 11 颗回天丸。听说回天丸 1 两金子一粒，而且您一年只能做 15 粒，有这事吗？"

陆观虎："药材难得而已，不值一提。"

雍天成："昨天，我请维多利亚医院的英国大夫看了一下我的伤口，他也对您的技术赞叹不已。"

陆观虎："雍先生太客气了。"

雍天成："您是我的救命恩人，我这次来一是要付治疗的费用；二是要报答您的救命之恩。"

陆观虎："哈哈哈，雍先生还是不了解我。我陆观虎是穷人分文不取，富人一文不让。不过，雍先生说的两条其实您早就付过了。医资，老洪的一品原浆和大公鸡就是；报答，其实要报答的是我。"

雍天成："我糊涂了，咱们以前见过？"

陆观虎："见过倒是没见过。不过我受过您的恩惠。"

雍天成："恩惠？您是越说我越糊涂了。"

陆观虎："以前各种帮会、警察来我诊所收费的数不胜数，我真是不堪其扰。自从加入了您的天津会馆，我的诊所再没有人来捣乱了。您说我不该报答您吗？而且您的天津会馆还是免费加入，没有给我这样的小诊所增加负担，您说我不该报答您吗？"

雍天成："哈哈哈，那咱们就算扯平了。陆大夫，不，您应该长我不少，我叫您陆大哥如何？"

陆观虎："好啊，雍老弟，我高攀了。"

雍天成："陆大哥，可别这么说。"

陆观虎："雍老弟，不如您留下来咱哥俩喝一杯，老洪的一品原浆可不是谁都能喝到的啊。"

雍天成："陆大哥，我是滴酒不沾的。不如这样，今日我做东，请您和老洪大哥大快朵颐一番，如何？"

陆观虎："好，好。"

雍天成："那就请陆大哥和我一起去老洪大哥那里如何？"

陆观虎："好,咱们走。"

14-8　天津大洪父母家　日内

听到敲门声,大洪父亲老洪来开门。看到外面站着雍天成和陆观虎等人,赶紧往里面请。

雍天成:"老洪大哥现在白天也锁门了。"

老洪:"说来就是缘分了,我家的大门从来都是上锁的。那天也是机缘巧合,不知怎么回事,忘记了锁门。也许就是为了等您吧。"

雍天成:"老洪大哥,今天我和陆大哥来,就是想请您和大嫂赏脸一起到起士林喝个痛快。"

老洪:"陆大哥,雍先生,如果二位不介意的话,就在我这里喝个痛快如何?"

陆观虎:"雍老弟,您看如何?老洪这里的一品原浆可是非卖品啊。"

雍天成:"好,就在这里。老洪大哥,带我参观参观您的酒窖如何?"

老洪:"好啊,请。这边走。老伴(对大洪妈),赶紧安排几个好菜,今天我们要喝个痛快。"

雍天成等参观老洪的酒窖。

雍天成:"老洪大哥,为什么只见您的酒窖,不见烧锅啊?"

老洪:"不瞒各位,我这酿酒的手艺是祖传的。由于没有钱,只能在郊外租个小房办烧锅。"

雍天成:"那产量有多大?"

老洪:"都是熟人和朋友捧场,产量不大,但也够我们一家的生活了。"

雍天成:"老洪大哥的酒既然口碑那么好,何不多做些?"

老洪:"我一直想扩大烧锅。唉,可惜两个儿子都没说上媳妇,手里的钱不敢动啊。说远了,走吧,估计饭菜已经都好了。"

雍天成:"老洪大哥,先等等。我今天来,一是想在您这里破例饮酒;二是想请您接受我的投资扩大您的烧锅。"

老洪:"您不饮酒全城皆知,您能为我的酒破例,我深感荣幸。可您的投资一定是想报答那天的事,而我没有信心能经营好一个大的烧锅,怕对不住您的投资。"

雍天成："老洪大哥，我问过大洪和二洪，他们说您最大的爱好就是酿酒。我昨天和大洪去过您在津郊的烧锅，看到了您在酿酒。也问了当地一些人，他们每天能闻到您的酒香，遗憾的是却从未尝过您的酒。"

老洪："雍先生办事真是认真，确实是这样。"

雍天成："老洪大哥，我雍天成确实非常感激您和大嫂的救命之恩，这份感激我会一直记在心里，我把它看作是一种友谊。但投资烧锅厂，是我的一个商业行为。我希望更多的人可以喝到您的美酒，也希望能借此赚点钱花。"

老洪："能得到雍先生的友谊，是我们家的荣幸。既然雍先生愿意投资烧锅，我老洪愿意一试，希望能不负期望。"

雍天成："好，有老洪大哥这一句话就成。"

14-9 北京财爷宅邸 夜内

客厅里，财爷正在教训霆哥。财爷得知霆哥向雍天成寻仇，非常生气和担心。怎奈已成事实，只好想法应对。

财爷："你这孩子，怎么就这么不听话？跟你说了多少遍，我们现在没有实力和他较量。我们唯一要做的就是等待。你爹我活了这么大岁数，见过多少以弱碰强，以卵击石，哪个不是碰得头破血流、死无完尸？现在他雍天成是什么势力？紫竹林码头我们在的时候，有工人一千，现在，紫竹林码头有工人三千；我们在天津那么多年，浙江会馆和广东会馆是我们的财神爷，我们得拍他们的马屁；而现在，雍天成是这两大会馆的副董事长，自己手里还有天津会馆，手下有天津五千个中小洋行和店铺。他在北京的势力你也看到了，出入总统府如履平地，连段总理都给他面子。你这孩子，竟然以为用几个杀手就可以摆平雍天成，真是天方夜谭啊。不行，我得把你送出去。不然雍天成不会放过你。"

霆哥："我哪儿都不去！"

财爷："留下与否不是你的嘴能决定的，要靠实力。"

霆哥不再吱声。财爷显得非常焦急，坐在沙发上，手里的茶杯被他拿起又放下。过了一会儿，财爷走向电话，拨了个号码。

财爷："亲家吗？"

14－10 北京陆建章家 夜内

陆建章在卧室里接电话。

陆建章："亲家，是我。不知亲家深夜来电有何紧要事？"

陆建章："什么？好，好。我马上过去。"

14－11 北京财爷家胡同 日外

财爷家的胡同有很多警察在巡逻。

14－12 天津日租界三井洋行码头 日外

苍井腾一为霆哥送行。霆哥表示一定要回来杀掉雍天成。

苍井："日本方面已经安排妥当，你就安心在那里住一段时间吧。"

霆哥："苍井兄，多谢您的安排。不过我很快会回来的，我一定要亲手杀了他。"

苍井："霆弟，莫说气话，来日方长，来日方长。中国有句俗语叫君子报仇十年不晚；还有一句叫避其锋芒以柔克刚。你去日本暂住一段时间，机会也许就等来了。"

霆哥："苍井兄一席话令我茅塞顿开。此次东行，不知何时才能回津与兄相见。"

苍井："我很快就会回日本度假，到时候定能见面。"

14－13 北京财爷家附近某旅馆 日内

杀手云廷透过旅馆的窗户，清楚地看到财爷家胡同外的警察在巡逻。床上摆着一套警察服装。云廷坐回到椅子上，拿起放在桌子上的手枪，仔细擦拭起来。

桌子上的《顺天时报》头版标题是"黎副总统今日抵京"。

外面一阵嘈杂的声音响起，云廷快速来到窗前，看到警察们正在集合。

云廷走到床边，换上了那套警察服装。

14－14 北京火车站 日内

黎元洪在袁世凯的多次邀请下，应邀北上进京，做专职副总统。北京警察和士兵都被派往火车站及长安街两旁保护治安。

黎元洪从车站出来，在警察和士兵的保护下，快速钻进汽车。汽车快速向中南海驶去。

14－15　北京财爷家　日外

警察们被调离，财爷家门前和胡同附近人迹全无。云廷身着警察服来到财爷家门前，敲门，进院。财爷和他的三个姨太太被云廷杀死。

14－16　天津港　日外

史蒂文回到天津。下了船的史蒂文深深吸了口气，好像告诉天津：我回来了。

14－17　天津合众会堂　日内

雍天成和史蒂文在教堂会面，史蒂文告诉雍天成自己依然在天津工部局工作。雍天成告诫史蒂文以后不到万不得已，不要出现在自己的视线内，这是为了保护俩人。

雍天成："二弟，你这次回来会呆多久？"

史蒂文："大哥，我这次回来再次为工部局工作，按照合同是五年时间。不过，这不会影响我们在纽约的投资。"

雍天成："那就好。史蒂文，自从你走后，天津，尤其是我们成礼洋行发生了很大的变化。"

史蒂文："一路上我一直有个疑问，大哥为什么同意我回来？"

雍天成："现在我非常需要你在天津。但你这次回津我要你同意我个条件，不要轻易和我见面，尽量淡化我们之间的关系。这样可以更好地保护你我。"

史蒂文："这个没问题。大哥，给你开车的司机怎么不是八十六？"

雍天成："八十六另有重任，他现在已经是我们的房地产投资经理。不过，他和你一样，都是在外围为成礼服务。知道开车的人是谁吗？小文妹的三哥，胡国超。"

史蒂文："原来是自己人啊。"

雍天成："不仅可靠，而且有头脑，还非常勇敢。"

史蒂文从随身的皮包里拿出一个盒子："大哥，这是给海天买的礼物，您交给他吧。"

雍天成："二弟，孩子的礼物你还是亲自给他的好，再说素萱也想和你见面啊。等我电话，我来安排见面。"

14-18　北京中南海瀛台　夜内

雍天成来到北京，是为了拜会刚到京的黎元洪副总统。黎元洪在瀛台涵元殿接见了雍天成，并留其晚饭。饭后陈宦送其出门，并告诉他袁世凯要买两艘巡洋舰。

黎元洪："天成啊，我要感谢你。"

雍天成："副总统何出此言？"

黎元洪："我说的是天津的房子。"

雍天成："不值一提，不值一提。"

黎元洪："天成啊，我虽然是湖北人，但天津是我的第二故乡。我14岁离开湖北到了天津北塘，在那里生活了12年后离开就再没回去过。可我的父母都安葬在那里，终有一天我要回到那里陪他们，所以我要感谢你。"

雍天成："副总统的话让我想起一件事。那套宅院尚未办理房契过户手续，现在您既然在北京，离天津这么近，不如找时间去工部局办了这事。"

黎元洪："好。我们家的财产多以孝义堂的名义办理，这个也不例外。具体还是由你全权负责。哦，时间不早了。"

雍天成站起来："副总统，天成告辞了。"

黎元洪："二庵（陈宦），你送送天成。"

陈宦："是，副总统。"

雍天成："副总统，天成告辞，改日再来拜访。"

陈宦送雍天成出来。

陈宦："最近南方局势越来越紧张，大总统非常操劳。"

雍天成："那我就下次再拜见大总统。"

陈宦："不不，我这次就安排你见大总统。"

雍天成："不会麻烦吧？"

陈宦："不会，大总统最近提过要充实海军，这是你的好机会啊。"

雍天成："多谢叔叔，叔叔一路提携之恩，侄儿没齿难忘。"

陈宦："元礼在奉天，很难见到他啊。"

雍天成："叔叔想见他，我去奉天请他回来。"

陈宦："不必了，不必了。"

14－19　日本东京某公寓　夜内

霆哥得知父亲被害，发誓要报复。

霆哥看着财爷的遗像："爹，儿不报此仇，誓不为人。"

14－20　北京陆建章家　夜内

陆建章和儿子陆承武商量如何对付雍天成，老奸巨猾的陆建章决定避其锋芒，君子报仇十年不晚。

陆建章："承武，其他的事情我们慢慢解决，现在的第一任务是妥善安葬亲家。"

陆承武："爹，林百霆还在日本，要不要他回来？"

陆建章："我已经安排人通知他千万不要回来，现在不是时候。"

陆承武："现在查到凶手的线索了吗？"

陆建章："有人目睹一个警察敲门进入了财爷家，不过我属下所有的警察当天都在马路上值班，欢迎黎副总统来京，没有一个漏岗的。"

陆承武："有请假的吗？"

陆建章："小子，还用你告诉我？一共三个请假的，都是躺在医院动弹不得的人。"

陆承武："爹，你好像有些眉目吧？"

陆建章："看凶手的杀人手法，都是一刀毙命，而且没有惊动满院的仆人，应该是非常有经验的杀手干的。财爷仇家多，也难免遭此一劫。"

陆承武："会不会是那个雍天成干的？"

陆建章："别乱说话。"

14－21　北京雍天成家　夜内

雍天成列出一个长长的名单，全是在京期间他要专程拜访的大人物。豪邦恭喜雍天成即将获得袁世凯的巡洋舰订单。

雍天成把名单交给豪邦："这些人都是帮助过我们和会帮助我们的人，你这几天要一一拜访。"

豪邦："放心吧，成哥。（翻看到后面）今年有 103 人，比去年多了近一半啊。"

雍天成："今年我们的业务也扩大了几倍啊。"

豪邦："这海军的生意要是成了，明年的收入又是几倍的增长啊。"

雍天成："是啊。原来这些大生意都是给礼和的。现在多亏这些人帮助（指着名单），才能交到我们手上。"

豪邦："成哥，您现在已经是天津洋行的老大，北京把这么大的生意交给别人也不放心啊。"

雍天成："明天一早我就去中南海。"

14－22　北京中南海居仁堂　日内

袁世凯秘密召雍天成入中南海，授意雍从德国购买潜艇两艘，并给定金 200 万。

袁世凯："天成啊，你这次来段总理知道吗？"

雍天成："这次来的比较匆忙，还未去段总理那里。"

袁世凯："那就不必去了。你没看这次你来，连克定都没出来吗？"

雍天成站起来："大总统有何要事请明示，天成定会肝脑涂地，在所不辞。"

袁世凯："你坐，今天没有外人，不必拘于礼节。"

雍天成："是，大总统。"

袁世凯："我 17 岁时参加丙子科乡试，第一个题目就是'孔子于乡党'。你知道这四个字的出处吗？"

雍天成："天成于国学是门外汉，愿闻其详。"

袁世凯："你们这些年轻人，说起外语比说国语还流利，不过，我劝你还是要多读四书五经，祖宗的东西都是宝啊。这是《论语·乡党》里的一句话，'孔子于乡党，恂恂如也，似不能言者。其在宗庙、朝廷，便便言，唯谨尔。'意思是说孔子在家乡时显得很温和恭敬，像是不会说话的样子。而到了宗庙、朝廷上，却很善于言辞，只是说得比较谨慎而已。"

雍天成："大总统的意思天成明白。"

袁世凯拿出一张银票和一张军火订单："本来我想等长辛店的兵工厂开工后再置办这批军火，可是这批军火的数量非常大，时间上已经来不及了。银票是 200 万元的，这是定金，以后会分批给你。这件事你知，我知，没有第三个人知道。你看看定单上的落款。"

雍天成："总统府陆海军统率办事处。"

袁世凯："你再看看定单的内容。"

雍天成："两艘 U 型潜艇？"

袁世凯："现在日本海军有潜艇 14 艘，到民国八年，估计会达到 57 艘，总吨位会达到 21 万吨。而我们呢？一艘也没有，零啊。（袁世凯拿出银票根）这张银票的票根在这里，我把它存放在大总统保险箱内，没有人会知道。"

雍天成："大总统把这么机密的事交给我办，我一定不辱使命。"

14 - 23　天津小文妹包子铺　日内

小文妹和八十六要去北京考察房地产，素萱和儿子海天与他们喝茶聊天。儿子有些发烧，素萱想到医院给海天看病。

素萱："世豪怎么没带来？"

文妹："姥姥想他了，在姥姥家呢。"

素萱："可惜，海天以为能看到世豪呢。文妹，你俩去北京的日期定了吗？"

小文妹："明天就走，是吧八十六？"

八十六："大嫂，文妹听到要去北京，高兴得一晚没睡。你相信吗？一个天津姑娘竟然从没去过北京。"

素萱："文妹过去一直在辛苦工作，极少有机会离开天津。北京也有人没去过长城啊。八十六，你要永远对文妹好。"

八十六："大嫂，不瞒您说，自从和文妹结婚以来，我每天都在问自己，八十六，你也有家了？儿子出生后，我问自己，八十六，你也有后了？今天这些，我第一个要感谢的是成哥，没有他对我的照顾和偏爱，我不会有今天；第二个要感谢的就是文妹，没有她，我八十六就没有自己的家庭和自己的儿子。"

小文妹："快别说了，我都快哭了。"

素萱："文妹、八十六，看到你们恩爱，天成和我由衷高兴。对了，你们到北京会见到天成。"

八十六："成哥没有给我见面的指令。"

雍海天走过来。

雍海天："妈，我难受。"

素萱摸了摸海天的头："有些热啊。"

文妹："我去取些冰来。"小文妹去取冰块。

素萱："八十六，我最近总有不祥的预感，如果我和天成不在了，你和小文妹一定要照顾好海天，你们就是他的父母。"

八十六："大嫂，您这是说什么？"

小文妹取冰回来也听到了："大嫂，虽然不想听到您说这些，但我们答应您。"

八十六："来，海天，叔叔给你敷冰。"

14－24　北京街道　日外

雍天成坐车游览北京街道，很关心北京房地产的走势，想在北京继续购置地产。

14－25　北京地产行　日内

八十六与小文妹衣着华贵，前来购买地产，出手大方。小文妹看到好玩的还不时想到买回去给干儿子雍海天玩。

14－26　天津雍天成家　日内

雍天成回到家，妻儿都不在家。电话里素萱告诉雍天成，儿子海天已经高烧三天，现在维多利亚医院。素萱让雍天成给海天带个喜欢的玩具来。

雍天成问佣人："夫人不在家？"

佣人："夫人带少爷去维多利亚医院看病去了。"

雍天成："住在医院？"

佣人："是。少爷发高烧，非常严重。病房的电话号码就在电话旁边。"

雍天成："好，知道了。"

雍天成打电话："素萱，海天怎么了？我马上过去。带什么？玩具。放在哪里？哦，卧室的梳妆台抽屉里。好，我找到就马上过去。"

雍天成回到卧室，拉开梳妆台的抽屉，翻找海天的玩具。雍天成在找玩具的过程中，无意间发现了一个木制的盒子，盒子里都是信件。雍天成发现了一封陈元礼给素萱写的示爱信，"素萱小姐，从第一眼看到你的时候，我就无法忘记你……"，时间是 1911 年 9 月。那是他们刚刚认识素萱的时候。雍天成突然明白陈元礼为什么好久都没有消息了。忙让胡国超北上奉天请陈元礼回津。

雍天成打电话："豪邦，是我。你立即安排胡国超去奉天，请三弟陈元礼回津一趟。"

第15集 《兄弟反目》

15－1 奉天陈元礼公馆 日内

陈元礼此时已经是张作霖身边的红人，东北军的武器几乎都是经过其手买入的。紫萱已经嫁给陈元礼，并育有一子。陈元礼还娶了两房姨太太，让紫萱非常郁闷。张作霖早有入关的打算，已经在天津买了公馆。陈元礼正愁没有理由回到天津，看到雍天成的信，他有了主意。陈元礼问胡国超雍天成近况，胡国超一一作答。陈元礼让胡国超先回天津，自己不日动身。

陈元礼此时正与管家说着昨晚的事情。

管家蒋林："老爷，真是袁大总统给他的怀表？"

陈元礼："张作霖特意给我看的，上面还刻有'项城袁氏'四个字。"

管家蒋林："那他要高升了？"

陈元礼："大总统能越过奉天将军张锡銮，直接会见一个师长，这里面的学问大了。"

管家蒋林："老爷，蒋林对官场的事是两眼一抹黑，啥也不懂。这里面有啥学问？"

陈元礼："那我今天就教教你。你说东三省的总督原来是谁？"

管家蒋林："赵尔撰啊。"

陈元礼："什么赵尔撰，那字念'巽'。八卦中的巽，是风的意思。"

管家蒋林："我一直念撰来的，也没人说我错啊。"

陈元礼："你身边的人有几个读过书的？我接着讲，总督位置撤销了，赵尔巽现在是清史馆馆长。张锡銮呢，岁数太大了，今年70有2

了。所以今后的奉天就是他张作霖的了。"

管家蒋林："不是还有28师师长冯德麟吗?"

陈元礼指了指自己的脑袋："他这儿不行。张作霖告诉我他在天津还买了个大宅子。"

管家蒋林："老爷不是也想在天津买处宅院吗?"

陈元礼："是啊。可惜没机会。"

管家蒋林："哦,对了,老爷,二太太和三太太一早去城里中街了。"

陈元礼："大太太呢。"

管家蒋林："大太太没出来吃早饭,说是不舒服。"

陈元礼："就爱使小性子……"

这时,门人来报："门外有一人,自称叫胡国超,从天津成礼洋行来的,要求见您。"

陈元礼喝了一口茶："请他进来。"

胡国超进来,还带着很多礼物。

胡国超："小人胡国超受成礼洋行成哥之命,特来拜见三哥。"

陈元礼："你怎么叫我三哥?"

胡国超："临出门时,成哥叫我这么称呼的。"

陈元礼："你坐。蒋林啊,吩咐后面准备午餐,另外通知夫人,就说天津来客人了。"

胡国超："三哥费心了。成哥和大嫂问三嫂好。"

陈元礼："大哥派你来有何要事?"

胡国超："成哥想请三哥回天津叙旧。"

陈元礼："大哥遇到什么难处了?"

胡国超："成哥现在顺风顺水,没有难事。"

陈元礼："你在大哥那里是做什么的?"

胡国超："我是成哥的专职司机。"

陈元礼："听说旭东死了,还有一个司机兼保镖受了伤,就是你?"

胡国超："正是在下。"

陈元礼："你哪里受伤了?"

胡国超："回三哥,是后背。"

陈元礼："脱了衣服,我看看。"

胡国超遵命脱下衣服，转过身去。两处枪伤赫然在目。

陈元礼："穿上吧。背后开枪你防不住啊。旭东安葬了吗？"

胡国超："已经安葬了。"

陈元礼："谁干的查到了吗？"

胡国超："成哥负责这件事，国超实在不知。"

陈元礼："你之前来过奉天吗？"

胡国超："回三哥的话，国超以前在东北讲武堂读过两年书。"

陈元礼："一会儿吃饭，饭后让蒋林带你出去走走，看看奉天有什么变化。"

胡国超："多谢三哥。"

管家蒋林进来："老爷，饭好了。夫人在餐厅等候呢。"

陈元礼："好，我们去餐厅。蒋林，你去拿两瓶老龙口过来。"

蒋林："已经放在桌子上了，老爷。"

15－2　天津紫竹林码头　日外

黑龙、黑豹成为紫竹林码头脚行的总、副把头。此刻，黑龙、黑豹正坐在码头货场上喝茶，身后站有几个打手。不远处，几个劳累至极、汗流浃背的工人停下脚步，准备喝口水。

黑豹看到了："我在这儿看着，他们都敢偷懒。（回头指一人）你过去，教训教训他们。"

打手拿着棒子冲了出去。黑龙、黑豹则继续坐在椅子上，冷冷地看着几个工人挨打。

其他工人看到同伴们挨打，颇有微词。有人开始怀念大洪、二洪管理脚行的日子。

工人甲："还是大洪、二洪兄弟待我们工人好。"

工人乙："如果他们能回来该多好。左力，你说呢？"

左力是一个魁梧的青年工人："我们先干活吧，免得遭到无妄之灾。"

左力看着被打的兄弟们，双拳紧紧地攥住了。

打手看到其他工人停下手里的活计都在围观，向这边走来。

打手："赶快去干活，你们也想和他们一样啊。"

15-3 天津成礼洋行雍天成办公室 日内

雍天成得知黑龙、黑豹兄弟残忍之事，命大洪、二洪去码头训斥黑龙、黑豹。

雍天成："黑龙、黑豹怎么敢这样胡来？码头工人是我的后盾，他们竟然说打就打？大洪、二洪，你们去码头调查一下，另外刚才来报告此事的工人一定给我保护好。"

大洪："成哥，如果属实呢？"

雍天成："如果那样，我亲自处理。"

胡国超敲门进来。

雍天成："何时到天津的？"

胡国超："刚到，直接回这里了。"

雍天成："怎么样？"

胡国超："他后天到。"

15-4 天津紫竹林码头办公室 日内

大洪、二洪走后，黑龙、黑豹两兄弟大骂，还抓来那个向大洪兄弟诉苦的工人，一阵鞭打。工人们非常愤怒，以左力等为首的工人宣布罢工，驱逐黑龙、黑豹兄弟。黑龙、黑豹一看势头不对，竟然跑了。

黑龙："成哥是怎么知道的？真怪了，还让大洪哥俩来调查我们。一定是有人告密。"

黑豹："有人报告说那天挨打的工人和大洪家是邻居，看到他和大洪说了什么。"

黑龙："去把他抓来。"

黑豹转身吩咐手下人去码头抓人。一会儿，人抓来了。

黑豹："你小子竟然敢告密，害得我们哥俩被成哥骂。"

工人："你们对工人非打即骂，谁都有权向成哥投诉。"

黑豹听到这里，上去就给那个工人一鞭子。工人当时就被打趴下了。几个手下见黑豹出手了，立即冲上去对工人一顿拳打脚踢。

15-5 天津紫竹林码头办公室 日外

左力等工人得知有人被抓，一起赶到码头办公室要求黑龙、黑豹放人。黑龙、黑豹大怒，吩咐打手出去撵走工人们。

打手们出去看到以左力为首的工人越聚越多，吓得缩了回去。

左力对众工人："兄弟们，今天把头打我们的兄弟，明天把头就能来打我们。我们怎么办?!"

众工人："我们怎么办!"

左力："我们不能看着自己的兄弟被欺负，我们不能看着自己的兄弟被侮辱!"

众工人："对!"

左力："我宣布，从现在开始，罢工!"

众工人："罢工!"

工人越聚越多。黑龙、黑豹等人看到事情不妙，从后门溜走了。

15-6 天津紫竹林码头办公室 日内

消息传来，雍天成亲自出马。他先与左力等工人谈判，工人对薪酬待遇很满意，就是不能忍受黑龙兄弟的凶残。雍天成派人找来黑龙兄弟，让俩人当面对工人们道歉。并让大洪、二洪重新回到码头管理脚行。工人鼓掌欢迎。黑龙、黑豹觉得颜面大失，嫉恨在心。

雍天成带领大洪、二洪等人来到码头，看到码头上工人非常激动，雍天成下令先为被打的工人施救。

雍天成："赶快叫救护车，先救人。大洪，你去，把外面抗议工人的头给我请进来。"

15-7 天津紫竹林码头办公室 日外

办公室外面的工人们显然不相信雍天成，要求他出来谈。

众工人："出来谈！出来谈！"

左力："兄弟们，成哥来了先救人，他是有诚意的，我们要相信他。我问大家，我们的要求是什么?"

众工人："赶走黑龙、赶走黑豹!"

左力："好。请大家在外面等我，我现在进去请成哥给我们一个公道!"

众工人："公道！公道！"

15-8 天津紫竹林码头办公室 日内

左力走进了办公室，雍天成起身相迎。

大洪："成哥，这位是工人代表左力。"

雍天成："左力先生，久仰，久仰！"

左力："成哥，不敢当，不敢当。我们工人对您没有意见，我们只要求赶走黑龙、黑豹。"

雍天成："好，我答应你。还有别的要求吗？"

左力："我们要求给挨打的工人们看病和补偿。"

雍天成："大洪，你和左力一起去，把挨打的工人统计成册，该看病的看病。（问左力）补偿标准呢？"

左力："我们要求按工伤的标准来补偿。"

雍天成："好。我按工伤标准的一倍补偿工人们。你看还有什么要求？"

左力："成哥的处理方法我相信工人们一定会满意。"

雍天成："有什么要求你尽管提，我一直视工人为我的后盾。这个全天津的老板们都知道。"

左力："成哥，我本人一直想当面感谢您对我们工人的关心和照顾。我想外面的工人也都感谢成哥对他们的关照，给他们工作机会，让他们可以给老婆和孩子买好吃的、好穿的。"

雍天成："那好。你现在出去告诉工人们我的态度。"

左力和大洪出去了。雍天成端起茶杯，淡定地喝了一口。

雍天成："二洪，你去把黑龙、黑豹两兄弟给我找回来。"

二洪："是。"

二洪走了。外面非常安静。一会儿，外面响起工人们的喊声："成哥！成哥！"

大洪跑进来："成哥，外面工人请您出去讲话。"

雍天成脸色微微一笑，站了起来，走出了办公室。

15-9 天津紫竹林码头办公室 日外

雍天成："各位兄弟，天成今天要说的第一句话就是我来晚了，向大家道歉，我没有照顾好大家。（说完，向众工人深鞠一躬）第二句话

270

是黑龙、黑豹已经被我从码头开除了!"

众工人:"成哥!成哥!"

雍天成:"天津的每个人都知道,我雍天成常挂嘴边的一句话就是工人是我的后盾。对,你们是我的后盾。谁对你们不好,就是对我雍天成不好;谁敢对你们动手,就是对我雍天成动手!"

众工人:"成哥!成哥!"

雍天成:"所有挨过打、受过伤的工人,今天就到左力和大洪那里登记。该看病的去看病,该补偿的按工伤标准的一倍给予补偿。你们欢迎大洪、二洪,那我宣布,大洪、二洪从现在开始继续管理码头脚行。"

众工人:"成哥!成哥!"

雍天成回头问:"二洪回来没?"

二洪:"成哥,我已经回来了,俩人也带回来了。"

雍天成:"带上来。"

黑龙、黑豹俩人在二洪的引领下走了上来。

雍天成:"你们俩当着工人们的面向大家道歉,取得工人们的原谅。"

15-10　黑龙兄弟家　夜内

两兄弟在喝闷酒,觉得雍天成偏心。

黑龙:"这是骑在我俩头上拉屎啊!还让我们在 3000 人面前道歉,这以后还让不让我们在码头混了!"

黑豹:"大哥,我是真觉得没脸啊。你说那些工人不那么管行吗?他们除了偷懒就是偷懒,我们为成哥赚钱,他却帮工人打我们的脸。"

黑龙:"妈的,这么逼老子,老子不干了!"

黑豹:"大哥,你有去处了?"

黑龙:"人挪活,树挪死。我就不信天底下就成礼一家吃饭的地方?!"

15-11　天津火车站　日外

雍天成亲自来迎接陈元礼一家。雍天成带着豪邦、大洪、二洪、黑龙、黑豹,以及 200 位保镖,10 辆汽车,迎接陈元礼。陈元礼看到雍天成现在的气势和场面，言语间有些酸气。雍天成看到兄弟回来高兴，并没在意。紫萱急着要回家看父母。

雍天成上前拥抱陈元礼："三弟，你能回来，大哥我真是太高兴了。"

陈元礼："大哥，后面那些都是你的人吗？"

雍天成："都是，都是。三弟啊，我们成礼现在今非昔比，整个天津卫，人人知道成礼，却不知都督是谁，哈哈。"

陈元礼："大哥真是厉害，三弟在奉天多年，简直像土包子进城了。"

雍天成："什么土包子，成礼也是你的，是我们哥仨儿的。"

陈元礼："大哥，你既然这么说，我就不走了。"

雍天成："不走了，不走了。素萱（找素萱），你过来。"

素萱正在和紫萱聊天，俩人的孩子已经玩到一起了。

素萱："紫萱，你儿子真帅气，叫什么名字？"

紫萱："有可。有是有无的有，可是可以的可。比海天小1岁。"

素萱听到雍天成的喊声，拉着紫萱来到雍天成处。

雍天成："素萱，一会儿我们先去哪儿？"

素萱："三弟，你回来了。你大哥无日不在思念你们啊。"

陈元礼："见过大嫂。今天大嫂亲自来车站迎接元礼一家，元礼受宠若惊。"

素萱："三弟，这么说就见外了。刚才紫萱说要先回家，我看咱们就听她的，还是先回家见舅舅舅妈。你们看如何？"

紫萱："是。三年没回家了，我想先回家。"

雍天成："好，三弟，我们就先回家。"

15 - 12 雍天成汽车内 日外

雍天成和素萱坐在胡国超驾驶的汽车里。

雍天成："素萱，紫萱和你说什么了吗？"

素萱："她就是想早点回家看爹妈。"

雍天成："我怎么感觉他们俩之间好像有问题呢。"

素萱："我也有这种感觉。"

雍天成："国超，你在奉天看到了什么吗？"

胡国超："三哥的夫人好像对三哥娶的两房姨太太非常不满。"

素萱："三弟还娶了两房姨太太？"

雍天成："是。这可能是紫萱闷闷不乐的原因。"

素萱："姨太太有孩子吗？"

胡国超："没有。三哥就有可这么一个孩子。"

素萱："哦，那就没问题。"

雍天成："什么没问题？"

素萱："我说三弟和紫萱没问题。"

汽车开到了舅舅家胡同口。保镖们先下车搭成人墙，保护众人进入舅舅家院门。陈元礼看到雍天成如此气派，不禁暗生醋意。

15-13 天津雍天成舅舅家 日内

日渐衰老的舅舅和舅妈看到女儿女婿和外孙回来，精神大振。舅舅陪小外孙玩，舅妈拉着紫萱唠嗑。雍天成和陈元礼聊天，发现共同语言见少。

雍天成："三弟，这几年在奉天过得如何？"

陈元礼："就那么回事吧，和大哥无法比啊。"

雍天成："三弟，你知道这次我找你回来的目的吗？"

陈元礼："大哥请讲。"

雍天成："我无意中看到了你给素萱写的信，才知道当初你对素萱也有感情。"

陈元礼："那都是过去的事了，我都忘了。"

雍天成："我们兄弟之间不要因为误会而断了来往，那样就对不起我们当初向关二爷发的誓了。"

陈元礼："大哥，我确实已经忘了。我奉天还有两房姨太太呢，年轻时候的事过去了就让它过去吧。"

雍天成拉住陈元礼的手："好兄弟，那你就别走了，从奉天搬回来。现在我们成礼在天津越干越大，我需要你回来帮忙啊。"

陈元礼："大哥，你让我考虑考虑吧。"

雍天成："三弟，你是不是旅途有些疲惫啊，不然你先休息，咱哥俩晚上吃饭时再聊。"

陈元礼："那我就不客气了，确实有些困意。"

15-14 天津雍天成舅舅家 夜内

晚宴上，雍天成一家、陈元礼一家、史蒂文、舅舅舅妈、大表姐一家、八十六一家大团圆。陈元礼不停地喝酒，大醉。雍天成是滴酒不沾的，看着自己的兄弟，觉得是另外一个人。席间，舅舅突然心脏病发，吃过药后，恢复过来。众人悬着的心落了下来。

紫萱："元礼，你少喝点儿吧，你说话都不利索了。"

陈元礼："什么不利索，回家高兴，你们不高兴吗？今天就是要一醉方休。八十六，你快把酒满上，三哥跟你干一杯。"

八十六："三哥，我们非常想您，您回来我们非常高兴。八十六先干了这杯。"

八十六一饮而尽，陈元礼："不算，这么喝不算。得一起喝。"

八十六又给自己倒了一杯，刚要说话，就见舅舅摸着心口，好像非常不舒服的样子。

舅妈："扁嫂，快，把西洋心脏药拿来。"

扁嫂迅速跑过来，手持药瓶。另一个女仆拿来一杯白水，帮助老爷把药服下。舅舅渐渐感觉好受了。经此一吓，餐桌上的人都清醒了。

雍天成："我看这样，今天舅舅舅妈高兴得有些疲劳，不如让二老先去休息。"

舅妈："好，你们先喝着。扁嫂，扶老爷回去休息吧。"

舅舅、舅妈等人离开了。

雍天成："今天三弟一家回津，大家都非常高兴，尤其是舅舅、舅妈。这几年，我很少看到舅舅能在餐桌前坐这么长时间的，他老人家今天是真高兴。这样，我以茶代酒，咱们干完这杯就结束，明天我们再聚。"

陈元礼："不行，我还没尽兴呢。"

紫萱："你别耍酒疯了，我的话你不听，表哥说的话，你也不听？"

陈元礼："我就……"

雍天成："三弟，你住口。（陈元礼当时不说话了）好了，今天到此为止。紫萱，你扶三弟回房休息。我们明天再见。"

紫萱："八十六，麻烦你帮我把他扶进房休息吧，我要去看看妈妈。"

说完，紫萱就走了。众人都不解。

15-15　天津成礼洋行雍天成办公室　日内

雍天成现在把黑龙、黑豹兄弟带在身边当保镖，严加管束。陈元礼来到办公室与雍天成谈话，雍天成要他留在天津与自己一起干，陈元礼坚持要返回奉天。雍天成介绍黑龙、黑豹兄弟与陈元礼认识，并让两兄弟当保镖陪陈元礼在天津玩。陈元礼向雍天成告辞。

雍天成在与黑龙、黑豹交谈："你们俩从今天开始就做我的贴身保镖。具体的工作你们去问豪邦。"

胡国超进来："成哥，三哥来了。"

雍天成："快请，快请。"

黑龙："成哥，那我们先走？

雍天成："不，你们也认识认识。"

陈元礼："大哥，昨天不好意思，贪杯了。哦，屋里有人啊。"

雍天成："三弟，我来给你介绍介绍。这两位是亲哥俩，这位是哥哥黑龙，这位是弟弟黑豹。黑龙、黑豹，这位是我的结拜三弟，你们叫三哥。"

黑龙、黑豹："三哥，黑龙、黑豹给您施礼了。"

陈元礼："不必客气，免礼免礼。大哥手下人才济济啊，这两位一看就是好手。"

雍天成："他们俩是我的贴身保镖。三弟既然看上了他们俩，这样，三弟在津的日子里，保安工作由黑龙、黑豹负责。你们俩一定要保证三弟的安全。"

黑龙、黑豹："成哥放心！"

陈元礼："大哥的美意，我受宠若惊。多谢大哥！"

15-16　天津张作霖公馆　日外

陈元礼与黑龙、黑豹两兄弟在公馆外。陈看到公馆正在装修，陈进入公馆，看到张作霖的管家雷大富正在监工。陈元礼与其攀谈，得知张作霖五姨太喜欢的法国瓷砖还没运到天津。

陈元礼："就是这里了。"

黑龙、黑豹："三哥，这是谁的宅子？"

陈元礼："27 师师长张作霖的。"

陈元礼走进公馆："有人在吗？"

一个矮胖的中年男人从里面走了出来："元礼，你怎么来了？"

陈元礼："大富，好久不见啊。我是特意来看你的。"

雷大富："元礼，您是哪天到的？"

陈元礼："昨天上午。临从奉天出来时，张师长还嘱咐我来看看你有没有什么困难。今天我特意领两位兄弟（指着黑龙、黑豹兄弟）来公馆看看。黑龙、黑豹，来，见过 27 师师长张作霖的大管家雷大富先生。"

黑龙、黑豹："雷先生好。"

雷大富："自己人不必拘谨，叫我大富就行。"

陈元礼："大富，这儿装修得差不多了。看来入冬时，五夫人就可以来天津了。"

雷大富："元礼啊，我正头疼呢。这五夫人喜欢的法国瓷砖到现在还没运到天津呢。真是急死我了。"

陈元礼："天津这么大的港口，难道就没有相同的瓷砖？"

雷大富："找了，可是天津这么大，卖瓷砖的洋行多如牛毛，无从下手啊。"

陈元礼："大富，别急，我也帮你想想办法。"

15－17　天津雍天成舅舅家　日内

舅妈与紫萱聊天，紫萱抱怨陈元礼对自己疏远，想留在天津不走了。舅妈很无奈，看着自己的小女儿伤心，自己也伤心流泪。小外孙来找姥姥玩，舅妈破涕为笑。

紫萱："妈，说什么我也不回去了。"

舅妈："两夫妻有什么矛盾解不开呢？紫萱，你现在也是做母亲的人了，千万不要再耍大小姐脾气了。"

276

紫萱："他对我不好。"

舅妈："唉，男人娶了姨太太，哪个女人心里都不会好受。"

紫萱："这个倒不是主要原因，我觉得他现在整个人都变了，我越来越不认识他了。"

舅妈流下泪来："唉，如果你愿意，就在妈这里多住几天，妈也想你啊。"

陈元礼的儿子有可来找姥姥玩："姥姥，姥姥，我们出去玩。"

姥姥看到小外孙，破涕为笑："还是我们有可好，走，出去玩。"

15－18　天津会馆　日内

陈元礼来此吃中饭，看到会馆非常奢华，非常嫉妒。会馆总经理邓士毅看到黑龙、黑豹陪同陈元礼，知道是贵宾，耐心服务。陈元礼突然想到瓷砖的事，忙让邓士毅想办法。邓打电话找来五位天津的瓷砖大亨，陈元礼要来瓷砖图样，准备拿回奉天。

陈元礼："这里这么豪华，我在天津的时候好像没有吧？"

黑龙："三哥，这里是成哥的天津会馆，也是天津卫最大的会馆。"

陈元礼："还有这么个东西，怎么没听说过。"

会馆总经理邓士毅走上前来："黑龙、黑豹兄弟，这位一定是三哥吧。刚才成哥来电话了，告诉我们要高标准接待。"

陈元礼："这位是……"

黑龙："这位是会馆总经理邓士毅。"

邓士毅："在下邓士毅，在此欢迎三哥光临天津会馆。请上我们的贵宾包房吧。"

邓士毅引路，众人去二楼的贵宾房。

陈元礼："天津会馆的洋行有经营瓷砖的吗？"

邓士毅："三哥，我印象中有，不知三哥有没有特别要求？"

陈元礼："最好是经营法国货的，如果有图样最好带来。"

邓士毅："三哥，您先在贵宾房休息。我这就去给您联系瓷砖洋行。"

陈元礼和黑龙、黑豹在贵宾房。陈元礼一人坐在餐桌旁，黑龙黑豹则站在身后。

陈元礼："来，黑龙、黑豹，你们俩也坐。"

黑龙："我们不敢。"

陈元礼："怎么？你们成哥从不让你们一起？"

黑龙："我们保护三哥是本分。"

陈元礼："哈哈，今天三哥高兴，我们当兄弟处，来，坐下来，坐在我身边。"

黑龙、黑豹刚坐下来。邓士毅敲门进来。

邓士毅："三哥，天津会馆下面有五家大的瓷砖进口洋行。我已经——打了电话，稍后他们就会到。"

15－19　天津雍天成舅舅家　夜内

紫萱与陈元礼就是否回奉天的问题争吵，紫萱不想回去，陈元礼执意明天自己走。晚饭时，陈元礼向岳父岳母辞行。雍天成在座，知道无法挽留。雍天成安排黑龙、黑豹兄弟保护陈元礼回奉天。

紫萱："我不回去，孩子也不回去。"

陈元礼："你要不回去，就永远别回去！"

紫萱："不回去就不回去！"

仆人来报："老夫人请姑爷去客厅。"

陈元礼来到客厅，发现岳父、岳母和雍天成都在。

陈元礼："大哥也来了。"

雍天成："是啊，听说你明天一早就要走。为什么这么着急？咱们哥俩还没聊够呢，史蒂文现在上海出差还没回来，怎么也得见一面啊。"

陈元礼："大哥，奉天那边有急事，不得不回啊。"

舅妈："姑爷，你们这走得也太急了，我和有可还没稀罕够呢。"

陈元礼："娘，紫萱和孩子不走。"

雍天成和舅妈都是一愣。

舅妈："不走也行。过几天，你奉天那边忙完了，再来接她娘俩回去。"

雍天成："既然你忙，我也不留你。不过你路上的安全我得管，让黑龙、黑豹陪你回奉天吧。"

陈元礼："那就多谢大哥了。"

278

15-20　天津成礼洋行雍天成办公室　日内

第一次世界大战开始，德国的军火供应常常无法履约。雍天成知道军火生意要做不下去了，努力改变经营模式，豪邦被授权组建一家银行。雍天成只允许银行以豪邦名义出现，对外不许提及雍天成和天津会馆。也就是说组建银行是雍天成为自己设立的财务保护，如果军火生意萧条，银行可以为其他生意提供现金保障。

豪邦："我？成哥，我行吗？"

雍天成："你是最合适的人选。现在广东会馆有自己的银行；浙江会馆也有自己的银行。我们天津会馆也要考虑办一个自己的银行。再说现在德国挑起战争，军火常常无法按时生产。即使按时出厂，从欧洲运出来也会被英国、法国给堵截，无法到达天津。这次战争不知道要打多久，如果长期下去，我们洋行的军火贸易就得结束。军火贸易没了，成礼的主要业务就没了。战争不仅影响军火贸易，还会影响我们码头的生意。这样看来，成礼必须向其他领域寻找空间。从现在开始，你放下手里的一切，专心办理银行事业。需要什么，直接和我申请。办公地点、人员招募，你都全权负责，遇事和我商量。我把这家银行看做是我们成礼未来的依靠，是我们今年最重要的事。"

豪邦："成哥放心，豪邦会用心做的。"

15-21　天津各大会馆、洋行、银行　日内

豪邦西装革履出入各大会馆、洋行、银行，说服各方人物入股他的银行。由于豪邦与雍天成的关系众所周知，大家都给他面子，很快就集资成功。

15-22　奉天妓院　夜内

黑龙、黑豹兄弟被陈元礼、吴乃忠和王秀先热情款待，渐渐上了陈元礼的钩。陈元礼利用黑龙兄弟对雍天成的怨气，把黑龙兄弟变成了自己的人。临走，陈元礼给了黑龙兄弟一大笔钱，黑龙兄弟更是感觉遇到知己。

陈元礼："黑龙、黑豹兄弟原来是在码头管理 3000 工人，怎么会来当保镖？"

黑龙："是正常工作安排。"

陈元礼："黑龙兄弟，不要怕，你们成哥已经和我说了，你们俩是被工人赶出来的。这没什么嘛，打几个工人算什么事？大哥太小题大做了。我在天津时就告诉过他，这样不行，黑龙、黑豹兄弟是你的人，你怎么可以那样对他们？"

黑豹："就是。"

黑龙："黑豹。三哥对我们好，我们非常感激，成哥对我们非常好。"

陈元礼："哈哈，好个屁。好会让你们面对3000人道歉？好会让你们做普通保镖？你们俩的苦恼我明白。你们没看出来我也是被从天津撵出来的吗？"

黑豹："是啊，三哥对我们这么好，我们也应该和三哥推心置腹啊。"

陈元礼："从现在起，如果当我是朋友，就叫我礼哥，不要再叫我三哥。"

黑豹："礼哥。"

黑龙："礼哥。"

陈元礼："这样就对了。以后我们就是兄弟，明天你们就要回去，礼哥非常不舍。这样（从西服兜里拿出一张银票），见面礼，收下，以后我们就是自己人了。"

吴乃忠："黑龙、黑豹兄弟这次来奉天时间仓促，下回，下回我做东。"

黑龙："吴老板看得起我们，真让我们兄弟受宠若惊。（举起杯）这杯酒，我们兄弟敬吴老板和王老板。"说完，一仰脖把酒干了。

王秀先："黑龙、黑豹兄弟真是爽快人。好，干杯。"说完，也干了。

吴乃忠："今天认识了好兄弟，高兴，干！"说完，一饮而尽。

陈元礼："好！今天大家认识了，就是兄弟。来，满上，我们再干一杯。"

15-23 天津成礼洋行雍天成办公室 日内

黑龙兄弟回到天津后，出手阔绰，引起雍天成注意。他暗嘱云廷监视二人。

雍天成：“这兄弟俩从奉天回来后，出手阔绰，异于往日，你帮我调查调查。”

云廷：“是，雍先生。”

15-24 天津雍天成舅舅家 日内

大年三十。紫萱与素萱带着孩子在包年夜饺子，孩子们在一旁玩耍。俩人说起婚姻生活，紫萱一脸无奈，素萱在一旁劝她。

紫萱：“大嫂，你看你多幸福，我真羡慕你啊。”

素萱：“紫萱，你也会好起来的。元礼也许是年轻不懂事，慢慢就会好了。你看你的有可多可爱。”

紫萱：“是啊，没有他，我都不想活下去了。大嫂，你说我出国好不好？”

素萱：“那是大事，你和天成商量过吗？”

紫萱：“我怕表哥不同意。”

素萱：“如果对你好，他会同意的。”

15-25 北京中南海居仁堂 日内

雍天成告诉袁世凯，潜艇已经开始建造，一年后可完成。袁世凯说今天是大年夜，不留你吃饭了。袁世凯向雍天成诉苦，说陈宧到了四川就开始反我。雍天成唯唯诺诺。袁克定送雍天成出中南海，雍天成交给袁克定一张 10 万元的银票。袁克定吩咐士兵送雍天成去火车站，士兵与保镖严密保护雍天成。

雍天成：“您上次交代我的事，那边已经开始建造。只是现在欧洲战争，不知道何时能够完成。”

袁世凯：“那件事不着急。陈宧是你的叔叔吗？”

雍天成：“是啊。他是我结拜兄弟的亲叔叔，我也称他为叔叔。”

袁世凯：“这个陈宧，口口声声说支持我，结果到了四川，他就公开反对我。怪不得章炳麟见他第一面就说他有反骨。”

雍天成：“这件事天成实在不知。天成都不知道陈叔叔已经到四川了。”

袁世凯："不关你的事儿。天成啊，今天是大年三十，中国人的传统是要合家团聚吃饺子，所以我就不留你了。"

雍天成："不敢打扰皇帝休息，天成这就告辞了。"

袁世凯："克定啊，送送天成。"

袁克定把雍天成送到中南海大门门口，雍天成交给袁克定一张10万元的银票："克定兄，没时间给皇帝和家里人买过年的贺礼，这些意思意思吧。"

袁克定接过银票："天成客气了。我已经命令皇帝卫队护送你去车站，路上的安全你就放心吧。"

雍天成："天成谢谢大公子。告辞，告辞。"

15－26　北京火车站　日外

陆建章看到警察要保护的是雍天成，不愿出面，就派副手去应付。自己在一旁对雍天成咬牙切齿。

陆建章："派人保护谁?"

手下："听说是天津来的雍先生。"

陆建章："他算什么东西!"

副官："可这是大公子亲自来电话吩咐的。"

陆建章："副官，你出面处理一下吧。"

看到副官领着一队警察走远，陆建章："妈的，早晚要报此仇。"

雍天成安全地登上回津的火车。雍天成特地让买了两坛牛栏山酒和10斤月盛斋的牛肉带回天津。

15－27　天津苍井藤一的荒地　夜内

霆哥与苍井在喝酒。霆哥已经秘密从日本回国，被苍井藏于荒地上的仓库内。霆哥还在寻找时机报复雍天成，苍井藤一分析袁世凯称帝后的中国形势，并说日本医生讲，袁世凯的尿毒症已经非常严重，所剩的生命已经有限。袁世凯一死，中国一定会乱，那时候雍天成的靠山没了，就可以报仇了。

霆哥："这里安全吗?"

苍井："放心，这里是天津卫最安全的地方。就是袁世凯想来，没有我的允许，他也进不来。"

霆哥："苍井兄，你把我叫回来，难道对我的复仇计划有信心？"

苍井："你从日本寄来的东西我看了。看了之后，我觉得你不应该再在日本待下去了，所以请你回来。"

霆哥："现在袁世凯都成了雍天成的靠山，苍井兄，你看我还有复仇的希望吗？"

苍井："希望一定有，机会等就来。最近，给袁世凯看病的日本医生告诉我，他的尿毒症已经无药可救了。如果袁世凯死了，中国一定会大乱。到时候，你的机会就来了。所以现在找你回来，是让你有个准备期。"

霆哥："苍井兄，多谢您运筹帷幄，帮我报杀父之仇。"

第16集 《错失良机》

16－1 天津紫竹林码头 日外

年三十。大洪、二洪兄弟给脚行工人发红包，向大家拜年。

大洪："各位兄弟，今天三十，老板派我们哥俩给大家拜年并给大家发红包，祝愿大家新年纳福，万事如意！"

工人们高高兴兴地领着红包，码头上一片新春喜庆的气氛。

16－2 大洪父亲烧锅厂 日外

烧锅厂已经开业，大洪父亲非常高兴。厂地中摆着两大坛贴着福字的好酒，是要送给雍天成的。

大洪妈："老头子，你这就去啊？"

大洪爸："是啊。大洪说直接送到雍先生舅舅家去。"

16－3 陆观虎医生诊所 日内

雍天成前来给陆观虎拜年，并送上特意从北京带来的两坛牛栏山酒和月盛斋的牛肉。

雍天成："陆大夫，天成给您拜年来了。"

陆观虎迎了出来："不敢不敢。"

雍天成："天成祝您新年福到，新年运到，永展妙手，造福病民！"

陆观虎抱拳："观虎祝雍先生新年行大运，财源广进，步步高升！"

雍天成接过胡国超递过来的礼物："陆大夫，看看我给你带什么来了？"

陆观虎："牛栏山二锅头！还有月盛斋牛肉！看来我今年是有酒有

肉好过年啊!"

雍天成:"哈哈。(院子里有两坛贴着福字的酒)这是洪家烧锅的酒?"

陆观虎:"正是,下午大洪爸刚刚送来的。"

16-4　天津雍天成舅舅家　夜内

雍天成回到天津舅舅家过年。院子里摆着大洪父亲送来的两大坛美酒。众人都在,其乐融融。舅舅有些老年痴呆,说完的话转眼就忘记。紫萱看到别人一家的幸福,为自己感到难过,独自流着眼泪。素萱和小文妹安慰她。

紫萱:"过年也不回来,他这心里是没我了。"

素萱:"也许元礼有事羁绊,不日就可回津。"

小文妹:"是啊。再说,家里不是还有我们吗?"

雍天成领着家里的小孩子们在院子里放烟花,小孩子们非常高兴。舅舅、舅妈坐在客厅中央,等待众人磕头拜年。小孩子们拿到压岁钱的红包,都非常兴奋。

八十六、小文妹等领着孩子给雍天成、素萱拜年。素萱给孩子们红包。

院子内外,有大量的保镖在巡逻。

16-5　春天　天津雍天成家　日内

云廷来电话汇报黑龙兄弟的行踪。雍天成对他们哥俩总去张作霖公馆不解。

云廷:"每周一、五的下午3—5点,黑龙兄弟都要去张作霖公馆。两人一般是分开去的,周一是黑龙,周五是黑豹。一般他们会在里面待上半个小时左右。"

雍天成:"去那里干什么?"

云廷:"每次都是和奉天来的人见面,据我调查都是陈元礼的人。"

雍天成:"他们见面的具体细节和谈话呢?"

云廷拿出一个纸袋:"雍先生请看。"

雍天成打开纸袋,仔细看着里面的资料。窗外素萱带着海天正在玩耍。

　　雍天成看完了资料,把它们又放回纸袋里,交给云廷:"等我电话。"

　　云廷:"是,雍先生。"

16－6　天津英租界盐业银行　日内

　　豪邦为董事长的盐业银行在英租界开业,众多大小商人、富豪前来祝贺。雍天成坐在自己的汽车内观看开业盛况。他的商业帝国在天津已经无人能及。

16－7　天津汇丰银行　日内

　　雍天成依然每半月去汇丰汇款。汇丰银行内,小文妹和八十六也来办理业务。雍天成看到了他们,他们也看到了雍天成,但双方没有交流,好像不认识一样。

16－8　天津意大利租界　日外

　　八十六和小文妹已经是享誉天津各租界的地产大亨,没有人知道他们到底有多少房产。所有的房契都保存在英租界汇丰银行的保险柜内。俩人谈到了好久没有光顾的包子铺。

　　小文妹:"今天在汇丰看到成哥,你怎么不说话啊?"

　　八十六:"成哥要求的,说公共场所见面时,为保护我们,不要有任何交流。成哥说这话的时候你在场啊,怎么还问我?"

　　小文妹:"我知道,但毕竟是第一次遇到,感觉还是有些不习惯。你也是,起码有个眼神交流啊,看都不看成哥一眼。"

　　八十六:"笨丫头,看一眼,成哥的话就白说了。"

　　小文妹:"那倒也是。"

　　八十六:"你承认是笨丫头了?"

　　小文妹:"没有啊。"

　　八十六:"那我说笨丫头,你说那倒也是。"

　　小文妹:"你个坏六子,还敢欺负我,中午不给你饭吃。"

　　八十六:"你一说午饭,我还真有些饿了。我们中午吃什么?"

　　小文妹:"不给吃,不给吃,必须承认错误。"

八十六："好，好。文妹，我错了。"

小文妹："这还行。八十六，我们好久没去包子铺了，不如就去那里吧?"

八十六："好。不如带世耀一起去吃?"

小文妹："还是让他和姥姥在一起吃吧。"

16-9　天津小文妹包子铺　日内

一个魁梧的大汉走了进来。邢妈看了半天，才认出来是小文妹的大哥——胡国达。胡国达与邢妈聊天，知道小文妹把包子铺交给邢妈管理，小文妹结婚后，与丈夫从事房地产生意。这时，小文妹和八十六进来，看到久未谋面的大哥，非常高兴，忙让工人去雍天成办公室请胡国超回来见大哥。小文妹问大哥这些年是怎么过的，原来大哥一直在南方为唐继尧工作，是唐继尧的副官，此次秘密回津是为军火之事而来。胡国超进门，高兴地与大哥拥抱。谈到二哥胡国强，大哥说国强一直与自己有联系。胡国强在北京接触到革命思想，反对帝制，马上就要毕业回津。

邢妈见胡国达推门进来："客官，我们还没开业呢。"

胡国达："我不是来吃饭的。"

邢妈："客官是路过讨水喝的吧。我这有刚泡的茉莉花茶，您坐下，我这就给您上茶。"

胡国达："邢妈，你不认识我了?"

邢妈："你是（仔细端详），你是达子，是达子!"

胡国达："是我，邢妈，您老人家一向可好（作揖行礼）。"

邢妈："达子，快别多礼。你这是从哪里回来啊，昨天我还和你娘说你来着。看到你娘没?"

胡国达："邻居王婶说我们家搬走了，所以我就到这里来了。"

邢妈："哦，我忘了。文妹给你娘买了处新房子，都搬走好几年了。"

胡国达："小妹现在这么发达了? 她怎么没在这里?"

邢妈："说来话长。文妹结婚后，就把这包子铺交给我管了。她呢，就和你妹夫经营房地产了，手里有些钱，就给你娘换了新宅子。"

胡国达："我这妹夫……"

这时，小文妹和八十六进来了。

小文妹："邢妈，我饿了。"

邢妈："你这孩子，进门就喊饿，你先看看这是谁（指着胡国达）。"

小文妹："（端详一会儿）大哥？大哥，是你吗？"

胡国达："小妹，想死大哥了。"

小文妹与大哥拥抱，喜极而泣："大哥，你到哪里去了，娘天天念叨你。"

胡国达："小妹，一会儿让大哥细细讲。先给我介绍一下你身后这位，他就是我的妹夫吧？"

小文妹松开大哥，拉着八十六："大哥，他就是你妹夫——八十六。八十六，这是我常和你说的大哥——胡国达。"

八十六："（伸出右手）大哥，我是你妹夫八十六，幸会幸会。"

胡国达："妹夫一表人才，我妹妹的眼光很好啊。"

八十六："不，是文妹下嫁了我。我们结婚时，还一无所有呢。"

邢妈："今天达子回家，大家高兴，我去后面安排几个菜，你们哥几个好好喝喝。"

小文妹："我去打电话，把三哥找回来。"

胡国达："三弟也工作了？"

小文妹："是。在洋行当司机，还不错。"

小文妹打完电话回来。

小文妹："三哥说他马上来。大哥，你这些年去哪了，大家都想死你了。"

胡国达："小妹，大哥这些年一直在南方。"

八十六："文妹，一会儿三哥就来，不如我们去楼上包房聊吧。"

小文妹："对，对。去楼上。"

几人上楼，在包房坐定。

胡国达："妹夫，你们是哪年成的亲？"

小文妹："民国三年。你的大外甥世豪今年都两岁了。"

胡国达："他人呢？"

小文妹："娘喜欢世豪，一直放在娘那里。"

八十六："老人家有些孤单，隔辈亲嘛，世豪和他姥姥最好。"

小文妹："大哥，这么多年，你成家了吗？"

胡国达："成家了。你嫂子是当地彝族人。"

小文妹："这回怎么没带回来啊？有孩子了吧？"

胡国达："当然。两儿一女了。"

小文妹："真是的，也不带回来给我们看看。"

胡国达："小妹，我这次是公务在身。下次一定带回来，咱们合家团聚。"

八十六："大哥在南边做什么？"

胡国超上楼的声音。

胡国超："大哥，大哥，你回来了。"

胡国达："三弟，老远就听到你喊了，是，我回来了。"

胡国超进屋仔细看看大哥，然后一把把大哥抱住："大哥，想死三弟了。"

胡国达拍着胡国超的肩膀："三弟，你长高了。"

胡国超："大哥，你都有白头发了。"

胡国达："咱们坐下说，坐下说。"

众人坐下。邢妈进来。

邢妈："上菜了。今天你们哥几个好好喝一顿。"

胡国超："大哥，中午这酒让妹夫陪你喝，我下午还要工作。晚上回家，咱哥俩喝个痛快。"

胡国达："三弟，你确实长大了。来，妹夫，咱哥俩满上。国超，你以茶代酒，咱们先干一个。"

众人一起举杯，一饮而尽。

胡国达："刚才妹夫问我在南方做什么，我现在告诉你们。大哥我去了南方一直为唐继尧做事。"

八十六："云南将军唐继尧？"

胡国达："正是。"

八十六："这唐将军和蔡锷将军不是在云南反（指上边）吗？"

胡国达："正是。我是唐将军的副官，此次回津是要面见天津一位人物。"

众人："谁？"

胡国达："雍天成。"

众人面面相觑："找他干什么？"

胡国达："我这里有一封孙中山先生的亲笔信要交给他。怎么，你们认识他？"

八十六："雍天成可是天津卫首屈一指的人物，不知南方找他干什么？"

胡国达："想请他帮助南方搞军火。"

胡国超："大哥，您的信能先让我看看吗？"

胡国达："不是大哥不信任你，这封信我必须当面交给雍天成。"

胡国超："大哥是说孙中山先生的亲笔信？"

胡国达："是。中山先生当我的面写的。"

八十六松了口气："中山先生和雍先生有一面之缘。不瞒大哥，我们一家子都在为雍天成做事。我以前是他的仆人，三哥国超是他的司机兼保镖。"

胡国达："那就更好了。看来我这事有希望啊。"

八十六举起杯："大哥，咱哥俩先喝一杯，然后再说。"

胡国达："好。干杯。"

八十六放下酒杯："大哥，我先要泼些冷水给你。这军火要想搞到不是件容易的事啊。为什么呢？因为欧战。成礼洋行的军火主要来自德国，欧战一开始，海路就被英法给封了，当然也有德国自己的潜水艇政策的原因，总之，军火是运不出来了。现在天津港口进口的军火几乎都是日本的，如果真想要，还得靠日本的洋行。"

胡国达："即使买不成军火，这封信我还是要交到雍天成的手里，还请妹夫给我引见。"

八十六："大哥客气了。这样，我们这酒就到此为止。先吃饭，饭后，我们一起去成礼洋行。至于酒嘛，晚上和三哥一起喝个痛快。"

众人："好。"

小文妹："八十六，你先给成哥打个电话，看他在不？"

八十六会意："好。我去打个电话，这就回来。"

八十六离开去打电话，剩下兄妹几人在屋里。

小文妹："如果二哥也在就好了。"

胡国达："你二哥今年就毕业了，他说要回天津。"

小文妹："真的，太好了。"

胡国超："大哥和二哥还有联系，他怎么从不回家啊？假期也不回来。"

小文妹："是啊。娘每天都念叨你们俩。"

胡国达："你二哥在学校里组织学生反对帝制，放假期间还要印刷传单，北京的警察早就把他登记在册了。他不敢回天津，怕连累家人。我这次是路过北京特意去看的他。"

八十六回来了。

八十六："大哥，我已经联系了。成哥现在有空，可以见我们。不如我们这就出发？"

胡国达："好啊，先办正事。"

胡国超："我车停在外面，坐我的车去吧。"

八十六："你们哥俩坐车去吧。我和文妹单独前往。"

16－10　天津成礼洋行雍天成办公室　夜内

雍天成与胡国达交谈。得知胡国达从南方来，雍天成显得谨慎而小心。自己现在为袁世凯弄军火，不敢再与南方有任何瓜葛。但又不敢得罪南方。雍天成给陈元礼打电话，把胡国达介绍给陈。这样就把烫手的山芋送了出去。胡国达临走时，雍天成给了他一张 2 万元的银票。

胡国达："在下胡国达，拜见雍先生。"

雍天成："不必客气，你的大名我早有耳闻。再者你是小文妹的大哥，小文妹是我们家的媳妇，这样算来，我们之间也是亲戚啦。我是光绪九年癸未，不知您是……?"

胡国达："我也是癸未年的，我是九月的。"

雍天成："我是元月的。这么说我还长你 8 个月。你也叫我成哥吧。"

胡国达："成哥。"

雍天成："好。"

胡国达拿出随身的信："成哥，这次我从南方来还带来了孙中山先生给您的亲笔信。"

雍天成接过信："中山先生到天津时，我曾有幸一睹伟人，得先生当面教诲，至今想起都感觉无比荣幸。"

雍天成拆开信封："达弟，容我先看完信，咱们稍后再聊。"

胡国超进来给胡国达倒上茶，出去了。

雍天成看完信，把信又装回信封："中山先生信的内容，达弟应该知道吧？"

胡国达："南方需要军火，中山先生希望成哥能助一臂之力。"

雍天成有些为难："这个问题要是两年前提出来，我完全可以送给中山先生所需要的军火，分文不取。可是，欧战爆发以来，我的军火生意完全停滞了。我的仓库里，现在一颗子弹都没有。不仅是我，天津卫所有做欧洲军火的洋行，去年开始就不做了。"

胡国达："成哥，您是天津卫的大哥，您一定有办法帮助我们。"

雍天成："让我想想，让我想想。"

雍天成给自己倒了杯茶，喝了一口。

雍天成："我有个把兄弟在奉天做日本军火，你可以去那里看看。不知你愿意吗？"

胡国达："当然愿意，还请成哥引见。"

雍天成："那就好。这样，我写一封信，明天一早你带着信到奉天找他，他会尽全力帮你的。"

胡国达："多谢成哥，多谢成哥。"

雍天成提笔开始写信，写完后把信交给了胡国达。又从身边的柜子里拿出一张银票。

雍天成："达弟，你这次公务在身，不能多留你几日，实属遗憾。信，你当面交给陈元礼，地址我都写在了信封上。现在时间太晚，明天一早我再给他打个电话，让他有所准备。另外，这是一张 2 万元的银票，你一路上肯定还要开销，这点小意思你千万不要客气。明天一早，我让国超送你去车站。"

胡国达："成哥如此细心安排，让阿达感激不尽。待阿达回到南方，定当面向中山先生汇报成哥的帮助。"

16－11　奉天张作霖府邸　日内

陈元礼前来拜访。五姨太告诉陈元礼法国瓷砖已经运抵天津公馆。

陈元礼试探张作霖对南方的态度，没想到张作霖愿意与南方接触，以制衡北京政府。

五姨太："元礼啊，多亏你的帮助，天津那边来电话了，说法国瓷砖已经送到公馆了。"

陈元礼："那是五夫人您的福气。现在欧洲的海运非常不畅，能运到天津的少之又少。"

五姨太："管家雷大富说，这回运来的瓷砖和我们需要的是一模一样，在天津卫是独一份。"

陈元礼："五夫人，据我所知，那家生产瓷砖的法国工厂已经成立200年了，法国皇宫里多半都是他们的产品。"

张作霖："这瓷砖都成小五的心病了。好了，现在没事了。小五啊，你出去吧，我和元礼有话要说。"

五姨太出去了。

张作霖："元礼啊，坐过来。"

陈元礼："是。"

陈元礼坐得离张作霖更近了一些。

张作霖："现在南方反对项城愈演愈烈，你都听到了吧？"

陈元礼："在报上看到些。"

张作霖："你叔叔陈宧已经在四川宣布反袁，让项城非常恼火。"

陈元礼："帝制不得人心啊，连袁的老友徐世昌都辞职回天津了。袁现在快成孤家寡人了。张将军，您对这事怎么看？"

张作霖："项城多走了一步，多走了一步。中国如果没有项城，恐怕要乱啊。"

陈元礼："项城好像对南方束手无策，从护法战争到护国战争，南方没少给他添乱。"

张作霖："是啊，孙中山不可小觑。"

16－12　奉天陈元礼公馆　夜内

陈元礼与胡国达交谈，详细了解南方的形势。询问南方需要多少军火，如何运输。南方的要求并不过分，陈元礼有把握张作霖会接受。如果与南方交往上，陈元礼自认势力会大增。到时候，可以对抗雍天成。

陈元礼看完了信："你说孙中山先生还有一封给雍天成的亲笔信？"

胡国达："是。中山先生和成哥有一面之缘。"

陈元礼："大哥给我来电话了，你的要求我已经非常清楚。你有所需要的军火清单吗？"

胡国达："有。（从皮箱暗处取出清单，交给陈元礼）"

陈元礼大概看了看："都是普通的常规军火，交给我办吧。运输是直接到南方吗？"

胡国达："是，直接到广州。费用我现在就可以付一半，剩下的货到交付。"

陈元礼："这些以后谈。明天我带你去见一个人。"

胡国达："什么人？"

陈元礼："一个你到奉天必须一见的人。今晚不早了，你先休息。我们明天一早见。"

陈元礼与胡国达告别，回到了自己的卧室。二姨太正在房里等着陈元礼。

二姨太："来的是什么人啊，谈了这么长时间。"

陈元礼："怎么，着急了？"

二姨太："老夫老妻了，还着什么急。"

陈元礼："这个人是雍天成给我介绍来的，南方孙中山的人。"

二姨太："他怎么给你介绍孙中山的人啊，不是害你吧？"

陈元礼："表面上是给我介绍个大买卖，实际上是扔给我个烫手山芋。说山芋好听些，其实是个大炸弹。"

二姨太："你不会有危险吧？"

陈元礼："危险？什么叫化险为夷，这次我让你看个明白。"

二姨太："你要怎么做？"

陈元礼："张作霖正需此人。"

二姨太："真的？"

陈元礼："今天上午我和张作霖谈了次话，摸准了他的脉。晚上就有人送上门来。哈哈。"

16－13　天津成礼洋行雍天成办公室　日内

云廷来电话，说对黑龙兄弟的调查有了结果。

雍天成接电话："等我电话，好。"

雍天成放下电话，靠在椅子上闭眼沉思。电话又响了。

雍天成："什么？好，我马上回去。"

16－14　天津雍天成舅舅家　日内

胡国超把车停在舅舅家门外。雍天成和陆观虎大夫快速下车，急忙进院。雍天成舅舅病危，陆观虎大夫也无能为力。舅舅遗愿是安葬在北京旃檀寺，雍天成点头答应。

舅舅："把我埋在旃檀寺，好好照顾你舅妈。"

雍天成："舅舅，您放心，放心。"

全家上下一片悲哀。

16－15　天津雍天成舅舅家　日内

舅舅葬礼隆重举行。天津大小官员、富商巨贾都来吊丧。葬礼期间，雍天成下令杀掉黑龙、黑豹兄弟。

雍天成拿起电话："动手吧。"

雍天成看着还处在失去舅舅的悲痛中的家人，坐在椅子上，闭上了眼睛。

16－16　天津黑龙、黑豹家　夜内

云廷前来刺杀，谁知黑龙兄弟早有准备。黑龙家的地板上有一米宽的钉子阵，云廷一脚踏上，惊叫一声，黑龙兄弟醒来，持枪逼问云廷，云廷不语。黑豹一枪结果了云廷，在其随身的包里发现了雍天成的电话号码。黑龙、黑豹连夜逃跑。

黑龙："你是什么人？"

云廷不语。

黑豹："大哥，和他费什么话。"说完，拔出枪，抬手一枪，结果了云廷。

黑龙："二弟，我还没问完呢。"

黑豹开始搜云廷的随身物品："这是个狠家伙，不会说的。（拿出一张纸）大哥，你看这是什么？"

黑龙："像是电话号码。这不是成哥的电话吗？难道他是成哥派来的？"

黑豹："肯定是了。大哥，我们怎么办？"

黑龙："收拾一下，走。"

黑豹："去哪里？"

黑龙："先躲一躲。我知道河边荒地有一个废弃库房，很隐蔽。"

16 - 17　天津荒地库房　夜内

霆哥正在训练十几个枪手。黑龙、黑豹突然出现，双方都是一愣，拿枪互指。霆哥得知黑龙兄弟被雍天成追杀，哈哈大笑，连说天助我也。忙让手下摆上酒宴，黑龙兄弟看到霆哥不计前嫌，暂时决定在此避难。

霆哥："你们什么人？"

黑龙："你们什么人？"

霆哥："声音好熟悉啊，能否报上姓名。"

黑龙："在下黑龙，敢问对面何人？"

霆哥："哈哈，原来是黑龙兄弟。我是林百霆，不知黑龙还记得吗？"

黑龙："原来是霆哥，真是大水冲了龙王庙啊。霆哥，你怎么在这里？"

霆哥："还不是雍天成那厮造的孽。你们到这里干什么？"

黑龙："我们被雍天成追杀。"

霆哥："原来是这样。各位兄弟，对面是自己人，把枪都放下吧。"

黑龙收起枪，走了出来："霆哥，请收留我们兄弟一晚。"

霆哥也走了出来："黑龙，还有谁？"

黑豹也从后面走了出来："霆哥，还有我，黑豹。"

霆哥："黑龙、黑豹哥俩都来了，哈哈。兄弟们，备酒，为黑龙、黑豹兄弟压惊。"

黑龙："不敢当，不敢当。"

霆哥："过去的事就让它过去。我们今天是有共同敌人的。哈哈。"

16‐18　奉天张作霖府　日内

天津风雨交加。陆军次长徐树铮的军火因天津码头风浪大作，货轮无法入港，被迫转运到秦皇岛。却被张作霖截留。

张作霖接电话："天津港无法靠岸，不得已停到秦皇岛的？装的什么？"

张作霖："日本造的武器。知道是谁的货吗？"

张作霖："陆军部徐树铮的。扣了，今天给我运到奉天来。"

16‐19　北京陆军部徐树铮办公室　日内

徐树铮得知自己的军火被张作霖截留，虽然生气，但也无可奈何，不敢去索要，又无法向段祺瑞交差。连忙给雍天成打电话求救。

徐树铮接电话："什么？被张作霖给劫了？这东北胡子真是太放肆了，连陆军部的军火都敢劫！"

徐树铮非常着急，在办公室里走来走去，不知所措。

徐树铮自言自语："这可怎么办，怎么向段总理交差。"

突然，他好像想起来了什么，拿起电话："天成兄吗？"

第 17 集 《敌人的敌人》

17－1 天津成礼洋行雍天成办公室 日内

雍天成接到徐树铮来电，爽快答应。连忙联络天津大小洋行，调集库存军火。雍天成高价买进众洋行手里的存货，不惜血本。

雍天成："又铮兄不必客气，您只需把军火清单给我，三天之内，找遍天津各大小洋行，也要为兄凑足这批军火，绝不让又铮兄为难。那好，我等你电报。"

接到电报清单，雍天成叫来豪邦："立即联系天津会馆、广东会馆和浙江会馆所有经营军火的洋行，（拿出清单）按照这份清单，必须逐件、全部搞到。至于价钱，不必考虑。我唯一的要求就是按照清单把这批货配齐。"

豪邦："88 式 79 毛瑟步枪 6000 支，每支连皮背带、长刺刀、枪口盖各 1 件；合膛无烟子弹 60 万颗。数量不算多，成哥，我这就去联系。"

17－2 天津紫竹林码头 日外

一批批军火发往北京。徐树铮非常感谢雍天成，提出结拜为兄弟。雍天成当然愿意，正好有一辆新买的福特轿车到港，雍天成将其送与徐树铮作为礼物。

徐树铮看到一车车军火运出码头，握住了雍天成的双手："天成兄啊，大恩不言谢。如果天成兄不介意，又铮愿与您结为兄弟，以后同生死、共富贵。"

雍天成："天成求之不得啊。天成是光绪九年癸未年的，不知又铮兄……?"

徐树铮:"又铮虚长三岁,我是庚辰年的。"

雍天成:"大哥在上,受小弟一拜。"

徐树铮:"弟弟,我们一会儿去那边的关帝庙拜关帝,在关帝面前做兄弟。"

雍天成:"好。大哥,弟弟我还有一个见面礼给您。"

雍天成拉着徐树铮的手向仓库走去。仓库门打开,一辆最新款的美国福特轿车停在车库里。

雍天成:"大哥,这是我从美国定制的最新款的福特轿车,刚刚到埠。今天作为见面礼送给大哥,希望大哥笑纳。"

徐树铮:"这是夺人所爱啊。"

雍天成:"大哥,这是我们结拜的信物,您一定要收下。"

徐树铮摘下随身的佩剑:"弟弟既然坚持,我就不客气了。(拿出佩剑)这是我在日本陆军士官学校毕业时获得的荣誉学生佩剑,今天我把它送给弟弟。"

雍天成:"这太珍贵了,我一定好好珍藏。"

徐树铮:"走,我们现在去关帝庙。"

17-3 北京旃檀寺 日外

八十六前来考察旃檀寺,为舅舅下葬做准备。八十六看到庙宇破败,试探问老和尚可否出卖庙后土地,并答应出资为其维修庙宇。老和尚非常高兴。

八十六:"大师,庙宇为何如此破败?"

老和尚:"我们这里,庚子年就毁于战争了。之后香火渐衰,弄至现在的境遇。"

八十六:"请大师赐教,这里为什么叫旃檀寺呢?"

老和尚:"《西游记》读过吧,知道取经成功后,唐僧被封为什么佛吗?"

八十六摇头。

老和尚:"旃檀功德佛。旃檀寺从前供奉的就是旃檀功德佛,可惜佛像毁于战争。"

八十六："那什么是旃檀呢?"

老和尚："相传旃檀是一种香木,是专门用来雕刻佛像的。"

八十六："大师,旃檀寺有多大面积啊? 有人说后面的大片农田都是寺产?"

老和尚："没错,后面的农田也是寺产,算下来这里的面积要有1000 亩地。"

八十六："我家舅舅生前是旃檀寺的香客,他的唯一遗愿就是葬在旃檀寺。弟子这次来,是想和大师商量此事的可行性。另外,弟子可以出资重新修复旃檀寺。"

老和尚："佛语阿难葬法无数。施主的舅舅有此遗愿,也是和我们旃檀寺有缘分,我们非常欢迎。"

八十六："大师慷慨允许,弟子不胜感激。(拿出银票)这里有 2 万元的银票,用来买下后面 10 亩土地,为舅舅修建墓园。寺庙房屋的维修资金我再出 2 万元。请问大师,我买的 10 亩土地能取得地契吗?"

老和尚："当然可以,但很复杂,因为庙产受政府保护。"

八十六："怎么个保护法?"

老和尚："法律上讲,庙产是不能买卖的。"

八十六："明白了,其他的事我自己解决。"

正在北京出差的吴乃忠,前来参观旃檀寺,无意中看到八十六和老和尚在一起聊天,非常奇怪。就躲在门外偷听。

17－4　天津雍天成舅舅家　日内

素萱和小文妹领着孩子陪舅妈。紫萱的精神状态好了许多。有人敲门,二表妹紫莛不声不响地从美国回来了。大家非常高兴。

紫萱："文妹,八十六去北京了?"

小文妹："是。这两天就要回来了。"

素萱："八十六去联系旃檀寺的事,不知道会怎样?"

舅妈："你们舅舅就这么一个遗愿,希望庙里的人能答应。"

素萱："佛祖保佑舅舅。"

扁嫂进来："老夫人,您看谁回来了?"

一个打扮洋气的女人从扁嫂身后走了出来。

紫萱："二姐，你什么时候回来的？"

紫萱跑过去拥抱紫莛。舅妈站了起来，非常激动。

舅妈："紫莛，快过来让娘看看。"

紫莛跑过去拥抱舅妈。

素萱："这位是二妹吧？"

紫莛："我知道，您一定是表嫂。"

紫莛看到小文妹："您就是小文妹吧？"

素萱、小文妹："你怎么知道？"

紫莛："表哥给我寄过你们的结婚照啊。"

舅妈："二丫头，你怎么突然回来了，有人接你吗？"

紫莛："娘，我在美国自己生活了五年，什么都是自己做主，自己干，下船回家还用人接吗？"

舅妈："你打小个性就强，倒像个男孩子。"

紫萱："二姐，你毕业了？"

紫莛："是啊。不仅毕业了，我这次回来要在天津的汇丰银行工作。"

17-5 天津汇丰银行 日内

紫莛来银行上班。雍天成来此汇款，紫莛非常诧异汇丰的老板在全程毕恭毕敬地陪伴雍天成。

紫莛："表哥，您这是什么身份啊，让我们老板全程陪同？"

雍天成："没办法，一点隐私都没有。"

老板："雍先生认识我们紫莛小姐？"

雍天成："她是我表妹。"

老板："紫莛小姐可是我从美国招聘来的人才啊。"

紫莛："老板过奖。表哥，下次我陪你办手续吧，让我们老板歇会儿。"

雍天成："那敢情好。"

老板："雍先生是我们银行最尊贵的客人，我们当然要用最高的礼节接待。而且雍先生和我也是非常好的朋友，有这两层关系，我岂有不全程陪伴之理？"

几个人大笑。

17－6　北京徐树铮办公室　日内

徐树铮给雍天成打电话，说陆军部要招标一批军火。几家洋行竞争，标书都交给徐树铮。徐树铮给雍天成看了各家的报价，然后雍天成才报价。其他洋行不满，徐树铮为其挡驾。

徐树铮："二弟啊，这次陆军部要购买2000万的军火，招标范围是全国。目前已经有20家来自天津、上海的洋行寄来了标书，竞争非常激烈啊。"

徐树铮："别担心，他们的报价单，我已经让你派来的八十六抄录一遍，带回去了。剩下的就是你自己的事了。"

徐树铮："什么谢不谢的，我们是亲兄弟，哪有这些讲究。"

徐树铮："是，当然有人不满，不过都让我挡回去了。"

17－7　天津成礼洋行雍天成办公室　日内

豪邦与雍天成交谈。

豪邦："成哥，您刚刚拒绝了胡国达，就接了陆军部的单子，奉天和南方不会有意见吗？"

雍天成："意见当然会有，可是陆军部我怎么能得罪？与其得罪陆军部，还不如得罪奉天和南方，两害相权取其轻嘛。"

豪邦："我倒怕三哥会有意见。"

雍天成："他现在和我是越走越远了。"

胡国超进来，把一个盒子摆在雍天成办公桌上。雍天成打开，看到是一把手枪，枪上的铭文刻着云廷的名字。雍天成知道云廷被杀了。大洪兄弟被叫进办公室，雍天成让他们探听黑龙兄弟的行踪。

雍天成："交给你们俩一个秘密任务，调查黑龙、黑豹兄弟的行踪。有结果直接向我汇报。如果遇到危险，格杀勿论，明白吗？"

大洪、二洪："明白。"

17－8　天津兴哥帮会　日内

兴哥总想利用妹夫的身份为自己谋利，雍天成知道后，警告兴哥，兴哥怀恨在心。

兴哥正在打电话："雍天成，那是我妹夫，你就放心吧。对，直接汇到我洋行的账上。"

兴哥又打另一个电话："这笔生意交给我您就放心吧，保证金？还提什么保证金啊，雍天成这三个字值多少钱？对，对。当然，他是我妹夫。对。您就放心吧。好，好。"

管家进来："老爷，雍先生来了。"

兴哥吓了一跳，赶紧从沙发上站了起来，对着电话："说曹操曹操到，我妹夫来了，一会儿再和您聊。"

雍天成带着胡国超走了进来。雍天成满脸怒气，坐在沙发上，胡国超习惯性地站在了雍天成的身后。兴哥笑脸相迎。

兴哥："妹夫突然来访，有何要事？王管家，快上茶。"

雍天成把右手伸出来，胡国超递给他一个文件袋。雍天成把文件袋扔在兴哥面前："你先看看这些。"

兴哥胆战心惊地打开文件袋，看着看着脸都白了。

雍天成："你是我太太的大哥，是我儿子的大舅，按理别说 500 万，就是 1500 万我都可以给你。但你利用我的名誉取得别人的信任，骗得钱财，我就不能不管了。这些东西刚才你都看过了，哪一件不是你干的你说出来。没有？那好。这些共值 500 万，你看怎么办？"

兴哥："天成，我只是一时贪念，冒用你的名义，可这些钱我实在还不出啊。"

兴哥的儿子贯一躲在客厅门外，偷看室内发生的一切。

雍天成伸出手，胡国超递给他另一个文件袋："我请天津卫最好的律师和会计师计算了你的财产，连同这栋房子在内，不过 200 万。你说的是实话，这 500 万你无论如何都还不出。你把钱都用在哪里了？"

兴哥："天成，都怪我太过贪婪。今年初，大豆的期货行情好，我就一直加仓买进，谁知这两个月价格突然下跌，我不舍得止损，谁知越套越深。现在已经欠期货公司 500 万了。"

雍天成："你答应我个条件，我立刻替你还上这 500 万。"

兴哥："什么条件？"

雍天成："很简单。从今往后，不要再用我的名字干事，任何事情都不行，否则，这 500 万你要加倍偿还。"

兴哥："好说，好说。"

雍天成："空口无凭，咱们立个字据。（伸手接过胡国超递来的合同）签个字吧。"

兴哥："天成，咱们一家人何必这样呢？"

雍天成："我不想再多说一个字。"

兴哥无奈地签了字。躲在门外的贯一看到这一切，对雍天成恨之入骨，攥紧了拳头。

雍天成把兴哥签字的合同交给胡国超，两人离开。

兴哥看着雍天成的背影："小人得志便猖狂，风水轮流转，看转到我这里的时候，我如何收拾你。"

17-9　天津试射场　日外

运来的军火规格不符，无法使用。徐树铮和雍天成吓得大惊失色。急忙连夜调来金陵和汉阳兵工厂的工程师，发现克虏伯厂的炮弹并不完全符合国际标准，此次买来的炮弹比炮筒多 1 毫米。用截切机切去就可以用。众人如释重负。

徐树铮："你说炮弹装进炮筒后无法发射？这怎么可能？你再打开一箱炮弹试试。"

测试兵答应一声，转身跑向远处。

徐树铮回头问雍天成："二弟，这怎么可能？你这回的炮弹不是克虏伯厂造的吗？"

雍天成："大哥，这回的炮弹还真不是克虏伯的，是艾哈德厂的。不过这种七生五大炮榴霰弹都是国际统一标准制造的，还从未听说过无法装进炮筒的事情。"

徐树铮："符合标准就好。我已经让军械司的人去请金陵兵工厂和汉阳兵工厂的工程师了，他们晚上就能到。

17-10　天津试射场　夜外

几个工程师正在研究炮筒和炮弹。徐树铮、雍天成等人在一旁紧张地看着。

工程师甲："现在用的试射炮是克虏伯厂的，如果能找到一颗克虏伯的七生五大炮榴霰弹就好了。"

雍天成："这个简单。豪邦，你去找找。"

豪邦："是。"

不一会儿，克虏伯的炮弹送到。工程师们用尺仔细量了量。

工程师乙："很明显，克虏伯的炮弹比国际标准少1毫米。这就是艾哈德厂的炮弹无法装进去的原因。如果能找到一台德国产的榴弹切割车床，把多余的切割掉，就可以正常发射。"

豪邦："那个车床我们自己有一台，就在仓库里。"

徐树铮："太好了。这样，工程师们留下，和军械司的人一起直到把这些炮弹都切割完毕。多久可以完成？"

工程师甲："明早5点前可以完成。"

徐树铮："好。明早5点我来为你们庆功。完成得好，每人奖励500元。"

工程师们、士兵们和军械司的人在努力工作，一个个汗流浃背。

17－11　天津起士林饭店　日内

徐树铮与雍天成在包房内庆祝成功。大洪进来向雍天成耳语几句，雍天成叫大洪说出来，原来大洪查到了黑龙兄弟的消息。雍天成让大洪退出，与徐树铮继续吃饭。徐树铮要马上回到北京，徐透露袁世凯最近大病，恐怕不久于世。

徐树铮："来，二弟，咱们举杯庆祝炮弹测试成功。"

雍天成："要不是大哥，二弟我今天就得去军事法庭了。"

徐树铮："有我在还不至于。来，干杯！"

雍天成："干杯！"

徐树铮："二弟，你点到为止吧，大家都知道你是不喝酒的。"

雍天成："这是救命的压惊酒，必须喝。"

徐树铮："好。喝完了，我要告诉你个秘密。"

有人敲门，大洪进来和雍天成耳语。

雍天成："（指着徐树铮）这位徐次长是我结拜大哥，没有什么避讳，你就说吧。"

大洪："见过徐次长。"

徐树铮点点头。

大洪："成哥，黑龙兄弟的行踪已经查到了。"

雍天成："原来是洋行内部事，你先退下吧。"

大洪退下。

雍天成："大哥，刚才您说的秘密是什么？"

徐树铮左右看了看，雍天成识趣地把房间门关上。

徐树铮："大总统现在病入膏肓，据德国医生说……（摇摇手又摇摇头）"

雍天成："报上不是说请的是日本医生吗？"

徐树铮："有病乱投医。这些天总统府进出的医生可以说是八国联军了。"

雍天成："还能挺多久？"

徐树铮："就这几天的事了。"

雍天成听到这个消息，把手里的酒杯放下，沉思了起来。

17－12　天津沿海村屋　日内

霆哥从日本回来后，变得比从前稳重成熟了。看到有人在库房附近张望，知道现在还不是雍天成的对手，就带人离开了。苍井藤一与霆哥始终保持联系，并为霆哥提供必要的给养。

手下指着窗外："霆哥，最近这几个人频繁出现在这附近，表面上看似拾荒人，实际上他们的注意力都在我们的房里。"

霆哥顺着手下的指引："不像是官府的人，一定是雍天成派来的。看来我们被发现了。"

手下："霆哥，我出去干掉这几个人。"

霆哥："不，别打草惊蛇，我们撤。"

黑龙："霆哥，看来人是冲我们来的，不如我出去和他们拼了。"

霆哥："黑龙，咱们现在是一起的，不分你我。听我的，撤。先到日租界找苍井。"

17－13　天津荒地库房　夜内

大洪、二洪来到库房，库房内空无一人。

二洪："大哥，一点动静都听不到，难道他们跑了？"

大洪："二洪，你带两个人上去看看，一定要小心。"

一会儿，二洪回来了。

二洪："一个人都没有了，肯定是跑了。"

大洪："来晚一步，看来我们暴露了。走，回去。"

二洪递过来一张照片："大哥，你看这是什么？"

大洪："照片，谁的照片？

17－14　天津成礼洋行雍天成办公室　夜内

得知霆哥出现，雍天成让柴少爷调查霆哥的财务状况。柴少爷很快回话，没有发现和霆哥有关的任何账户。雍天成非常奇怪。柴少爷答应继续调查。雍天成让柴少爷顺便查查陈元礼的收入。雍天成下令多派人手保护家里人。

雍天成看着照片："林百霆，他身边的人怎么看着面熟呢，好像在哪里见过。"

雍天成把照片递给豪邦："去查查林百霆身边这个人是谁。"

豪邦拿着照片出去了。

大洪："看来黑龙、黑豹现在与林百霆在一起。"

雍天成点点头，拿起电话："柴少爷，帮我查下林百霆的情况。所有的情况。对。"

看到雍天成放下电话，大洪："他不是逃到日本了吗？什么时候回来的呢？"

雍天成："我想是有人暗中帮助他。"

电话响起。

雍天成接起电话："是。没有账户，也没有入境记录。好，你继续调查。另外，奉天陈元礼的情况也要查。好。我等你消息。"

雍天成放下电话："大洪，你多派些人保护我家和我舅舅家。"

17－15　奉天陈元礼公馆　夜内

黑龙只身来到奉天求见陈元礼。陈元礼看到黑龙被追得四处逃跑如丧家之犬，知道这是收服一个人的好机会。于是答应帮助黑龙兄弟。

管家急急忙忙地走了进来："老爷，门外有个叫黑龙的求见。"

陈元礼："他一个人？"

管家："是，就一个人。"

陈元礼："有行李吗？"

管家："没有，感觉很仓促，衣服好像也多日未换洗了。"

陈元礼沉思了一会儿："见，到我的书房。"

黑龙出现在书房门外，陈元礼赶忙起身相迎："黑龙兄弟。黑豹呢，怎么没来？"

黑龙："雍天成派人追杀我俩，我一个人跑来求三哥给条活路。"

陈元礼："好说好说，你快起来。还什么三哥，以后就叫我礼哥吧。"

黑龙："多谢礼哥。黑龙以后愿肝脑涂地，报效礼哥。"

17-16　天津沿海村屋　夜内

霆哥手下对因黑龙兄弟原因被迫逃跑非常不满，对黑豹冷言冷语。黑豹不堪侮辱，夺门而出。

霆哥手下对着黑豹："要不是因为你们哥俩，我们能到这鬼地方来？"

另一个手下："自从他们俩来了，我们没吃过一天好饭，整天东躲西藏的。"

黑豹想发作，又忍了下来。

霆哥手下："早晚我们得被他们害死。"

另一个手下："为人家死了，人家根本就不知道，你说亏不亏。"

霆哥手下："要是我，我不会连累别人。"

另一个手下："我也不会赖在这里不走。"

黑豹听到这些风言风语，气得直咬牙，站起来，摔门而出。

17-17　天津某街道　夜内

巡逻在街上的雍天成人马看到黑豹，立即追杀。黑豹被围堵，无奈自杀。

17-18　奉天陈元礼公馆　日内

报纸上刊登了黑豹死亡的照片，认为是帮派火并。黑龙痛苦万分，发誓报复。陈元礼一边安慰，一边吩咐人赴天津安葬黑豹。陈元礼知道，现在黑龙已经是自己的人了。

黑龙："弟弟，你死得好惨，我一定要为你报仇。"

陈元礼："黑龙，不要太过悲伤。我们要先安葬黑豹。"

黑龙："对，礼哥，不能让黑豹没有葬身之地啊。"

陈元礼："你放心。黑豹是你的兄弟，也是我的兄弟。我已经派人到天津去了，很快就会拿到黑豹遗体。"

黑龙："多谢礼哥。"

陈元礼："不必客气。不过，黑豹安葬在哪里，还得你定。"

黑龙："还是安葬在天津吧，黑豹出生在那里，还是葬在那里最好。"

陈元礼："好，就按你说的，我让他们在天津为黑豹找块风水宝地。"

黑龙跪了下来。

陈元礼连忙搀起黑龙："黑龙，节哀。以后你就是我的亲兄弟了。"

17‑19　天津各大报纸　日外

袁世凯去世的消息成为报纸头条。

17‑20　北京中南海　日内

雍天成赴北京吊唁祭奠，并参与葬礼事宜。北京政坛剧变，黎元洪当选总统，段祺瑞当选国务总理。雍天成与此二人关系极好，准备大干一把。之前袁世凯给雍天成的 200 万定金也成了一笔糊涂账。他在北京四处买地，大兴土木。

17‑21　北京旃檀寺　日外

雍天成等家里人在旃檀寺安葬了舅舅。他发现此寺背靠南苑兵营，位置很好，但寺庙残破。就与主持协商买下了庙产，准备翻新。

雍天成："大师，之前我的人已经来此和您协商过，承蒙您爽快应允。"

老和尚："施主不必客气。"

雍天成："我看庙南面是个兵营？"

老和尚："正是，叫南苑兵营。"

雍天成："好。大师，您有什么要求尽管向我提。我能力范围内的都可以全力办到。"

老和尚："没有什么要求了。自从施主捐资重修庙舍，这里面貌一新。施主的舅舅已经安葬在这里了，希望这里的风水能保佑施主一家幸福、安顺。"

雍天成："多谢大师吉言。"

雍天成走到寺后，又看了舅舅的墓地，才不舍地离开。

17－22　北京陆建章家　日内

吴乃忠来到陆建章家。得知雍天成买下旃檀寺庙产，陆建章感到机会来了。

陆建章："吴老板什么时候来的北京，也不提前跟我打声招呼。"

吴乃忠："建章兄，我到北京是来办货的。由于出了点儿状况，所以在北京耽搁了几天。"

陆建章："吴老板，你到北京的当天就应该来我这里。你说，咱俩有多少年没见面了？"

吴乃忠："上次见面是辛亥那年，我俩正喝酒呢，大清就没了。"

陆建章："是啊，现在想起来就像昨天一样啊。"

吴乃忠："我这次来，给建章兄带来个好消息。"

陆建章："好消息？我这几年就没听到好消息。"

吴乃忠："雍天成这个人，建章兄有印象吧？"

陆建章："有啊。不过，吴老板怎么知道他和我有关系？"

吴乃忠："建章兄的亲家林财在天津是首屈一指的人物，他和雍天成的恩怨在天津几乎无人不知。我这次就是来告诉建章兄一个有关雍天成的消息。"

陆建章："吴老板请讲。"

吴乃忠："我先问建章兄一个问题，私买庙产是什么罪？"

陆建章："重罪啊，国家法律明文禁止的。"

吴乃忠："好。雍天成就犯了这个罪。"

陆建章："此话怎讲？"

吴乃忠附耳对陆建章讲。

陆建章："哈哈，财爷啊亲家，你雪耻鸣冤的日子不远了。"

第18集 《银铛入狱》

18-1 天津成礼洋行雍天成办公室 日内

段祺瑞政府清理袁世凯的账务，发现一笔200万的银票票根，在上海兑现，用途不明。由于京内传言袁世凯曾给雍天成200万定金事，段祺瑞召雍天成入京，询问袁世凯是否曾经秘密让其购买军火。

胡国超把电话递给雍天成："成哥，北京段祺瑞总理办公室贺副官来电。"

雍天成接过电话："贺副官，好久不见，老弟一向可好？我很好，多谢。段总理请我？"

雍天成："贺老弟知道是什么事情吗？不清楚。明天一早？好，我一定到。"

18-2 北京段祺瑞办公室 日内

雍天成这才知道袁世凯与他之间的交易没有第三个人知道。于是矢口否认。只说让其订购两艘潜水艇，但尚未付款。谁知一时的贪念，让老谋深算的段祺瑞看出。段祺瑞不动声色，让徐树铮送雍出门。

段祺瑞手里拿着那张200万银票的票根正在思考什么，贺副官进来："段总理，天津雍天成已经到了。"

段祺瑞："让他进来。"

贺副官："是。"

贺副官转身出去，一会儿，他带着雍天成进来了。

雍天成："天成给段总理请安。"

段祺瑞："不要客气，坐吧。"

贺副官转身出去。

雍天成："不知段总理找天成何事，天成连夜赶来，希望没有耽误总理的大事。"

段祺瑞："大事倒是没有，有一件小事想找你了解了解。"

雍天成："多谢段总理高看天成。天成草民一个，怎敢参与国家大事。"

段祺瑞："袁大总统在世时，你没少往中南海跑吧。"

雍天成："去过几次，都是大总统亲自召唤，就像这次一样。"

段祺瑞："我们说正事吧。袁大总统在世时，是否找你们洋行买过潜水艇?"

雍天成："有这个事。不过欧战爆发后，德国的工厂一直无法开工，也就没生产。"

段祺瑞："袁大总统的遗物当中，有这样一件东西不知你见过没有?"

段祺瑞把票根递给雍天成，雍天成看到票根上的数额，有些紧张，又有些犹豫。

雍天成："这笔钱天成确实没有见过，大总统并未给天成一分钱。"

段祺瑞："你们和袁大总统签订合同了?"

雍天成："没有合同。"

段祺瑞："就是说此事只有袁大总统和你两个人知道?"

雍天成："袁大总统也是这么说的。"

段祺瑞："那好吧，你可以回去了。"

雍天成："段总理，天成告辞了。如果有何吩咐，天成在所不辞。"

雍天成转身走出了总理办公室。

18－3　北京段祺瑞办公室　日外

徐树铮等在门外，一脸紧张地对雍天成说，如果真有，最好交出来，不然定你一个支持帝制罪。雍天成虽然在天津呼风唤雨，在北京也有很多高官做靠山，但他知道，这些翻手为云，覆手为雨的官僚，想要弄死他，非常容易。于是，对徐树铮说，帮我想想办法，虽然我没有收到那笔钱，但我愿为政府解难。

徐树铮："二弟，跟我来。"

雍天成紧随徐树铮走到办公室外。

徐树铮："二弟,今天总理找你什么事?你一定要如实告诉我,现在北京正在追缉帝制要犯,很多人都逃离北京了。"

雍天成："段总理询问我是否收到过袁大总统给的 200 万元银票。"

徐树铮："他怎么会问到你,有别的事吗?"

雍天成："袁大总统生前,曾秘密召我进京,让我帮其购置德国潜水艇。可是欧战开始,德国工厂不再生产,所以也就没买成。"

徐树铮："袁大总统给你钱了?"

雍天成："没有。这样的生意都是我们洋行先行垫款的。"

徐树铮："没有就好,这笔钱如果你收了,就是帝制犯了,是要被审判的。"

雍天成："我和袁大总统接触比较多,会不会被当做帝制嫌犯啊?"

徐树铮："目前为止,还没有听说你的名字。不过小心驶得万年船,你还是要时刻提防些。"

雍天成："那就多靠大哥帮忙了。"

徐树铮："还有一件事,现在上面对与德国的关系有意见分歧,这可能影响到你们洋行的运行。"

雍天成："什么分歧?"

18－4　北京中南海居仁堂　日内

黎元洪与段祺瑞就是否宣布与德国断交争论不休。

段祺瑞："大总统应该已经知道了,这几天美国公使芮恩施连续两次找到我,谈论德国问题。"

黎元洪："他也来找过我,不知段总理如何答复他?"

段祺瑞："美国想拉中国进入协约国,日本也改变了态度,希望中国加入协约国。这样可以在亚洲进一步孤立德国。我个人是赞成中国与德国断交的。"

黎元洪："中国与德国断交,加入协约国,对中国的国际地位提高非常有利。可一旦断交,谁能保证不会把战争引到中国国土上来?谁能保证各省军阀不会借机掠夺,让人民再陷危机?"

段祺瑞："现在只是断交阶段,还没有向德国宣战。"

黎元洪："可是后续问题我们必须现在考虑清楚,否则将来会措手不及。"

段祺瑞："我提议我们先对德国的潜水艇政策表示抗议,然后再视情况而定是否断交和宣战。"

黎元洪："这个办法我赞成,也可缓解来自美国的压力。"

18-5　北京徐树铮办公室　日内

徐树铮给雍天成打电话,告诉雍天成中国要与德国断交。雍天成知道军火贸易做到头了。

徐树铮："二弟,一个不好的消息要告诉你。北京准备向德国提出抗议,马上就会宣布与德国断交了。"

雍天成："如果断交了,那我的洋行也得关门了。"

徐树铮："所以我第一时间通知二弟,你要未雨绸缪,早作打算啊。"

18-6　天津成礼洋行雍天成办公室　日内

雍天成："在中国那么多的德国人怎么办?驱逐?看来这次是来真格的了。多谢大哥关心。是,我有防备,可是没有想到这么突然。"

18-7　天津合众会堂　日内

雍天成与史蒂文见面。雍天成预感到有大事发生,告诉史蒂文,一旦发生不幸,要尽量保存实力,尤其要保护好家人。史蒂文为雍天成担心。八十六和豪邦也来到合众会堂,雍天成一一嘱咐。雍天成秘密耳语八十六几句,八十六点头。

雍天成："二弟,这次中国和德国如果断交,我们的军火生意肯定就要死了。还好我们之前就有防备,资产比较分散,我倒不怕少了这块肉吃。"

史蒂文："大哥放心,我们在美国的投资非常安全,而且增值迅速。不过,我怎么听英国公使说张勋将军可能会到北京支持宣统皇帝呢?"

雍天成："不可能吧,段总理还是有军事实力的。我最担心的其实是北京会因为所谓的帝制问题找我的毛病,现在北京政府缺钱,很可能找个借口把我就放在案板上了。"

史蒂文："大哥不是与黎大总统和段总理都有交往吗？怎么还担心这些？"

雍天成："二弟啊，中国的官僚你不了解，扶植你的是他们，毁灭你的也是他们。所谓伴君如伴虎，我虽然在天津可以呼风唤雨，但他们要是想灭掉我，就是举手之瞬、动口之间的事，我是无时无刻不在防备着。"

史蒂文："大哥这么说，二弟我觉得好像有什么大事要发生了。"

雍天成："未雨绸缪。记住，如果我出了什么事，我的家人就交给你了，务必保护他们的安全。"

史蒂文："大哥放心。"

史蒂文握住了雍天成的手。这时，八十六和豪邦也来了。

雍天成："现在你们都在。史蒂文有美国投资、豪邦有盐业银行、八十六有遍布京津的房地产。你们是我的核心中的核心。但如果我出现什么问题，你们第一个要保护我的家人，不要让他们受到任何伤害。"

三人点头。

雍天成叫过来八十六，在他耳边耳语了几句，八十六频频点头。

18-8　天津各大报纸　日外

北京政府与德国绝交。

18-9　北京　日外

张勋复辟。黎元洪、段祺瑞回到天津。陆建章投靠张勋，成为北京实权人物。

18-10　天津沿海村屋　夜内

霆哥接见陆建章派来的人，知道机会终于来了。马上带人启程赴京。

霆哥："陆叔叔让我去北京？"

来人："没错。他的亲笔信您也看了，其他的到京再说吧。"

霆哥："我们怎么走？"

来人："天津火车站现在有一班临时火车，是专门为霆哥安排的。"

霆哥："陆叔叔考虑得真周到。"

来人："您可以带上自己的人一起走。"

霆哥："这正是我要问的，太好了。我们现在就出发。"

18－11　北京陆建章办公室　日内

陆建章以侵吞庙产罪下令抓捕雍天成。

18－12　天津成礼洋行雍天成办公室　日内

警察前来查封。

18－13　天津雍天成家　日内

警察前来查封。

18－14　北京监狱　夜内

雍天成银铛入狱。

18－15　天津雍天成舅舅家　夜内

素萱把儿子海天交给小文妹照顾，说如果我回不来，孩子就交给你了。然后坐夜车前往北京。八十六跟去。

素萱："文妹，海天就靠你了。"

小文妹："放心吧，大嫂。太多的话我不会说，但我会像照顾自己儿子一样照顾海天。"

素萱："如果我回不来，你就是海天的亲娘了。"

小文妹："大嫂快别这么说，成哥一定会吉人天相的。"

八十六："大嫂，我们快走吧。不然赶不上车了。"

素萱："我看一眼海天再走。"

说完，素萱等人来到海天睡觉的卧室。看着熟睡的海天，素萱强忍着没有让眼泪流下来。

素萱和八十六从屋里出来。胡国超站在屋外。胡国超和八十六对看了一眼，八十六点点头。素萱："国超，一路小心。"

18-16　北京陆建章家　夜内

陆建章和霆哥为抓到雍天成庆祝。陆建章准备乘张勋复辟之际，北京大乱，杀了雍天成。但又怕张勋与雍天成有什么关系，决定等两天再下手。霆哥已经等不及了，陆建章要他冷静。

霆哥："陆叔叔，霆儿感激您为报家父之仇，不遗余力，想我爹在天之灵一定会非常欣慰。"

陆建章："孩子，感谢的话就不要讲了。他雍天成也是咎由自取、罪有应得。他现在就关在我的监狱里，哈哈。"

霆哥："陆叔叔，不如现在我就去结果了他？"

陆建章："他早晚是你的，不要急，不要急。现在是张勋的天下，张勋在天津住的时间长，我怕他和雍天成有什么关系。"

霆哥："如果真有关系呢？"

陆建章："现在他犯的是国法，私自买卖庙产，即使他和张勋有关系，一时半会也出不来了。"

霆哥："我真是等不及了，恨不得今天就手刃他。"

陆建章："孩子，现在我们已经完成了第一步，一步步来，让雍天成这小子死在法律手里，而不是我们手里。"

霆哥："陆叔叔深思熟虑，霆儿佩服。"

18-17　北京监狱　日内

素萱和八十六前来探监。雍天成要八十六去找史蒂文，通过外交手段想办法。八十六告诉雍天成，海天和自己的孩子以及小文妹现在一起。雍天成放心地松了口气。

狱警："1531 号，到了。你的家人来看你。"

素萱看到雍天成："天成，你怎么样？在里面有没有受欺负？能吃饱吗？睡觉冷不冷？

雍天成："素萱，别担心。我在这里和在外面没有区别，我只是担心你和海天。"

素萱："没事就好，天成，我们要不要找黎大总统和段总理说说情？"

雍天成："先不要。目前不知道是谁在背后搞的，我想先通过外交解决问题。八十六，你去找史蒂文，让他想办法。"

八十六："史蒂文知道成哥的事后，已经开始运作了。"

雍天成："好。那件事怎么样了？"

八十六："国超来电话说，他们三个已经到了，您放心吧。"

素萱："是，文妹对海天无微不至，比我这个当妈的都强。"

雍天成："这我就放心了。"

18‐18　北京某胡同　日外

兴哥得知雍天成入狱，以为雍天成大势已去，不愿妹妹再与雍天成有任何瓜葛，于是派人要把素萱强行从北京抓回来。

几个黑衣人尾随外出买东西的素萱，强行把素萱拉入汽车。素萱很紧张，不敢说话。几个人对她倒是非常客气。

黑衣人："对不起，我们要蒙上您的眼睛。"

素萱："你们是什么人？"

黑衣人："对不起，我们不能说，几个小时之后您就知道了。我只能说您是非常安全的，我们没有恶意。"

说完，黑衣人蒙上了素萱的眼睛。汽车出了北京城，一直向天津方向开去。

18‐19　北京监狱　日内

八十六和胡国超前来探监，雍天成发现素萱没来，感到非常不安。

雍天成："素萱没来？她回天津了？"

八十六："早上大嫂就出去了，我还以为她自己先来了。"

胡国超："我要和大嫂一起出门，大嫂坚持不让，自己走了。"

雍天成："你们赶紧回去，找到大嫂，不能让她有任何危险。"

八十六、胡国超："是。"

18‐20　天津兴哥家　日内

素萱被黑衣人押回到了天津兴哥家。兴哥示意几个黑衣人退出。黑衣人退出后，兴哥自己解开了素萱的眼罩。

素萱："我已经猜到了是你。大哥，你怎么用这种办法对待我？"

兴哥："你知道现在是什么形势？你再呆在雍天成身边会招来杀身之祸的。"

素萱："大哥，天成是我的丈夫，我的先生，嫁鸡随鸡嫁狗随狗，他现在有难，遭遇牢狱之灾，我怎么能离开他呢？我现在就要回北京。"

素萱转身就要走，却发现客厅门紧闭，门外有十几个黑衣人面无表情地站立着。

兴哥："素萱，你别闹了。这座房子没有我的命令你是无法出去的。"

素萱："大哥，这些年天成帮助过你多少？你都忘了？在他有难的时候，你不帮他就算了，你怎么还落井下石，在他背后捅刀呢？"

兴哥："雍天成的时代已经过去了，你再和他一起就是死路一条。海天呢？怎么没和你在一起？"

素萱："大哥，你现在让我走，我就当今天这件事情没有发生过。不然，天成是不会放过你的。至于海天，他现在很安全。你就不必操心了。"

兴哥："我是为你好，没我的允许，你不许出这个门。"

素萱："你这不是为我好，你这是在害我。"

兴哥："崔妈，带小姐上楼休息。"

崔妈带素萱上楼，来到素萱曾经的卧室。素萱进门直接奔向电话。

崔妈："小姐，电话已经断了。你看，窗户都安上了铁栅栏。"

素萱看到这一切，一下子晕倒在了床上。

18－21　北京报纸　日外

段祺瑞打败张勋进京。

大街小巷，报童在叫卖着号外。

18－22　北京监狱　日内

八十六和胡国超前来探监。

八十六："成哥，段祺瑞打败了张勋，又回到了北京。张勋已经跑了。"

雍天成："八十六，你去段祺瑞那里找徐树铮，让他救我出去。"

18-23　北京陆建章家　日内

　　政局突变，让陆建章紧张。霆哥坚持要秘密杀了雍天成给父亲报仇，而陆建章考虑的则是乌纱帽。

　　霆哥："张勋已经跑了，这段祺瑞一回来，对我们不利啊。不如我今天就去结果了他，这样木已成舟，生米煮成熟饭，就是段祺瑞亲自过问，也可以把责任推到张勋头上。"

　　陆建章："芝泉老谋深算，不是那么好骗的。不如我们来个借刀杀人，把他送给段祺瑞。"

　　霆哥："陆叔叔，那不是放虎归山吗？"

　　陆建章："我这不是放虎归山，而是送狼入虎口。"

　　霆哥："侄儿愿闻其详。"

　　陆建章："你知道芝泉经辫帅这么一闹，现在最缺的是什么？"

　　霆哥："钱？"

　　陆建章："不错。这次芝泉调动大军，军饷早就不敷开支。我们把雍天成这块肥肉送到芝泉那里，芝泉会怎么做？"

　　霆哥："侄儿明白，陆叔叔高见。"

　　陆建章："哈哈哈哈。"

18-24　北京段祺瑞办公室　日内

　　段祺瑞知道徐树铮与雍天成要好，但并不急于释放雍天成。这时，陆建章也来说此事。得知段祺瑞还有目的，暗暗高兴。

　　徐树铮："段总理，又铮这次遇到难事了，请总理务必帮我。"

　　段祺瑞："又铮坐吧，慢慢说。"

　　徐树铮："又铮有个结拜兄弟叫雍天成，总理一定知道吧，他在张勋复辟期间被人设计抓进大牢，又铮请总理放人。"

　　段祺瑞："雍天成被抓入监狱了？因为何罪？"

　　徐树铮："说是因为私自买卖旃檀寺的庙产，而他只是把舅舅安葬在那里，买下几百亩土地做墓园而已，难道孝顺还有罪吗？"

　　段祺瑞："这个案子是谁负责的？"

　　徐树铮："是陆建章。"

　　段祺瑞："我和陆建章从小站时就在一起，他一向做事稳健，也许雍天成是真的犯了国法吧。"

徐树铮："总理，天成为国家做的事咱们都是有目共睹，这些年他仅军饷和军火就捐了近千万，我们怎么能让这样一个为国有功的人因为一点小事而入狱呢？如果其他洋行看到雍天成受此待遇，那么以后哪个还会和我们合作？再说雍天成如果在狱中被仇家所害，我们的损失，单单军饷一项，就不可估量。"

段祺瑞："又铮不要激动，雍天成我也是熟悉的。这样，我们先保证他在狱中的安全，然后再调查。如果是冤狱，我们就放人；如果不是，我们再想办法。"

副官敲门进来："报告总理，军法处处长陆建章求见。"

段祺瑞："说曹操曹操就到。又铮，你要不要听听他怎么说？"

徐树铮："总理大公无私，定能主持公道，又铮告辞。"

段祺瑞对副官："请他进来。"

徐树铮站起，随副官出去。

陆建章："恭喜总理大获全胜，赶走张勋。"

段祺瑞："郎斋怎么没离开北京，反倒和张勋在一起啊？"

陆建章非常紧张："总理有所不知，建章……"

段祺瑞："不要说了，你的事我都知道。张勋这老小子复辟期间，多亏郎斋维持北京治安，你是首功一件啊。"

陆建章："不敢当，不敢当。今天建章来，是有事情向总理禀报。"

段祺瑞："你坐下说吧。"

陆建章坐下："是。不知总理是否认得雍天成这个人？"

段祺瑞："是那个天津的洋行买办吗？"

陆建章："正是。"

段祺瑞："袁大总统在世时见过几次，他怎么了？"

陆建章："他私自买卖旃檀寺庙产，数额巨大，被人举报，现押在牢里，等待总理发落。"

段祺瑞："这事属于你的管辖范围，为什么要汇报给我啊？"

陆建章："是这样，雍天成虽然犯下重罪，但卑职念他为国家出过力，也算有功，想得到总理指示后，再行定罪。"

段祺瑞："郎斋向来以稳健行事著称，果然不是浪得虚名。这样，你首先要保证他的人身安全，我说的是绝对安全，明白吗？就是你受伤，他也不能受伤。"

陆建章："卑职明白。"

段祺瑞："国家经过张勋这么一闹，损失巨大，需要雍天成这样的爱国洋行买办为国家分担。"

陆建章："卑职明白。就是让他用钱赎罪。"

段祺瑞："话不要说得那么直白，做一个爱国洋行买办的关键在于看他如何爱国，爱到什么程度。"

陆建章："卑职明白。卑职一定回去做好他的爱国工作。"

18-25　北京徐树铮办公室　日内

徐树铮向八十六保证一定再想办法。并托人给雍天成换了最好的牢房。

八十六："多谢徐次长。"

徐树铮："叫我大哥吧。我虽然和总理说了，但看总理的意思，是不会轻易放过二弟的。说白了，就是要让二弟破费破费。"

八十六："大哥，只要能让成哥安全出来，要多少都可以啊。"

徐树铮："不是你想得那么简单。多少是一个问题，人家肯不肯要是另一个问题。官场上的事太微妙。你看我都不敢去看二弟，为什么？因为我怕我去看过之后，二弟会受到我的政敌的迫害。"

八十六："成哥一直在想念大哥，希望能看到您。"

徐树铮："不过快了，总理现在放出话来要保证二弟的安全，这是我们成功的第一步。"

八十六："是，我上午去看成哥时，他说今天换牢房了，条件比之前的要好多倍。"

徐树铮："看看，有效果了吧？下面就看总理的胃口了。不过有我在，一切都好说。"

八十六："大哥现在知道是谁害成哥入狱的吗？"

徐树铮："基本知道了。"

八十六："是谁？"

徐树铮："你和二弟不需要知道，这个仇我来报。"

18 - 26　北京监狱　日内

　　几个月不见素萱来探监，雍天成非常担心。好在八十六每次探监都准时来，并告诉雍天成史蒂文已经联系好，马上就可以出狱了。胡国超依然陪在一旁。冯玉祥到京出差，亲自来看雍天成。雍天成没有告诉冯是陆建章把他弄进来的，因为冯是陆的侄女婿。

　　八十六："成哥，史蒂文今早到了北京。他说已经和英国公使谈好了，上午就去见段总理，请求放人。"

　　雍天成："二弟办事效率很高啊。告诉他不必担心，我现在很安全。"

　　八十六："史蒂文想来看您，我把您的话告诉他了。"

　　雍天成："徐树铮那边呢？"

　　八十六："也有些进展。不过这回怕是您要多破费了，好像段总理准备用爱国洋行买办的名义向您讨些军饷。"

　　雍天成："这个不难，看他们的胃口了。"

　　八十六："看来过几天您就可以出狱了。"

　　狱警走过来："1531号，你真厉害啊。外面讨逆军第一梯队司令冯玉祥来看你。"

　　说着，冯玉祥在警卫的陪伴下走了进来。

第19集　《危险重重》

19‑1　北京监狱　日内

冯玉祥来探监。

冯玉祥："兄弟，我刚到北京就听到消息，你怎么被关在这里了？"

雍天成："多谢冯兄前来探望，天成感激不尽。我被关在这里是因为安葬舅舅时，无意中买了旃檀寺的庙产所致。"

冯玉祥："旃檀寺，是不是南苑兵营那个？"

雍天成："正是。舅舅的遗愿是安葬在那里，我还出钱修缮了破败的寺庙大殿。没想到会惹上官司，真是不知祸从何来啊。"

冯玉祥："雍兄不要担心，管理北京的监狱的是我的叔丈人陆建章，我一会儿就去找他，看看有什么办法让你出去。"

雍天成："那就麻烦冯兄了。冯兄刚刚打败张勋，一路枪林弹雨，还未曾好好休息，就来操心我的事，真让我非常感动。"

冯玉祥："兄弟说哪里话。你我当年有缘在亚斯立堂偶遇，我从心底就已经把你当成主送给我的心灵知音，愿主保佑你。"

雍天成："愿主保佑冯兄。"

19‑2　天津兴哥家　日内

兴哥看到雍天成失势，不想让素萱再去北京，还使出手段吞并了雍天成的一些地盘。

兴哥："素萱，你就吃点饭吧，算哥求你了。"

素萱："你让我走，我就吃。"

兴哥："你知不知道雍天成已经倒了，北京这回想办他，没有人可

324

以帮得了他，就是袁大总统再世，也不行。"

素萱："我不管他倒不倒，我只知道他是我的丈夫，无论他怎么样，我都会和他在一起。"

兴哥："这个你别想。崔妈，你来劝小姐吃饭。"

崔妈："是。"

兴哥下楼。

崔妈："小姐，你就吃点吧。要见姑爷也得有力气啊。"

素萱："崔妈，你能出去吗？给我送个信吧。"

崔妈："不瞒小姐，兴哥已经不让我出门了。"

素萱："看来我只有一死，他才能明白我和天成之间的感情。"

崔妈："小姐，可别这么说。姑爷还等着你呢。"

楼下客厅里。

兴哥对勇弟："怎么样了？"

勇弟："兴哥真是神机妙算，目前雍天成的地盘我们已经拿下了几个。"

兴哥："紫竹林码头呢？"

勇弟："宁波帮又杀了回来，据说后面有日本人支持，我们没敢动。"

兴哥："我正想告诉你们不要动紫竹林呢。目标太大，容易引人注目。宁波帮是谁在掌舵？"

勇弟："是财爷的儿子——霆哥。"

19-3　天津宁波帮帮会　日内

霆哥回到天津重振宁波帮。在苍井藤一的帮助下，利用日本资金，到处招兵买马。

霆哥："苍井兄，如果没有您的帮助，我们宁波帮就不会再次回到天津。"

苍井藤一："我不仅要助你回天津，还要让你们宁波帮重新夺回紫竹林码头，再次做天津的老大。"

霆哥："大恩不言谢。我们宁波帮现在既缺资金又缺人马，重振雄威谈何容易。"

苍井藤一："我相信你的能力，我也会在背后全力支持你。"

霆哥："有苍井兄的支持，我相信我们宁波帮一定会再次独霸天津。"

苍井藤一："那一天马上就会到来！"

19-4   奉天陈元礼公馆   日内

得知雍天成被关入监狱，陈元礼、吴乃忠、王秀先觉得机会到了。吩咐黑龙启程赴津。

陈元礼："黑龙，黑豹的仇你还想不想报？"

黑龙："礼哥，我天天都想，可是……"

陈元礼："可是没有机会？哈哈，现在机会来了。你知道吗？雍天成已经被关进北京大牢，他的王国现在是大厦将倾，我们唯一要做的就是推它一把。"

黑龙："黑龙愿随礼哥赴汤蹈火。"

陈元礼："好，明天我们启程杀回天津。"

19-5   渤海孤岛   日外

小文妹领着海天和自己的孩子在沙滩上玩耍。海大的女人为她们做饭。海大和手下在靶场上练枪。

小文妹："海天，世豪，快回来，要吃中饭了。"

世豪："妈，我们的大炮马上要堆好了。"

海天："干妈，你过来看看大炮。"

小文妹："好，干妈这就过来。"

小文妹跑过来。

海天："干妈，你出汗了，海天给您擦擦。"

说完海天用沾满沙子的小手去擦小文妹额头上的汗。

海天："干妈，我把您头发弄脏了。"

世豪："我给娘擦干净。"

说完世豪也用沾满沙子的小手去擦小文妹额头上的沙子，结果可想而知。

两个小淘气包看到小文妹的头发和脸被弄脏了，哈哈大笑。

厨房里，海大的女人领着十几个妇女在准备中饭。

海大领着手下在远处的靶场练习射击。

19－6　天津浙江会馆王振瀛宅　夜内

王振瀛父子俩看到雍天成失势，想借机吞并中民银行。

王振瀛："雍天成这次入狱，怕是彻底出不来了。"

王绍祖："爹，我们不如趁此机会把广东会馆的中民银行收购过来。"

王振瀛："其实我也早有此意，就是碍于雍天成，一直没有提出来。"

王绍祖："现在机会来了，爹，我明天就开始操作。"

王振瀛赞许地点点头。

19－7　奉天张作霖府邸　日内

陈元礼来向张作霖辞行。张作霖允许陈元礼用自己的天津公馆为据点，为奉军服务。

陈元礼："张督军，元礼是来向您辞行的。元礼准备前往天津一段时间处理一些私人事情。"

张作霖："元礼啊，你的大老婆还在天津？"

陈元礼："是啊，不仅她在那里，还把儿子带走了。"

张作霖："治女人如治兵，多看看兵法。你看看我这里，什么时候不是井然有序？哈哈。"

陈元礼："督军治理奉天省都游刃有余，元礼怎敢和督军相比。"

张作霖："等你从天津回来，我教你几招，保你从容应对。元礼啊，你到天津住在哪里？"

陈元礼："我已经委托人在天津租了个公馆。"

张作霖："还租什么公馆住啊，就住我那里，刚刚装修完，管家雷大富还在那里，正好可以让他回奉天休息休息。"

陈元礼："张督军美意，元礼不敢拒绝。只是公馆刚刚装修好，元礼这卑贱之躯怎配入住？"

张作霖："元礼啊，你和我交往也有五年了吧，难道不知道我是什么人？你就住那里的客房吧，这是命令。"

陈元礼："那元礼就恭敬不如从命了。"

张作霖："我再给你个秘密任务。"

陈元礼："张督军请讲。"

张作霖："在天津为我搜集情报，为奉军服务。"

陈元礼："元礼一定不辱使命。"

19-8 天津紫竹林码头 日外

霆哥率帮众前来捣乱，大洪、二洪强忍怒火，不想惹事生非。霆哥变本加厉，让大洪承受胯下之辱。大洪爬到一半，突然起身。霆哥胯下受伤，疼痛难忍。手下拔枪想硬来，大洪手下也不示弱，拔枪相向。这时，陈元礼带人赶到。大喝让霆哥放下枪。霆哥一看对方有增援，慢慢撤退。

二洪："大哥，我去和他们拼了。"

大洪："二洪，现在成哥的安危是第一位的，我们万不可惹是生非。"

霆哥："哦，大洪、二洪，在这里呢。你们这两姓家奴还有脸在江湖上混呢？"

霆哥回头对着手下："你们看清楚了。这是大洪、那个是二洪，两人是亲哥俩，以前是我们宁波帮的人，后来为了钱，叛变到了雍天成这里。就是这里，以前也是我们宁波帮的地盘，被雍天成那恶人用恶劣下流的手段抢走了。"

霆哥转身对着大洪："大洪，你还认得我吗？"

大洪不语。

霆哥："不愧是两姓家奴，原来的主子都不认得了，哈哈。"

大洪："霆哥，你走吧。我们这里还要做生意。"

霆哥回头对手下："听听，他还知道我是霆哥。好，让我走很容易。从我这里（指双腿之间）爬过去，我就走。"

二洪："你欺人太甚！"

大洪的人："大洪哥，我们和他拼了。"

大洪："你们都冷静，不要坏了大事。"

大洪走到霆哥身前。

大洪："你说到做到？"

霆哥："驷马难追。"

大洪："好，我爬。"

说着，大洪跪了下去。

霆哥："哈哈。"

霆哥手下："爬过去、爬过去。"

大洪手下："不能爬、不能爬。"

大洪向前爬了一步。

霆哥："快看啊，哈哈。两姓家奴终于遭到报应了。"

大洪又向前爬了一步，到了霆哥胯下。

霆哥："你们所有人都给我记着，这，就是叛徒的下场。哈哈。"

大洪实在无法忍受自己的怒火，突然，他向上站起，把霆哥重重地摔倒在地。霆哥疼痛难忍，大叫一声。霆哥手下看到霆哥受伤，拔出枪对着大洪及其手下。大洪手下也不甘示弱，在二洪的带领下也拔出枪来。正在双方剑拔弩张之际，陈元礼带人赶到。

两方人看到陈元礼带来的人多，武器重，都有些不知所措。

陈元礼："你们都把枪放下，谁也不准在这里闹事。"

陈元礼对着霆哥："林百霆，带着你的人赶紧滚，以后再来这里闹事，看我不活剥了你。"

霆哥看到陈元礼人多势大，武器威猛，不敢辩驳，带着自己人仓皇而逃。

大洪："三哥，多亏您赶来，不然我们都不知道该怎么办了。"

陈元礼："你们放心，我陈元礼是听到大哥的事才从奉天赶回来的。你们不要怕，林百霆不过是一鼠辈。大洪，给我讲讲你们现在的情况，有什么困难。"

大洪："是。"

19-9　北京段祺瑞办公室　日内

陆建章来询问如何处理雍天成。段祺瑞不答，只说他是块肥肉。一旁徐树铮听到，理解了段祺瑞的想法：不想要其命只想要其钱。英国驻华公使求见段祺瑞，商量为中国政府贷款之事，顺便提及雍天成一案。段祺瑞看到雍天成可以成为贷款谈判筹码，非常得意。

朱尔典："袁大总统称帝、张勋复辟，我们大英帝国对中华民国的执政能力深表怀疑。这次贵政府提出向英国银行团借款，我们政府在审慎评估贵政府的偿债能力后，认为贵政府提供的关税担保数额无法满足贷款总额的需要。"

段祺瑞："我们中华民国处理内乱的能力相信贵国政府已经看到了，张勋复辟仅仅七天就被我们平定，而且驻北京和各地的外交团都没有受到伤害。这就是我们政府能力的最好表现。至于公使您所说的关税担保问题，我认为我国政府已经尽了最大努力。我国去年关税收入 7300 万，我用这关税做担保向英国银行团贷款 2000 万，不够吗？你们不要欺人太甚。"

朱尔典："贵政府的关税看似可以满足担保的需要，但段总理一定知道，贵国的关税已经为多国银行团贷款做过担保。这个段总理很清楚吧？"

段祺瑞："清楚，但那几笔贷款今年年初已经到期，且已经解除担保。"

朱尔典："No，No，段总理，我们的银行团审批关税的担保能力历来是截止到年底的。比如今年是 1917 年，银行团就看到 1916 年年底的关税担保贷款数目。"

段祺瑞："如果这样的话，那我们只好找其他国家的贷款了。"

朱尔典："贵国政府为什么不用盐税担保呢，去年你们的盐税收入有 9600 多万啊。"

段祺瑞："盐税还是免谈吧。公使还有别的事情吗？"

朱尔典："还真有一个。段总理听说过一个叫雍天成的人吗？他现在被关在北京监狱里。"

段祺瑞："我知道这件事。不过，公使认为这件事和贷款有什么关系吗？"

朱尔典："贵国一个公民的安危按说无法和两国政府之间的贷款问题联系在一起。不过，如果我告诉段总理，有一个英国人愿意说服银行团接受贵国关税的担保，他的条件就是释放雍天成，不知段总理有没有兴趣?"

段祺瑞:"那就请朱尔典公使具体说说吧。"

19－10　北京徐树铮办公室　日内

八十六来求徐树铮想办法,徐树铮虽然恨陆建章,但无奈段祺瑞不想放人。他让雍天成舍点钱财消灾。

八十六:"徐次长,我看成哥越来越消瘦,怕他在牢里呆久了会生出病来。"

徐树铮:"我也担心啊。可是段总理不想放人啊。"

八十六:"能不能花些钱呢?"

徐树铮:"段总理可不吃那套啊。不过,今天段总理会见英国公使朱尔典,朱尔典提到了二弟。"

八十六:"是吗?太好了。"

徐树铮:"你回去告诉二弟天成,不要担心。现在生命危险已经没有了,出狱是早晚的问题。我在这边再和段总理沟通沟通。"

19－11　天津兴哥家　日内

兴哥不让素萱出门探视雍天成,素萱以死相逼,并把遗书留在床头的暗盒内。不想弄假成真,素萱真的死了。兴哥慌了,吩咐家人守口如瓶。草草安葬了素萱。服侍素萱的女仆崔妈非常难过。

崔妈:"小姐,该吃饭了。小姐。"

崔妈走近素萱,发现床上都是鲜血,素萱已经割腕自杀。崔妈非常害怕,大喊了出来。兴哥听到喊声,立即跑上楼来。看到这一切。

兴哥:"我的傻妹妹啊,你为什么要寻短见啊。"

兴哥哭了几声后,问崔妈:"小姐有没有留下什么东西,比如遗书什么的。"

崔妈:"没有发现,我进来喊小姐吃饭,就看到小姐这样了。我害怕,大喊了一声,您就上来了。"

兴哥:"好,你先出去吧。"

屋里就剩下兴哥。兴哥仔细看了屋内各处,检查一番后发现没有任何有价值的东西,这才放心地下楼。

兴哥把所有家人都召集到一起："小姐不幸辞世，大家都很悲痛，我更加难过。但我要求大家一定要保守秘密，对外不要说出一个字，以防对手乘机而入。今天我们就把小姐安葬，然后把她卧室里的家具都搬到仓库里，再重新装修小姐的房间，把它改成客房。大家听明白了吗？"

崔妈等人："听明白了。"

兴哥："一定要保密，谁说出去我不会饶了他。"

19-12　天津张作霖公馆　夜内

陈元礼秘密计划除掉霆哥。陈元礼除掉霆哥不是为了雍天成，而是为了雍天成的地盘。

黑龙："礼哥为什么要除掉林百霆，这不是在为雍天成报仇吗？"

陈元礼："这是假道伐虢之计。消灭宁波帮，让群龙无首的大洪等人认为我是他们的救命恩人，自然会乖乖地把紫竹林码头交给我们。"

黑龙："礼哥真是棋高一着啊，黑龙无比佩服。"

陈元礼："哈哈，废话不说，我们先研究下如何对付林百霆。"

19-13　天津紫竹林码头　夜内

大洪、二洪看到陈元礼为脚行解了围，认为雍天成不在，陈元礼可以当家。左力不同意过分信任陈元礼，希望大洪去北京请示雍天成。大洪不听，左力一气之下，自己坐车跑到北京。

大洪："成哥现在不在家，三哥回来了，我们应该听命于他。"

二洪："今天三哥真是帮了我们，不然我们也许就被林百霆吞了。"

左力："大洪、二洪，首先我也感谢三哥今天来为我们解围。不过二位有没有想过，三哥为什么不去北京看成哥，而是到了天津？"

大洪："也许他已经到过北京。"

左力："你得到过成哥的指示要你听从三哥的命令吗？"

二洪："三哥是成哥的结拜兄弟，有什么可疑问的？"

左力："我不敢质疑三哥。但没有成哥的命令，我是不会听从任何人的命令的。"

大洪："现在我们群龙无首，三哥应该可以临时担任我们的大哥，有何不可？"

左力："我不同意。这样，你们也别坚持己见，我今晚就去北京，面见成哥，得到成哥的亲口命令再说。"

19－14　北京监狱　日内

雍天成从八十六口中得知段祺瑞想要钱，说了一句，我名下的财产都可以拿走。雍天成为素萱担心。左力来到，向雍天成汇报天津发生的事。雍天成大惊，忙让八十六速电天津，向史蒂文求救。雍天成向身边的胡国超耳语几句，胡国超点头，告辞出门。

八十六："徐次长说英国公使朱尔典在和段总理谈话时提到了您。"

雍天成："看来史蒂文起了作用。"

八十六："我尝试让徐次长用钱解决问题，不过事先未征得成哥您的允许。"

雍天成："如果钱可以解决问题，当然可以。记住，我名下的财产都可以拿走，这是底线。"

八十六："我明白了。"

雍天成："你大嫂最近还没消息吗？"

八十六："音信皆无。我们的人到处在找，都杳无音信。"

雍天成："我昨夜做了个梦，梦到我家的房子倒了，感觉很不好。你还要加大力气找到大嫂。海天怎么样？"

八十六："昨天还和文妹通了电话，他们很好，您放心。"

狱警带左力进来。

左力："成哥，左力来看您来了。"

雍天成："你怎么来了，码头现在怎么样？"

左力："宁波帮的林百霆来码头捣乱，被从奉天回来的三哥陈元礼给赶跑了。码头上现在有人主张听三哥的命令，我来是请示成哥，我们应该听他的命令吗？"

雍天成："左力啊，没想到你如此谨慎，我没看错你啊。八十六，你去找史蒂文，让他管理码头，大洪、二洪等人俱听史蒂文调遣。左力，你也回去，配合史蒂文。"

左力："是。"

八十六："是。"

雍天成："国超，你过来。"

胡国超赶紧过来，雍天成对他耳语几句。胡国超点头，告辞出门。

19－15　天津梁丰翼宅　日内

梁丰翼父子在讨论海港银行发起的收购。

梁丰翼："该来的还是来了。如果雍副董事长在的话，我们中民不会有此一难。"

梁义顺："爹，海港已经在市场上收购我们的股票了。"

唐连科："现在他们已经通过经纪公司收购了大约 20％的股份，而且还没有停止。"

梁丰翼："生意就是生意。当年挤兑事件，我是唯一一个救海港的人，现在海港一翻脸，却要把我吃掉。"

梁义顺："谁能阻止海港呢？"

唐连科："唯一能阻止他们的就是雍副董事长。"

梁义顺："为什么？"

唐连科："梁爷还记得当年和海港的合同不？"

梁丰翼："记得，当然记得。广森，把那份合同找出来。"

广森："是，老爷。"

梁丰翼："这份合同有什么用？"

唐连科："据我所知，当年柴名世手里有梁爷需要的证据，而这份证据很有可能就在雍副董事长手里。"

梁丰翼："这样啊，这也许是条路。可是，现在雍副董事长还在牢狱之中啊。"

唐连科："这样吧，梁爷。我今天就去北京，探望雍副董事长，并问问是否有这些证据。"

19－16　天津紫竹林码头　日外

陈元礼前来拜访，大洪、二洪谢解围之恩。陈元礼要与大洪、二洪一起除掉霆哥。

大洪："三哥，多谢您昨天的解围。"

陈元礼："自己人不必客气。怎么没看到大哥？"

大洪："三哥，大哥出事了您不知道？"

陈元礼："不知道啊，出什么事了？"

大洪："我们差点错怪您。是这样……"

大洪给陈元礼讲完后，陈元礼装作马上要去北京看雍天成的样子。

大洪："三哥，您今天来有什么事吗？"

陈元礼："我今天来是想和大家商量一起除掉宁波帮的。"

大洪："三哥真是为我们着想，您打算怎么干？"

19－17　天津工部局　日内

史蒂文得知陈元礼之事，知道不能耽误。

史蒂文："我明白了。我这就出去找陈元礼。他住在哪里你知道吗？码头，好，我先去码头。"

说完，史蒂文急忙出门找寻陈元礼。

19－18　天津紫竹林码头　日外

陈元礼正与大洪、二洪商量如何除掉霆哥，史蒂文赶到。史蒂文明确告诉陈元礼不能对霆哥动手，至少现在不能，因为雍天成还在监狱。如果有什么意外，雍天成也许就出不来了。大洪、二洪闻听，恍然大悟。

陈元礼："要除掉林百霆，还得大洪、二洪兄弟帮助。没有你们这两位猛将，我们也无法除掉林百霆。"

大洪、二洪非常高兴。

大洪："三哥，您说说您的计划，我们听您的。"

二洪："对，我们听您的。"

史蒂文赶到："三弟且慢。"

陈元礼看到史蒂文，一惊："二哥怎么来了？"

史蒂文："我是奉大哥之命来的。"

陈元礼："大哥有何命令？"

史蒂文："三弟，你知道大哥现在的处境吗？"

陈元礼："知道。刚才大洪都已经跟我说了。"

史蒂文："你不想去北京看看大哥吗？"

335

陈元礼："二哥，我刚刚就想去北京的。大洪他们问我今天来干什么，我和他们说是要商量如何除掉宁波帮林百霆。"

史蒂文："三弟，除掉宁波帮林百霆的事就不要商量了。在大哥未出狱之前，谁都不许莽撞，不要和宁波帮发生冲突。"

陈元礼："难道就让他们骑在头上欺负我们？"

史蒂文："三弟，这是大哥的命令，我们必须执行。如果有任何意外，都有可能让大哥无法顺利出狱。"

大洪："这样啊，我们差点误了大事。"

二洪："是啊。"

陈元礼："如果这样，那就会把码头拱手让给宁波帮的。"

史蒂文："大哥自有妙计，不怕。"

陈元礼生气走了，史蒂文喊了几声，陈元礼并未回应。

19－19　天津宁波帮帮会　日内

霆哥与苍井藤一商谈拿下紫竹林码头的事。

霆哥："我今天又带人去了码头，奇怪，大洪他们见了我，就逃了。陈元礼好像人间蒸发了一样，好几天没有出来了。"

苍井藤一："我听人说陈元礼因为码头的事和史蒂文闹僵了，史蒂文让他们不要与宁波帮为敌，所以大洪等人见了你就跑。"

霆哥："难道雍天成有什么诡计不成？他会拱手把码头让出来？"

苍井藤一："雍天成现在身陷牢狱，自顾不暇，他只能遥控天津的事。而天津方面，现在史蒂文和陈元礼已经闹僵，大洪等人没有命令是不敢轻举妄动的，所以我认为现在是吞并紫竹林码头最好的机会。"

霆哥："我们现在的人手可以打下码头，但后面的管理怎么办？要知道管理码头是件非常困难的事。"

苍井藤一："有钱能使鬼推磨，我们可以给他们更好的待遇，留下码头的管理人员。"

霆哥："苍井兄有信心，我林百霆当然也不是缩头乌龟。"

19－20　天津紫竹林码头　日外

霆哥见大洪他们不敢反抗，便联合日本人苍井藤一，占领了紫竹林码头。多数脚行工人为生计被霆哥收编。苍井藤一看到脚行的薪水册，惊得直冒大汗。他向霆哥建议要么减薪要么减人，否则撑不了一个月。霆哥倾向于减薪，怕减人后对自己不利。

霆哥："这次不费一枪一弹拿下码头，多亏了苍井兄运筹帷幄。"

苍井藤一："就像我之前说的，有钱能使鬼推磨，码头管理人员和绝大多数工人都选择留下来。"

霆哥："苍井兄拿到工人的薪水册了吗？"

苍井："我已经让人去取了。"

手下人送来薪水册。

苍井打开薪水册浏览，头上直冒冷汗："这雍天成是疯了吗？码头工人工资怎么这么高？你看看。"

霆哥接了过来："苍井兄，我手里的钱对付这样高的薪水难度太大，撑不了一个月。"

苍井藤一："如果减薪或减人呢？怎么样？"

霆哥："如果让我选择的话，我选择减薪。减人的话，怕工人们失业对我们不利。"

苍井藤一："大洪兄弟俩跑哪去了？"

霆哥："不知道。拿下码头后就没看到他们。"

19－21　天津街头　日外

大洪、二洪无处可去，流落在街头当车夫谋生，受尽霆哥屈辱。左力无法忍下这口气，独自来到北京。

霆哥坐在车里，路过闹市。司机："霆哥，您看那两个人不是大洪兄弟吗？"

霆哥："还真是。这俩小子跑出来拉洋车了。过去，逗逗他们。"

左力来找大洪哥俩，看到霆哥从车上下来，就躲在一旁看着。

霆哥："这不是死要面子活受罪的大洪、二洪哥俩吗？怎么跑到这里拉洋车了？"

大洪、二洪不理。

霆哥："还是那个臭脾气，拉洋车都这么威风。怎么样？树倒猢狲散，还不是跑到街上要饭吃？"

大洪："林百霆，在码头的时候我是为成哥做事，不得已，瞻前顾后。现在我拉洋车，是光棍一条，怎么样，单挑？看看谁厉害？"

洋车夫们都围了过来："单挑，单挑。"

霆哥看到车夫越来越多，有些不安："单挑就单挑，上午码头见。"

大洪："不见不散。"

左力看到这一切，非常生气和无奈。转身走向火车站，去了北京。

19－22　渤海某孤岛　日外

正在外面带几个孩子玩的小文妹，看到一叶小舟向岸边驶来。三哥胡国超下来，小文妹高兴地问三哥怎么来了。胡国超说有要事，现在就要见海大。早有手下人报告海大。海大一路小跑过来，急忙把胡国超让进屋内。

海天："干妈，有一条船向这边开来了。"

世豪："娘，船上有人。"

小文妹："是啊，我看看是谁？"

小文妹看着越来越近的小船。

小文妹："怎么那么像三哥啊，世豪，你看看来人像不像你三舅啊？"

世豪："三舅，是三舅。"

海天："超叔叔，超叔叔。"

胡国超下船。孩子们和小文妹上前问好，打招呼。

小文妹："三哥，你怎么来了？有什么事吗？"

胡国超："文妹，你怎么样？好吗？我今天来是有要事见海大。"

远处，海大带着人向这边跑过来。

海大："国超到了，快，到里面坐。"

胡国超："海大，我们走。"

胡国超回头对小文妹说："文妹，不能与你多聊。"

小文妹："三哥你有要事在身，去忙吧。"

胡国超和海大走进了屋内。保镖出来守在门外，谁也不让进。

19－23　天津张作霖公馆　日内

陈元礼邀请霆哥来公馆，希望霆哥可以为张作霖服务。霆哥巴不得有个大靠山，欣然同意。

陈元礼："百霆，这里是什么地方你知道吗?"

霆哥："陈先生，门口写着'张公馆'，只是不知道是哪个张的公馆。"

陈元礼："百霆，你的岁数比我小，可以叫我礼哥。"

霆哥："叫礼哥可以，只是我有一事不明。您是雍天成的结拜兄弟，我是雍天成死对头的儿子，您秘密约我见面，向我展示友谊，这事让我摸不到头绪。"

陈元礼："这事还得从这间公馆的主人说起。"

霆哥："您请讲。"

陈元礼："好。这间公馆的主人姓张，是现任奉天督军兼省长张作霖张大帅的府邸。我已经为张大帅服务五年，此次回天津也是为张大帅的势力渗透到天津打前站。在天津现有的生力军当中，你是可以为张大帅服务的最佳人选。"

霆哥："原来是张大帅的宅邸，怪不得如此豪华气派。那为什么选择我呢?"

陈元礼："张大帅在东北运作多年，他早有入关的打算。天津肯定是他的第一站，而这第一站必须要有一个有学识有背景有能力的人。你留学日本、父亲是宁波帮大佬、你本人独立恢复宁波帮，这些都是你获选的理由。"

霆哥："是礼哥选的我还是张大帅选的我?"

陈元礼："礼哥，好。我们的关系又近了一步。是我选的你，张大帅欣赏什么样的人我清楚。"

霆哥："首先我感谢礼哥的提携，但我还是不明白，您和雍天成不是结拜兄弟吗？为什么您要帮我?"

陈元礼："我们的关系早就完了，不然我也不会在奉天待五年，也不会看你拿下紫竹林码头而不出手相助。至于那天我带人出现在码头，实际是想看看你到底是什么样的人，到底有多大胆，是不是做大事的人。"

霆哥："我明白了。礼哥，多谢您的提携，我愿意为张大帅做事。"

19－24　天津火车站　日外

左力刚从北京回来，下车后搭上洋车直奔码头。

19－25　天津紫竹林码头　日外

霆哥给众脚行工人开会，提出每日工作半天。工人们非常气愤，几个出头的人还被霆哥手下打了。工人们有过罢工的经验，又有人在中间互相通气。左力看到是个好机会，就向工人散布雍天成要回津的消息给大家希望。第二天，紫竹林码头的工人开始罢工。

霆哥："现在脚行遇到困难，资金上的困难，脚行经过谨慎讨论，决定从明天开始，所有工人每日工作半天。"

工人："那薪水不也减半了吗？"

霆哥："目前的难关需要大家共渡，每个人都牺牲些个人利益，我们就能挺过这个难关。"

工人们情绪激动，有几个人冲上去和霆哥评理，结果被霆哥手下一顿拳打脚踢。工人们看到此情景，开始酝酿罢工。左力这时赶到码头，看到工人们情绪高涨，觉得时候到了。

左力："告诉大家一个好消息，成哥就要出狱回天津了。"

工人甲："成哥要回来了，太好了。"

工人乙："那我们就罢工把宁波帮的人赶走。"

工人们："对，罢工，赶走宁波帮。"

19－26　北京徐树铮办公室　日内

八十六拿着一摞厚厚的房契交给徐树铮。这是雍天成名下京津地区30处房地产的房契，市价700万元。

八十六："徐次长，这是成哥在京津地区所有房产的契书，一共30份，这是财务清单，据我计算，市值共计700万。"

徐树铮："700万？这是政府向外国银行团借款的三分之一啊，段总理应该会动心吧。"

八十六："还请徐次长多费心。"

徐树铮："我二弟的事，就是我自己的事。另外，我上回让你从御膳坊给二弟定餐，你定了吧？"

八十六："定了。成哥最近吃了御膳坊的菜口味大开，心情也格外好。加上狱长是徐次长您昔日的手下，所以格外给予优待，成哥非常满意，也非常感激。"

19‑27　天津兴哥家　日内

兴哥趁雍天成入狱，侵占了一些雍天成的地盘。逼死了亲妹妹，家里众人敢怒不敢言。

兴哥："我再次警告你们，这间房子里发生的事，谁也不许出去乱说。否则，我不会放过他和他的家人。"

19‑28　北京段祺瑞办公室　日内

看到徐树铮拿来的厚厚的房契，段祺瑞只说了两个字：放人。

徐树铮："总理，这些是雍天成买下在京津的所有房契，他把这些交给政府用来作保。"

段祺瑞："所有？价值多少？"

徐树铮："这里有财务清单，总价值是 700 万。"

段祺瑞："没有隐瞒？"

徐树铮："人命关天，他不会有那么大的胆子。"

段祺瑞："看在你的面子上，放人。"

19‑29　北京法国医院　日内

史蒂文安排雍天成在法国医院休养。这里非常安全，中国人无法入内。雍天成放心不下素萱，住了两天就要回津。

雍天成："二弟，还是没有你大嫂的消息，我放心不下啊。"

史蒂文："我们的人已经把北京和天津翻了一遍，根本没有一丝消息。"

雍天成："明天，你安排我回天津，秘密地。"

史蒂文："大哥，你刚住两天就要走？还是让医生全面检查一下身体后再走吧。"

雍天成："不行，我没有那么多时间去等。"

19-30 北京—天津火车 日内

雍天成与八十六、左力等从法国医院里出来。守在医院外的便衣警察看到雍天成出来，忙打电话通知陆建章。

便衣："陆处长，他从医院里出来了。好，我会的。"

便衣跟踪雍天成他们到了火车站。雍天成与八十六、左力等坐车回津。

19-31 北京陆建章家 日内

陆建章打电话告诉霆哥雍天成今天回津。

陆建章："百霆啊，人已经坐车回天津了，剩下的就看你的了。对，12点的车，3点到天津。"

19-32 北京火车站警察室 日内

一个警察打电话："雍天成身着灰色西装，身边两人着黑色西装，手提黑色皮箱。"

19-33 天津火车站 日外

霆哥部署了大批人马准备在天津火车站杀掉雍天成。

第 20 集 《重整旗鼓》

20－1 天津杨村站 日外

胡国超与海大化妆成农民模样，早就守在车站站台上。海大与胡国超把开来的五辆汽车停在杨村外，以免过分招摇，暴露目标。几十个手下分散在沿途，负责保护。京津路火车在杨村停靠。

胡国超："火车还有多久到？"

海大："2 分钟。不要看表，就在心里数数吧，车站上有人在监视。"

胡国超："车好像到了。"

20－2 天津杨村站站务室 日内

一个铁路工人模样的人打电话："站台上没有异常，只有两个村民在等车。下车的有 10 多人，没见穿西装的人。"

20－3 天津杨村站 日外

胡国超和海大在找雍天成，一个人在背后拍俩人。俩人回头一看，是一个头戴中式圆帽，身穿乡绅服的人，再细看，原来正是雍天成。后面俩人一人背着个麻袋。八十六向胡国超打招呼。众人快速离开车站。原来雍天成三人在车上化了妆，换了衣服，以防万一。

胡国超："怎么没看到他们？"

海大："不会错，再等等。"

身后有人拍了胡国超一下，胡国超回头："成……大哥，您下来了，我都没认出来。"

雍天成向海大打了招呼。海大看行李不多："我们得快走，车站里不安全。"

八十六、左力向胡国超点点头。

20-4   天津杨村   日外

雍天成等人乘车向天津市区驶去。

胡国超："成哥，我差点没认出来你们。"

雍天成："我们在车上就换了装，以防万一。"

八十六："成哥的主意。"

雍天成："还有多久可以到天津？"

八十六："30分钟吧。"

雍天成："住的地方安排好了？"

八十六："安排好了，在意大利租界。现在林百霆回到英租界，英租界没有那么安全了。"

雍天成："杨兴现在怎么样？"

八十六："他趁成哥不在，侵占了我们不少生意和地盘。"

雍天成："这个忘恩负义的家伙。素萱会在他那里吗？"

八十六："已经查了，没有线索。"

胡国超："海大呢？他的车怎么不见了？"

雍天成："他去做他的事了。"

20-5   天津紫竹林码头   日内

霆哥大发雷霆。难道雍天成会飞？已经上了火车怎么就不见人？码头工人依然在罢工，霆哥向苍井求救，苍井无法负担那么一大笔钱。

霆哥："他雍天成会飞？怎么眼睁睁地看着他上了火车，而且我们沿途都布置了眼线，怎么就没看到人？"

手下："现在唯一的疑点就是在杨村站有三个农民模样的人下车。"

霆哥："有人接他们吗？"

手下："车站上有两个人接他们。"

霆哥："那就应该是了。我估计他们现在已经到天津了。你们的任务就是要找到他们。"

外面码头工人依然在罢工。

霆哥拿起电话："苍井兄,我上次请求您的事情怎么样了?"

霆哥："是,现在就差钱。工人罢工我快挺不住了。码头上现在到处都是运不走的货物。对,不开全工,工人就不开工。"

霆哥："苍井兄,就靠你了,拜托了。"

20－6　天津梁宅　日内

唐连科从北京回来。

梁丰翼："没见到人?"

唐连科："是。我到的当天,段总理就把雍副董事长放了。据说,雍副董事长人已经回到天津了。"

梁义顺："为什么这么神秘?难道有什么危险?"

唐连科："确实有危险,现在有几拨帮会都想杀他呢。"

梁丰翼："那我们怎么才能找到他?"

唐连科："梁爷和英租界史蒂文副领事很熟吧?"

梁丰翼："是,非常熟。"

唐连科："天津卫都传说他和雍副董事长是结拜兄弟。梁爷不妨把话风透露给史蒂文副领事,这样我们也许很快就能找到雍副董事长。"

20－7　天津意大利租界　日内

八十六安排雍天成住在意大利租界的一处秘密公寓。除八十六、胡国超、史蒂文和豪邦外,无人知道雍天成在哪里。五人开会研究下一步如何走,雍天成要胡国超把大洪、二洪和左力找来。左力到后,八人开会。雍天成问我们现在有多少人。左力说紫竹林码头正在罢工,只要雍天成出马,工人们随时都能回来。核心的人马现在有五十人左右,由大洪、二洪带领。雍天成让大洪、二洪和左力准备接手紫竹林码头。三人走后,雍天成与八十六、史蒂文、豪邦分别谈话,询问目前的经济状况。史蒂文告诉他一个惊人的消息。原来雍天成过去几年在汇丰银行的汇款,都被史蒂文用来投资,现在已经有 6000 万。八十六告诉雍天成,几年间他在几个租界里都投资了房产,而且任何人都查不到这些房产和雍天成势力有关。因为八十六是用本名买的房产,雍天成非常高兴,顺便问八十六,你本名叫什么。八十六只笑不语。豪邦表示可以动用盐业银行的股份，雍天成摇摇手表示不急。

史蒂文："大哥，可以开会了吗？"

雍天成："国超，你去把左力、大洪、二洪找来，我们再开会。"

胡国超："是。"

胡国超答应后出门，史蒂文："大哥不怕这里暴露？"

雍天成："我把你们和要来的三个人当做生死兄弟，你们之间也要这样相待。"

众人："是。"

雍天成："咱们先喝点茶，慢慢等。"

八十六看着窗外："他们到了。"

左力和大洪兄弟俩敲门进来。

雍天成："好，三位到了，大家都认识吧？（众人点头）好，我们开会。"

雍天成："第一个问题，码头上现在有多少我们的人？"

左力："工人们正在罢工，如果成哥一声号令，起码核心层的五十人可以立即回归。"

雍天成："工人罢工是因为薪水。码头工人薪水的问题你们在座的应该知道，是我给提高到现在的数额。现在看来我们当初的做法，救了我们，救了成礼啊。"

左力："五十人是核心人物，至于工人，他们对成哥素来崇拜，都在等着成哥回去呢。"

雍天成："好。这样，左力、大洪、二洪，你们三个先回去，做好接手码头的准备。"

三人："是。"

三人走后，雍天成对史蒂文、豪邦、八十六："你们三个是我成礼真正的后盾，现在你们说说，我们可以利用的资金到底有多少？"

八十六："成哥，你名下的房契都在北京做了抵押担保。"

雍天成："那些都是小钱，不是问题。八十六，你先说说。"

八十六："成哥说的没错。我们成礼的房地产遍布京津，截至昨天，我们成礼在京津地区一共有院落 128 座、土地 7400 亩，市值 5200 万。所有房契都是在我注册的商行名下。"

豪邦："盐业银行现有存款 4000 万，固定资产 2500 万，银行分部已经在 14 省开办。"

史蒂文："大哥自从成礼成立以来，汇到美国我们成礼账户上的钱已经有 2000 万。这 2000 万主要投资于美国军火工业，这次欧战，我们获利达 3 倍，现在可以动用的现金有 6000 万。"

雍天成："首先，我雍天成多谢兄弟们的努力，让成礼可以死而复生。这几年多亏你们，让成礼可以积累这么多财富。其次，还要依靠你们，让成礼重整旗鼓，再展雄风。"

20-8　天津宁波帮帮会　日外

霆哥没有杀掉雍天成，生怕其报复，加强了戒备。霆哥的汽车车胎爆裂，无法开走。司机找来附近修车厂的工人帮忙。车很快修好了。霆哥坐进车里要去紫竹林码头，结果一声巨响，人车俱焚。

20-9　天津日租界某餐厅包房　日内

苍井藤一正在品酒，欣赏歌舞伎表演。一个男侍应进来为其更换餐具，突然从托盘下拔出匕首，扎入苍井喉部。

20-10　天津王振瀛宅　夜内

雍天成突然登门拜访。

王振瀛："雍……老弟，您何时回来的？"

雍天成坐下："王董事长，收购这么大的事情，为什么事先没有和我商量？"

王绍祖："我们以为你出不……"

王振瀛："住嘴，你给我出去。（对雍天成）我认为机会好，所以就动手了。当然，赚钱了您也有份啊。"

雍天成："天津卫有三大会馆，天津、浙江、广东。这三大会馆是你中有我，我中有你，是互相支持的状态。如果收购了中民，这种平衡就打破了。广东会馆的洋行地域性非常强，试问是你的浙江会馆还是我的天津会馆能驾驭广东籍的洋行买办？"

看到王振瀛不吱声，雍天成拿出一叠资料。

雍天成："王董事长看看这些东西，然后再给我答案。"

王振瀛拿过资料，看了第一页，脸就白了。

王振瀛："你是从哪里拿到的？"

雍天成："这个问题我不会回答你。我希望你看到它后，能改变主意。"

王振瀛："可是收购动用了我大量的现金。"

雍天成："（拿回资料）股票的事我来办，我不会让你有损失的。"

20-11　天津紫竹林码头　日外

大洪、二洪、左力重新回到码头，工人非常高兴。大洪宣布薪资不变，所有工人年底多发一个月薪水。众工人非常高兴。

大洪："兄弟们，成哥回来了，我们又可以开全工了。"

工人们："成哥！成哥！"

大洪："不仅如此，成哥还要在年底给我们每个人多发一个月的薪水。"

工人们："成哥！成哥！"

大洪："好了，大家从现在开始，努力工作，把罢工期间耽误的都补回来。"

20-12　天津兴哥帮会　日内

雍天成回到天津的消息让兴哥非常紧张。他让手下打听雍天成的行踪，谁知雍天成自己找上门来。

兴哥："雍天成回来了？他在哪里？不知道？去，无论花多大代价务必打听到他的消息。"

兴哥放下电话。仰头躺在沙发里，闭目休息。

崔妈进来："少爷，姑爷来了。"

兴哥腾地坐了起来："什么姑爷？"

崔妈："雍姑爷。"

兴哥略一犹豫："快请，快请。"

20－13 八十六意大利租界家　日内

小文妹已经带着雍海天和自己的孩子回到家中。

海天："干妈，这是哪里？"

小文妹："这是干妈家。"

海天："妈妈呢？海天要妈妈。"

小文妹："海天，这里就是你的新家。妈妈过几天就会来到这里和海天生活在一起。"

海天："也和世豪生活在一起吗？"

小文妹："是，也和世豪生活在一起。"

海天："也和干妈生活在一起吗？"

小文妹："是，也和干妈生活在一起。"

世豪："我也要和海天生活在一起。"

20－14 天津兴哥帮会　日内

由于雍天成仅知道素萱失踪，尚未知道是兴哥逼死素萱，所以并未对兴哥有任何敌意的言语。兴哥放下心来，胡编素萱失踪的情形，言语中让雍天成产生怀疑。雍天成没有告诉兴哥自己住在哪里。

雍天成："大哥知道我在北京入狱？"

兴哥："啊，当然，当然知道。满城风雨啊，谁人不知，谁人不晓。"

雍天成："大哥，素萱不见了，我找遍京津，都不见她人影，不知大哥这段时间可曾见过素萱？"

兴哥："什么？小妹不见了？这是什么时候的事情？"

雍天成："我在京入狱不久，有一天，素萱早上出门后就没再出现。大哥最后一次见到素萱是什么时候？"

兴哥："我……我想想，是你入狱后的第二天，素萱来这里向我告别，说要出趟门，她没有告诉我你入狱的事。"

雍天成："咱们家还有什么亲戚在天津吗？"

兴哥："没有了，我们没有亲戚。"

雍天成："大哥，你帮我想想看，素萱会去哪里？还是什么人劫走了她？"

听到劫走二字，兴哥一愣："劫……走？不可能吧。京津地区谁不知道素萱是你的夫人，我的妹妹，谁有那么大的胆子？"

雍天成注意到了兴哥的紧张："大哥，你别担心。我只是说素萱也许是被劫走的，毕竟你我都有不少仇家。"

兴哥："会不会是宁波帮财爷的儿子林百霆？"

雍天成："不可能。如果他手里有这张牌，早就亮出来了。他到死都没透露半个字。"

兴哥："他死了？你……做的？"

雍天成："他做手脚，把我送进大牢，还想霸占我的码头。谁抢了我的地盘，我都要一寸一寸夺回来。"

兴哥："今天你来得正好。你不在的时候，我曾让手下接管一些你的地盘，现在可以转交给你了。"

雍天成："不急，不急。这些事我在北京时就已经知道了。我正想听听你的解释。不过，不是在今天。在找到素萱以前，这些事我暂时不考虑。"

兴哥："不如我们在报上登个寻人启事？那样也许会很快找到她。"

雍天成："大哥的主意不错，我回去就安排。"

20-15　天津小文妹包子铺　日外

素萱女仆崔妈在包子铺外面徘徊。邢妈认出是素萱以前带来过的女仆，忙让进屋内。上过茶，问有什么事情。崔妈要找小文妹。邢妈给小文妹电话。

邢妈："这不是崔大妹子吗？您怎么到这里来了？有事？"

崔妈："是……是有事。"

邢妈："那快请进，里面请。"

邢妈把崔妈让进包子铺，俩人坐进包房。

邢妈："崔大妹子，您有什么事啊？"

崔妈："还没请教姐姐贵姓？"

邢妈："我姓邢。以前素萱小姐说过，我比您年纪大。"

崔妈："那我就叫您邢姐姐吧。"

邢妈："崔大妹子，您有什么事？"

崔妈："文妹小姐不在吗?"

邢妈："妹子,你还不知道。文妹早就把这个包子铺交给我管了,她一般不到这里来。"

崔妈："那姐姐您能不能请文妹小姐到这里来一趟,我有要事要告诉她。"

邢妈："好,我这就给小文妹打电话,还好她已经回到天津了。"

邢妈说着出去打电话了。

20－16　天津小文妹家　日内

小文妹非常奇怪崔妈为什么会来电话,知道一定与素萱有关,立即和八十六赶了过去。

小文妹："邢妈,素萱的保姆崔妈来找我?她没说什么事?"

八十六在一旁："也许和大嫂的事有关。"

小文妹："邢妈,您一定要留住她,我马上就到。一定要留住她。"

小文妹和八十六简单收拾一下,把两个孩子交给保姆,就走了。

20－17　天津小文妹包子铺　日内

听到崔妈所述,八十六和小文妹再三问是否属实。崔妈点头称是。八十六恨得咬牙切齿。

八十六："崔妈,您说的句句属实?"

崔妈："这么大的事,我怎么敢撒谎?千真万确,绝无半句虚言。"

小文妹："太可怕了,亲哥哥居然能干出这种事来。"

八十六："崔妈,谢谢您能仗义执言。这样,您先回去,我们想想办法。"

崔妈："我不想回去了,我怕。"

八十六："崔妈,您还要坚持几天。成哥不会让您受到伤害的,您放心。"

崔妈："那好,为了素萱小姐,我再坚持几天。"

20－18　雍天成意大利租界公寓　日内

听到八十六所说,雍天成非常气愤。但要有真凭实据,就必须再去兴哥那里。雍天成致信恭贺冯国璋继任大总统。

雍天成紧紧攥着拳头："崔妈是素萱的保姆，看着素萱长大，和素萱感情最好。她应该不会撒谎。"

八十六："成哥，您想怎么办？"

雍天成："今晚我要再去会会杨兴。还有，你把这封信给我寄出去。"

八十六："寄往北京冯国璋大总统处？"

雍天成："是。冯叔叔现在是大总统了。黎元洪今天回天津。"

20-19 天津火车站 日外

黎元洪辞职回津，雍天成赴车站迎接。

雍天成："欢迎黎大总统回到天津。"

黎元洪："不是大总统了，不是了。"

雍天成："您为国家所做的贡献，国人有目共睹。您看，今天的欢迎人群就是证明。"

黎元洪："我看到了。感谢天津人民啊。"

20-20 天津兴哥家 夜内

雍天成来拜访，言思妻心切，想在素萱曾经的卧房中住一宿。兴哥早就检查过素萱的房间，有文字的东西都已经烧毁了，所以放心让雍天成住。胡国超送来一封信，打开一看，是总统府发的消息，冯国璋夫人去世。兴哥在一旁看到雍天成与政界关系深厚，更加惧怕雍天成会对己不利。

兴哥对勇弟说："小姐房间彻底收拾好了？"

勇弟："所有家具，连窗帘都送到仓库里了。新的家具也已经摆在房间里了，新的窗帘也换了。小姐原来的房间现在装修成客房了。"

兴哥："那就好。对了，书啊、本啊什么的都放在哪里了？"

勇弟："按您的吩咐，都烧了。"

崔妈进来。

崔妈："少爷，姑爷来了。"

兴哥一愣马上说："快请，快请。"

雍天成进来，兴哥迎了上去。

雍天成："大哥，深夜来打扰，还请见谅。"

兴哥："天成，快坐，快坐。有什么要事吗？"

雍天成坐下："大哥，没什么。我只是思念素萱，睡不着觉，想在素萱的房间里睡一晚。"

兴哥："睡一晚……睡几晚都行啊。不过……"

雍天成："不过什么？大哥不方便？"

兴哥："不是，不是。那个房间素萱出嫁后，我就重新装修了。里面和过去大不一样了。"

雍天成："没有关系，没有关系。"

兴哥："崔妈。"

崔妈进来。看到雍天成，和他对视一眼，非常紧张。

兴哥："崔妈，你去收拾收拾客房，就是小姐从前的房间。"

崔妈："是。"

崔妈转身上楼。

胡国超手持一封信进来。

胡国超："成哥，北京总统府快寄的公文。"

雍天成接过信："公文？你出去吧。"

胡国超转身离开。

雍天成打开一看，大惊："冯大总统的周夫人去世了，请我去北京参加追悼会。"

兴哥："天成和当今大总统的关系深厚啊。"

雍天成："大总统在天津时，我就和他交往，这么多年一直有联系。不过追悼会要在一个星期以后才开，现在还不急于进京。"

崔妈下楼。

崔妈："少爷，房间收拾好了。"

兴哥："天成，我带你上楼？"

雍天成："不劳大哥了，让崔妈带我上去就行了。"

兴哥看了一眼崔妈："不行，不行。我亲自来。"

到了楼上房间。

兴哥："变化大吧，都换了，一点过去的影子都没有了。"

雍天成："什么时候装修的？装修的味道还没有散尽。"

兴哥："有一段时间了。因为没有人住，所以味道始终散不尽。"

雍天成："为什么要重新装修呢？"

兴哥："素萱出嫁了，不会回来住了。好，你休息吧。我先下楼了，有事就找崔妈。"

20－21　素萱卧房　夜内

素萱房间整修一新，原来的家具都换过了。雍天成大失所望。这时，有人敲门。

雍天成："谁?"

第21集 《交往黎元洪》

21-1　素萱卧房　夜内

雍天成开门一看，敲门的是兴哥。雍天成问为什么素萱的房间变样了。兴哥解释说素萱出嫁后就重新装修了。雍天成没有听素萱说过重新装修的事，他不动声色，没有继续问下去。兴哥走后，又有敲门声。来人正是崔妈。崔妈告诉雍天成，小姐的家具都在库房里。

兴哥："是我。天成，睡了吗？"

雍天成："大哥，您请进。"

兴哥进来："刚才你说这屋里有味，不如换一间住？"

雍天成："不必了，就这里吧。"

兴哥："那好。我让崔妈弄了些水果和茶，一会儿她会送来。"

雍天成："麻烦大哥了。"

兴哥："不麻烦，不麻烦。海天还好吗？"

雍天成："海天很好，我把他寄养在一个亲戚家里。他天天吵着要妈妈。"

兴哥："我们会找到素萱的。这样，时候不早了，你先休息。明天我们再谈。"

兴哥走了。

雍天成坐在沙发椅上，沉思。有人敲门。

雍天成："谁啊？"

门外："是我，给雍姑爷送水果来了。"

雍天成打开门："崔妈，快请进，快请进。"

崔妈："姑爷，吃些水果吧。"

雍天成关上门："崔妈，素萱的家具怎么都没了？"

崔妈："家具都在院里东厢房的仓库里。（高声）姑爷，您没有别的事，我就先出去了。"

雍天成打开门："好，多谢您。这样，你去把门外我的保镖国超叫进来，让他把这封信（手里拿着信）取走。"

崔妈："是。"

崔妈下楼到客厅。

崔妈："少爷，姑爷要把门外的保镖请来，把他的信取走。"

兴哥："他没说别的？"

崔妈："没有。"

兴哥："你去叫吧。"

崔妈出去。一会儿，胡国超进来。

兴哥："你上去吧，二楼右手第二个房间。"

胡国超："是。"

胡国超敲门。

雍天成："进来。"

胡国超推门进来："成哥，您有什么吩咐？"

雍天成："把门关上。把这封回信寄出去。这些水果你也带下去给兄弟们吃吧。"

胡国超关上门："崔妈给我们送了水果，这些您留着吧。"

雍天成小声："进门时，看到左手边的东厢房了吗？"

胡国超："看到了，一共有两个门。"

雍天成："那里是个仓库。仓库里面有个大床，床头左边的床腿里有个暗盒，里面有个笔记本，给我拿到手。"

胡国超："这里保安很严，晚上都有十个人换班巡逻。"

雍天成："想办法，今夜必须弄到手。"

胡国超："是。"

21－2　天津兴哥家　夜外

夜深了，周围一片寂静。雍天成紧张地看着窗外的院子里。院里的保镖正在换岗，一切看似非常平静。突然，西厢房有火光窜起。保镖们慌忙抬水救火。兴哥也被惊醒，出来指挥救火。

有人敲雍天成的门。

雍天成："谁啊?"

崔妈："姑爷，是我，外面着火了，快下楼吧。"

雍天成："好，我马上出来。"

院里的火很快被扑灭了。

兴哥："大家仔细找找，看看还有没有其他隐患。崔妈，告诉天成别下楼了，火已经灭了，安全了。"

崔妈："是。"

雍天成："我已经下来了。大哥，没人受伤吧?"

兴哥："没有，仓库失火，没事。"

有人敲院门。胡国超进来。

胡国超："成哥，您没事吧?"

雍天成："我没事。"

胡国超："我们看到火起，想救火，可惜外面没有水源，敲门又没有人应。"

兴哥："多谢你们，还想着帮我们救火。"

雍天成："都是自己人，有难互相帮助嘛。"

兴哥："天成，时间还早，你还是上楼休息吧。"

雍天成："好。国超，你在外面等。"

胡国超："是。"

胡国超出去。

兴哥："天成，你还是上楼休息吧。"

雍天成："好。现在刚 1 点钟，我还是先休息。大哥，您也休息吧。"

兴哥："好。我还真是困得要死啊。"

21－3　天津兴哥家　日外

第二天一早，雍天成告辞。兴哥送出门，看到胡同里站满了雍天成的手下，吓得手心都是汗。

兴哥："天成，你带了这么多人来?"

雍天成："他们是来接我的。大哥，您要保重。（看着兴哥的眼睛）我也许还会来的。"

兴哥有些紧张："欢迎，随时欢迎。"

雍天成上汽车，向兴哥挥手告别。汽车启动。

雍天成："到手了？"

胡国超递过来一个笔记本："到手了。"

雍天成："好。回意租界。"

21－4　天津黎元洪公馆　日内

黎元洪派长子黎重光代表自己去北京吊唁冯国璋夫人，得知雍天成也去。嘱咐雍天成一路照顾黎重光。

黎元洪："重光啊，这次吊唁冯总统夫人，我本不想去。不过冯总统的面子还是要给。你今年也 19 岁了，成人了。你是长子，也该出去锻炼锻炼了。"

黎重光："父亲，这次去的都是大人物吧。"

黎元洪："当然。现任大总统的夫人追悼会，不仅中华民国的政要得出席，而且驻华的外国公使也得出席。这样的大场合，是个好机会。"

黎重光："天津还有没有别人去啊？"

黎元洪："雍天成你认得吧？他会去。"

黎重光："认得，天津会馆的雍天成谁不认得。"

黎元洪："我已经托他一路上照顾你了。你放心吧。"

21－5　北京中南海　日内

冯国璋夫人去世。雍天成中午赶到北京。冯国璋收到雍天成的大礼 100 万元的银票。祭奠完毕，冯国璋叫住黎重光，问其父亲近况。顺便对雍天成说去年没收你的那些房契还没动，我让秘书还给你。雍天成得此意外惊喜，非常高兴。

雍天成："大总统，作为晚辈，天成对夫人的突然离世深表悲痛和遗憾。这份仪金是我们天津会馆所有洋行和商户的心意，代表我们对总统夫人的追思。请大总统务必收下。"

冯国璋示意副官收下，对雍天成身边的黎重光说："黎大总统身体好吧?"

黎重光:"冯大总统在此非常时刻,还关心家父的身体,侄儿非常感动。家父自从回到天津,每日打球练字,非常惬意。"

冯国璋:"我连续几次派人赴津请黎大总统回京,黎大总统就是不肯。"

黎重光:"家父心虽惦念国家,但不想贸然来京,影响冯大总统的工作。这也是为国家着想。"

冯国璋:"重光啊,你晚饭后再走,我还有礼物要送给黎大总统。天成啊,你的房契还在总统府,我让副官给你拿来。你晚上和重光一起走?"

雍天成:"是。"

冯国璋:"那好,晚上我们一起吃饭。你们先到处转转,我还要接见美国公使。"

冯国璋说完急匆匆地走了。

21－6　北京—天津火车上　夜内

黎重光和雍天成坐在包厢里。

黎重光:"雍叔叔,您怎么会有那么多的房契在总统府里?"

雍天成:"一言难尽啊。段祺瑞,就是和黎大总统闹府院之争的国务总理,你知道吗?"

黎重光:"当然知道,他怎么了?"

雍天成:"他想在我身上捞一笔,就把我名下的房产都扣下了。谁想冯大总统进京,我的还是我的,又回来了。"

21－7　天津河北公园　日外

胡国强在北京毕业后,到了天津一家报社做记者。他经常在报纸上揭露官场黑幕,那些官员非常恨他。他正在天津河北公园演讲。

胡国强:"这几天里,国会问题、宪法问题,又变成大家所注意所讨论的问题。虽然每个人对解决时局的方法、意见不能一致,不过大家总有一种观念,以为制定宪法是使政治上轨道的第一步。至于怎样制定宪法,还是一个未解决的问题。有人主张国民制宪,还有人主张旧国会立宪，我们此刻急需讨论的，就是这个制宪问题。"

21－8　天津成礼洋行雍天成办公室　日内

雍天成看到报纸上胡国强的文章，深有同感。

雍天成："国超啊，胡国强是你二哥吧？"

胡国超："是。他从北京毕业后，就到这家报社工作，一直写些评论社会问题的文章，很多人恨不得生吃其肉。"

雍天成："我们靠钱、靠枪说话，他靠一支笔说话，影响力比我们要大得多啊。"

胡国超："一个书生，纸上谈兵、空谈误国。"

雍天成："纸上谈兵、空谈误国的书生是有，但是针砭时弊、鞭辟入里的书生也大有人在。不要小视了这样的书生。孙中山是不是书生，他可以开创民国；还有梁启超、章太炎，这样的书生才是中国的希望啊。国超，哪天你把国强找来，我要和他好好聊聊。"

21－9　天津汇丰银行　日内

胡国强的文章让紫莲感到共鸣，紫莲对他非常崇拜。

紫莲："写得真好。他总能把事理摆明、写到点子上。"

同事："紫莲，说什么呢？"

紫莲："你看看这报纸上胡国强的评论文章，真有共鸣啊。"

同事："这人是北大毕业的才子，以前还专门介绍过他呢。"

紫莲："怪不得文笔如此精彩，行文如此流畅，原来是名校的才子啊。"

21－10　八十六意大利租界家　日内

小文妹非常细心地照顾雍海天，小海天偶尔问起妈妈，让小文妹和八十六非常难过。

小文妹："海天，来，喝牛奶了。"

海天："世豪，喝牛奶了。"

八十六："海天，乖，什么事都想着弟弟。"

海天："干妈，妈妈什么时候来啊？"

小文妹："妈妈就快回来了。"

海天："妈妈不来，海天就不喝牛奶了。"

小文妹："海天，多喝牛奶，看到妈妈时，才能和妈妈亲亲啊。"

海天："干妈，给海天牛奶喝吧。"

世豪："妈妈，世豪要喝牛奶。"

八十六有些难过，转过身，走开了。

21－11　意大利雍天成公寓　日内

雍天成在思考如何对付兴哥。他让八十六到报馆刊登寻人启事，让所有人以为他已经相信素萱失踪。雍天成与冯玉祥通电话，报告平安。冯玉祥对无力从监狱里救他出来道歉。收到冯国璋回信，让雍天成多与黎元洪交流，劝其回京居住。

雍天成手里拿着素萱的日记："亲哥哥害死亲妹妹，千古奇闻，居然发生在我妻子身上，居然发生在我妻子身上。八十六，你说这个事怎么办？"

八十六："这些天我和海天朝夕相处，每次他提到妈妈，我都非常难过。我想以其人之道，还治其人之身，杀无赦。"

雍天成："他在我这里已经是死人了，现在考虑的是怎么个死法。八十六，你去到报馆刊登个寻人启事，内容就按这个写（递给八十六一张纸）。这份寻人启事登出来，所有人都会认为我雍天成已经认为自己老婆失踪了。敌人被迷惑了，就会相信我对他没有恶意。"

八十六："好。成哥，我这就去。"

八十六出去。电话铃响起。

雍天成拿起电话："冯兄啊，我出狱了，一切都好。身体？非常好。没事。你在哪里？保定？啊，道什么歉？冯兄，您这么说就见外了。您也有难处，夹在中间难做人，我非常理解。对。您也去北京了。是，我也去了。可惜没遇到冯兄。冯兄下次到天津，一定要到我这里来，一定。"

雍天成放下电话。胡国超进来送信。

雍天成："谁的信？"

胡国超："北京总统府寄来的。"

雍天成接过信，拆开："大总统让我劝黎元洪回京居住。哈哈，我哪有这个能力？大总统高看我了。这种政治的浑水我可淌不起啊。不过，是得去黎府看看了。国超啊。"

胡国超："成哥，我在。"

雍天成："备好礼物，下午我们去黎府。"

21-12　天津黎元洪公馆　日内

雍天成携珍贵黄山猴魁到访，黎元洪正在家中赏戏。雍天成惊讶地发现在座的达官贵人里竟然有复辟的张勋。雍天成颇为感慨，觉得自己势力再大，在政治上还是一无所知。更加坚定了他和平统一中国的信念。

黎府总管："雍先生，黎大人正在后院戏楼听戏，您可以去那里等。"

雍天成："好。麻烦总管引路。"

到了戏楼，雍天成看到舞台上演员们正卖力演出，台下二十几个衣着华贵的人叫着好。雍天成看见一个老人还留着辫子，非常诧异。

雍天成："总管，那位留着辫子的先生是？"

总管："雍先生眼尖，那位就是鼎鼎大名的复辟将军张勋啊。"

雍天成："啊？张勋不是亲手把黎大总统赶出北京的吗？两人还能坐在一起看戏？"

总管："黎大人常说，政治归政治，友谊归友谊。段祺瑞段总理也常来看戏呢。"

雍天成："看来雍某真是孤陋寡闻啊。"

幕间休息，黎元洪看到雍天成："天成，过来，我给你介绍几位老朋友。"

21-13　天津兴哥家　日内

兴哥注意到寻人启事，觉得雍天成上钩了。这时，雍天成来拜访。雍天成对兴哥说，我们是一家人，现在应该联合起来，共同找到素萱。雍天成提出让兴哥做自己的二号人物，自己在兴哥帮会做二号人物。兴哥觊觎雍天成的势力，求之不得。兴哥18岁的儿子贯一对姑父做二号人物颇为不解，一直反对。

兴哥："寻人启事，哈哈。看来雍天成没有怀疑我这里。"

贯一："爹，我怎么觉得不对呢？他上回为什么要到姑姑的房里住一晚，而且当晚家里还失火了，您不觉得很奇怪吗？"

兴哥："思妻心切，有啥问题。你妈去世那时，我也是睹物思人。你还小，这些事不懂。"

贯一："他这么高调地在报纸上刊登寻人启事，是想告诉我们什么？"

兴哥："和我们没关系，如果有关系，凭他的势力，我就是躲到天边，都能要了我的命。"

贯一："我觉得还是小心点好。"

崔妈："少爷，姑爷来了。"

贯一："来了吧。"

兴哥："别乱说话。（对着崔妈）快请，快请。"

雍天成进来。兴哥迎了上去。

兴哥："贯一，过来问姑父好。"

贯一："姑父，您来了。"

雍天成："贯一好，今天没出去玩？"

兴哥："天天出去玩，心都野了。我现在让他留在家，照顾帮中事务。天成，你坐。"

雍天成坐下："大哥，我在报上刊登了寻人启事，您看到了吧？"

兴哥拿起报纸："正好看到，你就进来了。"

雍天成："大哥，我此来有要事相商。"

兴哥："贯一，你先回避。"

雍天成："不用。贯一也不小了，正好听听。"

兴哥："那也好。天成，你说吧。"

雍天成："素萱失踪这些日子，让我想明白一件事。大哥，你们码头帮和我的天津会馆应该联合起来才有力量，我有个想法。你来我们天津会馆做二号；我到你的码头帮做二号。这样我们可以相互渗透，相互依托，相互照应。"

兴哥："天成，这是好事啊。不过你的天津会馆强我 10 倍都不止，我这是占你便宜了。"

贯一："姑父，这样你就吃亏了。"

雍天成："贯一，这里面没有什么吃亏、占便宜的问题。我们是亲戚，如果不联合起来，我们都有被人消灭的危险。我这次入狱，码头差点被宁波帮夺去。要不是大哥出手保护了我的一些地盘，可能我就要全军覆没了。"

兴哥："这件事我上次就要向你解释，没想到天成大人大量，居然没有误会我。"

雍天成："自家人怎么能说两家话呢。我调查了一下，大哥确实是在为我保存实力。今天我正式宣布，那些还在大哥手里的我的地盘，统统归大哥管理，我不再过问。"

兴哥："既然天成这么大方，我再犹豫也就不像个爷们了。这样，我同意天成的提议。欢迎天成在我的码头帮任二号人物。"

雍天成："我也欢迎大哥在天津会馆任二号人物。"

兴哥："哈哈。贯一，去，把那瓶我保存的 20 年的东洋酒拿来，我和你姑父要喝一杯庆祝庆祝。"

21 - 14　天津紫竹林码头　日外

雍天成与兴哥查看紫竹林码头，兴哥看到自己受到的待遇，非常高兴。雍天成与兴哥商量重建天津会馆等重要事宜。兴哥渐渐放松警惕。

雍天成："各位，这是我的大舅哥，也是码头帮的兴哥，大家都知道吧。以后，他就是我们天津会馆的二当家的，副董事长。大哥，来，和大家认识认识。"

兴哥："天成太客气了。大家好，我叫杨兴。江湖上赏脸都叫我一声兴哥。今天的场面太隆重，我实在是受宠若惊，愧不敢当。以后各位兄弟有事只要找到我杨兴，我一定在所不辞。今天多谢大家捧场了。"

雍天成："大哥，我入狱后，天津会馆已经被搞乱了。现在我要把天津会馆重新办起来，还要您大力支持啊。"

兴哥："好说，好说。我们是一家人。"

21‑15　天津兴哥帮会　日内

兴哥对手下非常吝啬，而雍天成出手大方，兴哥手下渐渐靠近雍天成。雍天成鼓动兴哥让贯一出国留学，兴哥同意。

兴哥手下甲看到雍天成："成哥，您来了。上个月我老婆生孩子，您还送来100块，真是不敢当啊。"

雍天成："自家兄弟，不必客气。家里还有啥困难吗？"

手下甲："托成哥的福，没有，没有。"

雍天成："有事一定告诉我。"

说完，雍天成进入办公室。守在外面的手下议论着。

手下甲："成哥真是大方，够义气。听到我老婆生孩子就给我送来100大洋。"

手下乙："二当家的出手就是大方。我有个邻居在他那边当保镖，收入是这里的三倍。"

手下丙："我们上月的薪水还没发呢，家里都揭不开锅了。"

办公室内。

雍天成："大哥，贯一这孩子非常聪明，不如让他到我天津会馆当经理吧，两年以后，我就把会馆的总经理位置给他。"

兴哥："他没怎么上过学，怎么能管理那么高级的会馆呢？"

贯一："我可以学啊，对吧，姑父？"

雍天成："当然可以学。这样，我先送你去日本留学，然后回来给我管理天津会馆。"

兴哥："贯一，出国你愿意吗？"

贯一："当然愿意！"

雍天成："贯一既然愿意，那一切费用我出了。"

21‑16　天津张作霖公馆　日内

雍天成与陈元礼见面，问其打算。陈元礼直言想留在天津，雍天成说其若要留在天津就应该与紫萱生活在一起。谈话中，雍天成发现自己与陈元礼的距离越来越远了。

雍天成："三弟，你到天津不回家住，怎么住在这里？"

陈元礼："我想回家，又怕紫萱生气。"

雍天成："这是谁的房子？门口写着张公馆。"

陈元礼："是张作霖的。他借给我住的。"

雍天成："传说中的奉军天津办事处就是这里吧?"

陈元礼："是。我也在为张大帅做事。"

雍天成："三弟，别的我不管。你起码应该回去看看老婆孩子。"

陈元礼："该去的时候我会去的。"

21-17　天津—日本客轮　夜内

半年后，贯一出国留学。正在睡觉的贯一被海大勒死，把贯一的手剁了下来。

21-18　天津兴哥家　日内

雍天成像往常一样带人进入兴哥家，兴哥出来迎接。外面的手下已经被人缴械。雍天成把装着贯一的手的盒子交给兴哥。兴哥当场崩溃。雍天成问兴哥为什么要杀素萱，兴哥始终不承认。雍天成说你承认我就放过你。兴哥沉默，胡国强上前对准兴哥的脑袋开枪。

雍天成把盒子递给兴哥："你看看这是什么？"

兴哥打开："啊！这是谁的手？"

雍天成："这是贯一的手。"

兴哥："贯一，我的儿子，你把他怎么样了？"

雍天成："我把他送去陪他姑姑了。"

兴哥一愣，马上说："我没有杀素萱，我没有杀素萱。"

雍天成："我今天来，就想听你一句话，你为什么要杀死自己的亲妹妹？"

兴哥："我没有杀她，她是失踪的。"

雍天成："把崔妈请进来。"

兴哥看到崔妈进来，立即泄气了，但嘴还硬："她诬陷我，我没有杀素萱，她是自杀的。"

雍天成："把崔妈送出去。"

看到崔妈走了，雍天成："她是在哪里自杀的？"

兴哥："是在自己的房间里。"

雍天成："你为什么把她从北京抓到天津来？"

兴哥："我怕她受你连累。"

雍天成："你是逼她离开我，在我落难的时候，你不想怎么帮助我，还要我最亲的人离开我，还把她逼死了。你这个没人性的东西。亏我儿子还叫你一声舅舅，你却让他失去了亲妈！"

雍天成说完，转身走了。身后传来兴哥求饶的叫喊声。

胡国超用枪指着兴哥的后脑。

雍天成在外面听到"砰"的一声。雍天成站了一下，打开车门，坐进车里。一会儿，胡国超坐进驾驶位。

雍天成："把他和他儿子一起埋了。让豪邦过来收编他的手下和财产。"

胡国超："是。"

21-19　天津合众会堂　日内

雍天成为素萱举行葬礼，心情沮丧。雍天成让胡国超去奉天调查陈元礼。

雍天成："你现在出发，到奉天调查一下陈元礼在奉天的所作所为。"

胡国超："是。"

21-20　天津兴哥帮会　日内

左力接手了兴哥的帮会。由于帮众对兴哥早有微词，而雍天成的大方又吸引了帮众。这些人很快成为雍天成的人。

左力："杨兴逼死自己的亲妹妹，猪狗不如，全无江湖道义。老天有眼，让他横遭暴毙。成哥派我来收拾码头帮的残局。我问大家一个问题，有谁没被欠薪的举手？"

无人举手。

左力："有对码头帮薪水不满意的举手？"

多数人举手。

左力："那好。我今天代表天津会馆的成哥向大家宣布，从今往后，不会再欠薪。所有被欠的薪水都会补上。"

大家鼓掌。

左力："从今天起，你们的薪水将和天津会馆的持平，也就是说要增加 3 倍。"

大家欢呼，鼓掌。

左力："好。账房已经把欠薪统计出来了。我们现在就按人头发放。大家排队。我们按名册叫人。"

21-21　天津河北公园　日外

心情低落的雍天成来到公园，正好胡国强在演讲。雍天成被胡国强的和平统一的演讲吸引，反思自己这么多年来的所为，觉得根本不值一提，还因此入狱。演讲完，雍天成主动上前与胡国强攀谈。俩人成为朋友，但胡国强不知对方是谁。

雍天成："这位先生，本人想打扰您几分钟时间，和您探讨探讨和平统一的问题。"

胡国强："好啊。不过，我演讲了一下午，有些饿了。公园外面有家老北京面馆，我们到那里边吃边谈，如何？"

雍天成："先生快言快语，就这么着，走。"

俩人来到面馆。

胡国强："老板，来两碗炸酱面。"

老板："两碗炸酱面。"

雍天成："我不饿，您自己吃吧。"

胡国强："特意为您要了一碗，非常好吃，您尝尝。吃不了给我。"

雍天成："先生每天都这样演讲，有什么报酬吗？"

胡国强："报酬？没有。我就是为自己的国家做些力所能及的事而已。"

雍天成："不怕被政府抓起来？"

胡国强："如果爱国都会被抓，那这个政府也就快灭亡了。"

雍天成："说的是。我是一个生意人，一直以来都在忙着赚钱，对先生说的这些事从没有认真考虑过。前段时间，我因得罪人，被冤入狱。在狱中，我得以思考自己、生意、政治和国家之间的关系。我觉得我之前的路似乎都走错了，我竟然从没考虑国家和自己之间的关系问题。直到自己入狱，加上政府屡次更迭，我才想到是否一个稳定的国家对我们这些公民来说才是必须的，是生存的前提。"

老板："两碗炸酱面。"

雍天成："先生你先吃。"

胡国强："您也吃点，我们待会有大把的时间聊。"

雍天成："那我就不客气了。老板，再来盘酱牛肉和肥肠。酒我们就不喝了，如何？"

胡国强："不瞒先生，我是滴酒不沾。"

雍天成："和我一样，看来我们有缘啊。"

老板上菜。

雍天成交给老板一块大洋。

胡国强看到："先生，这样不妥。我本来想请您吃面，您怎么还自己付钱？"

雍天成："小意思，小意思。下一顿你请。"

胡国强："哈哈，好。那国强就不客气了。"

21‑22 天津张作霖公馆　日内

陈元礼正在看报纸上胡国强反对张作霖的文章。电话响起，张作霖非常生气，要陈元礼解决此事。

陈元礼："大帅，是。我很好。您怎么样？非常好。报纸，我看到了。是，非常气愤。好，我马上解决此事。"

21‑23 小文妹包子铺　日内

八十六、小文妹与雍天成吃饭，小文妹要介绍自己的二哥给雍天成认识。雍天成一见胡国强，俩人都乐了。胡国超从奉天回来，众人相见。胡国超秘密告诉雍天成，陈元礼把黑龙藏在奉天。雍天成明白了陈元礼的动机。雍天成秘密嘱咐胡国超派人暗中保护胡国强。

雍天成："好久没来包子铺了，有时候还真怀念这儿的口味。"

八十六："成哥爱吃的话，可以让他们送啊。"

雍天成："送到家里就不是那个味儿了。小文妹做过这儿的老板，她一定知道。"

小文妹："成哥说得对。包子还是现蒸出来的好吃。成哥，一会儿，我给你介绍一个人认识。"

雍天成："谁啊，这么神秘。"

小文妹："他来了。您等等，我叫他上楼来。"

小文妹："二哥，上楼来吧，大家都等您呢。"

胡国强："这么着急把我找来，这是见谁啊？"

两人说着进了包房。

小文妹："成哥，这位是我二哥，胡国强。"

雍天成和胡国强见面，大笑。小文妹和八十六愣了："你们认识？"

雍天成："何止认识，我应该叫他先生。"

胡国强："原来您就是雍先生啊，国强真是失礼了。"

雍天成："谈不上，谈不上。我们是君子之交，况且国强还算是我的老师呢。"

小文妹："这是怎么回事？"

胡国强："我和雍先生在炸酱面馆讨论了一下午的国家大事，竟然不知对方是谁。"

雍天成："今天正好，国超刚到天津，马上就过来。我们可以大团聚了。"

小文妹："太好了。"

雍天成："国强啊，今天看了你在报上发表的批评张作霖的文章，很有力度啊。"

胡国超进来，看到大家，非常高兴。

胡国超："成哥，有件要事得马上向您汇报。"

雍天成："都是自己人，你说吧。"

胡国超："黑龙被陈元礼藏在奉天他的公馆里。"

雍天成："看来他要公开和我作对了。（对胡国强）国强啊，你的文章可能会给你带来人身威胁，从现在开始（对国超）你要派人 24 小时保护国强。"

胡国强："我一个记者，不怕这些威胁。"

胡国超："他们不会是威胁那么简单的，你就听成哥的吧。"

21－24 天津河北公园 日外

胡国强在演讲，紫莲倾听。雍天成正好经过，看到紫莲。胡国强和紫莲相识。

雍天成："紫莲，你也来听演讲？"

紫莲："表哥，他讲得多好啊。"

雍天成："想认识他吗？"

紫莲："表哥，你说笑话啊。"

雍天成："表哥认识他，等一会儿我介绍你们认识。"

胡国强演讲完，看到雍天成，就走了过来。

胡国强："雍先生，今天还是炸酱面，怎么样？"

雍天成："好，但今天得买三碗。（雍天成一指紫莲）我来给你介绍，这位姑娘是我的表妹，紫莲。"

胡国强："紫莲小姐好，在下胡国强。"

紫莲："您的大名和大作天天都登在报纸上，我早就认识了。"

胡国强："紫莲小姐也爱看政论性质的文章？"

紫莲："我只看写得精彩的。"

雍天成："你们两个聊天，把我这个老人家忘了？"

紫莲："对不起，表哥，我们去吃炸酱面吧。"

21－25 天津张作霖公馆 日内

跟踪胡国强的人向陈元礼报告，雍天成与胡国强关系密切。陈元礼决定迟些日子再下手。

手下："礼哥，天津会馆的雍天成每天都和胡国强见面。他的保镖把河北公园都包围了，我们无法下手。"

陈元礼："他怎么和胡国强扯到一起了？这样，你们继续跟踪，等我命令再下手。"

手下："是。"

21－26 天津汇丰银行 日内

紫莲在看报纸上胡国强的新评论张作霖的文章。胡国强敲门，来接紫莲下班。

紫莛："进来。"

胡国强推门进来。

紫莛："国强？你怎么来了？"

胡国强："我来接你下班啊。到点了吧？"

紫莛："到了。我们去哪？"

胡国强："我们先去包子铺吃包子，然后去戏院看戏，怎么样？"

紫莛："好啊。"

21－27　天津某街道　夜外

胡国超的两个人在暗中保护胡国强。突然，路边冲出一人举枪对准胡国强的后背。暗中保护胡国强的人看到，大喝一声。枪手没想到有人在后面，慌乱中没有刺杀成功。紫莛大惊失色，胡国强很镇静，在一旁安慰紫莛。一个保镖去追凶手，另一个留下来保护他们。

第22集 《徐树铮报仇》

22-1 天津英租界雍天成家 日内

英租界的家已经收拾完毕。胡国超向雍天成汇报。因为天津到处都是雍天成的人马，那个杀手没跑出多远，就被一枪打死，但无人知道杀手的背景。由此判断杀手不是本地人。雍天成让八十六安排他与陈元礼见面。

胡国超："有两个杀手从背后向国强开枪，被我们的人及时发现。其中一个脸上有刀疤的杀手当场被我们的人干掉，另一个没跑出多远，也被一枪打死。"

雍天成："有人认识杀手吗？"

胡国超："我请保镖队的人看过，没有人认识这两人。不过，看穿着应该是从关外来的。"

雍天成："关外？看来他真的下手了。八十六，你联系陈元礼，让他明天一早8点到紫竹林码头见我。"

22-2 天津紫竹林码头 日内

杀手的尸体摆在地中间。雍天成坐在尸体旁。陈元礼的手下被挡在门外，他自己走了进来。雍天成坐在那里，并没有起来。陈元礼坐在他的对面。雍天成盯着陈元礼的眼睛说："我要请你认识两个人。"说完把蒙在尸体头上的白麻布扯下。陈元礼眼睛里的瞬间恐惧，没有躲过雍天成的眼睛。史蒂文打来电话，哀求雍天成不要杀陈元礼。雍天成告诉陈元礼，现在就送他出山海关，以后不许再回津。

雍天成："我要请你认两个人。（向胡国超）打开。"

胡国超把棺盖一一打开，陈元礼看到两具尸体躺在里面，尸体的头上盖着白麻布。陈元礼有些紧张。

雍天成站起来，走到一具棺材前，紧盯着陈元礼的眼睛，一只手掀开盖在尸体头上的白麻布。

雍天成："这人你认识吗？"

陈元礼："我……"

雍天成打断他："不要撒谎。你知道我的办事风格，没有百分之百的把握，我是不会当面问你的。"

雍天成又走到另一具棺材前，也是紧盯着陈元礼的眼睛，一只手掀开盖在尸体头上的白麻布。

雍天成："这人脸上的刀疤你熟悉吧？"

陈元礼默不作声。

雍天成："你要杀的是什么人，你知道吗？他现在在你眼里不过是一个记者，可你知道他即将成为你儿子的姨夫吗？成为你的二姐夫吗？你连自己的亲人都下得去手？再说，你也知道他经常与我在一起，动手之前，为什么不问问我？你眼里难道只有张作霖，没有我这个大哥？"

陈元礼已经是一身冷汗。

雍天成："我这里的家法你应该是最清楚的，不过，我还是要念给你听一遍。国超，把他犯的那条念给他听。"

胡国超："杀戮亲人、朋友、兄弟姐妹者死。"

豪邦进来，对雍天成耳语。

雍天成看了一眼陈元礼，随豪邦出去。陈元礼嘴角露出一丝不易察觉的微笑。

雍天成拿起电话。

22 - 3　天津英租界工部局办公室　日内

史蒂文打电话："大哥，我知道他罪不可赦，但念在我们当年三结义的情面上，可否网开一面，把他驱逐出天津，饶他一命。"

史蒂文："那多谢大哥了。"

22 - 4　天津紫竹林码头　日外

雍天成接完电话出来，走到陈元礼面前。

雍天成："你二哥来电话给你求情，我破例答应了他。"

陈元礼："多谢大哥。"

雍天成："不要谢我，你我恩义已绝，要谢就谢你二哥史蒂文吧。但我今天放了你，有一个条件你必须遵守。"

陈元礼："大哥您说。"

雍天成："从此以后，你不许踏入天津半步。"

陈元礼："我明白了。"

雍天成："你走吧，天黑之前离开天津。"

22－5　天津雍天成舅舅家　日内

雍天成告诉紫萱自己把陈元礼驱逐回奉天了。紫萱对自己的婚姻非常失望，羡慕二姐紫莛与胡国强的爱情。

紫萱："走了好。按说他到天津也有几个月了，可一次都没来看过我们娘俩。"

雍天成："我今天只是吓唬吓唬他，希望他回心转意，迷途知返。"

紫萱："表哥，多谢你保全了他的性命。"

雍天成："他在我心里还是我的三弟，我的妹夫。"

紫萱："他竟然对二姐的男朋友下手，我该怎么面对二姐？"

雍天成："放心，你二姐和胡国强对此都一无所知。"

紫萱："那就好，否则我都没脸做人了。二姐和胡国强那么相爱，如果胡国强有个三长两短，二姐该怎么办？"

22－6　天津小文妹包子铺　日内

雍天成与胡国强在吃包子，俩人现在越来越投缘。胡国强的言论带给雍天成很大影响。雍天成放弃了军火生意，开始资助大学，反对内战，赞成和平统一。

胡国强："感谢雍先生救了我一命。"

雍天成："这是我唯一能为你做的，举手之劳，不必放在心上。"

胡国强："雍先生，你我相识也有一段日子了，我有一句话不知当讲不当讲。"

雍天成："你但说无妨，你我之间不必拘于礼节。"

胡国强："好，那我就说了。您是做军火生意起家的，这几年欧战，德国的军火无法外运，您的损失也非常大。"

雍天成："是这样，但现在军火已经不是我的主业了。"

胡国强："雍先生，您可不可以听我一言？"

雍天成："请讲。"

胡国强："彻底放弃军火生意。"

雍天成："有什么理由讲给我听听？"

胡国强："军火是一把双刃剑，对外可以御侵略之敌；对内可以灭起义之师。军火还有一个作用，就是促使国内军阀战争愈演愈烈。当然，您可以说，我不进口军火，还有其他洋行进口；我不从德国进口，他们还可以从俄国、美国、英国、日本进口。但我想，凡事都需要有人往前先走一步。"

雍天成："这一步走向哪里呢？"

胡国强："教育啊。偌大的中国之所以落后，一个重要的原因就是民智未开。如果国内的实业家把多数的钱都用到教育上，中国会怎么样？"

雍天成："当然是好事啊。"

胡国强："如果受教育程度上去了，国内各省各派不再使用武力解决问题，而是在政治层面、在议会里解决社会问题，那中国会怎么样？"

雍天成："起码老百姓不再流离失所，背井离乡。"

胡国强："这就是和平统一的基础——教育。我们有再好的武器，都无法建设自己的国家。唯有教育民众，给他们知识，教他们方法，这才是建设国家的唯一出路。"

雍天成："其实，军火的生意我基本不做了，但一直没有找到更好的方向。今天听君一席话，真是醍醐灌顶。可是，如何做呢？"

胡国强："天津有个南开学校不知雍先生听说过没有？"

雍天成："是张伯苓先生办的那个？"

胡国强："正是。他是我的授业恩师，也是教育立国的鼓动家。雍先生愿意的话，我可以负责引见。"

雍天成："好，我见。我正想找机会当面向他讨教呢。"

22 - 7　奉天张作霖府邸　日内

返回奉天的陈元礼向张作霖提到胡国强得以逃生的原因，张作霖知道了雍天成这个名字。

陈元礼："对不起，张大帅，元礼没有完成您交给的任务。"

张作霖："凭你的能力，这点小事应该不是问题啊。难道是遇到了什么阻力？"

陈元礼："大帅明鉴，胡国强受雍天成保护，元礼无法下手，还损失了两个手下。"

张作霖："雍天成，是什么人？"

陈元礼："他是天津会馆的大哥，在天津的地位无人可及。历届总统都要给他面子。"

张作霖："总统给他面子，我可不给。这件事交给我了。"

22 - 8　天津英租界雍天成家　夜内

雍天成给徐树铮打电话，想邀请他到津过正月十五。徐树铮不在家。

雍天成："大哥家吗？我是天津雍天成。是大嫂，您好。我邀请您和大哥来天津过正月十五。大哥不在家？去奉天了？"

22 - 9　奉天张作霖府邸　夜内

徐树铮此时正坐在张作霖的家里，与其商量请奉军入关，段祺瑞重新上台组阁。徐树铮向张作霖许下的利益就是一笔价值 1800 万元的军火。这笔军火是陈元礼暗中为段祺瑞购买的，后来冯国璋与段祺瑞发生府院之争，段祺瑞下台，这笔军火就成了军阀们争夺的肥肉。陈元礼参与此事，是以日本洋行为掩护，张作霖并不知晓。此时，这笔军火即将抵达秦皇岛港。张作霖一听，当然垂涎。双方约定张作霖得到军火的3/4，剩下的归徐树铮。同时，奉军再派 6 个旅进入关内，保障段祺瑞重新组阁。张作霖答应了。张作霖问徐树铮是否认识雍天成，徐树铮忙问何事。张作霖说那个家伙不把老子看在眼里，这回进关，我要第一个杀他。徐树铮忙向张作霖道出自己与雍天成的关系，称将亲自带雍天成当面向张作霖赔罪。

徐树铮："大帅，这次段总理要回京再次组阁，还得靠您大力支持啊。"

张作霖："徐次长太客气了。段总理是北洋元老，全国各省督军想巴结还来不及呢。"

徐树铮："巴结归巴结，信任是信任。段总理这次派我来奉天，就是信任大帅的为人，希望奉军能助段总理一臂之力。"

张作霖："段总理的手谕我仔细看了，按说雨亭不该推辞。可是奉天兵工厂长期开工不足，士兵的配枪都成问题。"

徐树铮："这个问题段总理已经想到了。下周在秦皇岛港将有一笔价值 1800 万的军火到港。"

张作霖："1800 万？这个数目不小。是从哪里运来的？"

徐树铮："日本。段总理说了，只要大帅答应入关，这笔军火的四分之三就是您的了。"

张作霖："哈哈，还是芝泉了解我。有米好下锅，我答应了。"

徐树铮："大帅能派多少人入关呢？"

张作霖："山海关附近，我可以派出 6 个旅。"

徐树铮："就 6 个旅吧，等段总理的命令一下，您就开赴天津。"

张作霖："好说，好说。"

徐树铮："明天就十五了，我还得连夜赶回北京。"

张作霖："又铮，天津有个叫雍天成的人，不知道你听说过没有？"

徐树铮："有什么事吗？"

张作霖："这家伙不把老子放在眼里，这回进津，我第一个杀他。"

徐树铮："万万不可啊。张督军，雍天成是我的结义兄弟。如果他有什么地方得罪了大帅，我今天在此向大帅赔罪了。"

说完深施一礼。张作霖："这就让我为难了。又铮，你们是怎么认识的？"

徐树铮："说来话长。他曾经舍身救过又铮的命。如果大帅到天津，我亲自带雍天成到府上赔罪。"

管家大富一直在外面偷听。

22－10 奉天陈元礼公馆 日内

陈元礼得知张作霖要截留自己的军火，不敢声张。以为是雍天成托徐树铮搞的鬼，对雍天成更加痛恨。陈元礼想与紫萱和好，给紫萱打电话，紫萱不接。

陈元礼："大富，你没听错吧？1800万的日本军火？哦，没错。我知道了。"

陈元礼放下电话。

陈元礼自言自语："雍天成是想置我于死地啊。竟然派徐树铮来奉天劫我的军火。不行，我一定要再回天津。"

陈元礼沉思了很久，拿起电话："是紫萱吗？不，不，紫萱，你别挂，是我。我知道我错了。我想见见儿子。"

22-11　天津英租界雍天成家　日内

接到徐树铮电话，雍天成非常高兴。但徐树铮说到张作霖要杀雍天成的事，把雍天成吓了一跳。雍天成知道这些军阀自己无论如何都得罪不起，忙问如何解决。徐树铮说过几天到津再说。

雍天成："大哥，我昨天往北京打电话，想请您和大嫂来天津过十五。您在奉天？什么？张作霖要对我不利？大哥，我该怎么办？好，我等你。"

22-12　天津军粮城关内奉军总司令部　日内

1918年6月　张作霖为总司令、徐树铮为副总司令，总司令部在军粮城挂牌。

22-13　天津军粮城奉军总司令部　日内

徐树铮带雍天成来拜见张作霖。

徐树铮："大帅，这位就是我的义弟雍天成。天成，见过张大帅。"

雍天成："雍天成给张大帅请安。"

张作霖："你就是雍天成？咱们明人不说暗话，你说说，为什么要阻止我杀胡国强？"

雍天成："大帅息怒。胡国强只是一介书生，报社记者。他虽然评论您，但他同时也评论袁世凯、黎元洪、冯国璋、段祺瑞等人，他的笔下都是在国内举足轻重的人物。"

张作霖："倒是这么个理儿。"

雍天成："而且他是对事不对人，从来不做人身攻击。其他人都没有对他怎样，如果您下手，不是显得您太小气了？"

徐树铮："咱今天不提这个。天成，你不是有礼物要给张大帅吗？"

雍天成："（拿出一张银票）大帅，这是 100 万，是我们天津会馆捐给奉军的军饷，雍天成欢迎您来保卫天津。"

张作霖给副官使个眼色，副官接过银票。

张作霖："自从知道你和又铮的关系后，我就不怪你了。今后，我的部队驻扎天津，你要尽地主之谊啊。"

从总司令部里出来。

徐树铮："天津最近要开督军团会议，目的是要巩固直系，具体就是要曹锟回到直系阵营。听说了吗？陆建章现在给冯国璋当高等顾问了。"

雍天成大为吃惊。

22 - 14　北京陆建章家　日内

此时，陆建章已是冯国璋的总统高等顾问。陆建章为倒段功臣，加上雍天成之事，徐树铮对他恨之入骨。冯国璋来电话让其去天津开督军团会议，务必把曹锟拉回直系阵营。

佣人："陆大人，冯大总统来电。"

陆建章拿起电话："大总统，您好。"

22 - 15　北京大总统府　日内

冯国璋："你这就去天津，参加督军团会议，记住，曹锟是关键。"

22 - 16　天津曹家花园　日内

曹锟现在是直皖两系努力争取的重要人物。看着池塘里的锦鲤，曹锟知道徐树铮的拜访代表的是段祺瑞。曹锟倾向于与段祺瑞合作，但他还要听听冯国璋怎么说。

曹锟："又铮，你看我的鱼儿。它们看到我来，就从水中探出头来打招呼，要食物。我就喜欢这样的鱼儿，会表达自己的愿望。"

徐树铮："曹将军如何分辨它们是打招呼还是要食物呢？"

曹锟："这个问题好。据我观察，它们如果对鱼饵没有兴趣了，那就连招呼都懒得打了。"

徐树铮："曹将军对鱼儿如此了解，想必知道段总理的嘱托别有深意吧？"

曹锟："段总理是我曹锟非常敬重的师长。"

徐树铮："那就请曹将军不负段总理的嘱托，为国家的统一做出自己的贡献吧。您忙吧，又铮告辞。"

曹锟："我送送又铮。"

徐树铮："不用送，我们会上见。"

说完徐树铮匆匆走了。

曹瑛走了出来："三哥，您打算接受段祺瑞的邀请？"

曹锟："不忙，我还要听听冯国璋怎么说。"

22－17　天津英租界旅馆　日内

陆建章受命来到天津，准备与曹锟等督军开军事会议，并设法把曹锟拉到冯国璋一边。

22－18　天津英租界雍天成家　日内

徐树铮来此告诉雍天成，陆建章到了天津。雍天成此时已经接受胡国强的和平主张，对陆建章过往对自己的迫害决定不再追究。徐树铮说，可惜他得罪了段总理。这时，冯玉祥得知陆建章到天津，急忙打电话给雍天成，希望他可以通过徐树铮的关系，保护陆建章。

徐树铮："陆建章今天到天津了。兄弟报仇的机会来了。"

雍天成："大哥，出狱以来，我一直在想一个问题——我是不是真的做错了？错了，我就认罚；冤枉了，我也认了。"

徐树铮："二弟，这不像是你说的话啊。你最近受什么刺激了？"

雍天成："大哥，我是真心这么想的。"

徐树铮："二弟，我告诉你吧，这仇你想报也得报，不想报也得报。知道为什么吗？陆建章此行是代表冯国璋而来，是来拆段总理的台的。你这次机会好，我们来个公报私仇。"

电话铃声响起。

雍天成拿起电话："啊，是冯兄啊。"

22－19　冯玉祥湖南常德作战指挥部　日内

冯玉祥："雍兄，我现在在常德备战，马上就要开战了。是，我会注意安全。我的舅舅陆建章已经到天津了。虽然他过去亏待过你，但这次我要请你帮我个忙。你在天津人脉广，多派些弟兄帮我保护他。你知道吗？他这次去天津，皖系可能对他不利。好，有你这句话，我就放心了。电话没有变，是，没错。好，好，就这样。"

22－20　天津英租界雍天成家　日内

雍天成放下电话，看着徐树铮。

雍天成："大哥，谁来的电话您听出来了吧？"

徐树铮："冯大个的电话来得真及时啊。"

雍天成："大哥，冯兄待我不薄。而且我现在不想报仇的事了，您能不能放过陆建章？"

徐树铮："二弟，你什么都行，唯一一样你没学会——不懂政治啊。政治是什么？不是宅心仁厚的讨价还价，那是真枪实弹上的交易。我今天不拿下他，他明天就会拿下我，（指着雍天成）还有你。"

雍天成："可这事……我怎么向冯兄交代啊。"

徐树铮："冯大个那里没什么不好交代的，这种事他懂。二弟，你手下纵有 3000 人马，还敢和政府的一个营的正规军较量吗？不敢吧。就是这个道理。还有，今晚我俩的谈话是高度机密，传出去我的人头不保，你的也（徐树铮做了个砍头的手势）。"

22－21　天津陆建章临时住所　夜内

副官："将军，关内奉军总司令部给您的信。"

陆建章拆开，先看落款："徐树铮来的。哦，他邀请我明天 10 点去司令部，有要事相商。"

副官："将军，您的行程里没有这项内容，加上徐是段的人，怕不是鸿门宴吧？"

陆建章："哈哈，我此行代表的是冯大总统。他们即使不给我面子，也要给大总统面子吧。再说，会面地点是关内奉军总司令部，那是张作霖的地盘。真要对我不利，那张作霖也脱不了干系。"

副官："将军，徐树铮向以行事鲁莽闻名，我怕他对您不利。不然，我们来选个会面地点如何？"

陆建章："说起这个徐树铮，他还应该叫我一声叔叔。你知道为什么吗？"

副官："将军请讲。"

陆建章："这个徐树铮和他的媳妇在日本留学的时候，和我儿承武是同班同学。他就是对我不利，也得考虑这层关系吧。"

副官："将军，曹锟将军曾说可以派一个连的士兵保护您在津的安全。不如……？"

陆建章："曹锟是我们此行的重点。如果向他示弱，他就会认为是冯大总统势力弱。那样的话，督军团的会还没开，我们这边已经输了。明天，你准备好，和我同去即可。"

22 - 22 驻津奉军司令部　日内

徐树铮、杨雨霆、倪嗣冲密谋，准备除掉陆建章。陆建章来时，还与徐树铮提到自己的儿子陆承武，也是徐树铮在日本士官学校的同学。三人就在司令部把陆建章枪毙了。徐树铮知道冯玉祥是陆建章的侄女婿，就亲自打电报给冯玉祥告诉陆建章被枪毙。冯玉祥强忍怒火。

雍天成打电话，徐树铮告诉他仇已经报了。

徐树铮正在边吃饭，边看报纸。

22 - 23 驻津奉军司令部　日外

副官驾车来到司令部附近。

陆建章："停。"

副官停车后，陆建章仔细观察周边动静。

陆建章："没有什么异常。我们走。"

22 - 24 驻津奉军司令部　日内

士兵报："大总统高等顾问陆建章将军求见。"

徐树铮放下报纸："有请。"

士兵出去。徐树铮摸了摸腰间的手枪，继续吃饭。

陆建章："徐副总司令还在吃早饭？"

徐树铮："不瞒陆叔叔，昨夜和几个挚友喝到凌晨两点。（站起来）又铮失礼了，先给陆叔叔请安。"

陆建章："没关系，没关系。看看你多有出息，和承武同在日本留学，现在已经是国家栋梁了。"

徐树铮："陆叔叔过奖，过奖。（看到陆身后的副官）这位是……？"

陆建章："他是我的副官。"

徐树铮："坐，坐。"

陆建章："又铮，你继续吃饭吧。"

徐树铮："我吃完了，吃完了。"

士兵上茶。

徐树铮："喝茶，喝茶。我这里简陋，没有好茶。"

陆建章："又铮，你找我来是为何事？"

徐树铮："陆叔叔，此事高度机密，我们到后花园谈如何？"

陆建章："（对副官）你在这里等我。（喝了口茶，对徐树铮）我们走吧。"

徐树铮："您在前，晚辈随后。"

副官有些不安，又不敢开口，喝了一大口茶。

22 - 25　　驻津奉军司令部后花园　日外

陆建章在前，徐树铮在后，来到后花园。花园里空无一人，非常安静。

陆建章："又铮，什么事这么秘密？（摸头）我这头怎么有点迷糊。"

徐树铮拿出枪，对准陆建章后脑："段总理向你问好。"

陆建章知道不好，刚想转身。徐树铮的枪响了。

徐树铮看着陆建章倒地，怕他不死，又补了一枪。

22 - 26　　驻津奉军司令部　日内

陆建章的副官已经被迷倒，旁边的茶杯已经空了。

384

徐树铮吩咐手下："把两具尸体装棺，埋了。"

徐树铮坐了下来，有些不安。

徐树铮："来人。"

副官进来："副总司令，有何吩咐？"

徐树铮："拟份电报发给段总理、张作霖总司令、冯玉祥。电文如下，迭据本军各将领先后面陈：屡有自称陆将军名建章者，诡秘勾结，出言煽惑等情。历经树铮剀切指示，勿为所动。昨前两日，该员又复面访本军驻津司令部各处人员，肆意簧鼓，摇惑军心……"

士兵正在花园内装殓两具尸体。

屋内，徐树铮继续说电文："树铮窃念该员勾煽军队，联结土匪，扰害鲁皖陕豫诸省秩序，久有所闻，今竟公然大言，颠倒播弄，宁倾覆国家而不悟，殊属军中蟊贼，不早清除，必贻后戚。当令就地枪决，冀为国家去一害群之马，免滋隐患。除将该员尸身验明棺殓，妥予掩埋，听候该家属领葬外，谨此陈报，请予褫夺该员军职，用昭法典。"

22‑27　天津英租界雍天成家　日内

雍天成给冯玉祥打电话，表示已经晚了。

雍天成："冯兄，我刚知道噩耗。你已经知道了？收到徐树铮的电报了。我感到非常遗憾，又无能为力。"

22‑28　冯玉祥湖南常德作战指挥部　日内

冯玉祥："雍兄，我非常理解。这是直系和皖系之间的斗争，不是你我能阻止的。不过，我还是要感谢雍兄。"

22‑29　天津英租界雍天成家　日内

雍天成："我已经买来最好的楠木棺为陆将军入殓，希望他老人家走好最后一程。"

22‑30　奉天吴乃忠宅　日内

吴乃忠接到天津电话得知陆建章已死，非常害怕，决定举家南下，连夜跑掉。

22 - 31 奉天张作霖府邸 夜内

张作霖对徐树铮毒杀陆建章大发雷霆，当然，这是张作霖的脱身之策。一旁的陈元礼见此机会，把徐树铮与雍天成、雍天成与陆建章的关系巧妙地说了出来。张作霖闻听，更加憎恨雍天成。只是雍天成一直生活在租界，中国军人无法进去抓他。陈元礼自告奋勇，说他有一计。

张作霖接过副官的电报："胡闹，胡闹。"

陈元礼："大帅为何发怒？"

张作霖："徐树铮，胡闹。你看看。（把电报递给陈元礼）"

陈元礼看了电报："不敢想象，不敢想象。大帅，徐树铮在奉军司令部里杀人，这是要嫁祸于人吗？"

张作霖："你这么看？"

陈元礼："是啊。大帅，您看，这徐树铮虽然是关内奉军副总司令，但他实际上是段祺瑞的人。"

张作霖："元礼啊，我没看错你，说得有道理，继续。"

陈元礼："段琪瑞是皖系的首领。皖系现在派徐树铮入我们奉军，无非是想让大帅您助他们拆直系的台。而外人看陆建章之死在奉军司令部，一定会认为是奉军向直系、向冯总统宣战。这就让我们奉军没有退路了。大帅，您看，我说得对吗？"

张作霖："有道理啊，有道理。元礼可有解决之法？"

陈元礼："要说解决，无非是给徐树铮点颜色看看。但我们又不能杀了他，就只有从他身边的人下手。"

张作霖："你是说他的把兄弟雍……什么的吧？"

陈元礼："雍天成。据我所知，之前雍天成在北京入狱，就是被陆建章抓进去的。所以这次徐树铮杀陆建章，说他公报私仇也不为过。"

张作霖："这个雍天成总给我们找麻烦。可是你上回说他在租界里，我们的兵进不去租界啊。"

陈元礼："大帅，如果您相信我，我倒有一计。"

第23集 《兄弟谈判》

23-1 天津殡仪馆 日内

雍天成在为陆建章送最后一程。冯玉祥与雍天成经常通信讨论中国南北问题，俩人关系日深，互相敬佩。

陆承武："多谢雍先生第一时间出手相助，使我父亲不至曝尸街头。"

雍天成："陆公子言重了，我这也是受人之托。"

陆承武："这些姐夫冯玉祥已经电报家里了。我还想替我父亲说一句话，以前的事、以前的恩怨还请雍先生原谅，我这里代我父亲向雍先生道歉了。"

说完，陆承武要施礼，雍天成连忙拦住："不怪陆将军，我也有错。我和冯玉祥冯兄偶然相识，但了解最深。冯兄千里之外嘱托我的事，我岂能怠慢？况且，这里是天津，我还能尽些地主之谊。"

陆承武："雍先生不计前嫌，还在危急时刻出手相助，我们陆家从此又多了一个朋友。"

雍天成："好。等冯兄凯旋回到天津，我们仨好好聚聚。还有，如果在天津有什么需求，就给我打电话（递上名片），无论何时，随叫随到。"

23-2 北京段祺瑞办公室 日内

段祺瑞重新组阁，对报上的反战言论非常气愤，准备杀一儆百。胡国强因此被抓。

门卫："段总理到。"

段祺瑞到办公室，坐下。显得非常生气，把一张报纸摔在了办公桌上。

秘书："段总理，现在各方面纷纷来电报，对徐次长枪杀陆建章颇有微词。"

段祺瑞："告诉他们，就说是我让杀的。"

秘书："是。"转身要走。

段祺瑞："等等，今天的报纸你看了吗？"

秘书："总理说的是反战的社论。"

段祺瑞："太不像话了。这个作者叫（看报纸）胡国强，胡言乱语，大放厥词。"

秘书："我也看到了。确实蛊惑人心。"

段祺瑞："通知天津方面，把这个人抓起来。"

23－3　天津雍天成舅舅家　夜内

紫莛得知胡国强被抓，惊慌失措，失声痛哭。一旁小文妹、紫萱、紫荷在安慰她。

紫萱："二姐，现在不是伤心的时候，我们得想办法把他救出来。"

小文妹："可是不知道是被谁抓走了，有人说是北京来的人。"

紫莛："表哥知道了吗？"

23－4　天津雍天成办公室　夜内

雍天成给徐树铮打电话要其一定想法救出胡国强，不惜代价。徐树铮告诉雍天成，张作霖的军饷被他挪用于皖系和段祺瑞上台，怕张作霖查出来。雍天成让徐放心，钱的事他来办。

雍天成："大哥，这个人叫胡国强，是我的二妹夫。求你不惜任何代价，一定要把他救出来。"

23－5　北京徐树铮家　夜内

徐树铮："我知道这个人，今天押到北京的。段总理发火了，等他消消气，我去跟他说。我一会儿就去拘留所看他，先保证他的人身安全。"

23‑6　天津雍天成办公室　夜内

雍天成："多谢大哥。家里人明天一早也会到京，没办法，担心啊。"

23‑7　北京徐树铮家　夜内

徐树铮："二弟，我这里还有一事相求。这事比较麻烦。陆建章一事后，我离开奉军，又跟随段总理来到北京。可为了段总理重新组阁，我动用了张作霖 200 万军饷，作为活动经费。我这一走，张作霖发现后必定会咬住这件事不放。"

23‑8　天津雍天成家　夜内

雍天成："大哥，我明白了。明天一早家人到北京后，八十六会到您那里去，给您两张银票。一张 200 万您用来办这件事，另外一张 100 万您帮我打点段总理，务必把人救出来。大哥，有您这句话，我今晚可以睡个好觉了。"

23‑9　天津监狱　日外

胡国强走了出来。全家人在外面等待。雍天成让其马上离开天津，去上海避难。紫莛坚持与胡国强同去。徐树铮赶来，说张作霖已经发现挪用军饷之事，撤了他的副司令职务。段祺瑞命他为西北国防筹备处处长，即日启程。

紫莛："国强，受苦了吗？瘦了都。"

胡国强："紫莛，我没事，别担心。你的眼睛怎么这么红，没好好睡觉？"

紫莛："我们先别说了，表哥他们还在那边等着呢。"

胡国强跑向雍天成："雍先生，多谢了。"

雍天成握住胡国强的手："现在不是说谢谢的时候。你不要回天津，今天就去上海，我都给你安排好了。天津对你来说太危险。"

紫莛："国强去上海，我也去。"

雍天成："你过几天再走，一起走我怕不安全。"

徐树铮的车停在路边，徐招呼雍天成过去。

徐树铮："二弟，上车。"

雍天成坐进车里："有急事？"

徐树铮："张作霖已经发现我用奉军军饷之事，撤了我的副司令职务。段总理今天任命我为西北国防筹备处处长，过两天就必须启程赴任。"

23-10 奉天张作霖宅 日内

张作霖："他徐树铮敢动我的军饷，要是在奉天，我一枪崩了他。"

陈元礼："《政府公报》今天说北京把徐树铮安排到西北国防筹备处了，是不是段总理也感到徐树铮非常棘手啊。"

张作霖："恣意妄为、鲁莽独断，这样的人老段也不好驾驭。不过，元礼啊，你准备准备马上去天津把奉天驻天津商务处办起来。你这次去是代表我，代表奉军，谁敢对你不利，我给你撑腰。"

23-11 天津火车站 日外

雍天成送徐树铮，以和平统一中国的理念劝之，徐不听。

雍天成："大哥，您这一走，不知何时我们可以再次见面。"

徐树铮："二弟不要难过，我倒觉得这次是个好机会。放心，要不了多久，我还会回来的。北京要想统一中国，还得靠枪炮，还得靠我。"

雍天成："中国遭遇太久的硝烟，我想和平统一才是最好的解决问题之道。"

徐树铮："书生之见。二弟，你一定是和胡国强接触太多了。另外，奉天消息说，陈元礼马上要来天津开办奉天驻津商务处，你要有所准备。不多说了，车马上要开了。再见，二弟，等我回来。"

雍天成："大哥保重，保重。"

23-12 天津奉天商务代表处 日外

陈元礼以奉天商务代表的名义在驻津奉军司令部旁边挂牌开业。黑龙堂而皇之地出现在他的身边，他的职务是奉军参谋部副官。陈元礼给紫萱打电话，想与紫萱和好，紫萱不同意。

陈元礼："紫萱，我这次回到天津就不走了。我们能见个面吗？"

23－13　天津雍天成舅舅家　日内

紫萱："我和你没有什么好说的。儿子可以见，你愿意的话，随时都行。"

23－14　天津奉天商务代表处　日内

陈元礼："紫萱，我知道你现在还有心结，我相信你会原谅我的，明天我再给你打电话吧。"

23－15　天津紫竹林码头　日外

陈元礼和黑龙在奉军保护下来到码头，让脚行先卸他们的物资。大洪去查，发现他们的船尚未通过海关检查，下午才能卸。陈元礼自知理亏，离开。大洪向雍天成汇报此事，雍天成告诉大洪以和为贵，不要惹起事端。

陈元礼："大洪，我们这批军需物资不得耽搁，必须马上运走。"

大洪："您的海关货单呢？"

陈元礼："什么海关货单？那艘日本货轮上的东西都是我们奉军的。"

大洪："陈先生，这是海关的规定，没有海关核准的货单，我们无权上船卸货。"

陈元礼自知理亏："我现在就去办海关货单，你下午第一个安排卸我们的货。"

大洪："陈先生，码头的货都是按到港日期装卸的。如果先卸你们的货，对别人不公平。"

陈元礼："我不管什么公平不公平。你记住，以后我的货必须先运先卸，没有商量余地。"

23－16　天津雍天成办公室　日内

大洪："他这是在故意捣乱。他在奉天搞洋行那么多年，这些基本的事不可能不知道。"

雍天成："大洪，这次奉军进津，我们一定不能掉以轻心。他们不是来了就走，而是要待很久。我们怎么办？记住，码头上，我们就是提供服务。如果他要优先，就给他优先。不要在这些小事上和他产生矛盾。你还要告诉手下，一定要配合奉天方面的工作。"

大洪："成哥，我知道了。"

雍天成："大洪，我知道你不情愿。但你要知道，你手下有 3000 人要吃饭，如果得罪了奉军，他们会失业，他们的家人就要挨饿。记住一个字，忍。"

23-17　天津雍天成舅舅家　夜内

紫萱对婚姻绝望，想出家。雍天成劝其先去美国散散心，并让史蒂文安排紫萱母子出国。

紫萱："今天陈元礼来电话，想和我见面，但我这颗心已经死了，不想再和他有任何瓜葛。表哥，我想到山上住一段时间。"

雍天成："你这是避世啊，那孩子怎么办？紫萱，你现在每天待在家里，确实非常无聊。不如这样，我安排你们母子去美国散散心，住他个一两年，你看如何？"

紫萱："孩子会适应吗？听说美国人吃的肉都是生的。"

雍天成："那你自己就做熟了吃嘛。这些都是小事。况且美国也有很多华人，生活不会很闷。你要是有兴趣，我就让史蒂文给你安排。"

紫萱："表哥，去美国也许是个好选择。您替我安排吧。"

23-18　天津紫竹林码头　日外

大雨。陈元礼的货物正在卸船。工人们干得汗流浃背，陈元礼故意让容易受潮的军被堆放在外面。大洪阻止，陈元礼不准移动，致使军被遭雨淋受潮。

陈元礼："黑龙，告诉脚行，把那边的货放在外面。"

黑龙："礼哥，那些是军被，被雨浇湿就完了。"

陈元礼："按我的话做。"

黑龙会意，安排脚行把军被卸到雨棚外面。大洪看见了。

大洪："那些是怕湿的，不能卸到外面去。"

陈元礼："你不要管。"

大洪："陈先生，这些货物的外面写着怕湿。按照规定，是不能放在外面的。"

陈元礼："没那么多说道。黑龙，你告诉他们继续卸。"

黑龙："这些都放在外面，放在外面。"

23‐19　天津雍天成办公室　日内

雍天成正与冯玉祥通电话，谈到最近陈元礼给他造成的困扰。冯玉祥说陈元礼曾秘密为自己搞过一次军火。这个消息让雍天成有了主意。

雍天成："冯兄，这些天我是被陈元礼折腾坏了。现在奉军在津势力大，我就是忍辱偷生啊。"

23‐20　常德冯玉祥军部　日内

冯玉祥："陈元礼在奉天很受张作霖的赏识，去年他曾背着张作霖偷偷给我从日本进了一批军火。张作霖要是知道了，肯定会恼羞成怒。"

23‐21　天津雍天成舅舅家　日内

去美国的船票已经到手。史蒂文已经安排了一切。

雍天成："这是去美国的船票，30多天后，你就可以到纽约了。史蒂文在那里为你安排好了一切。"

紫萱："看到船票，又有些不舍得走了。"

雍天成："这是个好机会。也许你离开这里，会看得更清楚。知道什么是你想要的，什么不是。"

紫萱："都说在外面会感到孤独。"

雍天成："爱茉莉在那里，史蒂文也经常回去。再说，你会交到新朋友的。如果不适应，就回来，这里永远是你的家。"

23‐22　天津紫竹林码头　日内

以军用物资损坏为名，陈元礼和黑龙带着一连的奉军士兵封锁了码头。大洪等非常生气，电话请雍天成想办法。雍天成让大洪请陈元礼晚上到起士林饭店谈判。

大洪："为什么封我们码头？"

黑龙："奉军物资在你们码头都受潮霉变了，你们这是蓄意破坏。"

大洪："那批货是你们坚持要放在外面的，我当时还一直劝你们不要放，因为货物的外面就写着'怕湿'。"

黑龙："我们就看到军被发霉受潮了。"

陈元礼："这些军被是奉军重要的战争物资，奉军驻天津总司令部决定关闭码头，直到问题解决。"

陈元礼领着黑龙和士兵走了。大洪急忙给雍天成打电话。

大洪："成哥，事情就是这样，您看怎么办？"

23－23　天津雍天成办公室　日内

雍天成："你去陈元礼那里一趟，告诉他，我约他今晚在起士林饭店贵宾房吃饭，顺便告诉他一件冯玉祥的事。记住，一定要让他听到冯玉祥三个字。"

23－24　天津起士林饭店　夜内

雍天成与陈元礼谈判。雍天成拿出 10 万元，陈元礼显然看不上眼。雍天成说自己现在已经退出军火生意，主张和平统一，希望俩人之间也要和平。陈元礼仍对过去的事耿耿于怀。雍天成说起冯玉祥与自己的关系，说到冯玉祥的军火，陈元礼明显感到不安。雍天成看到谈话起了作用，继续谈自己的老婆以及紫萱，并告诉陈元礼，紫萱今夜就和儿子启程赴美国了。陈元礼似乎有些心动。

雍天成："元礼，我早就退出军火生意，不做了。我现在最讨厌的就是枪炮。我不希望国家陷入战争，也希望你我之间能够和平。"

陈元礼："和平都是有条件的。"

雍天成拿出银票："这里有 10 万元，足够补偿那些军被了。我希望你收下。"

陈元礼："张总司令这次率军队入津，人吃马喂，消耗颇大。"

雍天成："钱好说。但是元礼，如果张总司令知道你和冯玉祥的事，会怎么看你？"

陈元礼："什么事？"

雍天成："你知道我和冯玉祥是非常好的朋友，无话不谈。你背着张作霖为他买军火的事，我们之间说说无所谓，如果张作霖知道了，你就是通敌啊。"

陈元礼："你想怎么办？"

雍天成："元礼，这么多年，在江湖上争斗，我得到了什么？你得到了什么？素萱都没了，你的紫萱今晚也要去美国了。到头来，我们什么都没有。"

陈元礼："紫萱今晚要去美国？"

雍天成："是。她要出去散散心，对她对你对孩子都有好处。"

陈元礼："孩子去吗？"

雍天成："和她一起去。在美国，爱茉莉会照顾他们的。"

陈元礼："几点的船？"

23－25　天津码头　夜外

全家人来送紫萱母子，互道告别。陈元礼也赶来，请求紫萱留下。紫萱说他如果不找表哥麻烦，也许可以考虑。

陈元礼："紫萱，你能留下来吗？"

紫萱："如果你以后不找表哥的麻烦，我会考虑回来的。现在，还是让我和孩子静静地走吧。来，儿子，跟爸爸告别。"

陈元礼抱着儿子，眼泪流了下来。

陈元礼："紫萱，早点儿回来。"

紫萱："你做到了，我自然就会回来。"

紫萱和家里人告别后上船。大家目送船离开港口。

天津　雍天成和陈元礼相安无事。雍天成赞助大学，宣传和平统一中国的主张。陈元礼依然为奉系服务，买入军火。孩子们渐渐长大。四年后。1922 年 6 月，黎元洪第二次当选中华民国大总统。

第 24 集　《得罪曹锟》

　　刚刚再次坐上大总统位置的黎元洪，正在为财政紧张而头疼。警察闹饷、驻军闹饷之后，连国务院的职员都开始罢工了。曹派阁员在一旁推波助澜，暴露了曹锟只想利用黎元洪重新组织国会，现在就想卸磨杀驴了。而此时，政府向外国借款几乎不可能。唯一的办法就是求助国内工商大亨。而与很多富商沟通后，他们都不敢资助，因为害怕曹锟。

　　黎元洪："警察闹饷、军队闹饷，现在连公务员都出来闹饷了。现在国库空虚，真是无米之炊，捉襟见肘啊。"

　　黎重光："父亲为何不试试向外国借款？"

　　黎元洪："民国政府几番更迭、飘摇不定，外国银行团对我们的信誉评估非常差，而且国内有限的铁路、港口、矿山也基本抵押殆尽了。我已经委托张国淦这个农商部长出去卖卖老脸，看看国内实业界的大亨们肯不肯伸一把手。估计今天就能有回信。"

　　秘书："大总统，农商部长张国淦已经到了。"

　　黎元洪："快请！"

　　说完，黎元洪站起来，迎了出去。

　　张国淦："大总统，不妙啊，不妙啊。"

　　黎元洪："没有肯帮忙的？"

　　张国淦："有是有。但又惧怕曹锟的势力，不敢答应我们啊。"

　　黎元洪："曹锟想利用我组织国会，然后再操纵国会选举他为总统。我现在把国会组织起来了，他就想把我撵出去，自己来做，所以就到处拆台。我这是第二次当大总统，上次因为张勋而离京，这次绝不想再为曹锟而走。乾若，辛苦你了。这钱我来想办法。"

张国淦："大总统为国分忧，乾若非常敬佩。如果没有别的事，乾若就先告辞了。"

黎元洪："好。重光，替我送送乾若叔叔。"

黎重光答应着，送张国淦出去。黎元洪则在办公室上提笔写了封信。黎重光回来。

黎元洪："重光，你现在就去天津。拿着这封信找雍天成。雍天成你还记得吧？"

黎重光："记得。冯国璋夫人追悼会，我和他一起来的北京。"

黎元洪："就是他。到天津，把这封信交给他。"

黎重光："火车是几点的？"

黎元洪："侍卫长会陪同你去天津，其他的事听他安排。"

24 - 2 天津雍天成办公室 日内

黎重光前来天津与雍天成讨论资助政府行政费用的可行性。雍天成没有犹豫，本来要 20 万，他直接给了 50 万。重光提到冯玉祥将率部进京。重光走后，雍天成给冯玉祥打电话，问其在北京何处驻军。冯玉祥的军营在南苑，离旃檀寺非常近，雍天成让其把旃檀寺当作军部，因为那里是他自己的地产。

雍天成："重光大公子，快请进，快请进。喝点什么？"

黎重光："茶水吧。"

雍天成："我这里有上好的龙井。（雍天成亲自为黎重光沏茶，端上来。）怎么样？看着不错吧？大总统已经来过电话了。"

黎重光拿出信："这里是家父的亲笔信。"

雍天成接过信，拆开，阅读："20 万啊。"

黎重光："家父想请雍先生解解燃眉之急。如果 20 万太多……"

雍天成："重光大公子误会了。我的意思是 20 万太少了。"

黎重光："雍先生的意思是……"

雍天成："我这里准备了 50 万的银票（拿出银票），重光大公子先拿去应急。如果不够，大公子不必亲自来。让大总统来个电话，天成就会到北京。"

黎重光："雍先生真是为国分忧的大实业家，父亲没有看错人。"

雍天成："重光大公子如果没有别的事，不如我们到起士林坐坐。"

黎重光："雍先生的美意重光心领了。现在北京急需这笔钱，火车专列还等在天津站，我必须马上回去。"

雍天成："既然大公子有要事在身，天成不敢挽留。天成就送大公子到车站吧。"

黎重光："不必了，动静太大会引起他人注意。重光多谢。还有一件事，雍先生也许早就知道了。"

雍天成："什么事？"

黎重光："这是家父让我告诉您的。（附在雍天成耳边）冯玉祥……"

24-3　天津雍天成办公室　　日内

雍天成接电话："冯兄，我正想您呢，就接到了电话。"

24-4　天津火车站　　日内

冯玉祥："雍兄，能猜到我现在在哪里吗？不对。我现在就在天津，火车站。不行。出不去。10分钟后火车就要开往北京。是，我的部队将驻扎在北京南苑。"

24-5　天津雍天成办公室　　日内

雍天成："冯兄，南苑那里有个旃檀寺，就是那个。对，让我入狱的寺庙。现在我已经把它翻盖一新。那里方圆儿公里就我那么一个建筑，如果您不嫌弃，它就是您的了，随您怎么用都行。"

24-6　保定曹锟官邸　　夜内

秘书报告北京闹饷事件平息，曹锟问他们贷来款了？秘书答，听说是一个叫雍天成的天津大亨资助的。秘书还把调查出来的雍天成的背景向曹锟说了。曹锟说一个商人还出来蹚政治的水，告诉曹瑛让他闭嘴。秘书还告诉曹锟，张作霖战败，准备出关了。

曹锟："你说北京现在平静了？怎么回事？"

秘书："黎元洪得到一笔钱，把几个月来的欠薪都发了下去。"

曹锟："国外贷款吗？"

秘书："听说是一个叫雍天成的商人出的钱。"

曹锟："这个人什么背景？"

秘书："据我调查，此人是天津的大军火商，与民国历届总统关系深厚。"

曹瑛："我知道此人。此人在天津的江湖地位极高，三哥想要进京，此人极有利用价值。张作霖战败，马上就要离开天津。我们重新整顿天津也需要这样的人。"

曹锟："为我所用？我不需要。"

24－7　天津　日内

第一次直奉战争，张作霖战败，被迫出关。

24－8　天津日租界陈元礼公馆　日内

陈元礼在日租界安了家。张作霖战败，陈元礼失去了靠山。他必须寻找新的靠山。直系曹锟是他的目标。今夜，日本领事馆有个酒会，曹瑛也是嘉宾。陈元礼看着桌上的请柬，暗暗盘算着。

黑龙："礼哥为什么不随张大帅回奉天？"

陈元礼："是大帅的意思，让我留下来。"

黑龙："可是，大帅已经退回奉天，我们在这里会非常困难。"

陈元礼："事在人为。你看这日本领事馆酒会的请柬，漂亮吧？"

黑龙："漂亮。不过黑龙不明白，这是什么机会呢？"

陈元礼："我听日本领事说，今晚曹锟的弟弟曹瑛也会参加。"

24－9　天津日租界领事馆　夜内

曹瑛准时出席日租界的酒会。陈元礼在日本领事的介绍下，认识了曹瑛。曹瑛得知陈元礼是军火商人，问其是否认识雍天成。陈元礼惊讶曹瑛怎会有此一问，不敢轻易回答。曹瑛毕竟老于官场，看出了陈元礼的犹豫，直接点破：你和他很熟？陈元礼有些紧张，他知道面对这样的军阀，有时候一句话回答不对，就有生命之忧。陈元礼非常聪明，说最近看新闻知道雍天成好像在宣传和平统一中国南北。这是一句中性的回答，进可攻，退可守。曹瑛随口说：一派胡言。俩人就这样认识了。曹瑛约陈元礼明天到曹家花园晚餐，有要事相商。

吉田茂："陈先生，我来为您介绍一位我的朋友。曹将军，这位是陈元礼陈先生，是天津的一个大军火商。"

曹瑛："陈先生，幸会幸会。"

陈元礼："曹将军，非常荣幸，非常荣幸。"

曹瑛："陈先生的军火主要是……?"

陈元礼："主要是来自日本的几个大兵工厂。"

曹瑛："陈先生可曾听说过雍天成这个人吗?"

陈元礼："这个，谈不上很熟。"

曹瑛："陈先生不想说?"

陈元礼："那倒不是。因为雍天成也是军火商，毕竟是同行，有些了解。"

曹瑛："那陈先生说说都了解些什么?"

陈元礼："我知道他主要是做德国的军火，做得很大。但好像从欧战起，就不怎么做了。最近看报纸，他好像倾向和平统一，反对内战。不知我说得对不对?"

曹瑛："一派胡言!"

陈元礼吓了一跳："曹将军恕罪。"

曹瑛："我不是说你。什么和平统一，那都是书生之见。陈先生，你我一见如故，我邀请你明晚到曹家花园晚宴。"

陈元礼："曹将军邀请，真是不胜荣幸。"

曹瑛："不要客气，6点准时到。"

说完，曹瑛走了。陈元礼看着曹瑛的背影，非常高兴。有一双眼睛一直在盯着俩人。

24 - 10　上海某花园　日内

紫莛和胡国强把刚刚回到上海的紫萱母子从码头接了回来。

紫莛："小妹，总算把你盼回来了。有可，还认识二姨吗?"

紫萱："有可，叫二姨。"

有可："二姨好。"

紫莛："乖，都长这么高了。知道这是谁吗？（指胡国强）叫二姨夫。"

有可："二姨夫好。"

胡国强："有可好。小妹，欢迎你回来，我们都盼了一个多月了。"

紫萱："二姐，你们什么时候结婚的？也没告诉我一声。"

紫莛："前年结婚的。也没办，就我们俩人。"

紫萱："家里不知道？"

紫莛："知道。但怕回天津有危险，就没办婚礼。"

紫萱："有孩子了吗？"

紫莛："还没想要呢。走吧，先回家，然后我们大吃一顿。"

24－11　天津雍天成家　夜内

雍天成一直派人监视陈元礼的一举一动。对于陈元礼和曹瑛的会面，雍天成让柴少爷调查曹瑛、陈元礼的关系，以及他们之间的联系对自己有何影响。这时，冯玉祥来电话，问雍天成是否得罪了曹锟。雍天成大吃一惊，称自己和曹锟毫无瓜葛啊。经过了解，雍天成得知是资助黎元洪政府开支所致，雍天成问冯玉祥如何解决。冯玉祥认为解铃还需系铃人，这事必须得曹锟自己收回命令。

雍天成："陈元礼见了曹瑛，说了什么？"

柴少爷："我们的人在日本领事馆做酒保，听到了只言片语。重要的是他们提到了您的名字。"

雍天成："谁提的？"

柴少爷："曹瑛。"

雍天成："曹瑛是曹锟的七弟，他为什么会问到我？"

柴少爷："这个我们不知道，不过应该是对您不利的消息。另外，明晚曹瑛邀请陈元礼去曹家花园晚宴。"

雍天成："我知道了。"

柴少爷："我们明天会派人到曹家花园。"

雍天成："柴少爷，多谢你们了。"

柴少爷："雍先生没事的话，我先走了。"

雍天成："好。我送送你。"

电话铃声响起。柴少爷："您接电话吧，我先走一步。"说完柴少爷就要开门出去。

雍天成："等我接完这个电话再走不迟。"

雍天成拿起电话："我是雍天成。冯兄，你在北京怎么样，好吗?"

24－12　北京旃檀寺冯玉祥军部　夜内

冯玉祥："我们长话短说，你是否得罪了曹锟? 有消息说他盯上你了，不知道是好事还是坏事。"

24－13　天津雍天成家　夜内

雍天成："我和曹锟素无瓜葛，怎么会盯上我?"

24－14　北京旃檀寺冯玉祥军部　夜内

冯玉祥："据说是你出钱帮黎元洪摆平了闹饷的烦恼，好像是因此而来的。"

24－15　天津雍天成家　夜内

雍天成："冯兄有何妙计? 我真的不是有意为之啊。"

24－16　北京旃檀寺冯玉祥军部　夜内

冯玉祥："解铃还须系铃人，要解决问题还要找到曹锟本人。这事我帮你盯着。不过，你要随时小心，曹锟贩卖布匹出身，做事经常不走台面。"

24－17　天津雍天成家　夜内

雍天成放下电话："这样就清楚了。是曹锟的主意，所以陈元礼曹瑛他们谈话会提到我。"

柴少爷："那就可以理解了。这样，我现在回去和其他人商量对策。"

雍天成："好。我等你们的消息。"

24‐18 天津雍天成办公室 日内

柴少爷来到雍天成办公室，告诉调查结果。果然是曹锟所为。柴少爷给雍天成指出一条路，争取得到吴佩孚的保护。雍天成接受了柴少爷的建议，并且委托冯玉祥替自己说话。

柴少爷："果然是曹锟所为，但据消息说曹锟方面对您的态度有些左右不定。一方面曹瑛想利用您的力量为其做事；另一方面曹锟又气愤您为黎元洪摆脱困局。"

雍天成："有解决办法吗？"

柴少爷："有一个制衡之道，就是联合吴佩孚，这是目前国内唯一可以和曹锟制衡的力量，而冯玉祥和吴佩孚有非常好的关系，完全可以为您搭桥。"

24‐19 天津曹家花园 夜内

曹瑛的晚宴邀请了天津几个重要的商界人士。曹瑛想利用陈元礼在江湖上的力量，除掉雍天成。这样，即使雍天成有其他政界关系，也追查不到曹瑛和曹锟。而且曹瑛已经派人调查出陈元礼和雍天成以前的恩怨过节。陈元礼左右为难，如果一旦答应，这么多年与雍天成相安无事的关系就将终结。重要的是，紫萱和儿子也许就回不到自己的身边了。

曹瑛："昨晚你没有和我说实话。"

陈元礼一惊："曹将军，您指什么？"

曹瑛："哈哈，你不要害怕。我是说你和雍天成的关系，你没跟我说实话。"

陈元礼舒了口气："曹将军您听完我的解释，就不会怪我了。"

曹府从饭庄定的饭菜已经到了。饭庄的服务人员正在搬运，柴少爷也在其中。

曹瑛："这回你说的和我了解的一样了。你不要怕。他是你的敌人，也是我的敌人，你我共同的敌人。"

陈元礼："曹将军一直打听雍天成，有什么原因？"

曹瑛："我和我三哥曹锟希望陈先生和我们合作，我们出钱，陈先生负责动手除掉这个人。"

饭庄的人不断靠近曹瑛和陈元礼，断断续续地听他们的谈话。

陈元礼："曹将军看得起元礼，元礼非常荣幸。"

曹瑛："你需要什么帮助，只要是我力所能及的，我都会满足你。给你的时间是一个月，事成之后，曹锟会亲自会见你。"

24‑20 天津陈元礼公馆 夜内

黑龙："礼哥，一晚上看你闷闷不乐，到底怎么了？"

陈元礼："黑龙，你说我算不算个好父亲？"

黑龙："算，当然算。这几年您没看到有可，可是没少跟我提起啊。我黑龙知道您是什么样的父亲。"

陈元礼："黑龙啊，还是你了解我。我老婆临走时说，只要我不找雍天成的麻烦，她还会给我机会。"

黑龙："这几年您和雍天成相安无事啊。"

陈元礼："是啊。我一直在避免和他冲突，好能再看到我的儿子和媳妇。可是，现在人家逼我和雍天成作对，我该怎么办？"

黑龙："谁这么大胆？"

陈元礼："曹锟。"

黑龙："曹锟？就是把张大帅打败的那个曹锟？"

陈元礼点点头："一个贩布出身的兵痞，现在竟然要当总统。"

黑龙："礼哥，让我去做吧，我要为黑豹报仇。"

陈元礼："不行。太危险。我们的实力还无法和雍天成正面对抗。好在曹瑛给我一个月期限，我们慢慢找机会吧。"

24‑21 洛阳吴佩孚官邸 日内

由于冯玉祥的沟通，吴佩孚答应会见雍天成。雍天成来到洛阳。吴佩孚对雍天成带去的礼物视而不见，反倒与雍天成聊起了基督教和上帝。俩人很快发现对方是自己心灵上的朋友。吴佩孚在军营里，无法找到人谈论宗教。吴佩孚留雍天成多住些日子。正好《顺天时报》的记者前来采访吴佩孚，看到雍天成在，就回去写了一篇文章发表，并配幅照片。

吴佩孚："听焕章讲，你是英国留学回来的。"

雍天成："是，我在英国学习建筑四年。"

吴佩孚："那你对基督教有了解吗？"

雍天成："粗懂一点。只是还没到信仰的程度。"

吴佩孚："焕章说老帅有些事情误会了你？"

雍天成："我是无心之失，没想到让老帅误会，把我当成敌人。"

吴佩孚："《路加福音》里说，你们的仇敌，要爱他！恨你们的，要待他好！咒诅你们的，要为他祝福。你对爱仇敌怎么看？"

雍天成："鬼眼看人，人人皆鬼；佛眼看人，人人皆佛。我的修养还无法做到爱仇敌，但我最近确实做到了对仇敌少恨或不恨。"

吴佩孚："能对仇敌少恨，就已经很不容易了。"

副官进来："副巡阅使，《顺天时报》的记者已经到了。"

吴佩孚："记者是事先约好了的。"

雍天成："副巡阅使有要务，天成暂时回避。"

吴佩孚："不必，不必。如果明天我和你的照片上了报纸，老帅会怎么看？"

雍天成："副巡阅使为我的事考虑得如此周到，天成感激不尽，无以为报。"

吴佩孚："（对副官）请记者进来。"

24－22　保定曹锟官邸　日内

拿着报纸，曹锟说子玉很注意宣传自己。当看到雍天成的名字时，曹锟说这个人不简单啊，我得会会。

秘书："老帅，吴副巡阅使今天在《顺天时报》有个照片采访。"

曹锟："拿过来，我看看。子玉爱和报馆打交道，咦，照片上子玉旁边的人是谁？我这眼睛有点花，看不清下面的小字。"

秘书接过报纸一看："说是天津商业大亨雍天成。"

曹锟："雍天成？这个名字耳熟啊。是给黎元洪提供 50 万元援助的那个？"

秘书："是，正是此人。"

曹锟拿着报纸沉思一会儿："子玉怎么会和他在一起？这张照片是在哪里拍的？"

秘书："是在洛阳吴副巡阅使的办公室内。据说雍天成去那里，是冯玉祥介绍的，给吴送军饷去了。"

曹锟："冯玉祥、吴子玉，雍天成不简单啊。你通知子玉，我要和这个雍天成会会。"

24 - 23　洛阳吴佩孚官邸　日内

吴佩孚把曹锟要见雍天成的事说了。雍天成知道该来的总要来，非常担心自己的安全。吴佩孚看了出来，问他怎么会怕曹锟，雍天成只得如实说出。吴佩孚听完，哈哈大笑，说我赞成老帅当总统，但不是现在。老帅对我也有意见，难道老帅就杀了我？况且你是无心之失，不如我俩结拜，然后让记者把消息报道出去。

吴佩孚："天成啊，老帅那边来信儿了，要见你。"

雍天成："吴副巡阅使，我知道老帅总有一天要找到我，您说我是去还是躲？"

吴佩孚："天成啊，怎么一提到老帅，你就非常紧张呢？难道焕章说的误会是件大事？"

雍天成："不瞒吴副巡阅使，黎大总统之前因为北京各方面闹饷，就向我借了50万，结果被老帅认为我是支持黎大总统，所以对我相当不满，暗中派人抓我。"

吴佩孚："天成啊，你没明说我也知道。曹锟要当大总统，黎元洪就是绊脚石。你是站错队了。哈哈，不过是无心之失，老帅会原谅你的。其实，我赞成老帅当总统，但不是现在，现在时机不成熟。我现在就不赞成老帅当总统，难道老帅会杀了我？这样，天成啊，不如我俩结拜，然后让记者把消息报道出去。我就不信有人敢动我的结拜兄弟。"

雍天成："大哥在上，受小弟一拜。"

吴佩孚："天成，你这身衣服是哪里买的？"

雍天成："是在英国定做的，料子也是欧洲最新的产品，大哥为什么问这个？"

吴佩孚："好，非常好。你到保定后就穿这身衣服见曹锟。"

雍天成："为什么是这身衣服？"

吴佩孚："明天你就会明白了，不解释，不解释。"

24－24 保定曹锟官邸 日内

报纸上刊登了吴佩孚与雍天成结拜的照片，曹锟看到后，说子玉要保护他啊，我倒要看看他是何等人物。这时，雍天成到达保定，上门求见。雍天成献上了一张100万元的银票，称赞助军饷。双方的气氛开始融洽。曹锟是布贩出身，对雍天成衣服的料子非常感兴趣。这让气氛更加轻松。

秘书："老帅，吴副巡阅使又有新消息了。"

曹锟："结拜兄弟，好。子玉这是给我看的，我现在对雍天成这个人越来越有兴趣了。他哪天能到？"

秘书："预计是今天到。"

卫兵进来报告："老帅，门外有天津雍天成求见。"

曹锟："让他进来。"

雍天成进来，向曹锟深施一礼："天津雍天成应约前来拜见老帅。"

曹锟："好，坐吧。你是从洛阳来？"

雍天成："老帅明察。天成确实是从洛阳来。"

曹锟："我找你来，想弄明白一个问题，你资助黎元洪是针对我吗？"

雍天成："不瞒老帅，天成就是一个生意人，平生未过问政治。黎大总统与我有乡谊，所以他以私人名义派长子重光到我这里要求资助时，我无法拒绝。"

曹锟："怎么能让我信你的话呢？"

雍天成："（拿出银票）老帅，雍天成这次来得匆忙，这里有100万，希望能为老帅充实军饷。"

曹锟："无心之失，无法惩罚。这次的事就算了。你过来坐，坐在我对面。雍天成，你的字是什么？"

雍天成："玉堂。玉石的玉，厅堂的堂。"

曹锟："玉堂，好名字。既然心结解开了，我们就可以无话不谈了。我刚才一直在观察，你衣服的料子非常好，是在哪里买的？"

雍天成："这件衣服是我一个兄弟在英国帮我定做的，面料据说是羊毛为主，加入一些化学纤维。具体叫什么，我搞不懂。"

曹锟摸了摸衣服："好料子，中国好像没有这样的东西。"

24－25 天津陈元礼公馆   夜内

从曹瑛处得知雍天成和曹锟会面，陈元礼被搞懵了。陈元礼非常迷惑。

陈元礼放下电话："你都听到了吧？"

黑龙："曹将军的意思是不要碰雍天成了，对吧？"

陈元礼："是啊，曹瑛电话里说不要了，真是奇怪。"

黑龙："他说什么原因了吗？"

陈元礼："没说，真是奇怪。不过，我正发愁不想干呢。这下松了口气。"

24－26 天津曹家花园   日内

从保定回来，雍天成去拜访曹瑛。曹瑛已经从曹锟处接到指令，非常客气地接待了雍天成。雍天成巧妙应对，曹瑛非常开心。自此渐渐疏远了陈元礼。

雍天成："天津会馆雍天成拜见曹将军。"

曹瑛："雍天成，大名鼎鼎，今天终于见到真身了。"

雍天成："这是老帅托天成带回来的家书（把信递给曹瑛）。"

曹瑛："好，你先坐。（读信）"

雍天成紧张地等着曹瑛读完信。

曹瑛："三哥对你评价很高，说你是个人才。"

雍天成："老帅过奖。"

曹瑛："天津会馆是你的？"

雍天成："小生意而已，还请曹将军多多提携。"

曹瑛："你说话不用客气，既然三哥已经看好你，我们曹家都看好你。哈哈。"

24－27 天津陈元礼公馆   日内

陈元礼给曹瑛打电话。

24－28 天津曹家花园   日内

管家："曹将军，陈元礼来电话。"

曹瑛："就说我不在。以后他的电话直接回绝。"

24－29　天津日租界陈元礼公馆　夜内

思子心切，加上在天津的路越走越窄，陈元礼借酒消愁。黑龙见陈元礼日渐势微，跑到奉天继续当兵了。雍天成打来电话，说要过来拜访。雍天成来后，告诉陈元礼，紫萱母子已经到了上海，在那里找了工作。陈元礼以为雍天成是来逼他去上海，虽然惦念紫萱母子，但对雍天成却更加仇恨。

黑龙留下一封信就跑到奉天当兵去了。陈元礼看到信后，知道自己现在是孤家寡人了，非常绝望，不断饮酒。电话响起。

陈元礼拿起电话："谁啊？陈元礼。啊，是大哥啊。您在门口？那就进来吧。"

雍天成进来看到陈元礼颓废潦倒，非常心酸："三弟，你别喝了。我告诉你一个好消息。紫萱母子已经到上海了，紫萱还在上海找到了工作。"

陈元礼："你是要逼我去上海吗？你把她们母子送到美国，让我们一家分离，现在她们回来了，你为什么不让她们回天津？你嫌我在这里碍眼，要把我撵到上海吧？我不会上你的当。我告诉你，我恨你！"

雍天成："三弟，你误会了。我是希望你们团聚的。如果你真的想见到她们母子，为什么不去上海看看呢？"

陈元礼听到这里，坐在一旁不出声了。

第 25 集　《奉系通缉令》

25－1　上海紫萱公寓　日内

　　陈元礼到上海后，与紫萱母子见面。紫萱对陈元礼已经心灰意冷，无意复合，只是希望儿子可以多与父亲见面，以增进感情。陈元礼在上海无事可做，偶然接触到滞留上海的国会议员，觉得这些人可以利用，就开始资助他们。这些议员主张先选总统，与吴佩孚先定宪法的主张相违背。浙江善后督办卢永祥也反对曹锟贿选。

　　陈元礼敲门，紫萱开门："你怎么来了？"

　　陈元礼："我来看看你和儿子。"

　　有可跟在紫萱身后，对陈元礼很陌生。

　　陈元礼："有可，叫爹。"

　　有可用英语："He is not my Daddy."

　　紫萱："Yes, he is。"

　　紫萱看着有可，转向陈元礼："你进来吧。"

　　陈元礼跟着紫萱进了公寓，到客厅坐下。紫萱给陈元礼端上一杯茶。

　　陈元礼："紫萱，你还记得我爱喝菊花茶加蜂蜜？"

　　紫萱："你怎么知道我在这里？"

　　陈元礼："大哥告诉我的。"

　　紫萱："表哥一直想劝合我们，可你知道，我们回不去了。"

　　陈元礼："怎么回不去？这几年我都是按你说的做的。本本分分做人，做事，不敢越过雷池一步。何况我们还有有可呢？"

　　紫萱："我刚才就是看有可不认识你，觉得亏欠孩子，才让你进

410

来的。"

陈元礼:"紫萱,这样。我在上海多住些日子,和儿子增进增进感情。"

紫萱:"有可需要父亲的陪伴,可是你住哪里呢?"

陈元礼:"我来得急,还没考虑这些。如果你们娘俩长期住这里,我就在上海买栋房子。"

紫萱:"我这里房间挺多,你如果不嫌弃,就住这里吧。"

陈元礼:"好,好,就住这里。"

紫萱:"那好,等刘妈买菜回来,我让她把客房给你打扫打扫,你就住客房吧。"

陈元礼陪儿子玩了几天,父子俩感情近了不少。不过时间一长,陈元礼也感到无聊。有一天陈元礼在报纸上看到部分国会议员在上海开会,恰巧有个林议员他认识,就给他打电话。

陈元礼:"林议员,我是陈元礼。对,我也在上海。看到报纸上的广告,才知道您也在这里。好,好,多谢邀请,我改日到府上拜访。"

25-2　上海林议员公馆　日内

陈元礼到达林议员公馆时,林和十几个议员正在开会。陈元礼进来,坐在一边旁听。

林议员:"各位,我来给大家介绍一位新朋友——天津实业家陈元礼先生。"

陈元礼:"各位先生好!在下陈元礼前来打扰,抱歉抱歉。"

顾议员:"元礼,你怎么也来上海了?"

陈元礼:"顾兄,没想到在这里见到您。"

林议员:"好,各位,我们继续开会。我们这些留在上海的议员,应该举起先选后宪的大旗,为老帅进京助力。"

某议员:"老帅承诺的款项,一直没有发到手。看来他老人家并不看重我们。"

顾议员:"不能这么说。今天老帅的人还到上海召集回京开会的议员呢,至于津贴,老帅哪次亏待我们了?"

陈元礼听到这里,觉得机会来了。

25 - 3 浙江善后督办卢永祥办公室 日内

卢永祥在看电报。

卢永祥："尊段联卢反奉？他吴子玉名堂倒是不少。想用副总统的位子诱惑我，真是可笑。他这是想联合我，反对曹锟贿选总统。"

副官："督办不是也反对曹锟吗？"

卢永祥："我反我的，他反他的。一起反？我卢永祥不搞政治联盟。不过，现在上海的议员又开始活跃了，你去查查是否背后有人资助他们。"

25 - 4 洛阳吴佩孚官邸 日内

吴佩孚提倡"尊段联卢"，主张卢永祥做副总统。上海议员的言论集被送到吴佩孚的办公桌上。吴佩孚非常奇怪这些议员年初从曹锟处领了些钱，但为何到现在还依然活跃，难道还有人资助他们？吴佩孚让手下去查查看。

吴佩孚看名单："这些议员不是年初从老帅那里拿的钱吗？还没花光？怎么还这么活跃？"

秘书："是啊，不是说老帅的钱并没有完全到位，有很多人只是给了一个月的津贴吗？"

吴佩孚："这里面一定有问题。你知道，这些议员多是墙头之草。说有用，都在选票上。离开选票，他们一钱不值。你马上派人调查，看看到底是谁在上海资助这些议员。"

25 - 5 天津雍天成家 夜内

雍天成给紫萱打电话，得知陈元礼与上海议员走动频繁。雍天成告诉紫萱，滞留上海的议员政治背景非常复杂，每个人看似潦倒，但很多大人物都想利用他们，小心为上。雍天成还给胡国强打电话，与其聊和平统一中国的希望。

雍天成："紫萱，你怎么样？有可呢？好。元礼最近怎么样？和儿子相处得好吧？什么？和议员走动？这些议员都是滞留上海的各派系的人物，背景非常复杂。表面上手无寸铁，但动起手来，比有枪的军人还残忍。一定要元礼小心为上。好，就这样。"

雍天成放下电话，喝了口茶，又拨了个电话。

雍天成："紫莲啊，是我，表哥。国强在吗？好，我和国强聊几句。"

25－6　上海紫萱公寓　日内

陈元礼正与一些议员在家中聊天。紫萱与儿子敲门，陈元礼在花园内与紫萱见面。紫萱看到屋子里的人，知道是议员。就把雍天成的话说了。陈元礼非常生气，觉得雍天成在背后搅乱自己的事。

紫萱："元礼，你出来一趟。"

陈元礼和紫萱来到公寓外的花园内。

紫萱："屋里的都是议员吧？"

陈元礼："是，我新交的朋友。"

紫萱："刚才表哥来电话，听我说你在和这些议员接触，他很担心。"

陈元礼："他担心什么？"

紫萱："他说这些议员属于不同党派，政治背景复杂，担心你被利用。"

陈元礼："多管闲事。"

紫萱无奈地看着他，回到公寓里。

25－7　杭州浙江善后督办署　日内

浙江善后督办卢永祥虽然对吴佩孚冷言冷语，看不上眼，但副总统他还是向往的。陈元礼的举动影响了卢永祥的利益。卢永祥下令警察署秘密逮捕陈元礼，罪名是非法持有武器。因为在陈元礼公馆内找到一把枪

卢永祥："查到是谁在资助那些议员了？"

副官："报告督办，是一个来自天津的军火买办陈元礼。"

卢永祥："陈元礼，有什么背景吗？"

副官："他曾经长期在奉天张作霖手下做军火生意，还做过奉军驻天津的商务督办，和张作霖关系密切。"

卢永祥："看来鱼是自己咬钩的。"

副官:"督办此言怎讲?"

卢永祥:"哈哈,过几天奉天来人你就知道了。不过,现在要把这个人给我抓起来。"

25-8 上海紫萱公寓 日内

卢永祥命令警察署秘密逮捕陈元礼。

紫萱:"你们是什么人?"

警察:"这是搜查证,有人举报这里有秘密集会,且有人非法持有武器。我们奉命来此搜查。"

警长带领警察们进入公寓。陈元礼在自己屋内,警察向他出示逮捕证,将其逮捕。

在陈元礼的房间内,有一个警察从兜里拿出一把枪,放在陈元礼的褥子下。

警察:"报告,发现一把手枪。"

警长:"你有持枪证吗?有的话,请拿出来。"

陈元礼:"这枪不是我的。"

警长:"每个人都是这么辩解的。(对警察)把证物封好,把人带走。"

陈元礼:"这枪真不是我的,你们冤枉人。"

警长:"把屋里所有文字的资料带走,回去审查。"

25-9 上海淞沪护军使署监狱 日内

紫萱与儿子来看陈元礼。陈元礼哀求紫萱救他。

陈元礼:"紫萱、有可,你们来看我了。"

紫萱:"你在里面怎么样?"

有可:"爹,你好吗?"

陈元礼:"有可,爹好。紫萱,我度日如年啊,救我出去,他们是诬陷我的。"

紫萱:"我想求表哥救你,怕你不同意。"

陈元礼:"有病乱投医吧。"

紫萱:"有病乱投医?不然你找张作霖?"

陈元礼："小点儿声。我倒想找，谁知道他们之间是什么关系？万一上海这边不屑与奉天交往，我可就毁了。"

25－10　天津雍天成办公室　日内

紫萱打电话告诉雍天成陈元礼入狱之事，求帮忙相救。雍天成知道吴佩孚正在提倡"尊段联卢"，要请卢永祥做副总统，也许吴佩孚可以帮上忙。雍天成决定亲自去洛阳一趟。

雍天成："元礼被抓了？紫萱，你慢慢说，谁抓的？因为什么？哦，浙江善后督办卢永祥，这么大的人物我得找吴佩孚问问，看看他有办法没有。"

25－11　杭州浙江善后督办署　日内

卢永祥正在犹豫是否给吴佩孚这个面子。奉天张作霖的密使曾毓隽携黑龙前来密访，商量加强奉张与浙卢的关系，共同对抗直系之事，为第二次直奉战争做准备。临行前，张作霖收到陈元礼被卢永祥拘留的消息，决定让黑龙救其出来。卢永祥一箭双雕，给了两家面子，痛快答应放人。

卢永祥看着吴佩孚的电报："吴子玉求我放人，这个面子给不给他呢？"

副官："督办，奉天张作霖密使曾毓隽求见。"

卢永祥："说来就来了，快请。"

曾毓隽带着黑龙进入卢永祥办公室。

曾毓隽："在下曾毓隽拜见卢督办。"

卢永祥："原来是曾总长，失敬失敬。"

曾毓隽："卢督办说笑了。我这个靳云鹏内阁的交通总长，到后来还不是个被通缉的安福系祸首。不提也罢。"

卢永祥："曾老弟的通缉令撤销了吗？"

曾毓隽："还没有。直系不下台，哪有我们皖系的好？"

卢永祥："曾老弟身后的汉子是谁？"

曾毓隽："忘了介绍。这位是张作霖将军手下的得力侍卫，黑龙。"

黑龙："黑龙拜见卢督办。"

卢永祥:"请起,请起。曾老弟这次是为奉皖联合破直而来,本人非常钦佩。今晚我在府上设家宴款待曾老弟和这位黑龙老弟。我们到时再细谈。怎么样?"

曾毓隽:"多谢卢督办为国分忧,小弟非常敬佩。临行前,张作霖将军还嘱咐一件事。"

卢永祥:"你说。"

曾毓隽:"黑龙你说吧。"

黑龙:"是这样。张将军有个得力手下,姓陈名元礼,在上海被捕。张将军请卢督办开恩放人。"

卢永祥:"哈哈,大水真是冲了龙王庙啊。我现在写手谕一封,马上放人。你们这就去接人吧。不过,人可以放,但是不能留在国内,让他一个月内到日本休养吧。"

曾毓隽和黑龙道谢之后,走了。

副官:"督办怎么把人放了?"

卢永祥:"吴子玉让我放人,张作霖也让我放人,这一箭双雕的好事,你说我做不做?你快去陪他们接人去吧。"

25-12 洛阳吴佩孚官邸 日内

雍天成来到洛阳时,陈元礼已经出狱了。雍天成就在洛阳住了几日,与吴佩孚聊了几次。吴佩孚希望他再次从事军火贸易,不要为和平统一所误。

吴佩孚:"人已经放了。"

雍天成:"放了?太感谢大哥了。"

吴佩孚:"其实,也不是我起了作用,是张作霖去要的人。"

雍天成:"张作霖和卢永祥还有瓜葛?"

吴佩孚:"政治的本质就是合作,和敌人合作尤为重要。你看卢永祥是皖系,但我和他之间不是老死不相往来的关系,也经常通电报,为的都是把利益最大化。这就是我们第一次见面,我问你《路加福音》爱仇敌的原因。天成啊,你现在放弃军火贸易,有些早,很可惜。不要听信那些和平统一的宣传,最后说话的还是武力,谁的军事力量强大,谁就是国家的主宰。"

25－13　上海紫萱公寓　夜内

回到家中的陈元礼始终未明白自己为何遭此牢狱之灾，最后还是把帐算在了雍天成的头上。紫萱过来，告诉陈元礼是雍天成救他出来的，让他打电话道谢。电话打到雍天成家，得知雍天成去了洛阳。陈元礼想到卢永祥让他去日本休养，以前雍天成也说过去日本休养的事，认为一定又是雍天成搞的鬼。虽然生气，但卢永祥限其一个月离境，还要做些准备工作。黑龙给陈元礼打电话，希望陈回到奉天为张作霖效命。陈元礼问去日本咋办，黑龙说谁敢惹咱东北王啊。

陈元礼："紫萱，你说奇怪不奇怪？他雍天成刚说完，警察就上门了。"

紫萱："你什么意思？难道认为是表哥告的密？"

陈元礼："我想不出别人了。"

紫萱："是表哥求吴佩孚救你出来的，你那么说话太让我失望了。"

陈元礼："不可能。救我出来的是张作霖，黑龙在监狱门口接的我。"

紫萱："黑龙是谁？"

陈元礼："我的一个兄弟，现在在张作霖那里当侍卫。"

紫萱："表哥肯定是救你了，你一定要打个电话道谢。"

陈元礼："看在你的面子上，我打。"

说完陈元礼拿起电话给雍天成打过去。

陈元礼："我找雍天成。不在？去哪里了？洛阳？"

25－14　北京中南海　日内

大总统黎元洪无法忍受军警闹饷罢工，愤然回到天津。曹锟当选大总统。

25－15　上海紫萱公寓　日内

陈元礼："卢永祥限我一个月离开上海，到日本休养。你说我一个商人，碍他们什么事，还非得到日本去，一定有人背后捣鬼。"

紫萱："我知道你想说啥。我说你就不能不那么小心眼吗？"

电话响。紫萱接。

紫萱对陈元礼："找你的。"

陈元礼接过电话："黑龙？啊，让我去奉天？不行啊，这边卢督办限我一个月内离开中国，到日本。我正愁呢。张将军请我去的？那好，我一定去，马上就走。对，对，东北王怕谁啊。"

25-16 天津英租界雍天成家 日内

雍天成在火车站没有接到黎元洪，得知黎元洪在杨村因为印玺问题被警察扣留了。雍天成决定近期只在租界活动，怕外面有危险。

雍天成："今天没接到黎大总统，很是遗憾。"

胡国超："听说王承斌省长在杨村就把大总统的车给截停了。"

雍天成："是向大总统要印玺。大总统临出京时，把印玺交给夫人带到法国医院了。"

胡国超："就是我们曾经住的那家医院？"

雍天成："是。那家医院北京警察不敢进，所以京城的官有事都躲到那里。"

胡国超："听说还是把印玺交出来了。"

雍天成："不交就不让黎大总统下车啊。这些军阀！国超，最近风声紧，通知所有人尽量在租界内活动。"

胡国超："是，成哥。"

25-17 上海吴淞码头 日内

陈元礼坐上了去旅顺港的船。紫萱带儿子前来送行，儿子与陈元礼已经很亲近了。

有可："爹，你要去哪里？"

陈元礼："爹要去奉天，不要告诉别人。"

有可："娘，我也要去。"

紫萱："你爹还会回来的。"

陈元礼："紫萱，不然你随后也带儿子过来吧。奉天的家还在呢。"

紫萱："别说了，你走吧。"

有可："爹，早点回来啊。"

陈元礼登上船，看着儿子向他招手，眼泪流了下来。

25‐18　第二次直奉战争　张作霖胜利　入关。

25‐19　天津陈元礼公馆　日内

回到天津的陈元礼今非昔比。雍天成为吴佩孚筹军饷买军火的事，陈元礼早就向张作霖作了汇报。张作霖派人抓雍天成。

黑龙："《通缉令》　湖北人氏雍天成，男，现年 41 岁。该犯虽为商人，却参与国事。为吴佩孚军队购买大批军火对付奉军。奉军军法处特下此令，通缉此人。提供线索者奖励大洋 5 万。"

陈元礼："这回是奉军军法处的命令，我看他雍天成还往哪里跑？"

黑龙："礼哥，《通缉令》已经贴满了大街小巷，只有租界我们无法进去贴。"

陈元礼："这就够他雍天成提心吊胆几天了。够了。"

25‐20　天津英租界雍天成家　日内

王超群探长说租界外已经发布通缉雍天成的命令，让雍天成别出租界。

雍天成："王兄，大牛、二牛现在哪里高就？"

王探长："这俩孩子在美国硕士毕业后，现在已经回国工作了。"

雍天成："在天津吗？"

王探长："没有。俩人现在上海一家美国保险公司工作。"

雍天成："孩子们非常有前途，当初坚持让他们读书还是对的。"

王探长："这还要感谢雍老弟啊。"

雍天成："我们是兄弟，不说客套话，哈哈。"

王探长："天成啊，外面到处都是你的《通缉令》，还是奉军军法处发的。我劝你最近千万不要离开租界。"

雍天成："王探长，多谢你。《通缉令》我早上就看到了，没办法，奉军既然来了，就不会轻易走。我看来要忍一段时间了。"

25‐21　天津英租界领事馆　日内

已经升任副领事的史蒂文与陈元礼会谈。陈元礼以政府名义与史蒂文谈判雍天成问题，史蒂文劝其念旧情，放过雍天成。陈元礼说张作霖一定要抓，雍天成唯一的办法就是出国。

陈元礼："二哥，你都升任副总领事了，恭喜恭喜，以后我在英租界办事就方便多了。"

史蒂文："三弟，那得看是什么事。这次奉军在租界外通缉大哥，是你搞的吧?"

陈元礼："不是，不是。我哪有那个能耐，都是张作霖搞的。"

史蒂文："三弟，我不是空口无凭。我说是你肯定是有证据的，你了解我的为人。我今天叫你来，是想让你看在我们兄弟过去的情面上，劝张作霖收回《通缉令》。我们可以以赞助奉军军饷为名，补偿张作霖。"

陈元礼："是雍天成叫你这么说的?"

史蒂文："没有，是我自己。"

陈元礼："现在晚了。张作霖就想抓住雍天成。他要想活命，唯一的办法就是去国外避难。"

25-22　天津英租界雍天成家　夜内

史蒂文、八十六等与雍天成讨论如何处理目前的危机。张作霖入津，雍天成的日子肯定难过。租界也保护不了多久。雍天成想到了冯玉祥。

史蒂文："我和陈元礼谈了，他说唯一的办法就是去国外避难。"

八十六："现在租界外查得非常紧。"

胡国超："成哥，我去杀了那个张作霖。"

雍天成："不得胡说! 事情总有解决的办法。"

胡国超："成哥用全力解救陈元礼，他不领情就罢了，还要加害成哥。"

雍天成："我的心你们明白就行了，至于有人不领情，也没有办法。"

史蒂文："大哥想到解决之法了?"

雍天成："还是二弟了解我。我两次去洛阳，学到了一招——政治解决问题。既然张作霖和冯玉祥合作，我就请冯玉祥帮帮忙。"

25-23　北京冯玉祥官邸　夜内

冯玉祥联奉倒戈驱走曹锟后，进入北京。张作霖对冯玉祥进京所为非常不满，决定在天津召开张、段、冯三巨头会议。冯玉祥接到雍天成电话，信心满满地说到天津后一定与张作霖沟通，请放心。

副官："总司令，张作霖电报，请您赴天津参加与段祺瑞的会议。"

冯玉祥："我到丰台，就有人说我欲借外人之力，夺权干政。好，这次天津会议，我一定去。"

电话响起。

冯玉祥："雍兄，正说到天津，你就来电话了。我马上要去天津。什么事？哦，我明白。到天津一定和雨亭沟通，放心吧。"

25‑24 天津火车站 日内

冯玉祥的火车快进站时，发生后车追尾事故。好在冯玉祥是躺在闷罐子车的行军床上，毫发未损。这为冯玉祥的天津之行开了个不好的头。

副官："总司令，您没有事吧？"

冯玉祥："没事，什么情况，地震了还是撞车了？"

副官："报告总司令，我们的车被后车追尾所撞。"

冯玉祥："这是哪里？"

副官："张庄。距天津还有 50 多里地。"

冯玉祥："不是好兆头啊。"

25‑25 天津张作霖公馆 日内

张作霖命令手下张景林秘密解除驻津冯玉祥部第三、第四混成旅的武装。

张作霖："火车没事？"

张景林："冯玉祥睡在闷罐车里，没住在包厢。"

张作霖："这个冯胖子，命倒是大。你现在去冯玉祥的三、四混成旅，解除他们的武装。"

张景林："是。"

张作霖："不许再出纰漏。"

25－26　天津段祺瑞宅邸　夜内

段祺瑞、张作霖、冯玉祥举行天津会议前的碰头会。冯玉祥副官进来向其报告第三、四混成旅被张景林缴械之事。冯玉祥当面质问张作霖，张作霖推说不知，让副官打电话去了解情况。冯玉祥愤愤离开。

冯玉祥的副官匆忙进来向冯玉祥耳语，冯非常愤怒："雨亭，是你派人到三、四混成旅缴械的？"

张作霖："焕章，你这是开什么玩笑？我从来没有下过这样的命令。"

冯玉祥愤然离开会场。

25－27　天津英租界雍天成家　夜内

冯玉祥实力上无法与张作霖对抗，决定回京后即辞职去欧美游历。希望雍天成也能一同前往。雍天成被冯玉祥说动，欣然同意。

冯玉祥："雍兄，这次来津，感觉很不好。段祺瑞不久就会到北京就职，他一就职，我就把军队交给张作霖，辞职不干了。你说吴佩孚和我是好朋友，我都把他推翻了，张作霖肯定不会相信我。我打算辞职后游历欧美，开拓眼界。如果雍兄有意，不如我二人一起前往。"

雍天成："冯兄，好。我们一起走。"

25－28　天津英租界雍天成家　日内

雍天成把一封信交与八十六，让其送去渤海孤岛。

雍天成："你去把这封信交给海大，必须当面交给他本人。等他看完信后，你再离开。"

八十六："今天就走吗？"

雍天成："现在就走，一刻不要耽搁。"

25－29　天津码头　日内

众人送别雍天成。

雍天成："大家回去吧，也许一年，也许三年，我会再回来的。"

史蒂文："大哥，爱茉莉会在旧金山接您的。不是说冯玉祥也要去吗？他人呢？"

雍天成："他军务在身，一时无法脱身。"

史蒂文："船长是英国人鲍尔默，我的朋友。您到船上务必找到他，他会全程照顾您的。"

雍天成："二弟，费心了。"

众人含泪相送。

25－30　天津陈元礼公馆　夜内

陈元礼电话中向人下令：明天船上动手。

25－31　天津—旧金山客轮　日内

雍天成独自上了客轮。一个人一直在暗中盯着雍天成。雍天成熄灭包房内的灯，一个黑影持枪出现在包房门口……（完）

图书在版编目（CIP）数据

北洋风云/徐忱著. —上海：上海三联书店，2022.9
ISBN 978-7-5426-7736-5

Ⅰ. ①北…　Ⅱ. ①徐…　Ⅲ. ①电视文学剧本−中国−当代　Ⅳ. ①I235.2

中国版本图书馆 CIP 数据核字（2022）第 117573 号

北洋风云

著　　者 / 徐　忱

责任编辑 / 陈马东方月
装帧设计 / 徐　徐
监　　制 / 姚　军
责任校对 / 王凌霄

出版发行 / 上海三联书店
　　　　　（200030）中国上海市漕溪北路 331 号 A 座 6 楼
邮　　箱 / sdxsanlian@sina.com
邮购电话 / 021 - 22895540
印　　刷 / 上海惠敦印务科技有限公司

版　　次 / 2022 年 9 月第 1 版
印　　次 / 2022 年 9 月第 1 次印刷
开　　本 / 640 mm × 960 mm　1/16
字　　数 / 420 千字
印　　张 / 27.25
书　　号 / ISBN 978 - 7 - 5426 - 7736 - 5/I · 1775
定　　价 / 88.00 元

敬启读者，如发现本书有印装质量问题，请与印刷厂联系 021 - 63779028